KB074335

대의大義

소설 안중근

대의 大義

大韓國人
安重根

신용구 장편소설

이른아침

다시 그를 부르는 이유

　우경화의 길을 걷고 있는 일본 아베 정권 출범 이후, 한중 양국에서 동시에 주목받고 있는 인물이 있다. 다름 아닌 안중근(安重根) 의사다. 그가 이토 히로부미(伊藤博文)를 저격한 하얼빈 역엔 그의 공적을 기리는 기념관이 문을 열었고, 그를 추모하는 양국 국민들의 발길이 끊이지 않고 있다고 한다. 영화 〈붉은 수수밭〉으로 세계적인 거장의 반열에 오른 중국의 장이머우(張藝謀) 감독이 최근 안중근 의사의 일대기를 다룬 영화 제작에 나섰다는 얘기도 들린다. 그가 순국한 지 이미 한 세기가 지났다. 웬만한 인물이라면 세인들의 기억에서 잊힐 만한 시간이다. 그럼에도 그에 대한 관심과 열기는 이처럼 날로 뜨거워지고만 있다. 시대와 국경을 초월한 그에 대한 관심을 보면 그가 이 시대의 새로운 아이콘으로 등장하고 있다는 느낌마저 든다.

　안중근에 대한 숭모의 마음이 이처럼 뜨거운 이유가 무엇일까? 일본의 우경화에 대한 반작용이 반영된 것만은 분명하다. 그렇지만 시간과 국경을 넘어선 이 열기의 강도를 고려해보면, 그것은 분명 단지 일본 우경화의 반작용 때문만은 아니라는 생각이 든다. 불굴의 의지를 불태우며 제국주의에 맞서 싸운 기라성 같은 투사들은 안중근 외에도 많았다. 그러나 그들 대다수는 샛별처럼 명멸하다 사라졌고, 안중근만이 초월적 존재로 여전히 우리 곁에 회자되며 살아 있다.

수억이 넘는 사람들이 한 인물에게 매료될 때는 그만한 이유가 있기 마련이다. 시대를 초월하여 우리 인류에게 큰 공감을 불러일으킨 성인이나 위인들의 면면을 살펴보면, 대개는 그들의 활약이 인간의 보편적 가치에 뿌리를 둔 경우가 많다. 예수가 사랑을 말했다면 공자는 인(仁)을 말했고 석가모니는 자신이 소중하듯 남도 소중히 여기라는 자비의 정신을 전했다. 그렇다면 안중근이 이 세상에 전하고자 했던 인류를 위한 보편적 메시지는 무엇이며, 이것은 어떻게 만들어진 것일까? 필자는 이런 궁금증을 바탕으로 이 수수께끼를 풀어보고자 하는 마음에서 이 글을 시작했다.

안중근을 이해하기 위해서는 우선 그가 살던 시대를 알아야 했다. 그는 제국주의가 발호하던 격동의 시기 구한말, 황해도 해주에서 태어났다. 필자는 때로는 돋보기를 들이대고 더러는 그의 가슴을 해부하여 동전의 양면을 살피듯 그의 마음을 샅샅이 훑어보았다. 이로써 평범한 시골 청년에 불과했던 안중근이 혼돈의 세상에 대해 느낀 모순은 무엇이며, 어떤 자각을 통해 세상의 모순에 저항하게 되었는지의 과정을 그려보고자 하였다. 더불어 이토 히로부미도 중간자적 입장에서 이해해보려 노력했다. 한일 간에 겪고 있는 첨예한 갈등의 균형점을 찾아보고 싶었기 때문이다.

　비폭력 운동을 주장하고 이를 실천한 마하트마 간디나 넬슨 만델라를 안중근과 비교하는 것이 무리가 있을지 모르나, 필자는 안중근을 그와 같은 반열에 두고 새롭게 평가하고 싶다. 이토를 저격했다는 사실에도 불구하고, 안중근의 내면에는 인간에 대한 끝없는 사랑과 화해의 정신이 관통하고 있었기 때문이다. 그는 증오에 찬 투쟁보다 더 위대하고 아름다운 것은 용서라고 말한다. 이 혼돈의 시대가 다시 그를 부르는 이유도 여기에 있지 않을까? 독자들도 그의 호소에 다시 한 번 귀를 기울여보면 좋겠다.

2014. 10.

안양 진료실에서

차
례

청국 의사 서원훈

1

조선과 만주의 지배권을 둘러싸고 각축전을 벌이던 일본과 러시아의 갈등이 폭발해, 일본이 러시아에 선전포고도 하지 않고 선제공격을 감행한 것은 1904년 2월 8일이었다. 이른바 러일전쟁의 시작이었다.

일본은 비밀리에 대규모 병력을 인천에 상륙시켜 조선에 주둔하고 있던 러시아 세력을 신속히 몰아냈고, 이와 동시에 인천항과 중국 여순항 인근에 정박 중이던 러시아 함선에 맹폭격을 가했다. 이틀 후, 일본은 천황의 이름으로 대러시아 전쟁 선포의 명분과 이유를 이렇게 천명했다.

금번 전쟁은 영토 확장에 눈이 먼 러시아의 남진 야욕으로부터 조선의 독립을 항구적으로 보장하고, 또 동양의 평화를 지키기

위하여 우리 일본국의 의기와 충의가 분출한 것이니, 이해 당사
국들은 우리의 뜻을 이해하고 뜨거운 지지를 당부드린다.

일본 천황이 이 같은 선전조칙(宣戰詔勅)을 내놓자, 그간 고래 싸
움에 새우 등 터지듯 러·일·청 3국의 세력 다툼으로 수십 년간 고
초를 겪고 있던 조선반도에도 한 가닥 자주독립의 서광이 비치는
듯했다. 그래서 적지 않은 조선 사람들은 일본이 내건 전쟁 명분
에 큰 공감을 표시했고, 나아가 그들의 전쟁 승리를 진심으로 기
원하며 적극 도왔다.

러일전쟁이 벌어진 지 두 달 정도 지났을 무렵, 한동안 조용하
던 황해도 해주 인근 신천군의 청계동 마을이 난데없는 일로 몹시
어수선했다. 한때 신천군수도 함부로 단속하지 못할 정도로 기세
가 등등하던 토호(土豪) 안태훈이 누군가에게 봉변을 당해 들것에
실려 왔기 때문이다.

그의 장남 안중근은 집 근처 청계동 성당에서 본당 신부인 빌렘
과 러일전쟁과 조선의 앞날에 대해 열띤 토론을 벌이고 있다가 아
내 김아려의 급한 기별을 받고는 벌떡 자리를 박차고 일어나 달음
박질을 쳐서 천봉산 자락을 훌쩍 건너뛰었다. 빌렘 신부도 한 자
는 족히 될 풍성한 수염을 흩날리며 급히 그의 뒤를 따라 문을 나
섰다. 하지만 몸집이 비대하고 동작이 둔한 그가 타고난 준족으로
날쌔기가 바람과 같은 안중근을 붙잡을 수는 없었다. 그는 안중근
이 빠져나간 산자락의 푸른 밀밭 길을 물끄러미 내려다보며 소리

쳤다.

"토마스!"

그의 커다란 목소리가 천봉산 자락에 쩌렁쩌렁 울렸다. 하지만 바람에 일렁이는 밀밭 사이로 대답 없는 메아리만 되돌아와 그의 귓전을 조용히 때렸다. 그는 맥이 빠져 어깨를 한 번 으쓱하더니 조용히 성호를 그었고, 근심스런 표정으로 가만 혀를 찼다.

"쯧쯧, 저놈은 언제나 저 불같은 성미를 가라앉힐꼬?"

빌렘은 안중근을 몹시 아꼈다. 지난 7년 동안 그를 자신의 복사로 데리고 있었고, 남달리 깊은 그의 신앙심과 순수한 열정에 때때로 큰 감동을 받기도 하였다. 안중근 역시 선교를 위해 이역만리 조선 땅에 찾아온 빌렘 신부를 아버지같이 따랐고, 성당을 위해서라면 아무리 궂은일이라도 마다하지 않았다. 이런 안중근을 빌렘은 자신의 영적 피붙이같이 여기며 살뜰히 살폈다.

게다가 빌렘은 보불전쟁의 여파로 독일에 강제 병합을 당한 프랑스의 알자스 로렌 출신이었다. 그래서 조선의 현실 때문에 울분을 토하고 있는 청년 안중근을 보고 있으면 자신의 젊은 날을 보는 것만 같아 더 마음이 아팠다. 말하자면 그들은 종교적으로 영적인 교감을 나누는 사이였고, 인간적으로는 동병상련의 정까지 나누고 있었던 셈이다. 당연히 둘 사이에 허물이 있을 수 없었다.

하지만 사랑이 깊은 만큼 빌렘은 안중근에 대한 염려도 컸다. 무엇보다도 걱정스런 것은 그가 불의를 보면 참지를 못하고 꼭 끼어들어 문제를 더 키운다는 것이었다. 이런 오지랖 넓은 정의감 때문에 안중근은 이십대 중반의 젊은 나이에도 불구하고 이미 여러 차례 송사에 휘말리는 등 크고 작은 고초를 겪은 터였다. 물론 빌렘은 안중근이 언제나 약자의 편이고 사리 판단이 분명하다는 사실을 잘 알고 있었다. 하지만 곧은 나무가 먼저 베어지는 법이어서 빌렘은 늘 그게 불안했다. 게다가 안중근의 관심사는 나날이 그 폭이 넓어져서 마침내 인근의 일들이 아니라 나라 전체의 일들에 대한 것으로 옮겨가고 있었다.

빌렘은 자신이 아끼는 안중근이 정치나 사회적인 일에 관심을 기울이기보다는 조선의 천주교를 이끌 훌륭한 신앙인으로 성장하길 더 간절히 바라고 있었다. 하지만 빌렘 신부 자신조차도 그에 대한 자신의 기대와 소망이 제대로 이루어질 수 있을 것이라고 믿지는 않았다. 조선의 현실에 대한 안중근의 울분이 너무 깊었고, 그의 가슴은 조국에 대한 사랑과 개혁에 대한 열정으로 항상 가득 차 있었기 때문이다. 빌렘은 기왕 터지는 봇물을 막을 수 없다면 성난 물줄기만이라도 다스려야겠다는 생각으로 안중근을 때로는 무섭게 다그치고 몰아세우며 그의 격정을 순화시키려 애를 써왔다.

2

안중근은 거친 숨을 몰아쉬며 마당으로 들어서다 아버지 안태훈을 발견하고는 화들짝 놀라 그 자리에 얼어붙었다. 그의 아버지는 대청마루에 드러누워 끙끙 앓는 소리만 내고 있었다.

"아버님!"

안태훈의 얼굴에는 성한 곳이 없었다. 눈두덩은 찢어지고 관자놀이에는 피멍이 들었으며 벌에 쏘인 사람처럼 퉁퉁 부은 두 눈은 뜰 수조차 없는 지경이었다. 그런 아버지의 모습을 보고 있자니 안중근은 가슴에서 부아가 울컥 치밀었다. 그는 숨을 고를 새도 없이 안태훈의 곁을 지키고 있던 아랫담 사는 이참봉에게 자초지종부터 물었다. 그런데 가까이 가보니 이참봉의 몸에서는 막걸리 냄새가 물씬 풍겼다. 아마도 술 때문에 사단이 난 것은 아닌가 싶은 생각이 들어 안중근은 은근히 맥이 풀렸다. 아버지 안태훈에게는 얼마간의 주사(酒邪)가 있었던 것이다.

"아저씨, 어찌 된 일입니까?"

"휴……, 아버지가 병원에 치료를 받으러 갔다가 시비가 붙었지 무언가."

"누구와 말입니까?"

"청국(淸國) 의사 서원훈이란 자일세."

이참봉의 입에서 서원훈이라는 이름이 튀어나오자 안중근은 이맛살을 잔뜩 찌푸리며 중얼거렸다.

"아니, 이놈이……."

서원훈은 신천 읍내에서 의원을 개업하고 있는 청나라 사람이었는데, 그에 대한 소문이 자자해 안중근도 그를 익히 알았다. 그는 침술은 물론이고 서양 의술까지 배워 웬만한 수술도 척척 해내었고, 신천군 일대에서는 가장 용한 의사로 정평이 나 있었다. 그래서 한때는 사람들이 구름같이 몰려들어 의원이 문전성시를 이루었는데, 근래에는 그에 대한 평판이 나빠져 사람들이 웬만하면 그를 찾지 않는다고 했다. 개업 초기에는 군민들의 환심을 사느라 온갖 아양을 다 떨었는데, 재물이 곳간에 수북이 쌓이고 생활이 윤택해지자 그사이 오만해져서 개구리 올챙이 시절 모른다는 격으로 조선 사람들을 깔보고 거만을 떤다는 것이었다.

게다가 서원훈의 편견과 무례는 행색이 남루하거나 가난한 사람들에게 유독 심했다. 고작해야 자기는 방구석에서 지인들과 어울려 마작이나 일삼으면서 똥장군을 지는 농사꾼이나 백정 같은 사람들이 의원을 찾아오면 이들에게서 더러운 냄새가 난다는 이유로 코빼기도 비치지 않아 사람들을 헛걸음질치게 했다. 지각 있는 사람들이 여러 차례 나서서 아픈 사람을 그냥 돌려보내는 것은 의사의 도리가 아니라고 그의 무성의와 무례를 나무라도 그는 눈하나 깜짝하지 않았다. 시간이 갈수록 무례와 행패가 심해지더니 최근에는 여색까지 몹시 밝혀 군민들의 원성에 부채질을 했다. 길을 지나가다 조금 반반한 여자만 보면 그는 침을 흘리며 금방 수작을 걸었다. 여북하면 '되놈 똥개'라는 별명이 붙었겠는가.

사람 차별이 심하고 오만한 대다수 인물들이 그러하듯 서원훈역시 잇속 계산은 귀신같이 빨랐다. 인근의 유력자들이 자신의 의원을 방문하면 금방 고개를 숙이고 그들의 입안에서 노는 혀처럼상대의 입맛에 맞추어 굽실거렸다. 이 때문에 서원훈은 여러 사람들의 비난을 받고 있음에도 불구하고 정작 신천 일대의 유력인사들 가운데는 아직 서원훈의 실체를 잘 모르는 장님들이 더러 있었다.

간과 쓸개를 다 빼줄 듯이 자신들의 비위를 맞추는 걸 보고 어떤 사람들은 그를 인간미 넘치는 친절한 인물이라 여겼다. 안중근의 아버지 안태훈도 사실 그런 눈먼 사람들 가운데 한 명이었다. 안태훈은 한때 신천군에서 제일가는 세력가였고, 당연히 서원훈에게서도 한껏 대접을 받았다. 그러니 그가 서원훈에게 환상을 갖는 것도 큰 무리는 아니었다.

안중근은 시정잡배보다 못한 서원훈이라는 인물에게 아버지 안태훈이 무차별 폭행을 당하고 돌아왔다는 사실에 우선 화가 몹시 났다. 하지만 자초지정을 따지지 않을 수 없었다.

"아저씨, 자세히 말씀 좀 해보세요."

이참봉은 어이없어 하는 표정으로 헛헛한 웃음을 흘리더니 안중근의 손을 잡고 한숨부터 지었다.

"작년 그 일만 없었어도……, 네 아버지가 그놈한테 이런 봉변을 당하진 않았을 텐데 말이다. 참 세상 인심이란 게……."

"……."

"너도 알겠지만 서원훈이 그놈은 한때는 호랑이 앞의 강아지처럼 네 아버지 앞에서라면 오금을 저리던 놈이다. 그런데 네 아버지가 끈 떨어진 연처럼 외로운 처지가 되고 보니……, 그놈이 방약무인하게도 하대를 하면서 친구 삼자고 덤벼들었어. 열 살이나 아래인 놈이 술기운에 하는 헛소리이겠거니 생각해서 네 아버지는 아무 말도 않고 그냥 기가 차서 허허 웃었단다. 그뿐이었어."

"……."

"그런데 갑자기 주먹과 발길이 날아오더라고. 그놈이 그간 고생한 아버지를 위로한답시고 술을 한잔 대접하겠다고 해서 따라나선 것이었는데……."

이참봉은 아직도 서원훈의 난동이 믿기지 않는지 어안이 벙벙한 표정을 짓고 있었다. 아버지 안태훈이 행여 그에게 무슨 책잡힐 실수를 하지 않았나 하고 내심 걱정하고 있던 안중근은 경위를 대충 알게 되자 서원훈의 난행을 더는 그냥 두고 볼 수 없다고 생각했다. 자식으로서의 개인적인 분함도 있었으나 자신마저 그의 악행을 눈감고 넘길 경우 서원훈은 더 기고만장해져서 더 많은 조선 사람들에게 해악을 끼칠 터였다. 신천의 내로라하는 유력인사인 안태훈마저 일방적으로 당했다면 다른 사람들은 말할 것도 없었다. 그는 이번 기회에 청국 의사 서원훈의 못된 버릇을 단단히 고쳐놓고야 말겠다는 생각으로 두 주먹을 불끈 쥔 채 자리를 털고 일어났다.

"이, 되놈의 자식을 당장!"

한동안 정신을 차리지 못하고 신음소리만 내던 안태훈은 물 한 대접을 마시고서야 겨우 정신을 차렸고, 벌떡 일어나는 아들의 안색이 심상치 않음을 보고는 아들의 손목을 덥석 붙잡았다.

"가지 마라!"

안태훈은 이대로 아들을 보냈다가는 필시 더 큰 사달이 날 것임을 예감했다. 장남 안중근의 불같은 성미를 누구보다 잘 알고 있는 이가 바로 아버지 안태훈이었다. 그런 불같은 성미는 바로 안태훈 자신의 성격이기도 했다. 그런 자신의 성격을 닮을까 염려하여 '자중자애하라'는 뜻으로 중근(重根)이라는 이름을 지어준 것도 바로 그 자신이었다.

안태훈은 아들의 눈에 불끈 솟아오른 성난 기운을 읽고 아들이 무슨 일을 저지르지 않을까 우려해 출타를 만류했다. 하지만 아랫마을 사는 친구 길상과 동행한다는 아들의 말에 그만 슬그머니 잡았던 손목을 풀어주었다.

길상은 청계동 성당에 다니는 안중근의 동갑내기 친구로 양봉을 업으로 삼았는데, 성당에서는 회계업무를 보았다. 비록 덩치는 작아도 속이 깊고 차분해 행동거지에 빈틈이 없었다. 안태훈은 아들이 길상과 동행한다는 말에 그렇다면 별일은 없겠다 싶어 군말없이 보내주었다.

3

일 년 전까지만 해도 안태훈은 황해도 신천은 말할 것도 없고 해주 일대에서도 맞설 사람이 없던 세력가였다. 상해 임시정부의 대통령을 지낸 박은식과 더불어 황해도의 두 신동으로 소문이 났던 사람이 안태훈이고, 진사시험에 합격한 후에는 개화에 앞장섰던 박영효의 주선으로 일본 유학을 꿈꾸기도 했던 인물이다. 그런데 개화파들에게 병력 지원을 약속했던 일본공사 다케조에가 청국의 눈치를 보다가 당초 약속을 파기하면서 개화파가 주도한 갑신정변은 실패로 돌아갔다. 정변 주모자 가운데 한 사람인 박영효는 황급히 일본으로 도피했고, 안태훈의 가슴을 부풀게 했던 일본 유학의 꿈도 자연스레 무산되고 말았다.

하지만 안태훈의 젊은 꿈만 산산이 부서진 것이 아니었다. 이 정변으로 인해 그의 신변에도 큰 이상이 생겼다. 개화파들이 하루아침에 역적이 되어 주살당하는 처지가 되고 보니, 개화파의 일원이었던 그 역시 박영효와 같이 쫓기는 도망자의 신세가 되었던 것이다. 목숨이나마 보전할 요량으로 선대부터 살고 있던 해주 땅을 버리고 야반도주하듯 급히 이사를 온 곳이 삼면이 산으로 가로막혀 인적이 드문 이 청계동이었다.

그것이 이십여 년 전의 일인데, 안태훈은 이 깊은 산골에 정착해 숨어 살면서 인근의 산포수를 가까이 했고, 세월이 흐르면서 어느덧 그 휘하에 백여 명이나 되는 산포수를 거느리게 되었다. 이런 세력이 바탕이 되어 동학란이 일어났을 때 그는 자신이 거느린 병력을 동원하여 문란해진 인근의 치안을 안정시키는 공을 세웠고, 이를 인정해 조정에서는 그에게 해서소모관이라는 직책을 내리기도 했다.

동학의 기운이 드세어 조정의 안정이 위협을 받을 때는 안태훈이 기른 사병의 힘이 절실히 필요해 그와 지방 관리들은 밀월관계를 유지했다. 하지만 청나라와 일본의 개입으로 동학란이 진압된 후에는 상황이 달라졌다. 막강한 그의 사병 세력이 오히려 지방관아에 큰 부담이 되었던 것이다. 이로써 안태훈은 관리들에게 계륵 같은 존재가 되었다.

안태훈의 천주교 선교 사업 역시 그의 처지를 어렵게 만들었다. 그는 동학란이 진정된 후 천주교를 받아들여 청계동에다 성당을 세우고 담임 신부인 빌렘과 함께 적극적인 선교 활동에 나섰다. 그 과정에서 천주교도들의 불이익을 막기 위해 선교 차원에서 교인들의 입장을 대변하지 않을 수 없었고, 그 결과 안태훈은 지방 관리들과 더 자주 마찰을 빚게 되었다. 이로써 안태훈과 관리들 사이에 갈등의 골은 더욱 깊어졌고, 그의 존재는 관리들의 눈에는 꼭 뽑아내야 할 눈엣가시로 변했다.

진사 안태훈과 프랑스 신부 빌렘이 한 몸이 되어 신천군 일대를 자신들의 왕국으로 만들어놓고 세금을 임의로 거두고 백성들까지 함부로 처벌하는 등 국정을 농단하고 있는 정도가 나라의 안정을 위태롭게 할 지경에 이르렀으니 해서지방의 안정을 위해 안태훈과 주변 무리들을 당장 체포하여야 합니다. 아울러 신부 빌렘은 치외법권을 인정받는 외국인의 신분만 믿고 국법을 무시하는 오만방자한 행동을 서슴지 않고 있으니 프랑스영사관에 항의하여 이들의 행동도 바로잡아야 합니다.

안태훈과 마찰을 빚던 관리들이 이 같은 내용의 장계를 조정에 올려 안태훈과 주변 인물들에 대한 체포령이 작년에 떨어졌었다. 이것이 이른바 해서지방의 천주교 국기문란 사건이라 이름 붙인 '해서교안(海西敎安)' 사건이다.

안태훈은 자신을 잡으러 온 순검의 눈을 피해 수개월 동안 도피 생활을 했고 상황이 일단락된 지난 겨울에서야 겨우 집으로 돌아올 수 있었다. 하지만 그사이 가세가 급격히 기울고, 천주교 선교 사업이라는 자신의 뜻마저 마음 놓고 펼칠 수 없게 되자 울화병이 들었다. 그러다 보니 치미는 화를 삭이지 못해 매일 술을 입에 달고 살았고 이런 음주 습관이 그의 몸을 야금야금 갉아먹어 몸이 성한 곳이 없었다. 소화가 안 돼 죽조차 삼키지 못하고 여기에 심한 불면증까지 생기는 지경에 이르렀다. 결국 견디다 못해 치료를 받기 위해 청국 의사 서원훈을 찾아갔다가 오늘 이 같은 봉변을 당한 것이다.

안중근은 평소 자신과 뜻이 잘 맞는 길상을 불러 말을 타고 신천읍내로 부리나케 달렸다. 길상은 안중근의 아내 김아려가 노파심에 미리 귀띔을 해주었던 터라 그가 마당에 들어서자마자 묻지도 않고 그를 덥석 따라나섰다.

하지만 그는 오늘의 출행이 왠지 꺼림칙하기만 했다. 조선 순검들이 서원훈의 뒤를 봐주고 있다는 소문이 있어 치밀하게 준비하지 않고 서원훈에게 섣불리 덤볐다간 오히려 역풍을 만날 수도 있겠다는 판단이 들었기 때문이다. 더군다나 서원훈의 뒤에는 청국

영사관이라는 막강한 배경까지 있었으니 길상의 근심은 더 깊어질 수밖에 없었다. 반면 안중근은 눈길을 옆으로 돌릴 새도 없이 눈을 부릅뜨고 부지런히 자신의 애마에게 채찍질만 가했다. 길상의 염려는 눈곱만치도 그의 안중에 없었다.

길상은 기왕에 따라나선 걸음이라 그에게 일절 토를 달고 싶지는 않았으나 자꾸만 신경이 쓰이고 마음이 켕겨 근질거리는 입을 참을 수 없었다. 그가 말의 옆구리에 박차를 가해 앞서 달리는 안중근을 따라붙어 큰소리로 외쳤다.

"어이, 중근이. 서원훈이 그놈이 여간 악질이 아니라는데, 우리 둘만 가서 괜찮겠나?"

"허어, 이 사람이. 왜 겁이 나나?"

"그게 아니라……, 좀 신중하면 좋겠다는 거지."

"업어 치나 메치나 그게 그거지 뭔가! 내키지 않으면 돌아가게. 그냥 나 혼자 가겠네."

"이 사람이……, 무슨 말을 그리 섭섭하게 하나? 듣자 하니 순검들이 그 되놈의 돈을 받아먹어 모두 한통속이 되었다기에 하는 말일세."

"섭섭했다면 미안하네. 하지만 염려 말게. 순검들이 조선 순검이지 어찌 되놈의 순검이겠는가? 그리고 그놈의 잘못이 명백한데, 설사 순검들이 뇌물을 먹었다 한들 어쩌겠는가? 죄는 그놈이 지었는데 왜 우리가 걱정하는가? 세상사 모든 일은 사필귀정일세. 그러니 잔말 말고 말이나 열심히 몰게!"

안중근은 말을 마치자 가슴을 앞으로 구부려 더욱 힘차게 말을 몰아 순식간에 좁은 고갯길을 빠져나갔다. 길상도 그에 뒤질세라 연방 채찍을 치며 말을 몰아 그의 뒤를 다부지게 따라붙었다.

4

안중근이 핏대를 돋우고 서너 번 고함을 치고 나서야 안채에서 대낮부터 애첩을 희롱하며 만두를 먹고 있던 서원훈이 요지로 이를 쑤시며 어슬렁어슬렁 대기실로 나왔다. 그는 안중근을 보자 눈을 내리깔고 두둑한 배를 앞으로 불룩 내밀었다.

"네 놈이 안태훈의 아들놈이냐?"

"초면에 말이 지나치시오!"

서원훈은 키가 육 척에다 몸무게가 백 킬로그램이나 되는 거구였다. 눈은 찢어지고 코는 매부리코에다 광대뼈가 불거져 인상이 험악했다. 이 때문에 사람들은 그의 얼굴만 보아도 괜히 오금이 저려 슬금슬금 피하기 일쑤였다.

서원훈은 안중근의 외모만 보고는 한주먹거리도 되지 않는 시건방진 애송이라 판단하여 내심 몹시 가소롭게 여겼다. 안중근은 오랜 태껸 수련으로 몸이 잘 단련되어 군살이 없고 날씬했으므로 얼핏 보면 무척 왜소해보였다.

서원훈은 처음엔 안중근을 한두 마디 말로 겁박을 해 돌려보낼 생각이었다. 그런데 안중근이 그의 말을 조용히 되받아치자 순간 부아가 치밀었다.

'이런 당돌한 놈이 있나?'

그는 은근히 배알이 꼴렸다. 하지만 안채에서 자신을 기다리고 있는 애첩 때문에 소란만은 피하고 싶어 속마음을 감춘 채 다시 얼굴빛을 부드럽게 했다.

"허허, 그래 좋다. 그런데 날 찾아온 이유가 무엇이냐?"

"의원께서 잘 아실 텐데, 굳이 내가 입 아프게 그 말까지 해야 하겠소?"

안중근은 그를 압박하듯 바짝 앞으로 다가서며 성난 눈빛으로 그를 노려보았다. 간신히 참고 있던 서원훈의 분노가 서서히 달아올랐다. 밴댕이같이 속이 좁은 그로서는 몇 마디 말을 받아준 것만으로도 엄청난 인내심을 발휘한 것이었다.

'이런 버릇없는 놈이 있나. 어디다 대고 눈깔을 뒤집어!'

안중근의 도전적인 눈빛에 서원훈의 가슴이 격한 분노로 달구어졌고, 살진 그의 두 눈꺼풀이 파르르 떨렸다. 그는 자신의 기분과 감정에만 충실할 뿐 상대의 심정은 안중에도 없었다. 그는 당장이라도 주먹을 날려 안중근의 면상을 후려갈겨 때려눕히고 싶었지만, 자신의 위신과 체면을 생각해 주먹을 자제하고 그를 한껏 희롱해주리라 마음먹었다. 서원훈이 기름기 번들번들한 입가에 비웃음을 가득 흘리며 능청스럽게 이죽거렸다.

"내가 점쟁이가 아닌데…… 네 속을 어찌 알겠느냐? 네가 굳이 말을 않겠다면 나도 듣고 싶지 않다. 난 배가 고프니 들어가서 하다 만 식사나 끝내야겠다. 그만 돌아가거라."

"⋯⋯."

서원훈은 너무나 당당했다. 안중근은 그의 뻔뻔한 태도에 기가 막혀 일시 말문이 막혔다. 어이가 없어 안중근이 잠깐 멍하니 그를 바라보고 있는 사이에 서원훈은 눈동자를 뒤룩뒤룩 굴리며 안중근을 아래위로 훑어보았고, 더 이상 그에게 볼 일이 없다는 듯 접수대 너머에 몸을 숨기고 있는 간호부에게로 눈길을 돌렸다.

"넌 대체 뭘 하고 있었기에 이런 잡놈들을 들인 것이냐? 당장 끌어내라. 안 되면 순검을 부르든지!"

그는 간호부에게 뒷일을 맡기는 것으로 자신이 할 일은 다한 것처럼 등을 돌려 다시 안채로 가려 했다.

"이 보시오, 서 의원! 지금 사람을 앞에 두고 장난하오?"

안중근이 그의 얼빠진 정신을 깨우듯 버럭 고함을 쳤다. 고함이 천둥같이 실내에 쩌렁쩌렁 울렸다. 얼굴이 곱상한 자그마한 간호부가 겁을 집어먹고 몸을 움츠렸고, 서원훈의 살찐 얼굴도 안색이 변해 붉으락푸르락했다.

"아니, 이 어린놈이 여기가 어디라고 감히 땡고함을 쳐? 쌍! 이 쌍놈의 꼬리빵즈*! 정말 죽고 싶냐?"

말이 떨어지기 무섭게 서원훈은 탁자 서랍을 열더니 날선 단도

---

* 중국인이 조선 사람을 얕잡아 보고 부르는 비어로, 고구려 막대기라는 뜻

를 집어 들고는 마른 콧김을 불며 안중근에게 달려들었다. 예상치 못한 일이라 모두가 기겁을 하고 안절부절 못했다. 간호부는 몸이 얼어붙어 도망도 못 치고 그 자리에서 벌벌 떨었고, 길상도 갑작스런 일에 너무 놀란 나머지 눈만 휘둥그레져서는 우왕좌왕할 뿐이었다.

하지만 정작 당사자인 안중근은 당황하지 않고 침착했다. 그는 날쌘 동작으로 몸을 옆으로 돌려 죽일 듯이 덤벼드는 서원훈의 칼날을 피했다. 그러고는 잽싸게 한 손으로는 칼을 쥔 서원훈의 손목을 움켜쥐고, 다른 한 손으로는 품에 지니고 있던 권총을 빼들어 그의 배를 겨눴다.

순간 안중근을 얕잡아보고 기세등등하던 서원훈의 얼굴이 하얗게 질렸다. 칼을 쥔 손이 부들부들 떨렸다. 안중근 등 뒤에 서 있던 길상은 그가 권총을 빼어든 것을 보고는 아차 싶었다. 안중근의 성격을 익히 알고 있던 터라 혹여 큰 불상사가 일어나지나 않을까 하는 마음에 큰소리로 외쳤다.

"중근이! 안 되네! 총은 치우게, 어서!"

길상의 당부에 안중근이 마지못해 총을 거두어 허리춤에 다시 찔러 넣는 순간, 서원훈이 안중근에게 잡혔던 손목을 잽싸게 빼더니 한 번 더 칼을 휘둘렀다. 칼끝이 안중근의 팔뚝을 스치는가 싶더니 찢어진 허연 무명옷 사이로 금새 붉은피가 팔목을 타고 흘러내렸다. 삽시간에 일어난 일에 모두들 놀라 안중근의 팔뚝을 바라보고 있는 사이 연이어 퍽 하는 소리가 났다. 안중근이 전광석화

같이 몸을 날려 뒷발 돌려차기를 했던 것이다. 외마디 비명과 함께 육척 거한이 뒤로 벌러덩 나가떨어졌다. 마치 일진광풍에 썩은 고목이 힘없이 쓰러지는 모습 같았다. 얼굴을 정통으로 맞은 서원훈은 얼이 빠져 짱돌 맞은 개구리처럼 바닥에 큰 대 자로 뻗었다. 안중근은 옷소매를 북 찢어 자상을 입은 팔뚝을 질끈 묶어 지혈부터 한 다음 청국 의사 서원훈에게 다가갔다. 그리고 한 팔로 그를 일으켜 세우며 단호한 목소리로 한마디 던졌다.

"서 의원, 오늘은 이만하고 돌아가겠소. 허나 앞으로의 처신을 두고 볼 것이니 각별히 언행에 조심하시오."

서원훈은 새파랗게 질려 안중근의 얼굴을 차마 쳐다보지 못하고 그저 고개만 끄덕였다.

5

"대체 이게 무슨 말입니까? 그놈을 조사조차 할 수 없다니요!"

"어쩔 수가 없네. 우리 대한제국이 청국과 그 같은 조약을 맺었기 때문일세."

"조약 내용이 대체 어떻기에 칼을 들고 사람을 죽이려 한 그놈에게 처벌은 고사하고 조사조차 할 수 없다는 말입니까?"

안중근은 해주감영 총순(總巡)*의 답변이 믿기지 않고 그저 황당하고 분하기만 했다. 급기야 찻잔을 쥔 그의 손이 파르르 떨리기까지 했다.

안중근과 서원훈 간에 충돌이 있고 난 이틀 뒤, 안중근을 잡는다고 해주감영 산하 순검들이 들이닥쳐 청계동을 다시 한 번 벌집 쑤시듯 흔들어놓았다. 서원훈이 안중근을 살인미수죄로 고소했던 것이다.

서원훈이 안중근을 고소한 일은 그야말로 적반하장이었다. 안중근은 그저 어처구니가 없었다. 또 서원훈이란 인물을 그냥 두었다가는 정말 큰일이 나겠다 싶어 이번 기회에 그를 확실히 응징해줄 요량으로 부리나케 해주감영을 찾았던 것이다.

'칼을 들고 사람을 해치려 한 사람을 처벌할 수 없다니, 대체 무슨 이런 해괴한 경우가 있단 말인가?'

안중근은 총순이 전한 대한제국이 청국과 맺었다는 범죄인 처리 조약안을 도무지 이해할 수 없었다. 그는 격분한 나머지 목청을 높였다.

"그럼 되놈의 손에 우리 조선 사람이 죽어도 우리는 아무런 조치도 취할 수 없다는 말입니까?"

"나랏법이 그리 되어 있으니 난들 어찌할 도리가 없네."

"아니, 무슨 법이 그렇습니까? 법이란 모름지기 백성들의 권익

---

* 구한말의 지방 경찰서장

을 지켜주기 위해 만드는 것이지 않습니까? 대관절 무슨 법을 그리 만들어 제 나라 백성들의 억울한 사정도 풀어주지 못합니까?"

총순은 한 시간이 넘도록 안중근에게 잡혀 꼼짝도 못하고 있었다. 그가 일방적으로 몰아붙이는데 총순도 화가 나 이맛살을 잔뜩 찌푸렸다.

"나라가 힘이 없어서 만들어진 법인데, 날 보고 어떡하란 말인가? 안 선생도 참 답답하네 그려. 내가 법을 바꿀 수 있는 사람도 아닌데, 여기서 화만 낸다고 해서 무슨 일이 되겠는가? 나도 일이 많아 자네만 상대하고 있을 순 없으니 그만 돌아가게나. 나도 약속이 있네."

"아니, 나라의 녹을 먹는 총순께서 어찌 그리 무책임한 말씀을 하십니까? 내가 당한 이 일이 그렇게 대충 넘어갈 하찮은 일입니까? 내 문제이기도 하지만 이건 비단 나에게만 해당되는 것이 아닙니다! 조선 백성 전체의 문제가 될 수 있고, 또 총순께서도 이런 억울한 일을 당할 수 있다는 말입니다! 그렇지 않습니까?"

총순은 찰거머리같이 자신에게 달라붙어 털끝만치도 물러날 기색을 보이지 않고 집요하게 파고드는 안중근에게 몹시 지쳐 있었다. 약속을 핑계로 자리를 피해볼 요량으로 엉덩이를 들썩였다. 그러다 자신도 그 피해자가 될 수 있다는 그의 따끔한 지적을 받고나서야 정신이 번쩍 들었다. 무조건 그냥 돌려보낼 수는 없겠다는 생각에 마음을 고쳐먹고 다시 자리에 앉았다. 총순은 엉거주춤 들었던 엉덩이를 슬그머니 내려놓고는 다소 민망한 얼굴로 힘없이 말했다.

"안 선생 말이 다 옳네. 하나도 그른 것이 없어 내가 대꾸할 말이 없네. 하지만 지금은 어찌할 방법이 없네."

그는 딱한 표정을 지으며 한숨을 내쉬고는 안중근을 물끄러미 쳐다보며 무안한 듯 슬쩍 웃어 보였다. 안중근은 그의 웃음이 왠지 쓸쓸해 보여 괜히 미안했다. 총순의 쓸쓸한 표정은 무력감에 젖어 있는 조선 관료의 현주소를 그대로 보여주고 있었다.

"조약을 개정하지 않는 한 청국인을 우리 법으로 처벌하는 것은 불가능하네. 이건 분명 불평등 조약이네. 하지만 이 불평등한 조약이 청국에만 적용되는 게 아니라 일본과 러시아, 프랑스, 미국, 영국, 독일 등 우리와 조약을 맺고 있는 모든 나라에 다 해당된다네. 나라가 힘이 없어 이런 억울한 일을 당하는 것이니 어찌하겠는가. 성에 차지는 않겠지만 안 선생이 이번 일은 그냥 합의를 하고 넘어가는 것이 좋겠네."

안중근은 총순의 권유를 마냥 거부할 수 없어 해주감영에서 서원훈과 대충 합의를 하고 귀가했다. 하지만 청계동으로 돌아오는 길 내내 일보고 뒤처리를 하지 않은 사람마냥 마음이 무겁고 개운치가 않았다.

조선의 조정은 백성들에게 그야말로 모순덩어리였다. 외국인을 대하는 태도도 그랬다. 관리들의 수탈에 시달리는 백성들을 보호하기 위해 자신과 신부 빌렘이 나섰을 때 관리들은 펄펄 뛰면서 천주교와 외국인이 나라 질서를 문란케 한다며 빌렘을 소환했다.

그러던 관료들이 제 나라 백성들에게 온갖 악행을 저지르는 외국인의 횡포에 대해서는 외국과의 조약을 빌미로 아무런 역할도 하려고 하지 않았다. 조정은 참으로 무원칙했고, 안중근의 눈에는 비겁해 보이기까지 했다. 안중근은 조정과 관리들의 일관성 없는 보신주의에 분노가 일었다.

그는 신부 빌렘을 찾아 성당으로 올라가던 길에 백 년 묵은 벚나무 그늘에서 잠시 자리를 잡고 앉았다. 오른쪽 호주머니 속에 넣어둔 피우다 만 담배 꽁초 한 개비를 꺼내 불을 붙였다. 성난 마음을 날려보내기라도 하려는 듯 허공에 하얀 연기를 내뿜었다.

'대체 이 나라는 누굴 위한 나라인가? 우리 조정이 우리 백성을 보호하지 못하면 대체 누가 우리를 보호한단 말인가? 우리 조선이 얼마나 허약하기에 이 같은 불평등 조약을 외국과 맺을 수밖에 없단 말인가?'

그의 머릿속에서는 온갖 상념이 꼬리에 꼬리를 물었고, 머리 위에서는 눈송이같이 하얀 꽃잎들이 흩날리고 있었다.

상해

1

"토마스, 네 스스로 상해로 가겠다고 결정해놓고 이제 와서 나한테 무슨 허락을 받겠다고 하는 것이냐? 난 너를 위한 기도를 해줄 수 없다."

신부 빌렘은 자신의 반대에도 불구하고 안중근이 상해행을 결정한 데에 몹시 화가 나 등나무 의자에 비스듬히 기대 앉아 갈색 파이프 담뱃대만 신경질적으로 빨아댔다. 붉은 칠을 한 윤기 나는 탁자 위에 놓인 유리 재떨이엔 안중근에 대한 그의 노여움만큼이나 많은 허연 담배재가 수북이 쌓여 있었다.

살집이 두둑한 빌렘의 콧잔등이 자꾸만 씰룩거렸다. 그는 틱을 앓고 있어 스트레스를 받으면 남들이 보기 민망할 정도로 코를 씰룩거렸다. 여느 때 같았으면 그의 주먹이 벌써 안중근의 머리통을 몇 차례 후려갈겨 절대 입도 뻥긋 못하게 혼을 냈을 것이다.

정치적인 일에 절대 개입하지 말라는 자신의 경고를 무시하고, 안중근이 작년에 한성의 보안회(保安會)*에 별안간 찾아가 일본공사 하야시와 그를 추종하는 송병준을 비롯한 일진회**와 같은 부일배(附日輩)들을 처단할 결사대를 조직하자고 제안했다는 사실을 알았을 때도, 신부 빌렘은 노발대발하며 안중근을 흠씬 두들겨 팼었다.

"토마스, 이놈. 네가 지금 정신이 있는 게냐 없는 게냐? 사람을 죽이겠다니? 하느님의 자식이 된 놈이 무슨 그런 짓을 도모한단 말이냐!"

"신부님, 이것은 나라를 훔치려는 도둑을 몰아내기 위한 일이지 살인이 아닙니다."

"야, 이 자식아. 살인이면 살인이지 거기에 무슨 이유가 있어? 세상에 아름다운 살인이 어디 있어? 이놈아, 네가 정말 정신이 나간 게로구나!"

안중근은 그때 신부 빌렘에게 매를 맞고 이틀이나 꼬박 누워 있어야 했다. 청국 의사 서원훈과의 사건 이후 빌렘은 안중근의 장래 문제를 두고 더욱 골머리를 앓았다. 그는 안중근이 올바른 신앙인으로만 성장하길 바랐지만, 우려했던 대로 안중근이 자신의

---

* 1904년 러일 전쟁 이후 전세가 유리하게 돌아가자, 일본인들은 일본공사를 통해 조선 궁중 소유의 산림, 하천과 저수지, 그리고 황무지 개척권을 요구하여 조선인들의 큰 반발을 불러일으켰는데, 이런 일본인들의 움직임에 조직적으로 저항하기 위해 만든 단체가 보안회였다.

** 대한제국 말에 일제의 병탄 정책에 호응하여 그 실현에 앞장선 친일단체

뜻과 다른 길을 기어코 가려 했기 때문이다.

빌렘은 안중근의 뜻을 꺾어보려고 성당 출입도 못하게 문을 자물쇠로 잠그고, 험한 욕설로 질책도 하고, 무지막지한 손찌검을 하기도 했다. 하지만 그 어느 것도 민족 문제에 대한 안중근의 생각을 바꾸지는 못했다. 의식 있는 조선의 지식인이라면 어쩌면 당연한 일이었다.

일본이 러일전쟁 개전 당시 내놓았던 조선의 독립 보장이라는 약속과 달리, 전쟁에 승승장구하면서 당초 약속을 파기하고 조선을 배신했기 때문이다. 러일전쟁 개전 직후 일본은 조선의 독립을 위해 싸운다는 명분으로 한일의정서(韓日議定書)를 강제로 맺어 일본의 입맛에 따라 조선의 영토와 시설을 병참기지로 맘껏 사용했는데, 그해 8월에는 1차 한일협약을 맺어 노골적으로 자주적 외교권까지 빼앗았다. 이 협약으로 대한제국은 재정에 대한 일본의 간섭은 물론이고 일본의 동의를 얻지 못하면 외국과 어떤 조약도 맺을 수 없는 상황에 처하게 되었다. 대한제국은 사실상 국가의 자주권을 잃어버린 것이다.

수많은 조선인들은 일본 천황의 선전조칙만 믿고 일본을 열렬히 지지하다가 일본의 교활한 음모에 말려든 것을 알고는 모두 경악하여 펄쩍 뛰었다. 조선인들은 순진했던 탓에 국제사회에 공언까지 한 일본이 설마 생선가게를 지키는 약삭빠른 고양이가 될 것이라는 생각을 못했다. 믿었던 만큼 배신에 따른 분노도 컸다.

하지만 신부 빌렘은 안중근의 분명한 뜻을 확인하고도 여전히

그에 대한 기대를 포기하지 않고 그를 자신 곁에 꼭 붙들어 매고
만 싶었다. 해서교안(海西敎案) 사건으로 위세가 크게 꺾인 해서
지방의 교세를 확장시키기 위해 안중근과 같은 열정적인 청년 활
동가의 도움이 절대적으로 필요한 점도 있었고, 꼭 나라를 위한
길이 총칼을 잡는 것에만 있지 않다는 자신의 신념 때문이기도 했
다. 무력 투쟁을 통해 나라의 땅을 보존하는 것도 중요한 일이나,
그는 영적인 사업을 강화하여 민족의 영혼을 잘 보전하는 것이 더
중요하다고 생각했다. 종교 활동을 통해 민족의 영적 역량을 함양
시키는 사업은 무력 투쟁보다 시간이 오래 걸리고 사업의 성과 또
한 더디어 당장 눈에 드러나는 것은 없지만, 이 사업이야말로 민
족을 영원히 살리는 진정한 애국 운동이라고 빌렘 신부는 믿었다.

　그의 이런 믿음은 독일에 병합당한 고향 알자스 로렌에 살던 한
유대인 가족에 대한 강렬한 기억 때문이었다. 이웃의 그 유대인
가족들이 수천 년 동안 이어져온 자신들의 문화를 잃어버리지 않
고 전통을 그대로 유지하고 사는 걸 옆에서 지켜보면서, 땅을 빼
앗기고 육신이 짓밟혀도 영적인 무장만 잘되어 있다면 어느 민족
이든 죽지 않고 영원히 살 수 있다는 사실을 깨달았던 것이다.

　그는 자신이 사랑하는 영적인 아들 토마스(안중근)가, 하느님의
뜻을 무시하고 질투에 눈이 멀어 동생 아벨을 죽인 폭력의 화신
카인처럼 손에 피를 묻혀 하느님의 제단을 더럽히는 걸 보고 싶지
않았다.

　위기에 빠진 조국을 구하기 위해 사용하는 무력과 살인이 정당

하다고 믿는 사람들이 있지만, 빌렘 신부의 눈에는 폭력은 단지 폭력일 뿐이었다. 인간의 죄악에 대한 심판은 신이 하는 것이지 인간이 하는 것이 아니라 여겼던 것이다.

벽에 걸린 괘종시계가 세 번째 울고 있었다. 벌써 세 시간째였다. 그때 빌렘 신부의 뱃속에서 시장기를 알리는 요란한 소리가 났다. 빌렘은 허기를 느끼며 고개를 돌렸다. 안중근은 마룻바닥에 무릎을 꿇어앉은 채 꼼짝도 않고 있었다.

'뭐 이렇게 독사 같은 놈이 다 있단 말인가!'

그는 기가 차서 어이없어 하는 표정을 지으며 혀를 찼다. 오금이 저릴 법도 한데 안중근의 자세는 세 시간째 한 치도 흐트러짐이 없었다.

빌렘은 그의 마음은 충분히 이해했다. 자신도 한때 그와 같은 생각을 가져 고향 알자스 로렌의 해방을 위해 총을 들어야 한다고 믿었던 적이 있었다. 하지만 그의 생각은 다만 생각으로 그쳤을 뿐이다.

빌렘의 머릿속은 그 어느 때보다 복잡했다. 안중근의 태도로 보아 자신이 반대한다고 해서 뜻을 꺾을 것 같지는 않았다. 그는 마음이 편치는 않았으나 자신이 뜻을 접을 수밖에 없었다. 이 또한 하늘의 뜻이라 생각했다.

"독한 놈!"

"신부님!"

안중근이 빌렘 신부의 안색을 살피며 민망해하자, 그가 안중근의 손을 꼭 잡았다.

"내가 너한테 졌다. 하지만 널 용서하는 것은 아니다. 약속은 하나 하자."

"말씀하십시오."

"네가 상해로 가서 민족 운동을 하는 것은 좋다. 단, 어떤 일이 있어도 손에 피를 묻혀서는 안 된다. 알겠느냐?"

"명심하겠습니다."

"넌 신앙인이고 하느님의 자식이다. 그러니 모든 걸 주님께 맡겨라. 사람에겐 사람의 죄악을 심판할 권리가 없다. 한때의 치기로 죄를 지어서는 안 된다. 알았느냐?"

빌렘 신부는 자신을 조심스럽게 올려다보는 안중근의 어깨에 손을 가만 얹고는 더 많은 세월을 산 어른으로서 다시 충고를 덧붙였다.

"호랑이는 날카로운 이빨과 발톱만으로 동물들을 지배하는 것이 아니다. 호랑이가 자신의 존재만으로도 동물들을 지배할 수 있는 건 그 위엄 때문이다. 그러니 실력이 중요한 것이다. 실력이 있으면 저절로 위엄이 생기고, 위엄이 있으면 피를 흘리며 싸우지 않아도 일을 이룰 수 있다. 지금 조선이 일본에게 당한 것도 따지고 보면 힘이 없었기 때문 아니냐? 이런 이치를 따져서 앞으로 넌 총칼을 들 생각일랑 하지 말고 조선의 실력을 배양하는 일에 힘을 기울이도록 해라."

"……."

안중근은 빌렘 신부의 깊은 통찰력과 삶의 연륜에서 우러나온 진심어린 충고와 자신의 길을 갈 수 있게 허락해준 빌렘 신부의 배려에 눈시울이 붉어졌다. 자신을 자식같이 여기는 빌렘의 따뜻한 마음을 다시금 느꼈기 때문이다.

2

담장이 성채같이 높은 커다란 집을 두 눈 부릅뜨고 노려보며 안중근이 혀를 끌끌 찼다.

'참으로 괘씸한 자로군. 나라의 고관을 지낸 사람이 위기에 빠진 조국의 어려움을 어찌 이리도 모른 척한단 말인가?'

그는 명성황후의 친정조카이자 전권특사로 미국에 다녀온 대한제국의 거물 정치인 민영익의 상해 집을 찾았다가 오늘도 어김없이 문전박대를 당하고 나오는 길이었다. 민영익은 늘 똑같은 대답으로 네 번이나 찾아온 안중근과의 만남 자체를 거부했다.

'나는 조선 사람은 만나지 않는다.'

안중근은 상해에 오면서 대한제국의 독립운동에 뜻을 같이 할 사람을 꾸준히 물색하며 그 적임자로 민영익을 지목했다. 민영익은 일본의 견제를 받아 상해에서 망명생활을 하고 있었지만, 서태후의 총애를 받고 있는 위안스카이를 비롯한 여러 정계 실력자들과 친분이 깊어서 상해에 있던 조선 사람 가운데 영향력이 가장 컸다. 게다가 그는 망명에 오르면서 고종 황제가 보유하고 있던 상당한 액수의 통치자금까지 들고 나와 재력도 넉넉했다.

안중근은 민영익 정도의 힘과 명성이라면 상해의 조선인들을 하나로 결집시키고 독립운동의 교두보를 중국에 확보해, 일본의 끈질긴 방해 공작으로 번번이 무산되고 있는 대한제국의 일을 국제적 문제로 부각시킬 수 있을 것이라 믿었다. 하지만 안중근이 품은 부푼 기대와 달리 현실의 벽은 높기만 하여 그는 늘 민영익의 대문간을 넘어보지도 못하고 헛걸음만 쳤다.

조선 사람을 만나지 않겠다는 민영익의 생각이 행여 자객을 염두에 둔 조치인지, 아니면 망명한 자로서 이제는 대한제국 문제로 더 이상 골머리를 앓고 싶지 않다는 현실 타협적인 이기심 때문인지는 알 수 없었다. 하지만 네 번이나 외면을 당하자 안중근은 맥이 풀리고 부아가 치밀었다.

안중근을 지치게 하는 사람은 민영익만이 아니었다. 그는 장도에 오를 때만 해도 상황을 상당히 낙관적으로 보았다. 상해에 망명인사가 많았고, 이들이 대한제국의 독립 문제에 무심하지 않을 것이라 여겼던 것이다. 하지만 안중근은 상해에 살고 있는 여러 조선 사람들을 만나보면서 자신의 생각이 무지에서 비롯된 오판이었음을 깨닫고는 무척 혼란스러웠다. 그가 만나본 조선 사람들은 대한제국의 운명에 대해 큰 관심이 없었다. 오히려 고향을 등지고 자신들을 망명길에 오르게 한 대한제국 조정에 큰 불만을 품고 적의를 드러내는 인물들이 더 많았다. 이 때문에 안중근은 상해 거리를 쏘다니며 동분서주해도 큰 성과가 없었다. 상해 생활이 3개월 정도 흐르면서 그는 동포들이 쳐놓은 무관심의 벽에 갇혀 마음고생만 독하게 했다. 침식이 불규칙해 얼굴도 까칠했고 살이 빠져 청계동을 떠날 때 입고 온 검정 바지는 치마같이 헐렁했다.

그러나 안중근은 네 차례나 민영익의 문전박대를 당하고도 아직 미련을 버리지 못했다. 대사를 논하기에 상해에는 민영익만한 인물이 없었기 때문이다. 그는 속이 아렸지만 바로 발길을 돌리지 않고 담배를 입에 문 채 민영익의 집 앞에 쌓여 있는 돌무더기에 잠시 걸터앉았다. 그러고는 오던 길에 책방에서 구입한 조간신문을 펼쳐들었다. 신문을 뒤적이던 그의 얼굴이 갑자기 굳어졌다.

일본, 미국 루스벨트의 도움으로 드디어 대한제국에 대한 지배권을 국제적으로 승인받다.

안중근은 기사 제목에 가슴이 철렁했다. 그의 손이 부들부들 떨리고 있었다.

'대체 이게 무슨 말인가?'

안중근은 두근대는 가슴을 가까스로 진정시키며 신문기사를 찬찬히 살폈다. 외신은 미국 대통령 루스벨트의 주선으로 미국 포츠머스에서 전쟁을 벌이고 있는 일본과 러시아 양국의 전권특사가 종전을 위한 협상을 가졌고, 협상 결과 대한제국에 대한 일본의 지배권을 러시아가 승인했다는 내용을 전하고 있었다.

'이놈들이!'

안중근의 눈에 불꽃이 튀었고 두 눈엔 핏발이 성성했다. 다른 나라의 눈길을 의식해 대한제국 황실의 동의를 구해야 한다는 문구가 추가되어 있었으나, 대한제국 황실이 무슨 힘이 있어 일본의 요구를 물리칠 수 있겠는가. 한마디로 눈 가리고 아웅 하는 격이었다. 그건 허수아비나 다름없는 대한제국 황실의 동의를 얻기만 한다면 일본이 대한제국 내에서 무슨 짓이든 할 수 있다는 뜻에 다름 아니었다. 이제 대한제국의 주인은 대한제국 황실이 아니라 일본이라는 사실을 국제적으로 공표한 것이나 다름없다는 기사였던 것이다. 그는 속이 상해 분풀이 하듯 신문을 갈기갈기 찢어 불태우고는 얼른 자리를 털고 일어나 황급히 어디론가 발걸음을 옮겼다.

민영익의 집에서 한 시간을 걸어 당도한 곳은 풍광 좋은 바닷가에 자리 잡은 거대한 서양식 2층 건물이었다. 인천 출신의 부호로 민영익의 자금을 관리하는 것으로 알려진 서상근의 집이었다. 서상근은 고종 황제의 총애를 받아 궁중의 재정을 담당하고 있는 이용익과의 관계도 각별했다. 보부상 출신이었던 이용익과 함께 쌀장사를 하며 친분을 쌓았던 것이다. 이처럼 민영익이란 큰 연줄을 두고 있고, 황실 안에도 만만치 않은 인맥을 구축하고 있는 서상근은 상해의 조선 사람들 사이에 마당발로 통했다. 현금 동원 능력도 아주 뛰어나 많은 조선 사람들이 그의 도움을 받아 사업을 하고 있었다. 말하자면 상해의 조선 사회를 지배하고 있는 숨은 실력자 가운데 한 사람이었다.

안중근은 자신이 그의 마음을 움직일 수 있다면 지금까지 꿈쩍도 않고 바위같이 버티고 있는 민영익의 마음도 열 수 있을 것이라 생각하여 고민 끝에 서상근을 찾았던 것이다. 출타했다가 막 돌아왔다는 서상근은 불청객의 방문에도 별로 싫은 기색을 내비치지 않고 처음 보는 안중근을 선뜻 자신의 서재로 이끌었다.

그는 오래도록 장사를 한 탓인지 사람 보는 안목이 남달랐다. 또 그는 장사 중에 사람 장사가 가장 이문이 많이 남는 장사라 생각하여 사람을 아주 소중하게 대했다. 안중근은 깡말라서 비록 볼품은 없었지만 눈빛만은 강렬했다. 서상근은 사람의 눈은 진실을 말하고 눈빛은 인간의 가치를 보여준다고 믿고 있었다.

그는 안중근이 초면이지만 그의 살아 있는 눈빛을 보고 예사 인물이 아니라 여겼다. 그가 여비서가 내온 찻잔을 안중근에게 내밀며 나지막이 물었다.

"그래 날 찾아온 용건이 무엇이오?"

"처음 뵙는 자리라 실례가 되겠지만 에둘러 얘기하지는 않겠습니다."

"좋습니다. 저도 말을 돌리는 것은 싫어합니다."

그는 다리를 꼰 자세로 차를 마시며 예고도 없이 불쑥 찾아와 대면을 청한 안중근이 어떤 인물인지 요모조모 뜯어보고 있었다. 안중근은 자신을 살피고 있는 그의 날카로운 눈길을 느끼면서 조

금 긴장했다. 어쩌면 이 자리가 자신이 상해에서 조국의 독립을
위해 몸부림칠 수 있는 마지막 기회가 될지도 모른다는 생각이 들
었기 때문이다. 그의 마음은 전에 없이 비장했다.

"저는 해주 청계동에서 대한제국 독립운동을 위해 상해로 나온
안중근이란 사람입니다."

지금까지 안중근에게 호의를 베풀며 부드러운 미소를 던지던
서상근은 그의 입에서 독립운동이란 단어가 튀어나오자 금방 안
색이 굳었다. 그는 입술을 깨물고는 살이 오른 도톰한 주먹을 불
끈 쥐더니 눈을 슬그머니 감았다.

"우리 대한제국의 정세가 지금 매우 심각합니다. 아침에 망할지
저녁에 망할지 모를 정도로 위중한 상태입니다. 어찌하면 좋을지
몰라 선생을 찾아왔습니다. 좋은 의견을 구하고자 합니다."

서상근이 그의 말에 굳은 표정을 풀지 않은 채 입을 열었다.

"선생의 말은 잘 들었습니다. 하지만 나랏일에 연관된 것이라면
사람을 잘못 찾아오신 것 같습니다. 나는 선생이 말씀하신 것에
대해 아무런 관심이 없습니다. 난 그저 하찮은 장사꾼으로, 선생
과 같은 큰 뜻을 품고 사는 사람이 아닙니다. 이문을 남기는 일에
만 관심이 있습니다. 사업이나 장사에 대한 얘기라면 난 얼마든지
선생과 얘기를 나눌 용의가 있습니다. 하지만 정치적인 일이라면
나하고 얘기를 나누는 것은 아무 의미가 없습니다. 그 때문이라면
그만 돌아가시지요."

그의 반응이 너무나 냉담하여 안중근은 순간 당황했다. 하지만

그 역시 각오를 단단히 하고 온 터였다.

"좋습니다. 선생의 뜻이 그러하시다면 굳이 강요할 생각은 없습니다. 다만 이 점은 알아주십시오. 모름지기 국민이 국민의 의무를 다하지 않으면 권리나 자유를 얻을 수 없다는 점입니다. 장사를 해도 나라가 있어야 편안하게 장사를 할 수 있는 법입니다. 또 나라가 없다면 대체 누가 우리를 보호하겠습니까? 더군다나 자기 조국의 어려움을 외면하는 사람들을 외국 사람들은 어찌 보겠습니까? 자신의 조국도 사랑하지 않는 사람들을 청국인이나 다른 외국인들이 어찌 신의가 있다고 생각하겠습니까? 서 선생, 다시 한 번만 더 생각해주십시오. 나라가 있고 난 뒤에야 장사도 있는 법 아니겠습니까? 우리 조선 민족이 남의 밥이 되고 있는 마당에, 국민 된 자로서 어찌 침묵할 수 있겠습니까? 나라가 망한다면, 서 선생께서는 누구의 도움을 받을 수 있겠습니까?"

안중근은 독립운동의 필요성을 조목조목 들어가며 그를 설득하려 했으나, 서상근은 그를 외면한 채 키 높은 천장의 샹들리에만 무심히 올려다보고 있었다.

어색한 침묵이 잠시 흐른 후, 서상근이 들고 있던 찻잔을 내려놓고는 조심스럽게 입을 열었다.

"안 선생, 선생의 얘기는 잘 들었소. 하지만 모든 인간이 같은 생각을 하면서 사는 것은 아니라오. 물론 생각이 다른 만큼 믿는 것도 다르지요. 보아하니 선생께서는 천주교를 믿는 것 같소만."

그가 안중근의 목에 걸린 흑단으로 만든 검정 십자가 목걸이를 물끄러미 쳐다보며 묘한 웃음을 지었다. 그러고는 지갑에서 지폐 한 장을 꺼내보였다.

"권력자나 정치가는 모두 거짓말쟁이들이라 난 그들을 믿지 않습니다. 하지만 이 돈이란 놈은 절대 거짓말을 하지 않아요. 난 이 돈이란 놈을 믿습니다. 사람들은 돈을 욕하면서도 돈 앞에서는 모두 머리를 숙입니다. 참으로 이율배반적이지 않습니까?"

"……."

서상근은 찻잔을 들어 잠시 입을 축인 뒤 안중근을 또렷이 바라보며 다시 말을 이었다.

"난 냄새 나는 이 돈이 사람보다 더 진실하다고 생각합니다. 돈은 인간들처럼 간사하게 사람을 속이려고 하지도 않아요. 그러니 말 못하는 이 돈이 나한테는 충신입니다. 돈은 절대 사람을 배신하지 않습니다. 돈은 또 사람 마음까지 착하게 만듭니다. 이러니 어찌 돈을 좋아하지 않을 수 있겠습니까? 난 조선에서 전 재산이나 다름없는 거금을 조정의 관리들에게 이유도 없이 빼앗겼습니다. 그때의 일을 생각하면 아직도 분이 풀리지 않아 잠이 안 옵니다. 나로서는 그 같이 썩은 인간들을 위해 일을 하고 싶지가 않습니다. 안 선생의 숭고한 생각과 뜻은 잘 알겠지만, 우리는 서로 가는 길이 다른 것 같습니다. 이해해주세요."

그는 부드러운 미소와 정중한 태도로 말했다. 하지만 표정과 달리 그의 뜻은 단호했다. 안중근의 눈에 서상근이란 인물은 숫제 바늘로 찔러도 피 한 방울 나오지 않을 것 같은 냉혈한으로 비쳤다. 부드러운 미소 뒤에 숨은 그의 냉정함이 안중근의 마음을 더 우울하게 만들었다.

그는 마지막 희망의 끈이 사라졌다는 생각에 맥이 빠졌지만, 서상근에게 돌을 던지고 싶지는 않았다. 다만 동포들이 조국에 등을 돌릴 수밖에 없었던 그간의 상황들이 안타까울 뿐이었다. 관료들의 핍박에 시달리다 목숨을 부지하기 위해 대한제국을 탈출한 이들이 상해 망명자들의 대다수를 이루고 있었다. 아비 노릇 못한 부모가 자식 도리 따져 묻듯, 백성 보호라는 제 본분을 다하지 못한 조국이 이제 와서 백성들에게 도리를 따져 이들을 압박하는 것도 염치없는 짓이라 생각되었다.

안중근은 이들이 입은 마음의 상처가 아물기까지는 시간이 꽤 필요할 것이라 여겼다. 그는 서상근의 거절이 서운하긴 했지만, 그보다는 그에게 서글픈 연민을 느꼈다. 그가 물신숭배에 젖어 있는 것 같았기 때문이다. 안중근은 서상근의 무성의와 무관심을 비난하는 대신 그의 진정한 성공을 빌어주고 싶었다.

"바쁜 시간에도 틈을 내주셔서 고맙습니다. 비록 이번에는 좋은 인연을 맺지 못해 유감이나 언젠가 더 좋은 인연이 되어 만날 수 있길 바랍니다. 그리고 오늘 저의 이야기에 대해 큰 부담은 갖지 않으셔도 됩니다. 저는 선생께서 사업으로 큰돈을 버는 것도 조국을 위해 봉사하는 훌륭한 일이라 생각합니다. 모쪼록 사업으로 대성공을 거두시고 좋은 곳에 많이 써주시길 바랍니다."

서상근은 안중근에게 뜻밖의 격려와 덕담을 듣자 의외라는 듯 놀라워하며 묘한 미소를 지었다. 그는 안중근이 사자후를 토하듯 하도 격렬하게 자신의 뜻을 밝혀 젊은 혈기를 이기지 못하고 그가 자신을 비난하지 않을까 짐작하고 있었던 것이다. 그의 얼굴에 흐뭇한 미소가 잔잔히 흘렀다. 자신이 사람을 제대로 보았다는 생각에 기분이 무척 유쾌했겠다. 그가 슬그머니 자리에서 일어서더니 안중근을 잠시 기다리게 하고는 오 분쯤 지나 다시 돌아와 자리에 앉았다.

"나도 선생의 뜻을 모르지는 않습니다. 하지만 모든 사람이 다 조선을 떠난다면 조선은 누가 지키겠습니까? 난 선생처럼 의식 있는 분이 조선으로 돌아가 조선을 지키는 일을 했으면 합니다."

"무슨 말씀이신지?"

불과 삽십 분 전만 해도 서상근은 대한제국 일에는 눈곱만치도 관심이 없다고 목청을 한껏 높였던 터였다. 이 탓에 안중근은 그의 말이 왠지 뜬금이 없다 싶어 의아하기만 했다. 한편으론 서상근이 실없이 자신을 시험하고 있지 않나 싶어 속이 편치 않았다.

"우리가 독립을 하려면 힘이 있어야 합니다. 그런데 그 힘은 실력에서 나옵니다. 한마디로 실력을 길러야 합니다. 난 선생께서 조선으로 돌아가 교육 사업을 했으면 좋겠습니다."

그러면서 그는 안중근에게 하얀 봉투 하나를 내밀었다. 그 안에는 뜻밖에도 이천 원의 돈이 들어 있었다. 경성에서 번듯한 집 세 채를 구할 수 있는 거금으로, 안중근의 교육 사업을 지원하기 위한 서상근의 애정이었다.

이토 히로부미

1

안중근이 육영 사업에 대한 꿈을 품고 상해를 떠나 가족들이 이사한 진남포로 돌아갈 채비를 서두르고 있을 무렵, 일본 동경에서는 포츠머스 조약의 실행을 위한 후속 작업이 진행되고 있었고, 일본 가쓰라 내각의 외상 고무라가 시월 어느 날 일본 최고의 실력자인 이토의 별장을 은밀히 찾았다.

바다를 품에 안고 있는 가나가와현 오이소. 이곳은 날씨가 온화해 일본 유력인사들의 별장이 즐비한 지역이었다. 체구가 자그마한 이토는 감기 기운이 있는지 잿빛 모포로 몸을 감싼 채 외상 고무라의 얘기를 잠자코 듣고 있기만 했다.

"각하, 전체 각료들의 뜻입니다. 내각의 요청을 받아주십시오."

이토는 고무라의 끈질긴 설득에도 가타부타 대답이 없었다.

'특사를 맡으라고?'

내각의 뜻이라고는 하나 이토는 도무지 특사를 맡을 생각이 없었다. 그는 대책 없이 일만 벌여놓고 뒷감당은 늘 자신에게 맡기는 군부 인사들의 무책임한 태도와 교활함에 신물이 나 있던 참이었다.

자신의 뜻을 거스르고 러시아와 전쟁을 결행한 것은 육군대신 야마가타, 총리 가쓰라, 육군대장 고마다 같은 군부 출신 인사들이었다. 이때도 뒷감당은 자신의 몫이었다. 청국과의 전쟁과 달리 대 러시아 전쟁은 전비가 엄청났다. 일 년이 넘는 전쟁을 치르느라 국고는 고갈되고 부족한 전비를 마련하려 고리의 외채까지 발행해야 했다. 신용도가 떨어진 나라의 외채를 사줄 곳이 없어 그는 미국에 통사정을 하며 죽을 고생 끝에 간신히 급한 불을 끈 적도 있었다.

군부 인사들이 얄팍한 눈속임으로 자신에게 염치없는 부탁을 한 게 이처럼 이미 한두 번이 아니었다. 얼마 전에도 전권특사 자격으로 러시아와의 종전 협상에 나가달라고 군부가 요청한 일이 있었다. 물론 이토는 그들의 속셈을 알아 전권특사 자리를 거절하긴 했다.

청일전쟁에서와 마찬가지로 여론은 러시아를 상대로 정부가 두둑한 배상금을 챙겨오길 바랐다. 하지만 러시아와의 전쟁에서는 배상금을 챙길 가망이 눈곱만치도 없었다. 러일전쟁이 일본의 승리로 끝났다는 외견상의 모양새와 달리, 이 전쟁은 사실상 확실한 승자도 패자도 없이 어정쩡하게 끝났기 때문이다. 일본은 전비가 바닥 나 전쟁을 계속할 여력이 없었고, 러시아는 일본의 열 배가 넘는 전력을 보유하고 있음에도 파업과 민란으로 전쟁에 집중할 수 없었다. 이처럼 쌍방 모두 여의치 않은 사정이 있어 종전 협상에 임한 터라, 여론의 비등한 전쟁 배상금 요구에도 불구하고 일본의 희망은 말 그대로 희망일 뿐이었다. 줄 놈은 생각지도 않는데 일본 혼자서 김칫국을 마시고 있었던 셈이다. 극심한 불황으로 살림살이가 팍팍해져 전쟁 배상금에 대한 국민들의 기대가 컸지만, 군부는 배상금 협상의 어려움을 일찌감치 알고 있었다. 이 때문에 군부는 여론의 뭇매가 두려워 직접 나서는 대신 이토의 등을 떠밀었던 것이다.

고무라의 얘기를 한참 듣고 있던 이토가 마침내 냉소를 지으며 입을 열었다.

"왜 나한데 그런 오물을 뒤집어씌우려고 하는가?"

"오물이라니요? 각하, 무슨 말씀을 그렇게……."

이토의 말에 고무라의 눈이 토끼 눈처럼 동그래졌다가 이내 그 말이 몹시 섭섭했던 듯 입술을 깨물며 억울하다는 표정을 지었다.

"그럼 내 말이 틀렸단 말인가?"

"우리 일본의 먼 장래를 위한 일입니다."

"좋아. 그렇게 훌륭한 일이라면 나 같은 늙은이가 할 게 아니라 그대들이 하면 되지 않는가?"

이토는 눈살을 찌푸리며 고무라에게 불같이 역정을 냈다. 고무라를 노려보는 그의 눈빛은 이렇게 말하고 있었다.

'난 할 일을 다했다. 러시아와의 협상을 통해 대한제국에 대한 우리의 권리를 인정받은 이 마당에, 내가 군이 악역을 맡아 대한제국에 대한 보호 조치를 취해야 하겠는가? 수천만 명의 원한을 사는 일을 나는 하고 싶지 않다. 난 쉬고 싶다. 이젠 나를 괴롭히지 말고 내버려둬라!'

이토는 자신의 손에 피를 묻히기 싫었다. 물론 격정에 휩싸여 물불 가리지 않고 세상을 험하게 살던 때도 있었다. 동지들과 함께 삼백 년간 일본을 지배해온 도쿠가와 막부를 무너뜨린 일, 천황제를 반대하던 하나와 지로를 암살한 일, 양이사상(洋夷思想)에 젖어 영국공사관에 방화를 했던 일들이 격정을 불태우며 살았던 이토의 젊은 시절 초상이었다.

하지만 그것은 이미 젊은 시절의 일이었을 뿐이다. 그는 과거의 이토가 아니었다. 경륜과 지식이 쌓여 그는 세상을 보는 눈이 밝았고, 타협의 가치와 협상의 기술을 아는 외교 전문가이자, 세상에는 아무리 노력해도 안 되는 일이 있다는 것을 아는 노회한 정치인이었다.

그는 욕심도 버렸다. 쇼카손주쿠(松下村塾)를 설립한 스승 요시다 쇼인(吉田松陰)에게 별다른 주목을 받지 못했던 자신이 일본의 메이지 유신을 이끌어 오늘날 일본의 위상을 아시아의 선도국으로 격상시킨 성장 신화의 주역이 되었다는 것만으로도 그는 자신의 인생에 대해 몹시 만족했다. 메이지 유신 이래로 총리 네 번에다 추밀원 의장까지 온갖 지위와 명예는 이미 다 누린 그였다. 이런 마당에 그가 더 바라는 것은 없었다.

대한제국에 대한 일본의 지배권을 강화하고, 일본이 지금보다 더 부강해져서 아시아의 대표 주자가 아니라 세계의 흐름을 선도하는 지도 국가가 되길 바라는 마음은 그 역시 간절했다. 하지만 이것은 어디까지나 자신과 같은 늙은 원로의 몫이 아니라 후배들의 일이라 생각했다. 지금 그가 유일하게 소망하는 것이 있다면, 평생 헌신과 희생으로 자신을 섬겨온 아내 우메코와 오이소 별장에서 여생을 편안히 보내는 것뿐이었다. 그런데 가쓰라 내각을 장악한 군부 출신 인사들이 다시 꼼수를 부리며 위험한 화약고로 그의 등을 떠밀고 있어 이토가 이렇듯 발끈 성을 내었던 것이다.

고무라는 이토의 분노에 놀라서 그 앞에 털썩 주저앉았다. 그러고는 사정을 하듯 머리를 조아렸다. 덩치가 큰 고무라가 이토 앞에 고개를 숙이니 쥐가 고양이를 물고 있는 것만 같았다.

"각하, 결코 오해하지 마십시오. 각하를 위험에 빠뜨리기 위한 것이 아닙니다. 대한제국의 보호조치 문제를 해결할 수 있는 분은 우리 일본국에 오로지 각하 한 분밖에는 없습니다. 우리 일본국을 위해 나서주십시오. 각하, 재고해주십시오. 대한제국을 속지로 만드는 일은 토요토미 히데요시 전하도 이루지 못한 일입니다. 이 엄청난 일을 각하께서 하시는 것입니다. 제발 허락해주십시오. 또한 이건 천황 폐하를 위한 길이기도 합니다."

눈을 부라리며 고무라에게 잔뜩 핀잔만 주던 이토의 얼굴이 웬일로 한결 부드러워졌다. 고무라의 말에 이토의 노기가 슬며시 풀렸던 것이다. 그는 자력으로 무에서 유를 창조해왔다. 그래서 자부심이 강했다. 이토를 토요토미 히데요시에 비견한 고무라의 찬사가 굳게 닫힌 이토의 마음을 서서히 열고 있었다.

사실 두 사람은 유사점이 많다. 토요토미 히데요시는 마부의 아들이고 이토는 목수의 아들이다. 말하자면 일본 사회에서 인간 취급도 받지 못하던, 계급이 가장 낮은 천민이었다. 이런 하층민들은 최하급 무사인 이시가루의 칼에 맞아죽어도 호소할 곳이 없었다. 그만큼 가련한 존재였다. 그런데 이 두 사람이 모두 자신의 힘만으로 정상에 올랐다. 당연히 세간에선 이 두 사람을 자주 비교하곤 했고, 이토는 이 같은 세간의 평을 은근히 즐겼다.

명예욕이라는 마음의 허영에 불이 붙자, 아까와는 달리 이토는 내각의 특사 제의를 보다 진지하게 생각하기 시작했다.

'천황 폐하를 위한 길이라면……. 자꾸 거절하는 것도 예의는 아니겠지?'

지금 이 순간에도 그는 자신의 명예욕 때문이 아니라 천황에 대한 충성심 때문에 마음을 바꾸고 있는 것이라고 생각했다. 그는 일본 땅에 천황제를 도입한 장본인이었고, 도쿠가와 막부를 타도한 후 지성을 다해 천황을 섬겨온 사람이다. 메이지 천황 역시 대신들 가운데 이토를 가장 신뢰했다. 권력욕이 강한 육군원수 야마가타와 달리 천황은 이토의 충성심을 아주 순수한 것이라고 믿었다. 이토 역시 천황에 대한 자신의 충성심을 순수하다고 믿고 싶었고, 자신의 명예욕을 드러내는 것이 부담스러워 천황에 대한 충성심으로 자신의 본심을 가장하고 있었다. 구름에 달 가듯 이토의 마음이 동하여 두둥실 하늘을 떠가고 있는데, 고무라가 한마디를 덧붙였다.

"각하, 각하께서 가시지 않으시면 불상사가 날 수도 있습니다."

"그건 무슨 말인가?"

"대한제국 황제가 우리 제국 정부의 안을 승인하지 않을 경우, 무력을 사용할 수도 있습니다. 그리 된다면 다수의 사상자가 나올 수 있습니다."

"그건 안 될 일이지. 결코 있어서는 안 될 일이야. 그건 무조건 막아야 해!"

이토는 고무라의 우려에 펄쩍 뛰며 손사래를 쳤다. 일본 내각은 용산에 주둔하고 있는 하세가와 사령관에게 여차하는 순간 일본 공사 하야시를 지원해 일을 마무리 지으라는 비밀지시를 이미 내려둔 상태였다.

"물론 가쓰라 놈하고 야마가타 그놈의 생각이겠지?"

"……."

이토는 아무 소리도 하지 않고 고개를 숙인 고무라의 안색을 살피다 혀를 차며 혼자 이죽거렸다.

"얼간이 같은 놈들. 이 머저리들이 늘 일을 망친단 말이야!"

이토는 청국과의 전쟁에서 승리한 후 기고만장해서 경거망동을 일삼는 군부 출신 인사들의 행태에 대해 노골적인 불만을 갖고 있었다. 천황의 직할 기관인 육군성과 해군성은 내각의 감독과 지시를 전혀 받지 않고 독자적으로 행동했는데, 의욕만 넘쳐 무리수를 둘 때가 많았던 것이다. 더군다나 이들은 일본의 능력이나 외교적인 문제는 전혀 고려하지 않고 행동함으로써 이토를 당황하게 만든 게 한두 번이 아니었다. 군대의 개입으로 대한제국에서 커다란 유혈사태가 벌어질지도 모른다는 고무라의 우려에 이토는 결국 마음을 굳혀 내각의 특사 제의를 받아들이기로 했다.

아내 우메코와 안락한 여생을 준비하고 있던 이토는 뜻밖에도 이렇게 새로운 운명의 길로 나아가고 있었다. 일본 입장에서는 이토가 일본의 당면 난제를 해결할 비할 데 없이 훌륭한 해결사일지 모르지만, 외교권을 박탈당할 처지에 놓인 대한제국 입장에서는 이토가 불구대천의 원수가 될 것임이 틀림없었다. 그래서 이토는 그 어느 때보다 마음이 복잡했고, 이 걸음이 자신의 운명을 앞당길지 모른다는 불안한 생각마저 들었다. 정치적인 이해관계로 여러 차례 암살의 위기를 겪기도 했지만, 그때의 상대는 어쨌든 소수집단이었다. 이천만 명이나 되는 사람들의 원한이나 분노를 산 적은 아직 없었던 것이다.

그는 인생에 공짜는 없다는 걸 알았다. 이 때문에 이번 일이 빌미가 된 업보가 언젠가 있을 것이라 짐작했다. 그럼에도 그는 자신에게 주어진 길을 피하지 않고 받아들였다.

그는 마음을 비우고 죽음까지 각오했다. 이번 여행이 일본 천황과 국민에 대한 자신의 마지막 봉사가 될 것이라는 비장한 각오로 이토는 대한제국으로 향했다.

이토는 갑판에 서서 형체가 희미하던 인천항이 해무가 걷히며 서서히 모습을 드러내는 걸 보면서 마도로스처럼 쿠바산 궐련에 불을 붙였다.

2

한성에 당도한 이토는 곧바로 고종 황제를 알현하지 않고 하루를 쉬었다가 다음 날 일본 천황의 친서만 전달하고는 다시 바람처럼 휑하니 궁을 떠났다. 그가 엄청난 내용을 담은 천황의 친서를 전달하고 나서 갑자기 모습을 감추는 바람에 고종은 이토의 진의를 확인하지 못해 몹시 당황했다. 하지만 이 모든 것은 고종의 마음을 흔들기 위한 이토의 계략이었다. 그는 고종에게 천황의 친서를 전달하고는 남산에 마련된 자신의 처소에 머물며 황실의 동정을 살폈다.

"애야, 오늘 황제의 심기가 어떻더냐?"

"좌불안석이에요. 어제는 통 잠을 이루지 못하고 술만 드셨어요. 심지가 약한 양반이라 어찌할지를 몰라 그냥 전전긍긍만 하고 있는 것 같아요."

이토는 자신이 양녀로 삼은 조선인 배정자의 전언에 회심의 미소를 지었다. 무너지고 있는 고종의 모습이 그의 눈에 선했다. 이토는 자신의 양딸 배정자를 고종의 비인 엄비의 처소에 심어두고 고종의 일상을 일일이 살피고 있어 황실 내부의 동정을 제 손금 보듯 환히 읽고 있었다.

"각하, 그럼 밥상이 다 차려진 것 아닙니까?"

동석한 일본공사 하야시가 상기된 표정으로 두 주먹을 불끈 쥐며 쾌재를 불렀다. 그 역시 학부대신 이완용을 비롯한 몇몇 대신들에 대한 매수공작을 끝낸 터였다. 그래서 첫 소풍을 기다리는 어린아이처럼 하야시는 마냥 들떠 있었다. 당장 황궁으로 쳐들어가고 싶어 하는 눈치가 역력했다.

"그래, 준비는 웬만큼 된 것 같네. 하지만 방심은 금물."

이토는 고종이 비록 엄한 아버지 대원군 밑에서 자라 겁이 많고 심지가 약하긴 해도, 사십 년이나 왕좌를 지킨 인물로 군왕으로서의 녹록지 않은 자존심과 고집이 있어 하야시의 섣부른 낙관을 경계하여 그에게 일침을 놓았다. 실패와 고통을 경험하지 못하고 살아온 사람들은 언제나 자신의 선택에 확신을 갖는 경우가 많다. 여기에는 아무런 근거도 없는 경우의 확신도 있고, 일회성의 경험에 비추어 자신의 운명을 너무 낙관적으로 바라보는 감상주의도 있을 수 있었다. 의욕이 넘치는 하야시의 경우는 후자라 할 수 있는데, 어떤 경우든 위험을 동반하는 것은 마찬가지다.

이토는 그런 면에서는 남들과 달랐고, 보다 완벽에 가까운 사람이라고도 할 수 있다. 그는 운을 믿지 않았다. 대신 그는 모든 일에 철저했고, 일을 맡으면 지성을 다했다. 다시 말하면 죽을힘을 다해 일을 하는 인간이었다.

이토는 양딸이 따른 술잔을 비우고는 자신의 지적에 겸연쩍어하며 머리를 긁고 있는 하야시에게 뜻밖의 지시를 내렸다.

"하세가와에게 내일 병력을 출동시키라고 하게."

"아니, 각하! 그리 되면 불상사가……."

하야시는 이토의 말을 이해할 수 없다는 듯 의아한 표정을 지으며 고개를 갸웃거렸다. 이토가 평소 유혈 사태를 극히 싫어했기 때문이다.

이토는 상대의 저항과 반발을 총칼로 제압하는 건 무능의 소치이며 야만의 증거라 생각하여 이를 매우 치욕스럽게 여겼다. 그도 한때는 격정에 불타올라 칼을 든 적이 있으나, 지금은 자신을 고도의 문화인이라 생각했다. 하야시가 이토의 말을 뜬금없다 여기는 것도 당연했다. 다소 혼란스럽다는 표정을 짓고 있는 하야시를 보며 웃음 섞인 목소리로 하야시가 물었다.

"왜, 이상한가? 겁이 나나?"

"아, 아닙니다, 각하."

"쇠뿔도 단김에 빼라는 말이 있네. 이 일은 시간을 끌어서 좋을 것이 없어. 어차피 피할 수 없는 상처라면 최대한 신속하게 처리하는 게 서로에게 이로울 것이네."

이토는 돌다리도 두드리고 건널 정도로 신중한 사람이었지만, 일단 결심이 서면 앞만 보고 달렸다. 이토는 정상적인 외교관계에서는 상호간의 이익을 침해하지 않고 상생을 지향하는 상호주의 정신에 철저했지만, 비정상적인 외교관계에서는 술수가의 면모를 유감없이 발휘했다. 일단 목표가 정해지면 그는 온갖 수단을 통해 상대의 애를 태우고, 상대가 지치면 그 틈을 놓치지 않고 과감하게 허를 찔렀다. 십중팔구 상대는 급소를 맞고 나가떨어질 수밖에 없었다.

대한제국의 허점은 더 이상 황제 혼자 모든 것을 결정하는 과거의 절대적인 봉건국가가 아니라는 점이었다. 황제도 내각의 결정 사항을 존중해야만 했다. 그런데 내각은 이미 매수가 되어 있었고, 혼란에 빠진 황제가 의지할 사람은 어디에도 없었다. 그래서 이토는 결단을 내렸던 것이다. 벼락같이 내리치는 그의 과단성을 보면 아직도 이토에게는 젊은 날의 격정이 남아 있는 것 같기도 했다.

하야시는 아직도 이토의 진의가 무엇인지 몰라 당황하는 기색이 역력했다. 이토가 그의 속마음을 간파하고는 싱긋이 웃었다.

"무장은 하되 실탄은 장전하지 말도록 일러두게."

"예!"

하야시는 그제야 이토의 속셈을 알고 무르팍을 쳤다. 무력시위로 겁은 주되, 유혈 사태의 가능성은 원천적으로 차단시켜 만에 하나 흥분한 대한제국의 군사들이 일본군을 선제공격해 일본군의 일방적인 피해가 발생할 경우 이를 자위권을 발동시키는 빌미로 삼자는 뜻이었다. 하야시는 내심 감탄했다.

대한제국을 향해 이중삼중으로 덫을 쳐놓은 이토는 다음 날 오후 늦은 점심을 먹고 전격적으로 황궁을 방문했다.

3

"대체 일본국이 말하는 대한제국의 독립은 무엇이오? 귀국은 우리의 완전한 독립을 보장한다고 수차례나 말해왔소. 갑신년 정변이 나고 일본과 청국이 톈진에서 맺은 조약에서도 그대들은 우리의 자주권을 침해하지 않는다 하였고, 일청전쟁 당시 맺은 시모노세키 조약에서도 마찬가지였소. 게다가 일러전쟁에서도 같은 말을 하지 않았소? 금융, 전신, 우편까지 그대들이 다 가져가 대한제국의 국고는 이미 텅텅 비었소. 이 때문에 국민들의 불만이 높고 원성이 커서 그 고통은 이루 말할 수가 없소. 그런데 어찌하여 외교권까지 내놓으라 하오? 대체 당신들이 말하는 우리 대한제국의 독립이란 무엇을 말하는 것이오?"

외교권을 내놓아야 한다는 이토의 말에 고종은 주먹으로 탁자를 내리치며 벽력같이 화를 냈다. 격분한 나머지 고종의 안색이 붉으락푸르락 했다.

고종의 분노에는 일본의 표리부동한 태도에 대한 배신감, 오백 년 이어온 사직을 자기 대에서 끝내야 할지 모른다는 곤혹스러움, 강대국의 눈치를 보느라 이곳저곳 옮겨 다니며 허송세월을 보낸 자신의 무능에 대한 자책, 십 년 전에 세상을 떠난 명성황후에 대한 그리움이 함께 어우러져 있었다.

그는 현명한 황후가 살아만 있어도 자신이 이 같은 치욕을 당했을까 하는 생각이 들어 황후를 잃은 상실의 슬픔이 새삼 더욱 깊어져 그의 가슴을 아프게 후비었다. 수척한 고종의 볼에 가는 경련이 일었다. 우묵한 눈에는 눈물이 글썽거려 그가 격한 분노의 슬픔에 빠져 있다는 걸 알 수 있었다. 이토는 황제의 기분을 헤아려 그의 성토에 일절 토를 달지 않고 가만히 듣고만 있었다.

"정말 이렇게 할 수밖에 없는 것이오?"

고종의 목소리에는 이제 애절한 울음이 짙게 배어 있었다. 이토가 황제를 달래듯 나지막이 말했다.

"제국 정부가 정한 보호 조치가 대한제국에 꼭 나쁜 것만은 아닙니다. 대한제국이 힘이 없다 보니 갑신년 정변 때는 청국이 대한제국을 속국 취급하며 온갖 간섭을 하지 않았습니까? 그 당시 위안스카이의 전횡을 잊으셨습니까? 청국의 횡포로부터 대한제국을 구한 것이 우리 일본국이었습니다. 신의 말이 틀린 것입니까, 폐하?"

"……."

청국의 기세가 등등할 당시에는 청국 군인과 청국인의 횡포가 너무 극심해 백성들의 원성이 자자했던 것이 사실이었다. 고종이 이에 답변을 못하고 어정쩡한 태도를 보이자, 이토가 야릇한 미소를 지으며 다시 말을 이었다.

"저희 일본국이 일청전쟁 때 요동을 얻으려 했던 이유는 대륙 진출에 대한 마음도 있었지만, 한편 러시아의 야욕으로부터 대한제국을 보호하기 위한 속뜻도 있었습니다. 이것도 틀린 것입니까?"

"남의 땅을 강제로 빼앗는 것은 그대들의 이익을 위한 것이지, 어찌 그것이 우리 대한제국의 주권 보호와 연관이 있단 말이오? 일본국에 그런 너그러운 마음이 눈곱만치라도 있다면 오늘 이 같은 어처구니없는 요구를 우리에게 해서는 안 될 것이오."

고종은 이토의 심기를 건드리지 않으려 에둘러 말했으나 사실상 이토의 말을 궤변이라 반박하고 있었다.

대한제국은 러일전쟁의 소용돌이에 휘말리고 싶지 않아 한때는 유럽의 소국인 스위스를 모델로 하여 중립을 선포하려 하였다. 그런데 대한제국의 뜻을 무시하고 강압적으로 한일의정서를 체결해 대한제국의 영토를 군사적 목적으로 마음대로 사용한 장본인이 일본이었기 때문에, 이토의 말에 고종이 분노하는 것은 당연했다.

주권국가의 외교권을 강탈하려는 이토와 자주적 외교권을 수호하려는 고종은 처한 입장이 다른 만큼 같은 문제를 두고 내놓는 해석 역시 서로 다를 수밖에 없었다. 여기에는 티끌만 한 연민이나 이해, 동정이 끼어들 틈이 없었기 때문에 두 사람의 생각에는 그 어떤 공통분모도 있을 수 없었고, 어느 한 쪽이 양보를 하지 않은 한 끝없는 평행선을 달릴 수밖에 없었다.

이럴 때 필요한 게 물리적인 힘이었다. 고종은 고집스럽지만 아주 겁이 많았다. 이토는 자꾸만 말꼬리를 잡고 물고 늘어지는 고종의 태도를 보고는 더 이상 시간을 끄는 것이 무의미하다고 판단했다.

그가 고개를 숙인 채 눈을 감고는 신호를 보내듯 손뼉을 쳤고,

그 순간 밖에서 대기하고 있던 일본군 사령관 하세가와가 무장 헌병 다섯을 대동하고 조금도 거리낌 없이 황제의 내실로 걸어 들어왔다. 눈을 부릅뜬 그들이 차렷 자세를 하고 이토 앞에 서서 그의 명을 기다렸다. 그들이 입은 감색 군복은 예사롭지 않은 그들의 군기를 말해주듯 날이 빳빳하게 서 있었다.

"각하, 무슨 일입니까?"

"병력은 어떻게 되었나?"

"황궁을 물샐 틈 없이 포위하고 있습니다."

"내 명령이 있기까지는 이 방에 아무도 들이지 말게!"

고종은 일본 군인들이 자신의 내실까지 무단 침입한 사실에 몹시 놀라고 당혹스러웠다. 마치 자신의 몸이 짓이겨진 기분이었다. 그는 너무 놀라서 벌어진 입을 다물지 못했다. 황제를 압박할 생각에 무력시위를 벌인 이토는 고종의 안색을 살피며 내심 회심의 미소를 지었다. 이토가 정색하며 일갈했다.

"폐하의 불편한 마음은 잘 알겠습니다. 하지만 저희 일본국의 도움이 없었다면 대한제국이 지금까지 명맥이나 유지할 수 있었겠습니까? 저희 일본국이 대한제국에서 발을 뺐다면, 대한제국이 지금까지 살아남았겠습니까?"

"그 무슨 망발을 하시는 게요?"

이토의 무례에 격분하여 고종도 목에 핏대를 세웠다. 하지만 흥분이 지나쳐서 더 이상 말을 잇지 못하고 이글거리는 눈빛으로 그를 노려보며 몸을 부르르 떨기만 했다.

고종은 지난 십여 년 동안 이토를 십여 차례 이상 만났다. 그때마다 이토는 늘 친절한 신사였다. 항상 미소를 지었고 태도는 정중했으며 말투도 부드러웠다. 또 산타클로스처럼 보따리 한가득 선물을 가져와 황실 가족들에게 특별한 즐거움도 주었다. 그랬기 때문에 황제가 이토에게 느끼는 모멸감은 형언하기 어려웠다. 고종으로서는 자기 앞에 앉아 있는 이토가 과거에 자신이 본 이토와 같은 인물인지 의심이 들 지경이었다.

황제는 치욕을 이기지 못하고 눈물을 글썽였다. 하지만 이토는 황제의 기분에는 별로 신경을 쓰지 않는 눈치였다. 그는 오로지 일본 내각이 만든 조약안을 신속히 체결하는 데에만 온 신경을 집중하고 있었다.

이토의 말은 일본이 대한제국을 보호하지 않고 그냥 내버려두었으면 대한제국은 힘이 없어 제국주의의 세계적 흐름에 휩쓸려 들어가 어차피 맹수들의 먹이가 되었을 것이란 야유를 담고 있었다. 대한제국이 청국이나 러시아의 속국이 되거나 아예 병합이 되어 지구상에서 흔적도 없이 사라졌을 것이란 비아냥거림을 담고 있기도 했다. 물에 빠져 죽어가는 대한제국을 일본이 살려주었는데, 일본을 은인으로 알고 감사는 못할망정 무슨 불만이 그리도 많으냐는 질책의 말이기도 했다.

강골의 아버지 대원군과 카리스마 넘치는 명성황후라는 보호막을 상실한 고종은, 온갖 풍파를 홀로 헤치며 정상에 오른 일본의 추밀원 의장 이토를 감당하기엔 능력이 한참 미치지 못했다. 이토는 동서양이 인정하는 노련한 정객이었다.

입가에 비웃음을 가득 머금고 이토가 말을 이어갔다.

"폐하, 만약 제국 정부에서 취하려고 하는 보호 조치를 거부하시게 되면 어떤 일이 일어나겠습니까?"

이토의 질문에 고종이 손수건으로 눈물을 훔치다 말고 물었다.

"그건 무슨 말이오?"

"다시금 영토 문제가 발생할 것입니다."

"무어라?"

"러시아가 영토 야욕을 드러내어 다시 남진을 시도할 것이고, 이것은 일본 본토에 대한 위협으로 다가올 것입니다."

"……."

고종은 그제야 이토가 말하고자 하는 속내를 알아차렸다. 고종의 눈이 휘둥그레졌다. 황제의 등에서 식은땀이 방울방울 흐르고 있었다.

"그리되면 우리 제국 정부는 우리의 안위를 위해 불가피하게 조선반도에서 전쟁을 벌일 수밖에 없습니다. 폐하께서는 정녕, 이 대한제국을 불바다로 만들고 싶으신 것입니까?"

"……."

대한제국을 볼모로 조선반도에서 전쟁을 벌이겠다는 이토의 협박에 고종은 그만 할 말을 잃었다. 그의 눈동자가 불안하게 흔들리고 있었다. 탁자 위의 담배를 집어 든 황제의 손이 가늘게 떨렸고, 이토가 상체를 구부려 조심스럽게 황제에게 담뱃불을 붙여 주었다.

"……."

고종이 어깨를 늘어뜨린 채 담배 두어 모금을 빨더니 한숨을 토해내며 힘없이 말했다.

"조금만 말미를 주시오. 나 혼자 결정할 수는 없소. 대신들의 뜻을 물어보고 결정하겠소."

"시간을 하루 더 드리겠습니다."

이토는 큰 인심 쓰듯 황제에게 하루의 말미를 주고는 훌쩍 황궁을 떠났고, 황제는 상복을 입은 채 종묘를 찾아 추적추적 내리는 빗속에서 조상들에게 용서를 빌며 통곡했다.

귀향

1

이튿날 일본군은 어전회의가 열린 경운궁을 병력을 동원해 개미새끼 한 마리 얼씬거리지 못하도록 살벌하게 포위했다. 늦가을 바람에 어지럽게 나뒹구는 낙엽이 저무는 제국의 운명을 쓸쓸히 전했다.

일본군의 삼엄한 경비 아래 진행된 어전회의에서 이완용을 비롯한 일본에 매수된 을사오적의 비호 아래 새로운 조약안은 다수결로 통과되었다. 이른바 을사늑약이 성립된 것이다. 이로써 대한제국은 독립 국가의 가장 기본적이고 필수적인 외교권을 일본에게 강탈당해 자주권을 상실하고 말았다. 대한제국에 관련된 외국과의 모든 조약 체결권이 일본의 수중에 넘어간 것이다. 대신들의 충정에 실낱같은 희망을 걸었던 황제의 마지막 기대는 무참히 짓밟히고 말았다.

불상사를 우려한 황제의 호소에도 불구하고 대한문 밖에서는 민중의 시위가 끊이지 않았고, 시종무관장 민영환, 원임의정대신 조병세, 주영공사 이한응, 학부주사 이상철, 갑신정변을 주동한 홍영식의 형 홍만식이 분을 참지 못하고 자결하여 조약 무효화 운동에 불을 붙였다.

상해를 떠난 안중근이 철도와 배를 번갈아 타고 가족들이 새로 이주한 진남포에 도착한 것은 을사늑약이 체결된 지 보름쯤 지났을 무렵이었다.

진남포는 문호 개방 이전에는 서해를 바라보는 대동강 하구의 한적한 포구에 지나지 않았다. 포구 너머는 허허벌판이었고, 기껏 오십여 호에 지나지 않는 작은 초가들이 정답게 서로 살을 맞대듯 옹기종기 모여 서해에서 불어오는 찬바람을 같이 맞고 있던 곳이다. 스치는 눈길로도 한눈에 담을 수 있었던 이 자그마한 어촌이 청일전쟁 때 일본군이 군함 정박지와 육군의 병참기지로 사용하면서 도시 규모가 급속도로 커졌다. 이 때문에 조선소와 선박 수리소가 생기고, 이와 연관된 공장들이 들어서고, 해운이 편리해 물산의 수출입까지 인천항 못지않게 매우 활발해졌다.

진남포는 이제 평안도 일대에서 손꼽히는 큰 도시가 되어 내국인은 물론이고 외국인들까지 벌떼같이 이곳으로 몰려들었다. 그중에서도 일본인과 중국인의 수가 워낙 많아 조선 사람과 그 수가 엇비슷했다. 이 때문에 행인들의 차림새를 보면 이곳이 조선 땅인지 일본 땅인지 도무지 분간이 가지 않았다. 더군다나 풍광 좋은 곳에 자리 잡은 아담한 일본 가옥들과, 비탈진 언덕이나 후미진 골목길에 얼기설기 어지럽게 늘어선 조선 가옥들을 비교하면 이 땅의 주인이 뒤바뀌었다는 인상을 지우기 어려웠다. 이처럼 주객이 전도된 이유는 군 기지를 따라 진남포에 들어온 일본인들이 군납을 독점하면서 큰 부를 쌓고, 축적된 자본으로 이들이 평안도 일대의 상권을 장악해 나가고 있던 탓이다.

조선인들은 눈부시게 발전한 진남포의 모습에 자극을 받아 이곳을 새로운 기회의 땅이라 여겨 몰려들었지만, 출발이 너무 늦어 개발의 과실이 고스란히 일본인의 몫으로만 돌아가 새로운 문제를 야기했다. 물질 혜택의 불평등과 경제적 박탈감 탓에 조선인과 일본인 사이에 갈등의 골이 깊어 사사건건 마찰을 빚었고, 이로 인해 이 일대에서는 크고 작은 이권다툼이 자주 일어났다.

안중근은 항구에 마중을 나온 두 동생을 끌어안고는 눈물부터 뿌렸다.

"언제 돌아가셨느냐?"

"막 한 달 되었어요."

안중근은 아버지의 건강이 좋지 않아 얼마간 예상은 하고 있었지만 이토록 빨리 세상을 떠나실 것이라고는 미처 상상을 못하던 터였다. 티끌만 한 기미라도 있었더라면 서둘러 상해로 가는 길을 선택하지는 않았을 것이다.

그는 가족들이 이사한 진남포의 새집에 들러 어머니에게 귀국 인사를 올리고는 서둘러 아버지가 묻힌 청계동으로 향했다.

2

　"토마스, 고생 많았다. 아버지 묘소엔?"

　"다녀오는 길입니다."

　"많이 아쉽지?"

　"……."

　신부 빌렘의 말에 안중근은 말을 잇지 못하고 끝내 참았던 울음을 터뜨렸다. 신부 빌렘이 의자에서 일어나 어깨를 들썩이며 울먹이는 안중근의 등을 감싸 안고 도닥였다.

　"네가 없을 때 돌아가셔서 마음은 아프겠지만, 슬퍼 마라. 주님께서 잘 돌봐주실 게다."

　빌렘의 말에 울음보가 터진 듯 안중근이 더욱 서럽게 울었다. 그의 등을 도닥이던 신부 빌렘의 볼에도 눈물이 흐르고 있었다.

　아들인 안중근에겐 태산 같은 사람이라 더 말할 것도 없지만, 안태훈은 신부 빌렘에게도 매우 소중한 사람이었다. 팔 년 전 그를 이곳에 불러들인 사람이 안태훈이었고, 선교라는 한 뜻을 품고 그와 함께 동고동락한 사람이 안태훈이었다. 이 때문에 신부 빌렘에게 안태훈은 세상에 둘도 없는 친구이자 동지였다.

이런 연유로 그 역시 안태훈의 죽음에 큰 충격을 받아 깊은 상실감에 빠져 있었지만, 안중근이 복받치는 슬픔을 감당하지 못하고 통곡을 하자 자신의 마음을 돌아볼 겨를도 없이 안중근을 위무하느라 정신이 없었다.

한참 동안 어린아이처럼 눈물을 쏟던 안중근은 빌렘에게 창피했던지 퉁퉁 부은 얼굴을 들고는 겸연쩍은 웃음을 지었고, 빌렘도 그의 손을 잡으며 다정하게 웃었다.

"토마스, 와인 한잔 할까?"

"……."

안중근이 말없이 고개를 끄덕이자 빌렘이 슬며시 일어나 창고에서 포도주를 한 병 내왔다.

"재작년 난리 때 담근 술이다. 네가 오면 주려고 뚜껑도 열지 않았던 거야."

서해교안 사건으로 안중근의 집안이 풍비박산 났던 이태 전 그해 여름에 안태훈 부자가 신부 빌렘과 같이 수확한 포도로 담근 술이었다. 안중근은 순간 아버지 생각에 다시금 가슴이 먹먹했다. 빌렘은 안중근의 잔에다 술을 따른 후, 앞에 놓은 잔에 와인을 가득 따르고는 안중근의 슬픔을 대신 마시기라도 하듯 벌컥벌컥 들이켰다. 입가 수염에 묻은 와인 자국을 손으로 훔치고는 안중근을 물끄러미 바라보며 물었다.

"토마스, 일본이 대한제국의 외교권을 가져간 건 알고 있지?"

"예."

"이젠 앞으로 어떻게 할 생각이냐?"

"신부님이 말씀하신 대로 교육 사업을 해볼까 합니다."

빌렘은 안중근의 말에 고개를 끄덕이면서도 그의 말이 왠지 믿기지 않는 듯 의심의 눈길을 거두지 못했다. 보안회 사건 때 자신에게 반죽음이 되도록 구타를 당하고도 종교보다 민족이 우선한다고 항변하며 총을 포기하지 않았던 이가 안중근이기 때문이었다. 빌렘이 수사관처럼 푸른 눈동자를 굴리며 안중근의 안색을 살피고는 그의 마음을 떠보듯 다시 물었다.

"정말이냐? 내가 널 믿어도 되겠느냐?"

"신부님, 너무 걱정 마십시오. 제가 돌아온 것은 진정 교육 사업을 하기 위해서입니다."

안중근이 상해에서 만났던 서상근에 대한 얘기까지 들려주자, 그제야 빌렘은 안심이 되었던지 크게 반색을 하며 안중근의 손을 턱석 움켜쥐었다.

"그래, 생각 잘했다. 주님께서도 네 생각을 기특하게 여기실 것이다."

아버지 안태훈의 죽음에다 대한제국이 외교권을 상실하는 일까지 벌어져 안중근이 다시 총을 들고 일본군과 싸우겠다는 소리를 하지 않을까 빌렘은 내심 우려하고 있었다.

그는 자신의 영적인 아들이 드디어 방황을 끝내고 신앙인의 본래 모습으로 되돌아온 것만 같아 기뻐 어쩔 줄 몰라 했다.

친구 안태훈을 잃고 한동안 실의에 빠져 있던 빌렘은 안중근 때문에 오랜만에 기분이 무척 좋아졌다. 그는 안중근에게 와인을 계속 권하며 자신도 부지런히 마셔댔고, 두 시간도 채 안 돼 탁자 위에 빈 와인 병이 여섯 병이나 나뒹굴고 있었다.

술이 약한 빌렘은 이미 취해서 얼굴이 원숭이 엉덩이같이 붉어졌고 혀는 꼬부라져 있었다. 그럼에도 그는 무언가를 안중근에게 열심히 말하고 있었다. 자세히 알아들을 수는 없었으나, 그의 말은 대충 이러했다.

"토마스, 너무 마음 아파하지 마라. 비록 일본에게 외교권을 빼앗겼지만 대한제국이 부강해지고 독립할 실력을 갖추게 되면, 이번 조약을 다시 철회할 수 있다고 한다."

"응당, 그래야지요. 당연히 그래야지요. 암요!"

안중근은 의식 너머에서 희미하게 들려오는 빌렘의 말을 믿고 싶었다. 술잔을 들고 바닥에 쓰러진 안중근이 허탈한 웃음을 흘리며 중얼거렸다.

"암요. 암요……."

빌렘의 말이 틀린 건 아니었으나 옳은 얘기도 아니었다. 일본이 대한제국의 부강함을 인정할 때만 조약 폐기가 가능하다는 단서가 붙어 있었기 때문이다.

"대한제국이 귀국에 외교권을 넘기는 것은 사정이 여의치 못해 그런 것이니, 언젠가 때가 되면 외교권을 반환할 것을 약속해주시오."

고종이 이토가 들고 온 조약안의 재가를 한사코 미루며 침통한 표정으로 이토에게 읍소하자, 우는 아이 떡 하나 더 주는 심정으로 이토가 집어넣은 문구였다.

전후 문맥으로 보자면 일본이 인정하지 않는 한 조약 폐기는 영원히 불가능한 일이었다. 말하자면 이 문구는 대한제국에게 그저 빛 좋은 개살구였다.

이토는 의미 없는 문구 하나로 고종의 체면을 세워주는 척하면서, 황제에게 생색은 생색대로 내고 오금을 박듯 더 확실하게 실리를 챙겼다. 이토는 그만큼 교활하고 치밀했다.

3

"안 선생, 축하드립니다."

"감사합니다."

안중근이 설립한 석탄개발회사 삼합의(三合義)의 개업 축하연에 참석한 축하객들로 사무실은 발 디딜 틈이 없었다. 안중근의 가족, 신부 빌렘, 신천군 인근의 천주교 신자들, 자신이 설립한 삼흥학교(三興學校)의 임직원들, 진남포 일대의 관료들, 그의 회사와 계약을 맺은 대리점 사장들 등등 무려 삼백여 명 넘는 사람들이 몰려 준비한 음식이 동이 날 지경이었다.

진남포 일대의 석탄 시장을 독점하고 있던 일본인 구로다까지 커다란 화환을 보내 그의 개업을 축하했다. 삼흥학교를 세운 안중근이 석탄회사를 차리려 한다는 소문을 듣고 안중근의 석탄회사 설립을 막으려 백방으로 뛰던 구로다였다. 이 때문에 축하 화환을 보낸 그의 저의가 마냥 순수하다고는 볼 수 없었다. 삼합의 동업자이자 삼흥학교 교장을 맡은 한재호는 구로다가 보낸 화환을 보고는 발끈 성을 냈다.

"안 사장, 이 화환 재수 없으니 당장 치워버립시다."

한재호는 구로다의 이름을 발견하고는 침부터 뱉었다. 구로다는 돈이라면 사족을 못 쓰는 위인이었다. 이익을 위해서는 물불을 가리지 않아 일본인들 사이에서도 독사라 소문이 나 있을 정도로 평이 나빴다.

안중근이 석탄회사 설립을 추진하자 구로다는 자기 사업에 올타격을 우려해 관리들을 매수하는 등 온갖 구실을 끌어다 삼합의 설립을 방해했다. 그 때문에 관청에 회사 설립을 신청해놓고도 석달이 넘도록 허가가 나지 않아 꽤나 애를 먹었다. 빚을 내 석탄광을 인수해놓고 채탄만을 기다리고 있던 안중근과 한재호, 그리고 여러 동업자들은 발을 동동 구르며 생돈으로 이자를 감당하느라 피를 말렸다. 이들이 속을 끓이며 전전긍긍하고 있던 차에, 조선 통감부 초대 통감으로 부임한 이토가 작년에 있었던 외교권 강탈 문제로 흉흉해진 민심을 달래려 올봄부터 유화책을 쓴 덕에 최근에서야 겨우 회사 설립 인가가 났다.

이런 곡절이 있었으니 한재호가 그에게 화를 내는 건 당연했다. 안중근은 구로다가 보낸 화환을 잡아먹을 듯이 노려보고 있는 한재호의 귀에 대고 나지막이 속삭였다.

"참으시게. 보는 눈들이 있네."

한재호는 안중근이 가리키는 곳으로 눈길을 돌리다 순간 멈칫했다. 감청색 정장에 검정색 중절모를 쓴 구로다가 사복 차림의 일본 헌병 두엇을 대동하고 거들먹거리며 인파 사이를 헤집고 다니는 모습이 보였던 것이다.

한재호가 그를 보고는 눈을 부라리며 두 주먹을 불끈 쥐었다. 콧김을 부는 모양새가 당장이라도 달려가 그를 패대기칠 것 같은 기세였다.

"저 자식을 그냥!"

"허어, 왜 이래? 한 교장, 참으래도!"

안중근은 성미 급한 한재호가 쓸데없는 분란을 일으키지 않을까 염려하여 그의 손을 붙잡았다. 안중근 역시 구로다가 몹시 못마땅했지만, 흥겨운 개업 축하연을 망칠 수는 없어서 그를 자제시켰던 것이다.

삼합의 사무실을 찾은 구로다는 먼저 안중근을 찾아와 인사를 하지 않고 보란 듯이 한참을 돌아다니며 다른 사람들과 잡담을 하다 뒤늦게 다가왔다.

"안 사장, 축하하오. 정말 손님이 많소."

"어려운 걸음을 해주어 감사하오."

"하하, 뭘요! 이젠 같은 업종에서 일할 처지인데, 서로 협력하며 지내야 하지 않겠소?"

얼마 전까지만 해도 안중근의 석탄 사업을 주저앉히지 못해 안달하던 구로다가 무슨 망령이 났는지 느닷없이 찾아와 너스레를 떨며 덕담을 건넸다.

안중근은 별안간 구로다가 안색을 바꾸고 수선을 피우는 것을 보자 그에게 무슨 꿍꿍이가 있는 듯 싶어 긴장의 끈을 놓을 수가 없었다. 하지만 그도 오늘만은 손님이라 생각하여 안중근은 불편한 기색을 비치지 않고 조용히 그의 말을 받아주었다.

"정말 그리 생각해준다면 나로서는 말할 수 없이 고마운 일이오. 구로다 사장께서는 어찌 생각할지 몰라도 사업은 경쟁자가 있어야 서로 발전하고 잘되는 법이니까. 그렇지 않소?"

"하하, 당연하지요. 여부가 있겠습니까?"

구로다는 무엇이 그리 좋은지 안중근의 말을 이러니저러니 따지지 않고 넙죽넙죽 받아들이며 맞장구를 쳐주었다. 구로다의 언행이 눈초리를 사납게 치켜세우고 사사건건 시비를 걸어오던 이전과는 천양지차라 불길한 생각이 자꾸만 들었다.

안중근은 구로다의 반질반질한 얼굴을 쳐다보면서, 삼합의의 고객으로 확보해놓은 여러 사업체들을 마음속으로 꼼꼼히 헤아렸다. 대략 서른 곳 이상이었고 대다수는 자신이 잘 아는 조선 사람들이 운영하는 사업체였다. 구로다가 무슨 짓을 해도 삼합의 고객 가운데 이탈할 사람은 없어 보였다. 안중근은 내심 안도하며 그에게 악수를 청했고, 그에게 덕담까지 건네며 자신에 대한 그의 적의와 경계심을 누그러뜨리려 애썼다.

"진남포 일대 사람들이 목탄(숯)을 버리고 석탄을 사용하게 된 것은 모두가 구로다 사장의 공이오. 정말 애 많이 쓰셨소. 사실 목탄은 쓰기에 매우 불편하지 않습니까? 사용 시간도 짧고 화력도 약하고 게다가 불을 꺼뜨리기도 일쑤였는데, 석탄을 써보니 아주 편리하다고 모두가 놀라워하더군요. 가격이 좀 비싼 게 흠이라 보급이 더디었지만, 저희 삼합의에서 생산을 늘려 공급을 확대해 나가면 가격도 떨어져서 석탄 수요가 지금보다 최소한 두세 배는 더 늘 것입니다. 인근 주민들은 더 싸게 석탄을 구할 수 있고, 구로다 사장께서도 지금보다 돈을 더 많이 벌 수 있을 것이니, 그야말로 누이 좋고 매부 좋은 일이 아니겠습니까? 아무튼 우리 모두 동업자라는 생각으로 화합해 잘해봅시다. 난 구로다 사장이 고객으로 삼고 있는 사업체는 넘볼 마음이 전혀 없소이다. 나는 새로운 시장을 만들어갈 생각이오."

"당연히 그래야지요. 남의 고객을 넘보는 것은 상도의에 어긋나는 일 아니겠소? 하하!"

안중근의 말에 구로다는 사무실이 떠나가도록 호탕하게 웃어젖혔다.

황제의 반격

1

이토가 초대 통감으로 부임한 뒤로 고종의 울화는 나날이 깊어 갔다. 너무 당황한 나머지 기연가미연가 했던 국권 상실이 정말로 현실이 되었고, 황제라지만 자신은 아무것도 할 수 없는 무력한 존재가 되어 있었다.

을사늑약이 체결된 뒤로 황제는 자신 외에는 아무도 믿지 않았다. 대신도 환관도 궁녀도 믿지 않았다. 이름만 황제의 신하일 뿐 모두가 일본에 매수된 그들의 끄나풀이었기 때문이다.

이토에 대한 분노, 신하들에 대한 배신감, 자신에 대한 연민과 고독감, 국민들에 대한 죄책감이 어우러져서 그는 치미는 울화를 삭이지 못해 요즘 들어 부쩍 술을 더 많이 찾았다.

황제는 사람이 그리웠다. 믿을 수 있는 사람에 대한 간절함이 몹시 컸다. 하지만 그의 주변에는 믿을만한 사람이 없었다. 황제 주변에는 아첨꾼과 일본의 사주를 받은 감시꾼만 득실거렸다. 그는 철저히 이용당했고 또 감시당했다.

이 때문에 고종은 자신을 늘 그림자같이 수행하는 비서감(秘書監) 김승민에게 마음을 전적으로 의지했다. 그는 오늘도 김승민을 술친구 삼아 자신의 침실인 함녕전에서 술잔을 기울였다. 고종은 마음이 괴로워 통 음식을 들지 못했고 강술만 마셔대다 보니 금방 취했다.

"김 비서, 한 잔만 더 따르게."

"폐하, 옥체를 보전하시옵소서. 이미 많이 드셨습니다."

김승민의 만류에 고종이 눈가에 번지는 눈물을 훔치며 자신을 비웃듯 허탈한 표정으로 냉소를 흘렸다.

"김 비서, 이런 무능한 몸뚱아리를 보전해서 무엇에다 쓰겠는가? 황소같이 힘이 있어 논을 갈겠는가 밭을 갈겠는가? 그저 먹고 똥만 싸대는 이런 위인을 어디에다 쓰겠는가?"

"폐하, 고정하시옵소서. 자책이 지나치십니다. 폐하는 대한제국의 황제이십니다."

"허허, 황제라고? 좋다, 황제……. 아무것도 할 수 없는 이 허수아비가 황제인들 무엇을 하겠느냐? 모든 대신들이 등을 돌렸다. 환관과 궁녀들도 이젠 내 편이 아니다. 대체 내가 무엇을 할 수 있겠느냐?"

"폐하, 그렇지 않사옵니다."

"그렇지 않다?"

고종은 술기운으로 정신이 흐릿한데도 김승민의 말이 왠지 솔깃해 귀를 쫑긋 세웠다. 그가 무릎걸음으로 다가왔다. 김승민은 중요한 얘기를 할 때면 고종에게 가까이 다가와 귀엣말로 속삭이곤 했다.

"폐하, 비록 대신들이 일본에 매수당해 폐하를 배신하였지만, 폐하께는 이천만 명이라는 폐하의 백성들이 있사옵니다. 이토의 간계에 넘어가 총 한 방 쏘아보지도 못하고 국권을 잃었지만, 이천만 백성들 모두 작년에 맺은 조약안에 분통을 터뜨리고 있사옵니다. 폐하께서 지시만 하신다면, 폐하의 충성스런 백성들이 들고 일어나 언제든지 총칼을 들고 일본에 맞서 싸울 것입니다. 전(前) 이조참판 민종식이 의병을 일으켜 벌써 홍주성을 장악했다고 하옵니다."

"무어라! 그게 정말인가?"

"그러하옵니다."

고종은 민종식이 충청도에서 의병을 일으켰다가 관군에게 패해 도주했다는 소식은 들어 알고 있었으나, 그가 승리했다는 사실은 미처 모르고 있었다. 이토와 대신들이 황제가 다른 마음을 가슴에 품을까 우려하여 정보를 가려서 보고하고 있었기 때문이다. 상황이 이러해 황제는 세상 돌아가는 일을 도통 알지 못했다. 수심이 가득했던 황제의 얼굴에 모처럼 환희의 빛이 흘렀다.

"장하구나!"

고종은 민종식을 잘 알고 있었다. 죽은 황후의 조카뻘 되는 신하로 충성심이 지극해 명성황후가 일본의 낭인들에게 시해된 후 미련 없이 관직을 버리고 낙향한 자였다. 그는 문관이면서도 덩치뿐 아니라 배포도 커서 여느 장수 못지않은 용력과 담력을 두루 갖추고 있었다.

고종은 일본의 음모에 피살된 아내의 복수를 민종식이 대신해 주고 있다는 생각이 들어 그에게 애틋한 마음이 생겼고, 그의 거병이 자신이 애타게 찾고 있는 국권 회복을 위한 것이라 또한 가상히 여기지 않을 수 없었다. 김승민이 달빛같이 화사해진 용안을 살피며 다시금 말을 이었다.

"이렇듯 폐하의 백성들이 용감한데, 무엇이 두렵사옵니까? 용기를 내시옵소서. 지금 폐하께서 하실 일은 백성들의 국권 회복 운동을 독려하시는 일입니다. 또한 작년에 맺은 조약안이 일본의 강압에 의해 체결된 것임을 국제 사회에 알려야 합니다. 우리가 대책 없이 넋을 놓고 마냥 가만 앉아 있으면, 국제 사회는 우리가 동의해서 일본이 우리 외교권을 가져갔다고 오해할 것입니다."

"그대의 뜻은 잘 알겠으나, 우리가 무슨 수로 이를 알리겠는가? 왜놈들이 눈을 시퍼렇게 뜨고 나를 감시하고 있는데……."

황제는 사방에 뻗어 있는 감시의 눈길에 갇혀 옴짝달싹 못했다. 처지가 이러하다 보니 황제의 눈에는 김승민의 말이 옳긴 하나 그림의 떡같이 멀게만 느껴졌다. 황제가 한숨을 내쉬었다. 김승민이 황제의 마음을 간파하고는 상긋이 웃으며 말했다.

"폐하, 묘안이 있사옵니다."

"어떻게?"

고종이 술기운으로 흐트러진 정신을 일깨우듯 눈을 비비고는 앞으로 가슴을 구부렸다. 김승민이 귀엣말로 황제에게 속삭였다.

"왜놈들은 궁중에 출입하는 우리나라 사람들은 제 놈들 맘대로 몸을 수색하고 검사해서 우리가 이 일을 맡기는 쉽지 않습니다. 하오나 지금 궁중에 출입하는 외국인을 이용하면 어렵지 않을 것입니다."

"그래, 그 방법이 있었어. 내가 아둔하여 미처 그 생각을 못했구나."

황제는 그제서야 김승민의 말뜻을 이해하고 무릎을 쳤다. 황제의 외국인 측근으로는 대한매일신보 사장 영국인 베텔, 미국인 선교사 헐버트, 독일인 손탁 등이 있었다. 그중에서도 손탁은 여성으로서 명성황후에게 서양 음식의 조리법을 소개해준 사람이었는데, 지금은 정동에 손탁호텔을 열어 그곳에서 외국인들의 사교모임을 주도했다.

이들의 출신 국가인 영국, 미국, 독일은 일본과 동맹을 맺고 있어서 통감부의 감시를 받는 조선인들과 달리 이들만큼은 헌병들의 수색을 받지 않고 제집 대문간 넘나들듯 궁중에 마음대로 출입했다.

슬픔에 잠겨 있던 황제의 눈이 오랜만에 희망으로 반짝였고, 이어 그는 박력 있게 두 주먹을 불끈 쥐었다.

2

"폐하, 폐하께서 내린 교지를 보면 신을 통감이라 부르지 않고 자꾸만 후작이라 하시는데, 이것이 어찌된 영문입니까? 신을 통감으로 여기지 않는다는 말씀이신지요?"

"허허, 그럴 리가 있소? 인이 박힌 사람의 습관이란 쉽게 바뀌지 않는 법이지 않소? 후작이란 말이 입에 붙어 그런 것이니, 너무 서운해 마시오. 내 신경 쓰리다."

"폐하, 그렇게 말씀하시니 황공하옵니다. 그런데 여쭐 것이 하나 더 있사옵니다."

"무엇이오?"

고종은 이른 아침부터 편전에 찾아와 수선을 피우는 이토가 달갑지 않아 마뜩찮은 표정을 하고 알이 두꺼운 돋보기 너머로 그를 물끄러미 바라보고 있었다. 이토가 누런 가죽가방에서 서신 한 장을 꺼내어 황제의 면전에 디밀었다.

"이것이 대체 무엇이옵니까?"

"이게 뭔데 내게 묻소?"

"어제 비서감 김승민의 몸에서 나온 서찰이옵니다."

이토의 말에 황제가 슬쩍 얼굴을 붉혔다. 홍조를 띤 황제의 얼굴엔 낭패감과 더불어 형언하기 어려운 불쾌한 기운이 교차했다.

'아……, 이 독사 같은 놈이……, 이젠 별짓을 다하는구나!'

이토는 당황하는 황제의 표정을 놓치지 않았다. 황제의 흔들리는 마음을 조롱하듯 시험하고 나섰다.

"신이 이 서찰을 읽어보겠사옵니다."

"그만두시게!"

황제가 버럭 고함을 치며 이토의 얼굴을 외면했다. 굳어 있는 황제의 얼굴에는 노기가 등등했다. 이토는 의미심장한 표정을 지으며 슬며시 웃었다. 어조는 나지막했지만 얼굴엔 점령군의 자신감과 여유로움이 가득했다. 마치 어른이 어린아이를 어르고 달래는 듯 말을 이어갔다.

"폐하, 이번 일은 신이 못 본 것으로 하고 그냥 넘어가겠사옵니다. 하오나 이 같은 일이 반복되면 폐하의 신상에도, 또 대한제국에도 이로울 것이 없사옵니다. 그래서 앞으로는 불순한 무리들의 황궁 출입을 막으려 하오니 언짢으시더라도 이해해주시옵소서. 폐하의 안전을 위해 신이 선택한 고육책이옵니다."

이토의 말에 고종은 꿀 먹은 벙어리처럼 입을 다물고 아무런 반박을 하지 못했다. 안색은 창백했고 눈꺼풀에는 가는 경련이 일었다. 이토가 비서감 김승민에게서 빼앗은 서찰은 황제가 백성들에게 거병을 촉구하는 격문이었다. 대략의 내용은 이랬다.

오랑캐의 적신(敵臣) 이토와 하세가와가 이 땅을 강제로 빼앗아 나라를 농단하고 우리 이천만 대한제국의 백성들을 노예로 삼으려 하니, 짐의 충성스런 백성들이여! 분연히 떨쳐 일어나 이 적신들을 쳐부수고 억울하게 잃어버린 국권을 회복하는 데 앞장서도록 하라!

이토는 자신의 유화책에도 불구하고 조선 팔도에서 예상보다 훨씬 많은 의병들이 일어나는 것도 범상치 않았고, 이들을 진압하기 위해 출동한 관군들이 의병들을 진압하지 못하고 쩔쩔매면서 매번 밀리는 것도 이상하게 생각하고 있던 참이었다. 무기나 전투력 면에서 관군들과는 비교할 수 없이 열등한 의병들이 오히려 관군을 압도하고 있는 현실을 이토는 상식적으로 이해할 수 없었다. 이토의 눈에는 관군들이 그냥 싸우는 시늉만 하고 있는 것처럼 비쳤다. 그래서 그는 모종의 배후가 있을 것이라 여겼고, 그 배후로 황제를 지목해 오랫동안 황제 주변을 면밀하게 탐문하다 김승민이 지닌 황제의 격문을 발견했던 것이다.

이토는 자신이 공언한 대로 고종이 한눈을 팔 수 없게, 의심스런 인사들의 황궁 출입을 철저히 통제했고, 이 바람에 황제는 더욱 수족이 묶인 어려운 처지가 되어 전혀 운신을 못하게 되었다.

결국 황제는 이토의 간계로 국사에서 배제된 것은 물론이고 친구마저 잃게 되어 도리 없이 글씨나 쓰고 술이나 마시며 시간을 보낼 수밖에 없었다. 더러 자신을 찾아오는 외국인 손님들과 담소를 나누는 것으로 고독을 달랠 뿐이었다. 이런 황제의 쓸쓸한 동정은 황궁 안에 이토가 심어둔 눈들을 통해 고스란히 그의 귀에 들어갔다.

얼마간 조선의 정세가 안정되는 기미가 보이자 이토는 당장 급한 불은 껐다고 생각하여 안심을 했고, 일본이 당면한 새로운 문제 해결을 위해 잠깐 통감 자리를 비우고 일본으로 떠났다. 그가 해결할 새로운 당면 문제란 만주와 관련된 것이었다. 당시 만주에 진출한 일본 관동군은 동맹국의 이익은 침해하지 않는다는 포츠머스 조약을 위반하고, 만주에서 사업을 하던 영국 및 미국 상인들에게 일본인과는 다른 차별적인 대우를 하여 동맹국인 미국과 영국의 큰 원성을 사고 있었다. 일본 상인에게는 세금을 면제해주면서 외국인에게는 엄청난 세금을 물려 결국 만주에서 영국인과 미국인을 몰아내려 했던 것이다.

여기에다 만주 관동군을 이끌고 있던 일본 육군 참모총장 고다마의 행보까지 영국과 미국을 자극했다. 고다마가 포츠머스 조약을 위반하고 중국 영토인 만주를 일본의 속지(屬地)로 삼으려 남만주철도회사를 설립하고, 이를 보호할 목적으로 군대를 영구히 주둔시키려고 하는 데다, 나아가서 러시아와 새로운 전쟁을 구상하고 있었던 것이다. 이토는 관동군의 이런 무모한 도발이 영국 및 미국과의 동맹관계를 깨뜨려, 일본이 어렵사리 일군 오늘날의 위업과 안정을 송두리째 날려버리지 않을까 가슴 졸였다.

이토는 일본의 실력과 한계를 너무나 잘 알았다. 청국과 러시아를 상대로 한 전쟁에서 일본이 승리를 장식했다고는 하나, 일본은 소국이었고 그들은 대국이다. 인구, 물자 등 모든 면에서 일본은 열세다. 장기전으로 간다면 소국이 대국을 이길 방법이 없다.

이토는 일본 군부가 단기전의 승리에 도취되어 우물 안 개구리처럼 제 분수도 모르고 기고만장해서 경거망동하는 것이 마치 큰 화를 부를 것만 같아서 몹시 불안했다. 그는 동맹국을 자극하는 일본 군부의 펄펄 끓는 혈기를 진정시키고자 급히 대한제국을 떠났던 것이다.

3

황제는 이토가 자리를 비우자, 이를 기다리고 있었다는 듯이 재빠르게 움직이기 시작했다. 동장군이 기승을 부릴 무렵 황제는 감시의 눈길을 의식해 도성 안 백성들의 생활을 살핀다는 핑계로 백여 명에 달하는 별기군의 호위를 받으며 출궁했다. 그는 남산 일대를 돌다 점심식사를 위해 외국인들의 파티가 자주 벌어지는 손탁호텔을 찾았다.

호텔 사장 손탁은 황제의 방문에 화들짝 놀라는 표정을 지으며 몹시 반가워했다. 그녀는 황제의 방문이 전혀 예정에 없던 것처럼 허둥대며 수선을 피웠다. 모든 게 눈속임이었다.

호텔 손님들은 황제의 방문을 뜻밖의 경사로 받아들여 뜨거운 박수로 황제를 맞았다. 황제는 부드러운 미소를 만면에 가득 머금은 채 손을 들어 호텔을 찾은 손님들에게 인사하고는 느릿한 걸음으로 손탁이 이끄는 이층의 별실로 향했다.

"폐하!"

"오랜만이오."

황제가 방에 들어서자, 숱이 많은 갈색 머릿결의 껑다리 외국인
이 자리에서 벌떡 일어나 그를 맞았다. 대한매일신보 사장을 맡고
있는 영국인 베텔이었다.

그는 러일전쟁 당시 전황을 취재하기 위해 대한제국을 찾았다
가 조선에 정착해 대한매일신보를 창간했는데, 그가 운영하는 이
신문사는 다른 신문과는 달리 조선통감부의 검열을 받지 않았다.
당연히 자유로운 기사 연재가 가능해 조선 사람들에게 큰 인기가
있었다. 안중근도 이 신문의 열렬한 애독자였다.

지난날 고종은 베텔의 단독 인터뷰 요청에 여러 차례 응한 적도
있었고, 황실 행사에도 그를 자주 초청하여 속이야기를 많이 나누
어 사이가 매우 친밀했다. 더군다나 그는 일본의 동맹국인 영국
출신임에도 불구하고 일본을 싫어했고, 대한제국의 현실을 무척
안타까이 여기는 대한제국에 우호적인 인사였다. 손탁이 바깥 동
정을 살피러 나간 사이 황제가 애절한 눈길을 그에게 던지며 손을
턥석 잡았다.

"베텔 사장이 이 나라를 위해 나를 좀 도와주어야겠소."

"폐하, 무엇이든 말씀만 하십시오."

베텔은 황제가 자신에게 요청한 비밀 면담의 의미가 예사롭지
않다는 걸 알고 있어 몹시 긴장했다. 그의 이마에 땀방울이 송알
송알 맺혔다.

"고맙소. 사람들의 눈이 있으니 길게 말할 순 없고, 간단히 말하

겠소."

베텔이 탁자 위에 두 손을 공손히 모은 채 파란 눈을 밝히며 황제의 입을 주시했다.

"작년에 일본과 맺은 조약이 강압에 의한 것이라 미국, 영국, 러시아, 독일, 프랑스 정부에 친서를 보내 조약의 부당성을 알렸으나, 여러 달이 지나도록 아직 답변이 없소. 필시 이것은 미국과 영국이 일본과의 동맹을 의식해 내 친서를 무시하고 덮은 것이라는 생각이 드오. 현실이 그러하니 힘이 없는 우리로서는 국제사회에서 당장 할 수 있는 일이 없소. 하지만 우리 백성들에는 내 뜻을 분명히 밝히지 않을 수 없소. 그래서 내가 외국에 보냈던 친서를 귀하의 대한매일신보를 통해 세상에 공개하려 하오."

황제의 말에 베텔의 눈이 휘둥그레졌다. 그의 얼굴이 잔뜩 굳었다. 특종에 대한 기자의 기쁨도 잠시, 그는 심각한 표정으로 말없이 입술만 깨물었다.

베텔은 베테랑 정치부 기자 출신이라 이런 일의 성격을 매우 잘 알았다. 경험에 비추어 보아 인화성과 폭발력이 강한 일들은 의도와 달리 엉뚱한 방향으로 흐르는 경우도 빈번했다. 때로는 아주 사소한 일이 역사의 물줄기를 바꾸는 혁명의 도화선이 되는 수도 있었다.

황제는 자신의 친서를 이용해 일본을 압박하고 싶어 하지만, 그는 이것이 황제의 뜻대로 이루어질지 의문스러웠다. 도리어 친서가 황제의 발목을 잡지는 않을까 베텔은 자못 걱정스럽기만 했다.

잘근잘근 입술을 깨물고 있는 그의 얼굴엔 고민의 빛이 역력했다. 그가 조심스럽게 입을 열었다.

"먼저 폐하께서 저를 믿어주신 것에 대해 깊은 감사를 드립니다. 폐하, 하오나 저는 이 일이 폐하의 산상을 위태롭게 하지 않을까 크게 염려스럽습니다. 뜻을 이루지 못하고 화만 입는다면 오히려 안 한 것만도 못할 수 있습니다. 그래도 이 일을 하시겠습니까?"

황제는 베텔이 자신의 안위를 진정으로 걱정하고 있다는 걸 잘 알고 있었다. 그가 언제나 진실한 마음으로 황제를 대했기 때문이다. 황제는 그의 염려가 기우라는 듯 고개를 흔들었다.

"너무 걱정 마시오. 나를 인터뷰한 기사가 나간다면 문제가 될 수도 있겠으나, 이 일은 어디까지나 시중에 떠돌고 있다는 황제의 친서를 대한매일신보가 입수해서 게재하는 것에 불과하오. 이토가 와서 추궁하면 난 그저 이 문서가 위조된 것이라 말할 것이오. 물론 믿지는 않겠지만 대한매일신보에서 취재원을 밝히지 않는 한, 놈들이 이 일을 내가 꾸몄다고 확증하기는 어려울 것이오. 다만 이번 기회에 이 조약이 강압에 의한 것임을 백성들에게 확실히 알리고, 이토와 대신들의 반응을 살펴보는 것만으로도 친서 게재는 충분한 의미가 있지 않을까 하오."

베텔은 황제가 여러 가지 상황을 상정하고 친서 게재 계획을 추진하고 있다는 것을 알고는 고개를 끄덕였다. 그러고는 가슴 한쪽에서 일고 있던 적지 않은 마음의 부담도 곧 밀어냈다. 이 기사로 인해 신문사가 통감부의 심한 간섭을 받을 가능성이 있었던 탓이다. 하지만 그는 더 이상 고민하지 않았다. 그는 자신을 언론인이라 생각했고, 언론인은 정도를 가야 한다고 믿었기 때문이다. 그가 고개를 끄덕였다.

"폐하, 맡겨주십시오. 제가 하겠습니다."

"고맙소, 정말 고맙소. 내 그대의 은혜는 잊지 않겠소."

4

이토는 반쯤 탄 궐련을 입에 물고 팔짱을 낀 채 창가에 서서 경운궁을 내려다보고 있었다. 황궁의 지붕과 뜰에는 눈이 수북했다. 어젯밤부터 내린 눈이 그치지 않고 있었다. 가늘게 찢어 경운궁을 노려보는 그의 눈에는 노기가 가득했다.

'이 양반이 나를 갖고 노는 것인가? 친서가 위조된 것이라니?'

이토는 친서가 위조되었다는 황제의 변명이 새빨간 거짓임을 알면서도 증거를 잡지 못해 속을 끓였다. 그렇지 않아도 육군 참모총장 고다마의 만주 경영 문제로 추밀원 의장 야마가타를 비롯한 군부 측 인사와 크게 부딪혀 이토는 근래 울화가 치밀어 잠을 잘 이루지 못하는 상황이었다. 이런 와중에 황제의 친서 사건이 터져 늙은 이토를 괴롭혔다. 그의 얼굴이 여느 때보다 초췌해 보였다. 이마에는 주름이 부쩍 늘었고 살이 빠져 볼이 홀쭉했다. 이것은 결코 그의 나이 탓이 아니었다. 평소 애연가 애주가로 소문난 이토가 최근 화를 견디지 못하고 연일 폭음과 줄담배를 태운 탓이다.

대한제국에서 일어나고 있는 모든 소동의 화근은 황제이고 만주의 화근은 군부라고 이토는 생각했다. 그래서 그는 만주에 대한 군부의 지배욕을 꺾어놓고 싶었고, 대한제국 황제를 권좌에서 끌어내릴 방법을 찾고 있었다.

하지만 대한제국의 황제는 자신이 생각한 것보다 의외로 무척 교활했다. 심증만 갈 뿐 황제는 그 어떤 물증도 남기지 않았다. 방안을 서성이던 그가 담뱃불을 끄고는 혼자말로 중얼거렸다.

"꼬리가 길면 잡히는 법, 어디 두고 보자!"

때마침 이토의 비서관이 대한제국 정부의 대신들이 모두 도착해 접견실에서 기다리고 있다는 소식을 전해왔다.

대접견실에는 참정대신(총리) 박제순, 학부대신 이완용을 비롯한 여러 대신들이 금번 친서 사태의 심각성을 반영하듯 하나같이 잔뜩 굳은 표정으로 앉아 있었다. 이토가 좌중을 둘러보며 먼저 입을 열었다. 그의 목소리는 가래가 끓듯 몹시 탁했다.

"참정께서는 폐하의 해명을 어떻게 생각하시오?"

"폐하의 말씀이 그러하니 믿어야지요."

참정 박제순은 이토의 눈길을 피해 눈을 내리깔고 나지막이 답했다. 그는 심신이 매우 지쳐 있었다. 황제의 친서 사건 이후로 조선 백성들의 분노와 비난의 화살이 그에게 빗발치고 있었던 까닭이다. 백성들이 던진 돌멩이로 그의 집에는 성한 항아리가 없었고, 대청마루를 넘어 안방까지 돌멩이가 날아들어 생명까지 위협받고 있었다. 그래서 그는 호위무사의 수를 두 배로 늘려 자택 경비를 강화했다. 백성들의 엄청난 비난이 쏟아지자, 조약 체결에 다소 미온적이었던 대신들의 마음이 다시 흔들리고 있었다. 박제순도 그들 가운데 한 사람이었다. 박제순은 성난 민심 때문에 진상을 제대로 조사할 자신이 없었다. 조사 결과 이것이 진본으로 밝혀지는 것도 문제였다. 황제의 안위와 직접 연관되는 일이기 때문이다. 사태가 기울어 어쩔 수 없이 조약안에 서명은 했으나, 신하된 자로서 황제의 신변을 위협하는 짓만은 할 수 없다고 그는 생각했다. 그래서 그는 이토의 진상 조사 요구를 나흘 전에 받아놓고도 아무런 조치를 취하지 않고 미적거리고만 있었다. 이토가 그런 박제순을 불만스럽게 바라보며 이죽거렸다.

"그래요? 정말 참정께서는 폐하의 말씀을 액면 그대로 믿소?"

이토의 말에는 분명 가시가 있었다. 매처럼 날카롭게 쏘아보는 이토의 눈빛에 박제순은 뜨끔했다. 그럼에도 그는 안색을 붉히지 않았다. 오히려 당연하다는 듯 시치미를 떼고 당당히 말했다.

"여부가 있겠소? 폐하의 말씀을 신하된 자로서 믿지 않으면 어찌하겠소? 통감께서 어찌 생각하시는지는 모르나, 이번 일은 이쯤에서 덮어두는 게 좋을 것 같소. 괜히 욕심을 부리다 일을 도리어 그르칠까 나는 염려스럽소. 지금 시중의 성난 민심을 보시오!"

긁어 부스럼을 만들 수 있다는 박제순의 경고에 이토도 더 이상

토를 달지 않았다. 그도 시국을 보는 눈이 있었고, 박제신이 굳이 건의하지 않아도 이토는 원래 이 일을 더 이상 파헤치지 않을 생각이었다.

하지만 박제순의 말을 듣고 있던 이토의 마음은 씁쓸했다. 나아가서 그는 배신감까지 느꼈다. 이번 일을 기화로 여실히 드러난 대신들의 기회주의적인 태도를 그는 똑똑히 보았다. 평소에는 주인 보고 꼬리치는 강아지처럼 자기 앞에 머리를 조아리던 대신들이, 세상인심이 조금 바뀌었다고 금방 주변의 눈치를 살피고 목청을 높이는 것을 보고는 이들을 달리 생각하게 되었던 것이다.

그는 보신에만 급급해 물에 물 탄 듯 술에 술 탄 듯 매양 어정쩡한 태도만 보이는 박제순을 이제는 갈아야겠다는 생각을 굳혔다. 이토는 머리는 좋지만 뜨뜻미지근한 박제순보다는 물불 가리지 않고 자신과 뜻을 같이하는 학부대신 이완용에게 점점 마음이 끌렸다. 이완용은 박제순과 같이 쉰을 목전에 둔 장년의 나이임에도 청년 같은 패기를 갖추고 있었다.

"난 매국노요. 하지만 난 내 양심에 따라 이 일을 결정한 것이라 하늘을 우러러 한 점 부끄러운 것이 없소. 조선은 당쟁으로 얼룩이 졌고 나라를 근대화시키는 일에도 실패했소. 이 모든 게 못난 우리의 민족성 때문이라 생각하오. 우리 민족은 교만하고 시기와 질투를 밥 먹듯 해왔소. 단합할 줄 모르니 분열되고 양보를 몰라 목소리만 클 뿐 오합지졸이오. 이래가지고는 천 년 만 년이 흘러도 근대화는 고사하고 백성들 입에 풀칠하기조차 어려울 텐데, 백성들 입에 흰 쌀밥을 넣어줄 수만 있다면야 내 무슨 짓인들 못하겠소? 그러니 나를 그런 연민의 눈으로 보지 마시오."

조약안이 체결된 당일 축하연 자리에서 이완용이 술에 취해 이토에게 지껄였던 말이다. 이토는 이완용의 말이 조선 사람들의 귀에는 매국노의 궤변으로 들릴지 몰라도, 자신의 귀에는 나라를 진정으로 걱정하는 우국지사의 열변처럼 들렸다. 이토는 이완용을 권력에 대한 철학과 세상의 흐름에 대한 분별력을 갖춘 지각 있는 사람이라 높이 평가했다.

이토는 이완용이 자신에게 한 말을 떠올리며 자기 앞에 부동자세로 앉아 있는 이완용을 다시 한 번 살폈다. 정면을 응시하고 있는 그를 향해 다부진 목소리로 말했다.

"작년에 맺은 조약안의 의미를 새삼 강조할 필요는 없을 것이오. 서구 열강의 위협으로부터 대한제국을 보호하고 대한제국을 조속히 근대화시키기 위한 천황 폐하의 깊은 뜻이 그 안에 담겨 있음은 여러분이 잘 알 것이오. 그런데도 이를 두고 여기저기서 여러 말이 나와 민심을 어지럽히고 있소. 친서 사건도 마찬가지요. 대신들께서는 부디 이 같은 유언비어가 민심을 흐리지 않도록 단속에 신경을 써주길 바라오."

사안의 심각성 때문에 잔뜩 긴장하고 있던 대신들은 이토가 큰 책을 잡지 않고 그냥 이 일을 덮어두고 넘어가려는 것 같아 모두 안도했다. 하지만 이때 대신들의 안색을 살피던 이토가 냉소에 찬 표정으로 불쑥 한마디를 내뱉었다.

"내가 깜빡 빠뜨린 것이 하나 있소!"

"……."

"만약 다시 조약 폐기란 말이 대한제국에서 나온다면 나는 이를 우리 일본국에 대한 선전포고로 간주할 것이오. 황제께 꼭 전하시오. 지금은 힘이 지배하는 세상이라는 걸."

이토의 경고에 대신들이 대경실색하여 안색이 하나같이 창백해졌다. 창밖에는 강풍을 동반한 눈보라가 아직도 휘몰아치고 있었다. 창 너머 경운궁의 용마루도 폭설에 자취를 감추고 보이지 않았다.

시련의 계절

1

"형님, 학교 인수는 무리요. 다시 생각합시다."

"우리가 인수하지 않으면 학교가 문을 닫는다."

"아무리 그래도, 우리 형편을 생각해야 하지 않겠소?"

"너무 염려 마라. 석탄 사업만 잘 진행되면 아무 문제도 없을 것이다."

안중근과 그의 동생 안정근이 최근에 매물로 나온 돈의학교 인수 건을 두고 입씨름을 벌이고 있었다. 동생 안정근은 자금 걱정에 조바심을 치며 울상을 지었다. 하지만 안중근은 믿는 구석이 있었던지 동생과 달리 표정이 딴판으로 오히려 자신감을 보이며 의욕이 넘치고 있었다.

그는 동생의 염려를 별로 대수롭지 않게 여기는 눈치였다. 막 작업을 시작한 석탄광산의 채탄작업이 비교적 순조로웠고 석탄의 품질도 좋아 구매자들에게 인기가 있었다. 하지만 인수한 광산의 채탄 설비가 노후되어 새것을 들여와야 할 형편이었다. 아직은 광산에 자금을 계속 투자해야 했기 때문에 당장은 수입보다 지출이 많았다.

성격이 대범한 안중근과 달리 동생 안정근은 매사 꼼꼼하고 치밀하게 일을 챙기는 신중한 사람이었다. 형 안중근의 계획처럼 일이 차질 없이 진행된다면 모를까, 지금은 자금 형편이 여의치 않은 상황이라 중간에 작은 변수라도 생기면 큰 낭패였다.

안정근은 아무리 상황을 설명해도 말을 듣지 않고 인수 의사를 포기하지 않는 형을 보고 있자니 숫제 벽을 바라보고 얘기하는 기분이었다.

사업이란 게 본시 땅 짚고 헤엄치는 것처럼 쉬운 일이 아닌데, 형 안중근이 사업을 너무 쉽게 생각하고 있어 그를 바라보는 안정근의 마음은 늘 불안하기 짝이 없었다.

삼흥학교를 설립하고 탄광을 인수하면서 집안의 전답을 다 팔아버려 지금은 자금을 융통할 수단으로 가용할 수 있는 자산은 달랑 한 채 남은 진남포의 집뿐이었다. 그래서 안정근은 어깃장을 놓아서라도 형 안중근의 고집을 꺾고 싶었다.

"형님, 정 돈의학교를 인수하시겠다면 내가 막지는 않겠소. 하지만 난 이젠 형님 사업에서는 손을 떼겠소!"

"정근아!"

안중근의 아우 정근은 형이 설립한 삼흥학교와 석탄 개발 업체인 삼합의에서 경리 업무를 담당하고 있었다.

안중근이 눈을 부릅뜨고 반발하는 동생을 나무랐지만, 오늘만은 그의 말이 동생에게 씨알도 먹히지 않았다. 평소 그는 형 안중근을 하늘같이 떠받들어 형의 말이라면 팥으로 메주를 쑨대도 믿었고, 그의 지시라면 일절 거역하는 법이 없는 순종적인 사람이었다. 그런 안정근이 오늘은 형의 성난 눈빛을 보고도 물러서지 않고 독사같이 머리를 꼿꼿하게 쳐들고는 형의 말을 반박했다.

"형님, 형님은 늘 장밋빛 전망만 하시는데, 만에 하나 일이 틀어졌다고 칩시다. 열 명이 넘는 이 가족이 이 엄동설한에 길거리에 나앉을 수도 있어요! 왜 그런 건 생각 안 하시는 겁니까?"

두 형제의 말다툼으로 집 안이 소란스러워지자 안중근의 아내 김아려는 안절부절 어찌할 바를 몰랐다. 불안한 마음에 쌀을 씻던 바가지를 부뚜막에 올려놓고는 부엌 바닥에 쪼그리고 앉아 주책없이 계속 흐르는 눈물만 훔쳤다.

방문 틈으로 새어나오는 시숙의 말은 백 번 옳았다. 그녀는 남편이 원망스럽고 미워서 울었고, 만삭이 된 뱃속의 아이가 놀랄까봐 소리 내어 울 수 없는 자신의 처지가 답답해서 또 울었다.

그녀는 남편과 혼인한 이래 단 한 번도 마음 편히 살아본 적이 없었다. 남편은 성당 일에다 마을 사람들 일을 챙기느라 늘 바빴고, 이 때문에 끼이지 않아도 될 남의 송사에까지 개입해 사서 고생을 했다.

친정 오라버니 김능권은 이런 그녀의 남편을 '사내 중의 사내요

장부 중의 장부'라며 치켜세우지만, 그녀에게는 언감생심 어림도 없는 칭찬이었다. 그녀의 눈에는 제 목숨 아까운 줄 모르고 기름통을 지고 불구덩이에 뛰어드는 세상에 둘도 없는 바보천치였다.

그녀는 남편 덕에 부귀영화를 누리겠다는 생각은 눈곱만치도 하지 않았다. 무모하고 세상일에만 바쁜 남편 때문에 맘고생을 하도 심하게 하다 보니, 남편 사랑을 받으며 한평생 평범하게 살아보고 싶다는 소박한 소망마저도 헛간에 내다버린 지 이미 오래전이었다.

그녀가 유일하게 바라는 것이 있다면 남편이 몸을 잘 건사해서 제발 자식들을 아비 없는 불쌍한 자식으로 만들지만 않았으면 좋겠다는 생각뿐이었다. 남편이 하는 일들이 늘 위험한 것들이었기 때문이다.

남편 때문에 속을 끓이며 살고는 있지만, 그래도 자신의 마음을 알아주는 속 깊은 시어머니가 있어 그녀에게는 큰 위안이 되었다.

그녀가 오금이 저려오는 다리를 펼 때까지도 안방에서는 고성이 오가고 있었다. 남편과 시숙의 언쟁이 좀체 끝나지 않을 것 같았다. 소동이 길어지면서 그녀의 새가슴이 자꾸만 두근거렸다. 그녀는 괜히 가슴이 답답하고 조바심이 나서 바깥나들이에 나선 시어머니가 기다려졌다.

마음이 통했는지 그녀가 부엌 문턱을 넘는데 시어머니 조마리아가 조기 한 광주리를 머리에 이고 들어섰다. 구세주라도 만난 듯 김아려의 까만 눈동자가 반짝반짝 빛났다. 그녀는 쪼르르 시어머니에게 달려갔다.

"어머니!"

그녀의 목소리에는 반가운 마음이 가득 찬 웃음이 배어 있었다.

2

어머니 조마리아의 중재로 안중근은 돈의학교 인수문제를 간신히 매듭짓긴 했으나, 그 후유증이 커서 홍역을 치렀다. 속정 깊고 마음 여린 동생 안정근이 이 일로 큰 상처를 받아 한동안 자신의 얼굴을 외면했기 때문이다. 동생 곁에 동장군보다 더한 찬바람이 불고 있어 안중근은 도무지 그에게 말을 붙일 엄두조차 못 내고 쩔쩔맸다. 얼어붙은 동생의 마음이 언젠가는 봄눈 녹듯 당연히 풀릴 것이라 생각했지만, 동생의 극심한 반대에 부딪히고 보니 그 역시 자신의 판단에 대해 확신을 갖지 못하고 혼란스러웠다.

'정말 돈의학교 인수가 무리인가? 내가 무모한 짓을 한 건가? 내가 너무 급하게 결정했나?

돈의학교를 인수하지 않았으면 학생들은 어찌 되었을까? 나 아니어도 학교를 인수할 다른 사람이 있었을까?'

온갖 생각이 꼬리에 꼬리를 물고 일어나 안중근을 괴롭혔다. 이 와중에도 그는 영일 없는 바쁜 생활을 했다.

삼합의 사장, 삼흥학교 교감, 돈의학교 교장, 국채보상기성회 관서지부장, 서북학회*의 전신인 서우학회(西友學會) 회원 등 그의 직함은 무려 다섯 개나 되었다.

한동안 안중근은 동생과의 갈등에 따른 마음의 부담 때문에 학교와 회사를 충실히 챙기면서 짬을 내어 진남포와 평양 일대에서 시국 강연을 하곤 했는데, 국채보상운동이 일어난 후로는 이 일에 정신이 팔려 회사나 학교 일이 다시 뒷전으로 밀려나게 되었다. 이것이 동업자인 한재호의 큰 불만을 샀다.

마침 경쟁업체 사장인 구로다가 당초의 신사협정을 어기고 대규모 할인 공세에 나서 삼합의의 영업 기반을 흔들고 있었다. 이런 상황에도 안중근은 사무실을 자주 비워 고객들의 석탄 주문에 제때 대응하지 못했다. 당연히 고객들이 불만을 토로했고, 한재호는 속이 탔다.

"사장님은 계시냐?"

"출타 중입니다."

"언제 오신다고 하더냐?"

"……."

한재호는 키가 크고 눈매가 부리부리한 데다 얼굴이 각이 져서 얼핏 보아도 인상이 무서웠다. 그가 눈을 번뜩이며 쏘아보자, 사무실을 혼자 지키고 있던 사환이 말을 못하고 머리통만 긁어댔다.

---

* 서북, 관서, 해서 지방 출신 인사들이 서울에서 만든 애국계몽단체. 제국주의에 맞서기 위해서는 실력을 배양하여 대한제국이 반드시 문명국가로 도약해야 한다는 철학을 갖고 있었다.

한재호는 이상한 낌새를 채고 그를 윽박지르듯 다그쳤다.

"왜 말을 못하느냐? 무슨 사정이 있는 것이냐?"

솜털이 보송보송한 어린 사환이 그의 기세에 눌려 기어들어가는 목소리로 힘겹게 말했다.

"모레 오신다고 하셨습니다."

사환의 대답에 한재호가 갑갑한 얼굴을 하고는 땅이 꺼질 듯 깊은 한숨을 내쉬었다. 그는 예감이 몹시 좋지 않아 앞날이 자꾸 불길하게만 느껴졌다. 구로다가 대규모 물량공세에 나서면 자금이 부족한 삼합의가 그 공세를 막아낼 방법이 없었기 때문이다. 그는 온몸이 후끈 달아오르는 열기를 느끼며 흰 와이셔츠 단추를 하나 풀었다. 그래도 여전히 갑갑하고 막막하기만 해서 단추 하나를 더 풀고는 손에 든 신문으로 부채질을 해댔다.

'상황이 어찌될지 알 수 없는 이 위험한 판국에 대체 이 양반은 어쩌자고 이렇게 밖으로만 나돌고 있는가? 사업을 하겠다는 것인가 말겠다는 것인가?'

한재호의 머릿속은 복잡했다. 그는 이웃에 사는 한 고객의 불평을 듣고도 절대 그럴 리가 없다고 고개를 흔들었다. 안중근을 철석같이 믿었기 때문이다.

그래서 설마하고 사무실을 찾았던 것인데, 믿는 도끼에 발등 찍히듯 그는 안중근에게 뒤통수를 맞은 기분이 들었다.

석탄 사업으로 무너진 조선의 경제를 살리고 돈을 벌어 교육사업에 투자하겠다는 안중근의 뜻이 좋아 자신도 그에게 힘을 보태려 집을 담보로 돈을 빌려 선뜻 회사에 투자한 입장이었다.

사업 초기라 배당은 꿈도 꿀 수 없어 은행 이자를 몇 푼 안 되는 알량한 월급으로 겨우 감당하고 있었다. 이 때문에 그의 집안 꼴은 말이 아니었다. 쌀독이 비어 아내는 친정으로 이웃으로 쌀을 빌러 다니기 바빴다. 한 톨 남은 쌀이라도 건져보겠다고 엉덩이를 뒤집고 머리를 쌀독에 박고는 땀을 뻘뻘 흘리며 바가지로 바닥을 박박 긁는 것을 이미 여러 차례 본 그였다. 아내가 천사같이 착했기에 망정이지 어지간한 여자 같았으면 못살겠다고 보따리를 열두 번도 더 쌌을 것이다. 궁핍한 살림살이를 말없이 참고 견디는 아내에게 미안해 아내 면전에 차마 얼굴을 들 수가 없었다.

한재호의 처지가 이처럼 곤궁했고 구로다의 공세로 삼합의의 고객들까지 동요하고 있던 터라 그는 행여 일이 잘못되지 않을까 조바심이 나서 전전긍긍했다. 이렇게 자신이 피를 말리고 있는 마당에 안중근이 이에 아랑곳하지 않고 한눈만 팔고 다니는 걸 보니 그로서는 분통이 터졌다.

그는 당장 한성으로 달려가 안중근의 멱살을 붙잡고 따지고 싶었지만, 아직은 때가 아니다 싶어 당분간 지켜보기로 했다. 그 역시 국채보상운동의 필요성을 잘 알고 있었던 탓이다. 그는 후일을 기약하며 이를 악물고 안중근에 대한 분을 삭이고는 입술을 질끈 깨물었다.

청일전쟁 이후 일본은 대한제국의 금융과 재정을 장악하기 위해 갖가지 명목으로 교묘하게 대한제국에 차관을 제공했는데,

1907년에 이르러서는 그 액수가 무려 천삼백만 원으로 불어나 있었다.

일본이 제공한 차관은 대부분 대한제국의 국고와 세금을 담보 삼아 들여온 것들이었다. 대한제국 정부는 일본의 꾐에 넘어가 독이 든 성배인줄도 모르고 일본이 주는 차관을 넙죽넙죽 받아들였다. 먹기 좋은 곶감이라도 되는 듯이.

대한제국은 결국 재정이 파탄 나서 이를 끝내 갚지 못했고, 일본은 이를 구실삼아 슬그머니 대한제국 정부의 재정과 금융을 자신들의 손아귀에 틀어쥐고는 대한제국의 경제를 마구 흔들었다.

대한제국이 외교권에다 경제권까지 일본에 빼앗겨 일본의 노예로 전락할 위기에 처하자, 경상도 대구에 사는 출판사 부사장 서상돈이 현금 팔백 원을 쾌척하며 국채보상운동에 불을 지폈고, 이를 계기로 이 운동이 들불같이 번져 맹렬하게 타오르고 있었다.

3

한재호는 속을 끓이며 한 달을 지켜보다 안중근이 여전히 자리를 비우고 바깥일에만 치중하는 데 잔뜩 화가 나서 작심하고 그를 찾았다.

부두에서 불어오는 비릿한 바닷바람은 차가웠지만, 봄 햇살은 땅에 기대어 살아가는 생명체들이 서로 온기를 나눌 수 있을 만큼 따뜻했고, 열 평 남짓한 사무실에도 훈기를 느낄 만한 볕이 비쳐 들었다.

그럼에도 사무실 한가운데 놓여 있는 난로에서는 연탄불이 타 올라 연신 더운 열기를 내뿜고 있었다. 한동안 밖으로 나돌던 안 중근이 무리를 해 심한 고뿔에 걸린 탓이었다.

안중근은 주판알을 튀기다 요란한 문소리에 놀라 눈을 휘둥그 렇게 하고 고개를 들었다.

"아니, 한 교장이 이 시각에 웬일이오?"

안중근은 한재호가 대낮에 사무실에 들어서자 다소 의아한 표 정을 지었다. 보통 낮 시간에는 삼흥학교 일 때문에 사무실에 잘 나오지 않는 그가 대낮에 안중근을 찾아온 것이다.

안중근에게 욕을 한 바가지 퍼 주리라 다짐하며 가슴에 독기를 한가득 품고 왔던 한재호는 핼쑥한 그의 얼굴을 보고 나니 입을 뗄 엄두가 나지 않아 딱한 표정만 지었다.

'참으로 한심한 양반이로군!'

안중근은 난로를 피우고 무릎까지 내려오는 두툼한 외투를 걸 치고도 한기가 드는지 학질 걸린 사람마냥 덜덜 떨고 있었다.

안중근이 그간 하고 다닌 짓이 하도 못마땅해, 설사 그가 크게 아파 몸져눕는다 해도 한재호로서는 눈도 깜짝하지 않을 터였지 만, 한재호는 마음이 모질지 못해 아픈 사람을 향해 버럭 화를 내 지 못했다.

"몸도 안 좋아 보이는데 무슨 일을 한다고 앉아 있소? 그만 들어가서 쉬시오."

"말은 고맙지만, 일이 많아 쉴 처지가 아니오."

피로와 고뿔에 지쳐 짜증이 난 탓인지, 아니면 안중근이 한재호를 너무 편안하게 여긴 탓인지 그의 말투가 왠지 퉁명스럽고 거칠었다. 한재호는 은근히 비위가 상했다.

'허허 참. 똥 싼 놈이 성낸다고 하더니, 이 양반이 딱 그 짝일세 그려.'

한재호는 진땀을 흘리고 있는 안중근을 보고 애처로운 마음에 그냥 발길을 돌리려 했다가 너무 당당한 안중근의 태도를 보고는 다시 마음을 바꾸었다. 그는 안중근에게 약속을 단단히 받아낼 요량으로 의자를 끌어다 그 앞에 바싹 다가가 앉았다.

"기왕지사 내가 마음을 먹고 나왔으니, 오늘은 한마디 꼭 해야 겠소. 아픈 사람 붙잡고 다그친다고 너무 서운해하지는 마시오."

한재호가 갑자기 정색을 하자 안중근도 괜히 신경이 쓰여 비스듬한 자세를 고쳐 앉았다.

"에둘러 말하지 않겠소. 지금 우리 삼합의 상황이 좋지 않소."

"그건 나도 알고 있소."

"그런데 어찌 밖으로만 돌고 있소?"

"나랏일이 다급한데 나 살자고 그냥 손 놓고 가만 앉아 있을 수는 없지 않소?"

"안 사장의 뜻은 알겠소, 하지만 이 삼합의는 안 사장 혼자만의 회사가 아니잖소?"

"……."

안중근은 굳이 다 듣지 않아도 한재호가 자신에게 하고 싶은 말이 무엇인지 알 것 같았다. 그는 한재호에게 미안하고 할 말이 없어 겸연쩍은 표정으로 뒤통수만 긁적거렸다. 그도 한재호의 형편이 어렵다는 것을 동생 안정근에게 들어 알고 있었다.

"안 사장, 이젠 제발 일 좀 그만 벌렸으면 좋겠소. 이런 식으로 일을 하면 죽도 밥도 안되오. 구로다 그놈이 요즘 하는 짓을 보면 나는 잠이 안 옵니다. 삼합의도 날리고 학교도 문을 닫게 되는 건 아닌지 걱정이오."

안중근은 무거운 표정으로 그의 말을 잠자코 듣다가 골똘히 무언가를 생각하고는 조용히 입을 열었다.

"한 교장, 경위를 떠나 그간의 일은 내가 무조건 사과하겠소. 나도 구로다 녀석이 하는 짓이 심상치 않게 보여 몹시 신경이 쓰이오. 그리고 삼합의 장래가 염려스러운 면도 없지 않아요. 그래서 하는 말인데 한 교장이 원하면 내가 한 교장 지분은 먼저 정리해 드리리다."

안중근의 말에 한재호가 성을 내며 펄쩍 뛰었다.

"안 사장, 내가 원하는 건 그게 아니잖소?"

"아니, 아니요. 같이 망하는 것보다는 망해도 나 혼자 망하는 것이 낫소. 정리를 하려면 지금 정리를 하는 게 좋소."

"안 사장, 기왕 그런 마음의 결심이 섰다면 다 같이 정리합시다. 지금은 웬만큼 장사가 되니 우리 삼합의를 매물로 내놓으면 원하는 사람도 꽤 있을 것이오. 같이 정리하는 게 우리 두 사람한테 모두 도움이 될 것이오. 그리 합시다."

"아니요. 난 이 일을 꼭 끝까지 해야 하오."

안중근이 원활한 교육사업 재원 마련을 위해 석탄 사업을 절대 포기할 수 없다고 고집을 피우는 통에 한재호도 더 이상 할 말이 없었다. 안중근의 사업 명분에 다시 휘말려 들어가, 그에 대한 원망은 까맣게 잊고 한재호는 오히려 그를 격려하고 걸음을 되돌렸다. 차가운 바닷바람에 정신이 번쩍 들었던지 껑다리 한재호가 검정 외투 깃을 세우며 혼자 중얼거렸다.

"내가 귀신에 홀린 것 같구먼. 어찌 안 사장만 보면 마음이 이리 약해지는 걸까? 허참!"

4

삼합의의 영업 기반을 무너뜨리려는 구로다의 물량공세는 계속되었고, 안중근도 그에 맞서 석탄을 담보로 여기저기서 돈을 꾸어 힘겹게 회사를 꾸려나갔다. 그러다가 구로다가 사고로 다리를 다쳐 병원에 입원하는 바람에 다행히 구로다의 공세가 주춤해졌고, 구로다의 압박에 쫓기던 안중근도 이 때문에 얼마간 숨을 쉴 수 있게 되었다.

모처럼 안중근과 한재호는 짬을 내어 삼흥학교 영어 교사인 김문규와 같이 부두의 작은 주막에서 술잔을 나누었다.

"안 사장님, 사람이 어찌 이럴 수가 있답니까?"

술이 약한 탓에 김문규는 막걸리 한 잔에 이미 취해 입에 모터를 단 듯 말이 많았다. 그는 대한매일신보 총무 양기탁이 백성들이 신문사에 맡긴 국채보상기금 이십만 원을 횡령한 혐의가 있어 경무국이 그를 긴급 체포했다는 기사를 읽고 흥분해 있는 상태였다. 국채보상운동이 한창인 때라 사람들의 시선이 온통 양기탁의 횡령 의혹 사건에 쏠려 있었다.

"기껏 돈을 모아봤자 이런 썩은 놈들 배만 불리니, 모금 운동은 아무 소용없는 부질없는 짓이라니까. 에이, 씨팔!"

삼흥학교의 어린 학생들도 뜻을 모아 국채보상기성회에 성금을 전한 바가 있기 때문에 김문규는 양기탁의 성금 횡령 의혹 소식에 더더욱 분개했다. 넋두리를 빙자한 그의 비난은 양기탁을 향한 것이지만, 한편으로는 안중근을 향한 푸념이기도 했다. 안중근이 국채보상기성회 관서지부장을 맡아 모금 운동을 벌이고 있었기 때문이다.

안중근은 김문규의 말을 덤덤하게 듣고만 있었다. 그의 말에 그다지 신경을 쓰지 않는 눈치였다. 안중근은 혼자 막걸리를 따라 잔을 비우고는 안주거리로 나온 멸치를 한 마리 집어 질겅거렸다. 그러고는 턱을 괴고 있는 한재호에게 눈길을 돌렸다.

"한 교장도 김 선생과 같은 생각이오?"

"글쎄요……."

뜨뜻미지근한 한재호의 대답에 곧바로 안중근의 타박이 뒤따랐다.

"사람이 어찌 그리 분명치가 않소?"

"내 성미가 원래 잘 알지 못하는 일은 입에 담지 않는다는 걸 알지 않소? 안 사장이나 먼저 말해보시오."

"난 아니라고 보고 있소."

안중근은 신문에 보도된 횡령 의혹 사건이 사실이 아니라고 확신에 찬 어조로 말했다.

"아니, 그럼 무어란 말입니까? 아니 땐 굴뚝에 연기가 날 리 있겠소?"

안중근의 말에 어이없어 하는 표정을 지으며 김문규가 다시 목청을 높였고, 안중근이 그의 어깨에 슬쩍 손을 얹으며 말했다.

"김 선생, 흥분만 말고 내 말 좀 들어보시오, 국채보상운동이 성공하면 누가 제일 괴로울 것 같소?"

"……"

신앙심이 깊은 김문규는 안중근과 동년배로 착하고 순진하기만 해서 사람들에게 곧잘 속았다. 하지만 그도 어렴풋이 짚이는 바가 있는지 안중근의 말에 은근히 놀라는 눈치였다.

"바로 왜놈들이오. 난 필시 일본 통감부가 국채보상운동을 무력화시키려고 이 사건을 조작했다고 보고 있소. 내가 알기로는 양기탁이라는 사람은 돈이나 떼먹을 그런 졸렬한 사람이 아니오."

"그럼 어찌 되는 것이오?"

"어찌 되긴 어찌 되겠소? 가만 앉아 있으면, 왜놈들 손에 놀아나 우리가 벌이는 국채보상운동이 실패로 돌아가겠지요."

안중근의 말에 두 사람이 무거운 얼굴을 하고 한숨을 내쉬었다. 세 사람은 세상사에 관심이 많은 이십대의 한창 나이였다. 그리고 그들 모두 대한제국의 운명을 크게 걱정하고 있었다.

안중근이 한재호에게 술을 따른 뒤 주저하는 눈빛으로 그의 눈치를 살폈다. 한재호가 얼른 눈치를 채고는 선수를 쳤다.

"또 한성에 다녀오겠다는 말을 하고 싶은 거요?"

"한 교장도 이젠 귀신일세, 허허!"

"나라꼴이 이러니 어쩔 수 있소? 너무 오래 비우진 마시오."

구로다의 공세도 약해졌고 동업자인 한재호의 양해까지 얻었으니, 안중근의 이번 한성 행차는 발걸음이 어느 때보다 가벼웠다.

아, 대한제국

1

한성에 올라온 안중근은 서북학회 회원인 김달하의 집에 유숙하며 여러 인사를 두루 만나 시국 문제와 대일 투쟁 방향에 대한 조언을 구하고 다녔는데, 그가 한성에 온 지 달포쯤 되었을 무렵 다시금 정국이 헤이그 밀사 사건으로 격랑에 휩싸였다.

궐련을 입에 문 이토가 입가에 비웃음을 담고 고무라 외상이 보낸 급전을 들여다보고는 고개를 절레절레 흔들었다.

'참으로 어리석은 위인이군. 갈 데까지 가보겠다 이 말씀인가?'

그는 소파에서 일어나 창가로 갔다. 꽃이 만발한 경운궁을 내려다보며 짙은 담배 연기를 한가득 내뿜었다. 한순간에 경운궁이 그의 시야에서 사라졌다. 그는 이제 이름뿐인 황제를 권좌에서 끌어내려야겠다는 생각을 하며 등을 돌렸다.

"각하, 내각 총리대신이 오셨습니다."

이완용이 당도했다는 비서의 전언에 그가 고개를 끄덕이며 이완용이 대기하고 있는 접견실로 나갔다. 이완용은 낭패감을 이기지 못하고 고통스러운 듯 두 손으로 얼굴을 감싸고 있었다. 이토가 들어서자 그가 자리에서 벌떡 일어나 이토에게 예의를 갖추었다. 코가 바닥에 닿도록 허리를 굽혀 인사하는 그의 모습은 대한제국의 총리가 아니라 이토의 신하인 것만 같았다.

이토가 거만한 자세로 의자에 앉아 새 담배에 불을 붙이며 그에게 물었다.

"황제께서는 무어라 말씀하시던가요?"

"폐하께선 헤이그 사건이 당신과는 무관한 일이라고 말씀하셨습니다."

"총리께서도 그 말을 믿소? 허허허. 이제 그런 말장난은 그만합시다."

이완용은 더 이상 할 말이 없어 진땀을 흘리며 난처한 표정만 짓고 있었다.

"난 폐하께 정말 실망했소. 남자라면 모름지기 솔직해야 하오. 폐하께서 일은 다 벌여놓고 이제 와서 어떻게 모른다고 부인한단 말이오? 부인한다고 해서 있었던 일이 없어지는 것은 아니지 않소? 난 폐하를 믿었소. 그래서 연초에 있었던 그 불미스런 일도 폐하를 위해 덮어두었던 말이오. 그런데 어떻게 내 등에다 칼을 다시 꽂을 수 있단 말이오?"

고종이 자기 몰래 만국평화회의가 열린 헤이그에 이상설, 이준,

이위종 등 삼인을 비밀특사로 보내어 보호 조약의 부당성을 세계에 알리려 했다는 사실에 격노해 이토의 목소리가 점점 격앙되고 있었다.

이토의 안색을 살피던 이완용이 손수건을 꺼내 콧잔등과 이마에 맺힌 땀을 훔친 후 조심스럽게 입을 열었다.

"이 사건에 대한 일본 제국정부의 의견은 어떻습니까?"

이완용은 헤이그 밀사 사건으로 황제의 신변에 이상이 있을 것을 감지하고 이렇게 물은 것이다.

"왜, 황제의 신변이 걱정되시오?"

이완용은 이토의 힐문에 얼굴이 상기되었다. 이완용은 보호 조약을 체결해 나라의 주권을 넘긴 매국노라 비난받고 있었지만, 황제의 신하로서 일말의 양심은 아직 남아 있었다. 그는 내심 이토가 아량을 베풀어 이 사건을 재차 덮어주기를 바랐다.

문제는 제국정부였다. 연초의 일은 국내에서 일어나 수습이 비교적 용이했으나, 이번 사건은 해외에서 그것도 수많은 외교사절들이 참석한 공식석상에서 일어난 일이라 제국정부의 반응이 심상치 않았던 것이다.

"보호 조약을 폐기하자는 말은 우리 일본국에 대한 선전포고로 간주한다는 내 경고를 설마 허언으로 듣지는 않으셨으리라 믿소. 이 와중에 어떻게 황제의 신변이 안전할 수 있겠소?"

이토는 이완용에게 더는 허튼 생각 말라는 듯 오금을 박고 나섰다. 그가 이토의 눈치를 보고 머뭇거리다가 어렵사리 입을 뗐다.

"각하, 금번 사태에 대한 책임을 지고 오늘 부로 총리직을 사임할까 합니다. 사직을 받아주십시오."

"그건 아니 되오. 총리께서 재임 중에 이 같은 일이 발생했으니, 그 수습도 총리께서 지셔야 하오. 며칠 말미를 드릴 테니 속히 마무리를 짓도록 하시오."

혈색 좋은 이완용의 얼굴이 창백했다. 한때 황제의 총애를 받던 신하된 입장에서 그는 도저히 황제를 퇴위시킬 자신이 없었다. 그렇지 않아도 매국노라 비난받고 마음이 편치 않았던 터라, 더 이상의 악역은 맡고 싶지 않았다.

"할아버지, 매국노가 뭐에요? 친구들이 나보고 매국노 손자라고 놀려요!"

이완용은 며칠 전에 울면서 자신에게 하소연하던 일곱 살 어린 손자의 얼굴을 떠올리며 한숨을 지었다. 이토는 이완용을 자신의 소모품으로 철저히 이용했고, 이토의 덫에 걸린 이완용은 빠져나갈 구멍이 없었다.

자포자기의 심정이 되어 통감부를 나서는 이완용의 머리 위로 유난히 뜨거운 햇볕이 쏟아지고 있었다. 그는 현기증을 느끼며 휘청거렸다.

"이게 그대들이 할 소리인가? 날보고 물러나라니?"

고종은 얼굴을 붉히며 어전회의장이 떠나가도록 고함을 쳤다. 총리대신 이완용을 비롯한 여러 각료들은 말을 아낀 채 침통한 표정으로 고개를 숙이고 있었으나, 농상공대신 송병준만은 닭 벼슬 세우듯 고개를 처들고 신하들의 퇴위 요구에 반발하는 황제에게 맞서 각을 세웠다.

"폐하, 아뢰옵기 황송하오나 이번 사태의 전적인 책임은 폐하께 있사옵니다. 그러니 해결도 폐하께서 직접 하셔야 합니다."

"그래, 내가 책임진다. 내가 책임지면 되지 않는가? 그런데 왜 이렇게 말들이 많은가?"

"폐하, 자꾸 화만 내실 게 아니라, 현 상황을 제대로 보셔야만 합니다. 제국정부에서는 금번 밀사 사건을 계기로 대한제국을 일본에 병합시키는 문제를 본격적으로 논의하고 있다고 합니다."

송병준은 뱁새눈을 치뜨고는 일본 내각의 기류를 전하면서 은근히 황제를 압박했다. 그의 겁박에 황제가 움찔했다.

'대체 저 놈은 어느 나라 신하인가? 이 쳐 죽일 놈!'

주먹을 움켜 쥔 황제의 몸이 송병준에 대한 분노로 부르르 떨리고 있었다. 송병준은 어려서부터 기생집에서 잔심부름을 하고 오입쟁이들에게 여자를 소개시켜주는 거간꾼 역할을 하던 소위 조방(助幇) 일을 하던 사람이었다. 이처럼 비루한 일에 종사하던 송병준을 발탁하여 출셋길을 달리게 한 사람이 명성황후의 친정조카인 민영환이었다. 민영환은 용력과 담력까지 갖추어 제법 지사의 풍모가 있는 송병준이 음지에서 재주를 썩히고만 있는 것 같아 이를 몹시 안타깝게 여겼다. 송병준이 갑신년 정변을 일으킨 김옥균과 내통한 죄로 죽을 고비를 맞게 되었을 때도 그를 살려준 사람은 민영환이었다. 뒷날 그는 온갖 간사한 아부로 황후의 환심을 사 승승장구 출세가도를 달렸다.

다시 말해 송병준은 황제의 일가들에게 특별한 은혜를 입은 사람이었다. 그래서 황제는 그의 배신에 더더욱 치를 떨었다. 때리는 시어머니보다 말리는 시누이가 더 밉듯이, 황제는 이토보다 그의 뒤에 숨어 흉계를 꾸미고 다니는 송병준이 더 미웠다. 그는 은혜를 원수로 갚고 있는 송병준을 진작 죽이지 못한 것이 천추의 한으로 여겨졌지만 그에겐 이토를 등에 업고 있는 송병준을 억누를 힘이 없었다.

황제가 타들어갈 듯한 눈빛으로 송병준을 노려보며 내뱉었다.

"나는 머리가 모자라고 지략이 없어 이 난국을 어떻게 타개해야 좋을지 모르겠다. 그대들은 머리가 좋으니 그 때깔 나는 머리로 대책을 한번 내어보라!"

야유와 조롱이 섞인 황제의 말에 다른 대신들은 민망함을 이기지 못하고 얼굴을 붉혔으나 송병준만은 예외였다. 그는 황제가 가소롭다는 듯 여전히 머리를 들고 빙긋이 웃고 있었다. 그는 한때 황제와 황후를 하늘같이 여기던 때도 있었지만, 눈앞에 있는 황제는 그에게 티끌만 한 이용 가치도 없는 기름진 고깃덩어리에 불과했다. 그는 물욕에 눈이 멀어 과거 일을 까맣게 잊고 황제에 대한 일말의 동정이나 연민도 가슴에 갖고 있지 않았다.

'이 더러운 놈, 어디 두고 보자!'

황제는 이토의 위세에 기대어 군신의 예의를 저버리고 거만을 떠는 송병준에 대한 적의를 고스란히 가슴에 묻고는 그를 희롱해보리라 마음을 먹었다.

"그럼 송판이 한번 안을 내보시겠는가?"

황제의 말에 송병준이 눈꼬리를 치켜세우며 발끈했다.

"폐하, 방금 신을 어떻게 부르셨습니까?"

"송판이라 하였네. 왜, 무엇이 잘못되었는가?"

"……."

황제가 송병준을 농상공대신이란 정식 직함으로 호명하지 않고 '송판'이라 부른 것은 다분히 의도적이었다. 이토는 일본의 내각제를 본떠 대한제국의 정부 조직을 일방적으로 개편했는데, 황제의 '송판'이란 말 안에는 이토에 의해 강행된 정부조직 개편을 인정하지 않겠다는 황제의 뜻과 함께 송병준에 대한 야유가 같이 담겨 있었다. 황제는 송병준을 허접스런 널빤지에 비유해 그가 뭇사람에게 손가락질을 받던 조방 출신임을 은근히 비꼬았다. 송병준이 얇은 입술을 꼭 깨물더니 새치름하게 눈을 떴다.

"폐하, 아뢰옵기 황송하오나, 지금 이 나라의 국호는 조선이 아니라 대한제국임을 명심하소서. 또한 신을 대신이라 부르시지 않으시고 판서로 호칭하는 것은 통감 이토 각하께서 폐하에 대한 충정으로 실시한 대한제국의 내정 개혁을 부정하는 것이나 다름이 없사옵니다. 폐하께서 자꾸만 과거에 얽매여 계시니 오늘과 같은 어려움을 당하는 것입니다. 깊이 유념해주소서."

"어허, 송판, 내가 몰랐구나, 몰랐어. 난 그런 일이 있었던 것도 몰랐네. 어쩌겠는가? 내가 머리가 나빠서 그런 걸……. 내가 송판에게 다시 묻겠네. 내가 어찌하면 좋겠는가? 좀 알려주게."

황제가 고집을 피우며 끝까지 자신에 대한 모욕을 그치지 않자, 자존심이 상한 송병준의 안색이 붉으락푸르락했다. 그는 황제에 대한 복수를 벼르며 이에는 이 눈에는 눈으로 대응하겠다고 다짐했다.

"폐하께서 정히 신에게 물으시니, 신이 한번 답변을 드려보겠사옵니다. 폐하께서 퇴위를 않으시겠다면, 자리를 보전할 수 있는 계책을 내보겠사오니 들어보시겠는지요?"

"말해보라!"

난데없는 황제와 송병준의 설전으로 어전회의장이 후끈 달아올랐다. 총리대신 이완용을 비롯한 여러 대신들은 송병준의 무례가 도를 넘었다 싶어 제지하고 싶었지만 때를 놓쳐 만류할 엄두를 내지 못하고 전전긍긍하기만 했다. 이미 노기가 등등한 황제의 심기를 건드려봤자 도움이 될 게 없었다.

통감 이토와 제국정부가 강력하게 밀어붙이고 있어 황제의 퇴위는 불가피했다. 하지만 대신들은 퇴위 과정에 잡음이 이는 것을 원치 않았다. 황제의 신하로서 그에 대한 연민도 있었고 백성들의 반발도 의식하지 않을 수 없었다. 그래서 그들은 황제가 스스로 결정하기를 기다리며 입을 꼭 다물었지만, 송병준은 독이 오를 대로 올라 점점 더 노골적으로 도발하고 나섰다. 그는 시정잡배처럼 입가에 음흉한 미소를 띤 채 황제에게 야유의 눈빛을 보내며 입을 열었다.

"폐하께서 직접 일본으로 건너가 천황 폐하께 무릎을 꿇고 용서를 구하거나, 하세가와 사령관을 대한문 앞으로 불러 면박(面縛)*의 예를 보이신다면 일본국이 관용을 베풀어 폐하의 보위까지 빼앗지는 않을 것이옵니다."

"무엇이라! 이놈이, 그걸 말이라고 입에 올리는 것이냐!"

황제가 분을 이기지 못해 곁에 있던 벼루를 집어 들고는 부들부들 몸을 떨었다. 송병준은 내심 쾌재를 불렀다.

"폐하, 체면 때문에 사죄하기가 꺼려진다면 이제 전쟁밖에 없사옵니다. 정말 전쟁을 하실 생각이십니까? 전쟁을 벌여 일본을 이길 자신은 있으신지요? 국가의 존망이 달린 일입니다. 깊이 유념하소서."

황제는 고양이 쥐 생각하듯 말하고 있는 송병준의 태도에 역겨움을 느꼈다.

'이 더러운 놈, 네 얼굴엔 침을 뱉는 것도 아깝다.'

---

* 양손을 등 뒤로 돌려 묶고 얼굴을 들어 사죄하는 것

황제는 눈을 부릅뜨고 송병준을 쏘아보더니 자리를 박차고 일어나 나가버렸다. 그러고는 대한문 밖에서 들려오는 백성들의 함성에 걸음을 멈추고는 눈물을 글썽였다.

"폐하, 양위는 아니 되옵니다. 통촉하소서!"

"이완용과 송병준을 죽이자! 이등박문을 죽이자! 친일 매국노를 처단하라!"

염천지절의 땡볕 아래 수천 명의 사람들이 황제의 퇴위 소문을 듣고 대한문 앞에 몰려와 양위반대 운동을 벌이고 있었다. 안중근은 그 선두에 서서 두 주먹을 높이 흔들며 시위를 이끌었다.

백성들이 대한문 앞에서 연좌농성을 벌인 지 한 시간 정도 경과했을 무렵, 일본군 사령관 하세가와의 명령에 따라 남대문 밖에서 대기하고 있던 일본군이 대한문 앞으로 행진을 시작했다.

3

황제의 퇴위를 논의한 어전회의가 있은 지 사흘 만에 고종은 퇴위를 공식 발표했다. 이 때문에 조선 팔도의 민심이 들끓었다.

다동(茶洞) 김달하의 안채에서는 안중근, 양기탁, 안창호, 이동휘, 박은식 등을 비롯한 십여 명의 인사들이 모여 시국을 두고 열띤 토론을 벌이고 있었다. 인사들의 면면을 보면 대개가 서북학회와 신민회*에 공동으로 가입한 이들이 대부분이었다.

"폐하께서는 자발적으로 양위를 결정하셨다고 밝히고 있으나, 이것은 전적으로 허위라 생각합니다. 폐하께서 양위를 하시는 마당에, 굳이 양위가 본심에 따른 것이며 누구의 권고나 협박에 의한 것이 아니라고 꼭 밝히실 이유가 있겠습니까? 더군다나 양위가 순리에 따른 것이라면 우리 국민들 모두 새로운 황제의 등극을 축하해야·마땅할 것인데, 어찌하여 폐하께서는 국민의 분노를 걱정하고 폭동을 우려하여 이토에게 난을 진압하는 일까지 위임한 것일까요? 이것은 바로 양위가 일본과 이토의 강압에 의한 것임을 말하는 증거입니다. 폐하께서는 이를 밝히고 싶었으나, 여건상 이를 직접 말하기 어려워 이렇게 에둘러 표현한 것이라 생각합니다. 동지 여러분은 저의 견해에 어떻게 생각하십니까?"

안창호의 모두 발언에 참석자들은 너나 할 것 없이 울분에 차서 침통한 표정으로 고개를 끄덕였다. 이어 여러 사람이 나서서 대일 무장 투쟁을 외치기 시작했다. 그때 좌측 중간에 앉아 있던 안중근이 손을 번쩍 들었다.

"의견이 있소!"

"말해보시오."

안창호가 안중근을 보고 빙긋 웃었다. 올봄에 미국 샌프란시스코에서 귀국한 안창호가 민족계몽운동을 위해 진남포에 들렀을

---

* 안창호가 주도해 설립한 항일 비밀결사단체

때, 안중근이 안창호의 강연에 찬조 연설을 한 적이 있었다. 이를 계기로 두 사람이 서울과 평양에서 시국문제로 여러 차례 조우했고, 나이도 엇비슷해 짧은 만남이었지만 두 사람은 서로 깊은 친밀감을 느꼈다.

"무력 투쟁도 중요하지만, 난 우리 민족의 단결이 더 중요하다고 생각합니다. 우리 민족이 왜놈들에게 이 같은 굴욕을 당하게 된 것은 따지고 보면 우리가 교만하고 화합하지 못한 채 분열한 탓도 있습니다. 이 문제를 해결하지 않으면 언제든지 이완용이나 송병준 같은 매국노들이 나오기 마련이고, 민족 단결이 담보되지 않으면 그 어떤 무장 투쟁도 소용이 없을 것입니다. 제가 독립을 위한 갈을 찾아보려 상해에 갔을 때도 비슷한 경험을 해서 참으로 놀랐습니다."

안중근은 이태 전 상해에서 겪었던 일들을 참석자들에게 생생하게 전하며 안창호에게 물었다.

"동포들은 먹고살기에 바빠 조국의 어려움에 대해서는 관심도 없었고, 대한제국을 원망하는 자들까지 수두룩하였습니다. 미국은 어떻습니까?"

"동지가 설명한 것과 큰 차이가 없었소. 제 앞가림에만 바빠 단결하지 못하다 보니, 힘이 없어 우리 조선 사람들이 미국 사람들에게 무시를 당하고 있었습니다. 반면에 일본인들은 전혀 그렇지 않았습니다. 그들은 하나같이 단결해서 자신들의 문제를 해결했기 때문에 조선 사람과 똑같은 일을 해도 급여뿐만 아니라 모든 면에서 미국인에게 더 나은 대우를 받았습니다."

안창호는 미국 현지 교민들의 처지와 미국에서 공립협회(公立協會)를 자신이 설립하게 된 배경을 설명하며 안중근의 인심단합(人心團合)에 지지를 보냈다.

"민족단결 문제는 당연한 일입니다. 하지만 지금 이 자리에서 당장 결정해야 할 더 중요한 문제는 우리의 투쟁 방향에 대한 것입니다."

"……."

모두가 안창호의 얘기에 다시 귀를 쫑긋 세웠다. 안창호가 비록 이십대 후반의 젊은 나이였지만, 애국 운동과 교민 보호를 위해 공립협회를 미국에 설립하여 국내외 여론에 큰 반향을 불러일으킨 데다 국내 강연 때마다 구름떼 같은 청중을 몰고 다녀 대다수 식자들이 그의 입을 항시 주목했다.

심지어 통감부도 밀정을 붙여 그의 일거수일투족을 감시할 만큼 여론에 대한 그의 영향력은 타의 추종을 불허했다. 그는 당시 국내 여론을 선도하고 있는 최고의 대중 연설가요 선각자였다.

"국내에 주둔한 일본군 때문에 시간이 흐를수록 국내 무장 투쟁은 어려워질 것입니다. 그래서 향후에는 운동을 이원화할 필요가 있습니다."

"어떻게 말이오?"

무리 중 가장 고령에 속하는 박은식은 한 손으로 턱을 괸 채 젊은 안창호의 생각이 궁금해 호기심어린 눈빛을 던지고 있었다.

"첫째로 국내에서는 가급적 민족 역량 강화를 위해 교육과 식산(殖産)에 치중해야 합니다. 둘째로 우리의 대일 무력 투쟁 기반은 일본의 힘이 미치지 않는 지역에 확보해야 한다는 것입니다."

안창호의 새로운 제안에 사람들의 눈이 반짝였다.

"이 새로운 지역을 중심으로 세력을 규합하여 무장 투쟁을 진두지휘하고 간부 양성을 위한 군사학교도 만들어 조직적인 활동을 해야 합니다. 그렇게 하지 않으면 우리의 무장 투쟁 역시 사분오열되어 투쟁의 동력을 잃기 쉽습니다. 문제는 어떤 지역을 우리 민족의 투쟁 기반으로 삼느냐 하는 것입니다."

"……."

침묵 속에 사람들이 고심을 거듭하고 있을 때, 안중근이 조용히 입을 열었다.

"외람되지만 제가 한 말씀 올리겠습니다. 미국 동포들은 멀리 떨어져 있고, 중국 한인들은 분열이 심한 데다 일본군이 이미 만주를 장악하고 있어 중국이나 만주 지역에 투쟁 기지를 건설하는 것은 여러 가지로 어려움이 있습니다. 듣자 하니 러시아 블라디보스토크를 중심으로 한 연해주 일대에 우리 한인이 무려 십만여 명이나 살고 있다고 합니다. 지난 전쟁의 여파로 러시아와 일본의 사이도 썩 좋은 편이 아니고, 연해주는 일본군의 위력이 미치지 않는 곳일 뿐만 아니라 두만강만 건너면 바로 함경도로 들어올 수 있으니, 제 생각엔 연해주보다 더 좋은 투쟁 기지는 없을 것 같습니다. 투쟁기지 조성 여건은 양호하나 아직 그곳 분위기를 알 수 없어 그게 마음에 좀 걸립니다."

안중근의 말을 듣고 있던 박은식이 나서서 문제의 핵심을 다시 정리했다.

"안 동지의 견해가 옳다고 생각해요. 그렇다면 우리 도산 선생이 미국에서 한 것처럼 누군가 먼저 연해주에 들어가 현지 사정을 살펴보고 무력 투쟁 역량 강화를 위해 우리 한인들을 의식화하고 조직화하는 게 시급할 것 같습니다. 이 가운데 혹시 그 일을 맡을 사람이 있습니까?"

박은식은 부드러운 턱수염을 어루만지면서 물끄러미 안중근을 보고 있었다. 그 눈길은 마치 '당신이 그 일에 적임자요' 하고 말하고 있는 것 같았다.

박은식과 안중근은 동향이라, 박은식은 황해도 일대에 정평이나 있는 안중근의 무용담을 아주 잘 알고 있었다. 안중근이 총검에 능한 데다 배포가 있고 기개가 있어 박은식은 그라면 허허벌판의 황무지에 알몸으로 내보낸다 해도 반드시 큰일을 도모할 수 있으리라 내심 생각했다. 안중근은 박은식이 설립한 서우학회의 회원이기도 했다.

서로 마음이 통했던지 안중근이 선뜻 자청하고 나섰다.

"능력은 부족하지만 제가 한번 맡아보겠습니다."

"안 동지가요? 괜찮겠소?"

안창호는 그의 뜻은 좋게 여겼으나 마음에 적잖이 걸리는 바가 있어 재고해보라는 의미로 그에게 조심스럽게 되물었다. 아직 백

일도 지나지 않은 안중근의 막내가 심한 열병을 앓아 상태가 위중했던 데다가, 안중근이 운영하던 무연탄 개발회사 삼합의까지 경쟁 업체 사장인 구로다의 방해 공작으로 큰 위기에 봉착해 있다는 걸 알고 있었기 때문이다.

이 무렵 할인 물량공세에도 안중근의 영업 기반이 잘 무너지지 않자, 구로다는 삼합의를 통째로 삼킬 욕심에 탄광 인근 도로를 모두 사버려 길을 막아버렸다. 통감부 설치 이후 대한제국으로 건너 온 일본인의 수는 두 배로 늘었고, 군납 물량까지 급증하는 바람에 구로다는 즐거운 비명을 질렀다. 하지만 석탄의 공급이 수요를 감당하지 못해, 그는 이참에 삼합의의 탄광을 헐값에 손에 넣고자 꼼수를 부렸다.

아무튼 구로다가 길을 막아버려 안중근의 탄광이 하루아침에 고립이 되었고, 산을 넘어서 다시 길을 내지 않는 한 채굴한 석탄을 밖으로 실어낼 수가 없었다. 동업자인 한재호와 동생 안정근이 이 일 때문에 눈썹을 휘날리며 부리나케 안중근을 찾아오기도 했었다.

특히 안중근을 믿고 빚을 내어 광산에 투자했던 한재호는 속수무책 눈뜨고 알거지가 될 판이라 안중근에 대한 원망이 더욱 컸다. 그제는 안중근이 여러 사람 앞에서 그에게 멱살을 잡히기까지 하였다. 안창호는 안중근의 그런 딱한 처지를 알았기 때문에 당분간은 그의 뜻을 만류하고 싶었다.

"염려는 고맙지만 개인사가 나랏일보다 중요할 수는 없소. 누군가 이 일을 해야 하나 안 동지는 미국 일과 국내 일이 바쁘니 다른 데 신경 쓸 틈이 없을 것이오. 더군다나 여기 계신 동지들께서는 연세가 있으시기 때문에 험지에 홀로 나가는 것은 위험합니다. 이 자리에서는 제가 가장 젊은 사람이니 아무래도 제가 그 일을 맡는 게 순리라 생각합니다. 짐승도 제 우리가 있어야 잠자리가 편한 법인데, 하물며 사람이야 어떻겠습니까? 지금 우리 처지가 제 우리를 가진 짐승만도 못한 신세인데, 제 집 살림살이나 지키고 산다 한들 어찌 행복할 수 있겠습니까? 제 한 몸 바쳐 연해주 땅에 독립의 불꽃을 피워보겠으니 부디 지켜봐주십시오."

나지막한 안중근의 출사표에 모두가 숙연한 표정으로 박수를 보내어 그의 결심에 경의를 표했다.

4

"형님, 안 됩니다."

"이미 동지들과 합의를 한 사항이다. 되돌릴 수가 없다."

"형님, 해도 너무 하십니다. 지금껏 형님이 죽으라 하면 죽는 시늉까지 했습니다. 우리 지분은 다 날렸지만 형님 뜻대로 삼합의를 처분해서 한재호 교장 몫은 모두 챙겨주었습니다. 무엇이든 형님이 하라면 안 한 게 없지만, 떠나시는 것만은 절대 동의할 수 없습니다. 형님이 가장이신데 어머니와 형수님은 어찌하고 떠나신단 말입니까?"

안정근은 안중근이 머지않아 블라디보스토크로 떠난다는 뜻밖의 말을 듣고는 하늘이 노래져서 팔짝팔짝 뛰었다.

그는 형 안중근의 뜻에 따라 울며 겨자 먹기 식으로 눈독을 들이던 구로다에게 삼합의를 싼값에 넘겨준 후, 결과 보고를 위해 한성으로 안중근을 찾아온 길이었다.

"아우야, 미안하다. 정말 너에겐 미안하다는 말밖에 할 말이 없구나. 어머니와 네 형수에겐 내 뜻을 잘 전해다오. 우리가 만난 시대가 불운하여 어차피 이 형은 이 길을 갈 수밖에 없다. 나 홀로 침식을 편안히 하고 우리 집안 홀로 오순도순 평화롭게 산다 한들 그것이 어찌 진정한 행복이겠느냐?"

"형은 영웅이 되고 싶은 것이오?"

"아니다."

"그럼 왜 이런 험한 길을 가려 하오?"

"내 집 안에 도적이 들어 칼을 들고 가족의 목숨을 위협하면 너는 어찌하겠느냐?"

"……."

안정근은 안중근의 비유에 샐쭉해져서 입술만 깨물었다.

"너든 나든 누구든 가족을 지키기 위해 몸을 던져야 하지 않겠느냐?"

"틀린 말은 아니지만, 이건 경우가 다르지 않소?"

"어찌 다르다고 생각하느냐?"

"가족 문제하고 나랏일 하고 어찌 같을 수가 있소?"

안중근은 동생의 짧은 생각에 크게 실망해서 정색을 하고는 꾸짖었다.

"그럼 이 나라는 누가 지키느냐? 넌 이 나라 국민이 아니더냐? 온 형제가 다 나가서 죽는 것도 아니고, 기껏 나 혼자 나가서 몸부림을 쳐보겠다고 하는 것인데, 넌 어찌 이것도 이해하지 못하고 그리 말이 많으냐?"

"형님, 그게 다 어머니 때문이 아니오?"

"아우야, 네 마음은 알지만, 어머니의 눈을 속여가며 효도하고 싶지 않다. 어머니께서는 믿음이 깊으시니 내 마음을 이해하실 거다. 불의와 타협해 비굴하게 살면서 효도할 수는 없지 않느냐?"

안중근의 뜻이 강철같이 굳어 안정근도 이젠 어찌할 수 없다는 걸 깨닫고는 풀이 죽었다.

"형님, 그럼 언제 가실 거요?"

"칠월 말에."

"그럼, 어머니하고 형수님한테 인사는 하고 가야 안 되겠소?"

"염치가 없어서……. 그냥 떠났으면 한다. 아시면 걱정하실 거고……."

"그래도 사람 앞일을 모르는데……."

마음이 상해 형에게 벌컥 화를 내긴 했지만, 막상 안중근이 가족의 품을 떠나 이역만리 타국으로 간다고 생각하니 안정근은 가슴이 미어졌다. 금방이라도 울음이 터질 듯 눈시울이 뜨거웠다.

그새 원망하는 마음은 봄눈 녹듯 사라져, 그는 이제 형 안중근의 신변만 태산같이 걱정했다. 밥은 제때 챙겨 먹을 수 있을지, 따뜻한 방에서 잠은 잘 수 있을지, 건강은 해치지 않을지, 살아서 다시 만날 수 있을지, 온갖 생각이 꼬리를 물고 일어났다.

"걱정 마라. 천주께서 알아 하실 게다."

안중근은 말은 이렇게 무덤덤하게 하고 있었지만 가족들에게 작별인사도 않고 떠난다는 게 영 마음에 걸렸다. 그래서 마음을 고쳐먹고 안정근이 떠난 이틀 후에 진남포를 찾았다가 대한제국 군대와 일본군 사이에 무력 충돌이 벌어지고 있다는 소식을 듣고 급거 한성으로 다시 올라왔다.

5

서쪽 하늘이 핏빛으로 붉게 물들고 있었다. 황혼이 지면서 온종일 천지간을 요란하게 울리던 총성도 잦아들었다. 숭례문 밖 도동(桃洞) 세브란스병원의 넓은 앞마당은 들것에 누운 부상자들과 거적때기에 덮인 시신들로 가득했다. 총성이 물러간 틈을 비집고 고통스런 신음과 애절한 통곡이 밀려들었다. 안중근과 안창호 두 사람은 종일 부상자와 전사자를 병원으로 옮기느라 파김치가 되었지만, 지친 몸을 이끌고 다시 들것을 들고 병원을 나섰다.

일본은 눈엣가시였던 고종 황제를 강제로 퇴위시킨 다음, 대한제국 정부와 정미 7조약을 맺어 대한제국의 인사권과 사법권을 빼앗았고, 대한제국의 마지막 버팀목이었던 군대까지 강제 해산했다. 이에 대한제국 군인과 일본군이 숭례문을 사이에 두고 맹렬한 총격전을 벌인 것이다.

부상자가 백여 명, 전사자의 수도 그에 육박했던 데다 생포된 병사가 오백여 명에 달해 이틀간의 총격전으로 한성을 지키던 대한제국 군대의 전력은 완전히 무력화되었다.

숭례문 앞은 여전히 피비린내와 메케한 화약 냄새가 진동했다. 총성에 놀란 성문 주변 민가들은 일찌감치 호롱불을 끄고 잠자리에 들었고, 부상자와 전사자의 가족들만이 그들을 찾아 부산스럽게 거리를 헤매고 있었다.

"이것 보시오! 우리는 적십자 회원이오! 이게 안 보이는 거요?"

"안 되오. 지금은 어쩔 수 없소. 내일 날이 밝으면 오시오."

안중근이 팔에 두른 적십자 완장을 내보이며 성문 출입을 제지하는 일본군에게 따져 물었지만 그들은 막무가내로 안중근과 안창호를 가로막았다. 그들은 눈을 부릅뜨고 성문에 붙은 '일몰 후 통행금지'란 벽보를 가리켰다. 하지만 안중근은 이를 무시하고 그들을 꾸짖듯 목청을 높였다.

"부상자를 구조하는 것은 적십자 회원의 책무고, 어느 나라든 이를 막아서는 안되오. 일본이 문명국임을 자처하면서 어찌 이런 비인도적인 처사를 한단 말이오! 책임자를 불러주시오!"

"조센진, 빠가야로! 안 된다고 하지 않나? 조선 놈들은 역시 머리가 나빠!"

일본 병사는 이치를 따지는 안중근이 가소롭다는 듯 입가에 냉소를 흘렸고, 안중근이 물러서지 않고 재차 성문 출입을 요구하자 그를 노려보며 총검을 목에 겨누었다.

"죽고 싶은가? 돌아가라. 우리도 더 이상 인내하지 않는다. 소동을 피우면 폭도로 알고 발포하겠다."

"안 동지, 돌아갑시다."

안창호가 안중근의 손을 잡아끌었지만, 안중근은 분을 이기지 못하고 뒤돌아보며 연신 더운 콧김을 불었다.

"진정하시오. 내일 장도에 오를 사람이 이렇게 흥분하면 어떻게 하오?"

안창호가 도닥여 안중근이 간신히 화를 삭였고, 둘은 터벅터벅 걸어 세브란스병원 건너 편 복숭아밭에 가서 앉았다.

두 사람의 눈에는 누가 먼저라 할 것도 없이 뜨거운 눈물이 고여 들었고, 눈물이 볼을 타고 하염없이 흘렀다. 숨을 죽여 흐느끼던 그들이 눈물을 훔치고는 서로를 바라보았다.

안창호가 호주머니에서 담배를 꺼내 안중근에게 권했다.

"안 동지, 담배 한 대 하겠소?"

두 사람은 같이 담뱃불을 붙여 가슴 깊숙이 빨아들인 연기를 울분을 토하듯 허공에 세차게 내뿜었다.

"블라디보스토크는 치안이 불안하여 위험한 곳이오. 최근 사람을 벌레 죽이듯 한다는 얘길 전해 들었소. 투쟁에 나가기에 앞서서 몸부터 조심해야 할 것이오."

"누가 누굴 죽인단 말이오?"

"러시아인들이 우리 조선 사람 돈을 빼앗으려 살인을 하는 경우
도 많지만, 이보다는 우리 조선 사람을 더 조심해야 하오."

"그 무슨 말이오?"

"그곳에 사는 우리 조선 사람들이 일진회원(一進會員)을 미워해
머리를 깎은 사람만 보면 그들을 일진회원으로 오해하여 알아보
지도 않고 사정없이 죽인다고 합니다. 그러니 머리는 가급적 짧게
깎지 마시오."

"알겠소. 아무튼 그곳에 있는 우리 조선 사람들의 가슴에 애국
하는 마음이 있다고 하니 천만다행이오. 난 상해에서 보았던 조선
사람들처럼 제 앞가림에 바빠 그곳 사람들도 조국의 어려움을 까
맣게 잊고 사는 것은 아닌지 내심 걱정을 했었소. 사정이 그렇다
면 참으로 다행이오."

블라디보스토크 항구를 비롯한 연해주 일대의 여러 항구에서는
조선인을 상대로 한 살인사건이 거의 매일 일어나고 있었지만, 러
시아 경찰에서는 제3국인의 일이라 하여 눈곱만치도 신경을 쓰지
않았다. 이 때문에 밤이 되면 항구의 거리 곳곳이 폭도들로 넘쳐
흘러 무법천지가 되곤 하였다. 하지만 안중근은 연해주 일대의 살
벌한 분위기에 주눅이 들기보다 그곳 사람들이 친일파를 미워한
다는 말에 내심 몹시 기뻤다.

"분위기가 정말 그렇다면 내가 반드시 투쟁의 불꽃을 그곳에 꼭

피워보겠소."

"아무튼, 장하시오. 안 동지, 내 하나만 부탁을 드리겠소."

"무엇이오?"

"우리 신민회는 비밀조직이기 때문에 점조직으로 운영되고 있는 건 안 동지도 잘 알 것이오. 안 동지가 기왕에 무력 투쟁에 나서게 된 만큼 안 동지의 신분은 어쩔 수 없이 노출될 수밖에 없소. 그래서 나는 조직 보호를 위해 안 동지를 조직에서 탈퇴시킬까 하는데."

"여부가 있겠소. 어차피 왜놈들의 눈길이 내게 쏠리게 마련일 테니 당연한 판단이오."

"이해해주니 고맙소. 지금 이 시간 이후로 안 동지는 우리 신민회와 아무런 상관이 없는 사람이오. 아시겠소?"

"……."

안창호가 말없이 고개를 끄덕이는 안중근의 손을 잡으며 다시 말을 이었다.

"블라디보스토크엔 이강이란 조선인 기자가 있소. 우리 연락책이니 그이를 통해 안 동지께 앞으로 투쟁 지침이나 방향을 알려드릴 테니 도움이 필요하면 그이를 찾아가시오."

"……."

안창호의 말을 듣고 있는 안중근의 얼굴이 자못 비장했다. 그는 안창호가 구축한 신민회가 세계 각지에 조직이 뻗어 있을 만큼 규모가 방대하다는 사실에 무척 놀랐고, 반년이란 짧은 시간에 이

거대한 조직을 구축한 안창호의 뛰어난 지도력에 새삼 감탄하며 매우 존경스런 눈길로 그를 보고 있었다.

'참으로 대단한 장부로군.'

망명

1

안중근은 다음 날 두 동생의 배웅을 받으며 한성을 떠나 기차로 부산으로 이동한 다음 배를 타고 원산으로 갔다가 간도를 거쳐 거의 삼 개월 만에 목적지인 블라디보스토크 항구에 도착했다. 블라디보스토크로 향하는 그의 여정이 이처럼 복잡하고 길었던 것은 고종 황제 퇴위 이후 국내 의병들의 무장봉기가 거세어, 조선 통감부가 요주의 인물들에 대한 단속을 강화하고 이들에 대한 일제 검거에 나섰기 때문이었다. 무력 진압을 꺼려하던 이토조차 일본 육군대장 테라우치에 대규모 병력 증파를 요청할 정도로 한반도 상황은 급박하게 돌아갔다.

한편, 부동항을 개척하려는 러시아 황제 니콜라이 2세의 강력한 의지로 시베리아 대륙 횡단 철도가 완공되어 블라디보스토크 곳곳엔 개발 붐이 일고 있었다. 항구 주변의 구시가지는 계획도시답게 나지막한 이층 붉은 벽돌집들이 어깨를 나란히 하고 널찍한 가로를 따라 아기자기하게 늘어섰다. 울창한 자작나무 숲이 도시를 감싸 안고 있어 구시가지는 한 폭의 동화 속 그림을 보는 것처럼 아름다웠지만, 구시가지 너머에는 새로운 도시 건설을 위해 땅이 파헤쳐지고 붉은 흙더미가 산을 이루고 있어 유령의 도시처럼 왠지 음산하고 을씨년스러운 기분이 들게 했다.

블라디보스토크는 이방인 안중근을 맞이하는 인사를 아주 고약하게 했다. 12월이나 되어야 내릴 법한 엄청난 폭설이 일찌감치 뿌려져 온 도시가 머리에 하얀 눈을 뒤집어썼던 것이다. 배에서 내린 안중근은 폭설의 장관에 감탄하며 항구 광장의 중앙에 있는 시계탑으로 발걸음을 재촉했다. 안중근의 안내를 맡기로 한 이강은 약속보다 한 시간이나 늦게 나타났다.

"미안하오. 갑작스런 폭설 때문에 기차가 많이 늦었소."

그는 안창호의 편지로 안중근의 신원을 확인하고는 겸연쩍은 표정을 지으며 사과부터 먼저 했다. 어제 하바로프스크에서 출발했다는 이강은 체격이 왜소하고 얼굴도 하얗고 선이 가늘어 샌님 같은 인상이었다. 이 때문에 안중근은 그가 혁명을 꿈꾸는 신민회의 비밀 조직원이라는 게 도무지 믿어지지 않았다.

두 사람은 인근에 있는 삼층 호텔에 짐을 풀고 간단히 몸을 씻고 일층 식당으로 내려갔다. 블린늬(러시아 팬케이크)와 샤실릭(양꼬치구이)에다 보드카를 곁들인 식사를 주문했다. 안중근은 처음 맛보는 보드카였지만 평소 독주를 자주 즐겨 보드카가 부담스럽지 않아 이강이 따르는 술을 곧잘 받아 마셨다.

"술이 세시네요."

"선천적으로 술이 잘 받는 체질입니다."

"부럽습니다. 저는 서너 잔만 마셔도 취하는 편입니다."

그의 말이 빈말은 아닌 듯 이강은 보드카 두 잔에 벌써 얼굴에 홍조를 띠고 있었다. 이강이 그에게 술을 따르고는 정색을 하며 안중근을 바라보았다.

"안 동지, 이 블라디보스토크에 대해 알고 계신 게 있습니까?"

"······."

안중근은 조용히 고개를 가로저었다.

"이 땅에 우리 한인들이 이주를 시작한 지가 반세기가 됩니다."

"그렇게나 오래 되었어요?"

그의 말에 놀란 듯 안중근의 눈이 커졌다.

"그렇습니다. 러시아가 이 땅을 발견하고 개척에 나선 초기부터 우리 한인들이 이주를 시작했으니, 블라디보스토크의 역사는 곧 우리 한인들의 역사라 해도 과언이 아닙니다."

"······."

안중근은 술잔을 가볍게 흔들면서 명주실타래 뽑듯 해박한 지식을 술술 풀어내는 이강을 흥미로운 눈으로 보고 있었다.

"한인 수가 십만 명에 이르러 러시아 당국에서도 우리 한인들을 무시하지 못하고 있어요. 그런데 문제가 있습니다."

안중근은 그의 말에 심상치 않은 기운을 느끼며 술잔을 내려놓고는 의자를 당겨 다가앉았다.

"우리 한인들의 분열상이 아주 심각하다는 것입니다."

"무엇 때문이오?"

"출신 배경 차이 때문입니다."

"……."

안중근이 고개를 갸우뚱거렸다.

"오래 전에 이주한 한인들은 천민과 양민 출신이 대부분입니다. 원래 함경도 쪽에 살던 사람들인데, 먹고살기 힘들어 땅을 개간하려고 국경을 넘어 이주한 것이지요. 그런데 근래 수년 사이에 연해주에 들어온 사람들 중에는 양반들이 많아요. 이 양반들이 러시아 땅에 와서도 양반 행세를 하려다 보니까 먼저 이주해서 정착해 살고 있는 한인들과 자꾸 부딪히고 있어요. 두 집단의 반목이 너무 심합니다. 이들을 먼저 단합시키지 않으면 연해주 일대에서 무장 투쟁을 전개하기가 쉽지 않을 겁니다."

안중근은 교만하고 단합하지 못해 일본에게 나라를 빼앗긴 민족이 타국에 와서도 똑같은 모습을 반복하고 있다는 이강의 전언에 한숨만 나왔다.

"그럼 대체 그 우두머리들이 누구요?"

세상의 모든 갈등에는 이를 주동하고 선동하는 사람들이 있게 마련이었다. 안중근은 그들을 먼저 만나봐야겠다고 생각했다. 이강은 안중근의 직관적인 판단력에 놀라워하며 겸연쩍게 웃었다.

"그렇지 않아도 말씀을 드리려던 참인데, 허허, 참 대단하십니다. 그럼 이범윤을 먼저 만나보시지요."

이범윤은 러시아 전권공사를 지낸 이범진의 실제(實弟)로 간도 관리사의 직책을 가진 고관대작이었다. 러일전쟁 당시 함경도 일대에서 러시아를 지원하다가 러시아가 패하자 휘하 병사 칠백여 명을 거느리고 후퇴하는 러시아군을 따라 연해주로 넘어온 인물이었다. 그는 고종 황제가 하사한 마패를 이용해 연해주에 있는 한인들에게 명목에도 없는 준조세를 강압적으로 거두어 한인들이 크게 반발했다. 한인들은 러시아 정부에 세금을 내고도 이범윤에게 다시 세금을 내는 이중과세에 시달리고 있었던 것이다. 이렇게 되자 연해주 정착민의 대부 격인 연추(러시아명 노보키에프스키)의 도헌(都憲)* 최재형과 이범윤이 큰 갈등을 일으켰다.

최재형은 1869년 아홉 살의 나이에 가족과 함께 연해주로 이주하여 군납 사업으로 자수성가한 인물로 연해주 한인들의 정신적 지주였다.

하룻밤이 지나자 언제 그랬냐는 듯이 폭풍을 동반한 폭설이 그쳤고 하늘은 구름 한 점 없이 맑게 개었다. 온 세상을 뒤덮은 솜털 같은 눈이 햇살에 눈부신 빛을 사방에 뿌리고 있었다.

안중근은 이강과 함께 인근 한인식당에서 해장국으로 조반을 든 후, 이강이 가르쳐준 이범윤의 집을 찾아 길을 나섰다.

---

* 면장쯤 되는 러시아 관직

2

　이범윤의 집은 블라디보스토크의 구시가지에서 오 리쯤 떨어진 낮은 산자락 아래 자리 잡고 있었는데, 영주의 성이라 불러도 좋을 만큼 규모가 크고 아름다웠다. 러시아 정부가 러일전쟁 당시 이범윤이 세운 공을 감안하여 그에게 하사한 집이었다. 삼천여 평이 넘는 넓은 대지 위에 아름드리 수목이 울창했고, 붉은 기와를 인 돔 형태의 지붕이 멀리서도 한눈에 보여 사람들의 눈길을 끌었다.

　이범윤은 거실 소파에서 러시아 신문을 보고 있다가 앉은 채로 거실로 들어서는 안중근을 맞았다. 그는 외양에서 만만치 않은 위용을 풍겼다. 체격이 크고 눈이 가늘어 인상이 날카로웠고 눈빛은 얼음처럼 차갑게 빛나고 있었다. 대원군의 큰 신임을 받았던 아버지 이경하의 풍채를 쏙 빼닮았다. 그는 명문가인 자기 집안에 대한 자부심이 몹시 강해 이강에게 듣던 대로 꽤 거만했다.

　검정 양복에 보타이까지 맨 그는 다리를 꼬고 앉아 데면데면한 표정으로 안중근의 아래위를 한번 훑어보고는 앉으라고 권했다. 그의 인상이 안중근의 방문을 그리 달가워하지 않는 눈치였다.

　"날 찾아온 용건이 무엇이오?"

　"각하, 저는 황해도 해주에서 온 안중근이라 합니다. 결례를 무릅쓰고 불쑥 찾아온 저의 무례를 용서해주십시오."

　이범윤은 조선에서 온 낯선 젊은이가 자신을 각하라고 호칭하는 게 싫지 않았던지 경계하던 처음과 달리 입가에는 미소가 번졌다. 거만한 사람들은 대개 아부에 약한 법이다.

"고국에서 왔다고 하니 반갑소. 나도 조선 소식이 궁금하던 차였는데, 안 선생이 얘기 좀 들려주시오."

"여부가 있겠습니까? 각하처럼 명망이 높으신 분 앞에서 말씀을 드리게 되어 참으로 영광스럽습니다."

안중근의 인사말은 의례적인 수사에 지나지 않았으나, 이범윤은 입이 귀밑에 걸릴 만큼 그의 태도가 만족스러웠다.

"제가 각하를 뵌 것은 다름이 아니라, 시국 문제를 논의하고 도움을 얻고자 함입니다."

"말해보시오."

"각하께서는 러일전쟁 당시 러시아를 도와 일본을 친 일이 있으시지요?"

"그렇소만……."

"그런데 이것은 역천(逆天)입니까 순천(順天)입니까?"

"……."

이범윤은 그의 물음에 답변은 하지 않고 시험하듯 가만 안중근을 보고만 있었다.

"그것은 역천입니다."

"왜 그렇게 생각하는가?"

"러시아는 당시 부동항에 눈이 멀어 남진정책을 펼쳤고 결과적으로 우리 조선을 자신들의 속지로 만들려는 계획을 갖고 전쟁에 나섰습니다. 하지만 일본은 동양평화와 조선의 독립을 전쟁 명분으로 내세웠습니다. 그러니 우리 입장에서는 각하께서 러시아를 도와 전쟁에 참여하신 일은 역천이라 할 수 밖에 없습니다."

"전후 관계를 논리적으로 보자면 그럴 수도 있겠지. 그런데 안 선생은 나를 꾸짖기 위해 온 것인가?"

안중근의 말에 이범윤이 불편한 기색을 감추지 못하고 말투가 다소 거칠어졌다. 이범윤은 사소한 일에도 자극을 받아 금방 안색이 변했다. 안중근은 대략 이범윤의 도량이 어느 정도인지 짐작했다. 거드름을 피우고 있지만 속은 밴댕이같이 좁았다. 질투심이 많은 사람은 자존감을 건드리지 않는 게 상책이다. 안중근은 이를 감안해 안색을 슬쩍 부드럽게 하고는 말을 이었다.

"아닙니다, 각하. 언감생심 제가 어찌 그런 불순한 마음을 가슴에 담고 있겠습니까? 제가 각하를 뵌 것은 각하께서 무력을 일으키시어 일본을 토벌해달라는 간청을 하기 위해 온 것입니다. 당시에는 일본을 치는 것이 역천이었으나 지금은 일본을 치는 것이 순천입니다."

"어찌 말이 왔다 갔다 하시는가?"

화가 풀리지 않았는지 그의 말투는 여전히 힐난조였다.

"일본이 내건 약속을 일본 스스로 깨뜨렸기 때문입니다. 일본은 러일전쟁 개전 당시에 대한제국의 독립을 보장하겠다고 약속을 해놓고는 전쟁에 승리하자 약속을 헌신짝같이 버렸습니다."

"……."

이범윤이 그의 말에 호기심을 보이며 흥미로운 눈길을 그에게 던졌다.

"왜놈들은 보호조약을 체결해 우리 외교권을 빼앗았고, 황제 폐하까지 강제로 퇴위시켰습니다. 이뿐만 아닙니다. 인사권, 재정, 사법권까지 빼앗아간 후에 군대까지 해산시켜 우리 대한제국을 일본의 속지로 전락시켰습니다. 이것이 날강도가 아니면 무엇이겠습니까? 이 모든 것은 통감 이토의 계략에 따른 것입니다. 어찌 그냥 두고 볼 수 있겠습니까?"

"……."

흥분해서 열을 내고 있는 안중근을 흐뭇하게 바라보면서 이범윤이 고개를 끄덕였다.

"나라가 위기를 맞은 이때, 황상께 큰 은혜를 입으신 각하께서 무력을 일으켜 일본을 토벌하고자 하신다면 미력하나마 저의 힘을 보태고자 하여 각하를 찾아온 것입니다."

이범윤이 처신을 잘못해 연해주 한인들에게 원성을 사고 있지만, 어쨌든 그는 황제에게 권한을 위임받은 간도관리사였고 황제가 하사한 마패를 가진 사람이었다.

"각하께서는 마패를 갖고 계십니다. 그러니 각하께서 무력을 일으키시는 것은 곧 황제 폐하의 뜻이 아니겠습니까? 만약에 각하께서 황제 폐하의 뜻을 대내외에 천명하시고 무력을 일으키신다면, 그 명분이 하늘의 뜻과 같으니 연해주에 사는 십만 백성들이 어찌 그 뜻에 감동하지 않겠습니까?"

이범윤은 안중근의 말에 몹시 우쭐해 했다. 하지만 잠시 후 그는 고민스런 표정으로 말했다.

"안 선생의 뜻은 참으로 장하오. 하지만 재정이 부족하고 군사가 적어 일을 도모하기가 쉽지 않으니 그게 안타까울 뿐이오."

"각하, 연해주에는 십만 명이나 되는 우리 조선 사람들이 있습니다. 당장이야 거병이 어렵다 해도 이들의 뜻을 모은다면 불가능하기야 하겠습니까? 각하께서 나서만 주십시오. 사방으로 다니며 뜻을 한번 모아보겠습니다."

안중근이 자신을 거병의 중심인물로 추켜세우자 이범윤의 어깨에 절로 힘이 들어갔다. 안중근이 나서서 멍석을 깔아준다면 이범윤으로서는 그보다 좋은 일이 없었다.

간도에서 이끌고 온 오백여 명의 휘하 병사들을 먹여 살리기 위해 세금을 거둔 것이긴 하나 강압적인 세금 징수 때문에 한인 동포들에게 자신이 큰 욕을 먹고 있었다. 준조세 납부 거부 운동을 주도하는 최재형은 아예 그를 '날강도'라고까지 비난했다. 이범윤은 최재형의 반대로 자신의 세금 징수 계획이 벽에 부딪히자 최재형을 압박하려고 병사들을 동원해 불시에 그를 습격하기도 했다. 쌍방 간에 총격전까지 벌인 이 사건의 여파로 두 사람 사이에 갈등의 골은 깊어질 대로 깊어져 화해는 이미 물을 건너 간 꼴이었다.

이범윤은 수하 병사들을 먹여 살리기 위해 돈이 있어야 했고, 이를 마련하려면 세금을 징수할 수밖에 없었다. 이 때문에 그는 최재형과의 화해가 꼭 필요했다.

이범윤의 처지는 한마디로 목구멍이 포도청이었다. 그럼에도 그는 최재형에게 화해의 손길을 먼저 내밀지 않았다. 자신이 그에게 고개를 숙이는 것은 황제를 욕되게 하는 행동이라는 이유를 명분으로 내걸었지만, 실은 그의 못난 자존심 때문이었다. 나라는 망했어도 그는 명색이 간도관리사였다. 아무리 처지가 궁하다 해도 그는 천민 출신의 사업가 최재형에게 머리를 숙이고 싶지는 않았다. 다만 그는 최재형이 잘못을 뉘우치고 자신에게 용서를 구한다면 못이기는 척하고 화해를 받아줄 생각은 있었다.

하지만 최재형이 그를 찾아와 사과할 하등의 이유가 없었다. 갈등의 원인과 허물은 모두 이범윤에게 있었고, 최재형은 재정적으로도 넉넉하고 동포 사회의 큰 신망을 받고 있었다. 더군다나 그는 국적이 러시아라 러시아 당국의 절대적인 보호를 받았다. 최재형은 이범윤이 무슨 짓을 하든 아쉬울 게 하나도 없었다.

이범윤의 희망은 그야말로 이루어질 수 없는 일방적인 소원에 불과하여 연목구어(緣木求魚)나 진배가 없었다. 최재형은 이처럼 천지 분간을 못하고 자못 거만을 떠는 이범윤을 가소롭게 여겨 그 꼴을 보지 않으려 했고, 이범윤 역시 자신을 무시하는 최재형에게 잔뜩 화가 나 있었다. 하지만 최재형의 위상과 세력이 워낙 막강해 이범윤은 노골적으로 그를 비난하지는 못했다. 다만 술을 한잔 마시고 취기가 돌 때면 '천한 것들은 하는 짓도 천하고 성품도 비루하다'고 이죽거리는 것으로 그에 대한 불만을 우회적으로 드러내곤 했다.

이범윤은 최재형의 모습이 머리에 떠오르자 괜히 짜증이 나서 담뱃불을 붙였다 껐다 반복했다. 뒤 마려운 강아지마냥 안절부절 못하고 조바심을 내는 이범윤의 초조한 안색을 보고 안중근은 이 강에게 들은 바가 있어 대충 눈치를 챘다. 그는 내친김에 이범윤의 마음을 떠보려 슬쩍 물었다.

"각하, 듣자 하니 최재형이란 자가 재력이 엄청나고 일대에 이름이 높다고 하던데, 제가 그이를 한번 만나볼까요?"

그의 말에 이범윤의 눈이 놀란 토끼마냥 동그래지며 얼굴이 굳었다. 그는 자신의 속내를 초면의 젊은 이방인에게 들킨 것 같아 내심 부끄러웠다. 하지만 그는 속을 보이지 않으려 애써 그를 무시했다.

"그놈은 돈밖에 모르는 천박한 놈인데, 그런 놈을 만나 어디다 쓰게?"

"각하, 성품이 비루하든 천하든 상관없이, 지금은 온 한인들이 마음을 합쳐야 합니다. 힘이 있는 사람을 힘으로, 돈이 있는 사람은 돈으로, 지략이 있는 사람은 머리를 보태는 일이 중요하지 않겠습니까? 아무리 성품이 비루하다고는 하나, 설마 나라 구하는 일에까지 그런 천한 마음을 드러내기야 하겠습니까?"

"……."

이범윤은 안중근의 얘기가 솔깃하고 구미도 당겼지만, 일부러 별 관심이 없다는 듯 심드렁한 반응을 보였다. 안중근이 그의 속내를 간파하고는 그의 마음을 슬쩍 건드렸다.

"각하, 소문에 듣자하니 최재형 그 자가 각하께 큰 실례를 범했다 들었습니다. 만약 그 자가 용서를 구하면 받아주시겠습니까?"

"그 얘긴 어디서 들었누?"

이범윤이 정색을 하고 의심의 눈초리로 안중근을 뚫어져라 쳐다보았다.

"두 분의 이야기가 이 일대에 파다한데, 나랏일을 위해 이 땅에 온 제가 어찌 이런 일을 모르겠습니까?"

"허허 그래? 그대가 다리를 한번 놓아보겠다 이건가?"

"그렇습니다, 각하."

이범윤이 호탕하게 소리 내어 껄껄 웃었다. 그는 안중근이 초면이었지만 그에게 큰 호감을 가졌다. 이마는 반듯하고 눈이 빛나는데다 하관이 발달한 안중근의 외모에서 그는 범상치 않은 기운과 강단을 느꼈다. 그는 이 젊은이가 자신의 고민을 해결해줄 것이라 아직 확신은 못했으나, 밑겨야 본전이란 생각에 안중근의 말에 고개를 끄덕여주었다. 이범윤은 서재 창가에 서서 현관을 나서는 안중근을 바라보며 중얼거렸다.

"재미있는 친구로군……."

3

안중근은 이범윤의 집을 나선 즉시 시내의 숙소로 향했다. 선걸음에 얼른 짐을 꾸려 연추에 살고 있다는 최재형을 만나볼 작정이었다.

일정을 잡고 나니 자연 마음이 바빠 그의 발걸음이 분주해졌다. 눈길을 휘적휘적 걷고 있는 그의 등 뒤로 일단의 무리들이 뒤따라 오더니, 이범윤의 집이 시야에서 멀어질 즈음에 불쑥 안중근의 앞을 가로 막아섰다.

"잠깐만 보기요!"

"당신들은 누구요?"

안중근을 미행한 무리들은 털가죽 옷과 털모자로 중무장해서 얼굴을 알아볼 수 없었고 눈만 빠끔하게 내비치고 있었다. 다섯 명 모두 어깨에 긴 총을 멨다. 말투로 보아 이들은 함경도 출신의 한인들 같았다. 이들의 말투와 태도가 거칠어 안중근은 내심 긴장하며 거듭 물었다.

"조선 사람이요?"

"그건 알 것 없고, 묻는 말에 답이나 하기요. 당신은 우리가 처음 보는 사람인데, 오늘 이범윤의 집에는 왜 갔음매?"

신분도 밝히지 않고 취조하듯 자신에게 캐묻는 무리들에게 안중근은 화가 나서 목청을 높였다.

"그게 왜 궁금하시오? 그리고 당신들은 대체 누구요?"

"이 자가 제법 강단이 있구만, 허허!"

무리 가운데 우두머리로 여겨지는 키 큰 남자가 가소롭다는 듯이 안중근을 노려보며 일행에게 지시했다.

"이 자를 포박하게!"

우두머리의 지시가 떨어지기 무섭게 네 명이 한꺼번에 달려들어 순식간에 안중근을 굴비 엮듯 꽁꽁 묶었고, 머리에 검은 천을 씌워 어디론가 끌고갔다.

"대체 이게 뭐하는 짓이오?"

"조금 있다 얘기하기요."

"날 풀어주시오, 어서!"

"계속 시끄럽게 하면 산 채로 바다에 수장시킬 수 있수다, 조심하기요."

"그래도 사정은 알고 가야 하지 않겠소?"

"일진만 아니면 겁먹을 필요 없수다."

그들의 말에 안중근은 덜컥 겁이 났다. 이들이 어떤 인물들인지 대충 감을 잡았기 때문이다. 조선에서 일본 세력을 몰아내는 것을 목적으로 하여 연해주의 청년들이 한인청년단이란 조직을 만들어 활동 중이라는 사실을 안중근은 이강에게서 들은 바가 있었다. 이들은 아주 급진적이고 난폭해 일진회 회원이 의심되는 자들을 마구잡이로 붙잡아 인근 바다에 수장시키고 있다고 했다. 자칫 잘못하다간 안중근 역시 일진회 회원으로 몰려 바다에 수장될 가능성이 있었다. 하지만 호랑이에게 붙잡혀도 정신만 차리면 산다는 생각에 안중근은 놀란 가슴을 가라앉히며 그들이 이끄는 대로 묵묵히 따라갔다.

그들은 그렇게 삼십여 분을 걸어 시가지 끄트머리에 있는 바닷가 오두막으로 안중근을 데려갔다. 오두막엔 키는 자그마했지만 어깨가 떡 벌어진 험상궂은 사내가 안중근을 기다리고 있었다. 왼쪽 뺨에 난 선명한 칼자국이 그의 거친 인생을 여실히 말해주고 있었다. 그가 안중근을 유심히 살피며 그를 잡아온 키가 큰 사내에게 물었다.

"이범윤의 집을 찾아간 한인이 바로 이 자인가?"

"예, 단장님!"

그가 안중근에게 다가와 자못 위협적인 시선으로 노려보며 지휘봉으로 안중근의 가슴을 슬며시 찔렀다.

"살고 싶다면 솔직히 얘기해야 한다. 알았나?"

단장이라는 사내는 눈빛이 아주 매서웠다. 얼굴은 희고 갸름했지만 뱁새 같은 작은 눈에서 뿜어내는 안광이 남달랐다. 그가 먼저 입을 열었다.

"이 블라디보스토크에는 어떤 일로 왔는가?"

"살기 위해 왔소만, 대체 그것이 당신들과 무슨 상관이 있단 말이오?"

마음이 몹시 상했는지 안중근이 벌컥 역정을 내자 그가 냉소를 지었다.

"그래? 그럼 이범윤은 왜 만났는가? 만난 이유가 무언가? 이것도 살기 위해서 그를 만난 것인가?"

"내가 이범윤을 만난 이유가 당신들은 왜 궁금하시오? 난 그것부터 알아야겠소. 조선에서 온 동포를 반기지는 못할망정 다짜고짜 사람을 묶어두고 이유 없이 겁박하니 이렇듯 무례한 것이 이곳의 인정이오?"

생사가 불투명한 위기 상황임에도 불구하고 조금도 주눅이 든 기색 없이 안중근이 외려 얼굴에 노기를 띠며 점잖게 그를 나무라자, 단장이라는 자가 안중근에게 큰 흥미를 느꼈다. 이 자리에 끌려온 웬만한 사람들은 이미 정신 줄을 놓았거나 겁에 질려 바지에 오줌을 지리기 마련인데 안중근은 전혀 그렇지 않았다.

"그래, 좋다. 네 용기가 가상하구나. 나는 여기서 한인청년단을 이끌고 있는 단장 엄인섭이다. 일본 밀정들을 색출해서 죽이는 일을 주로 하고 있다. 내가 어떤 사람인지 밝혔으니 너도 거짓 없이 답변해야 한다. 거짓이 드러나면 죽음을 면치 못하니 솔직해야 한다. 알았는가?"

"좋소."

"그럼 다시 묻겠다. 그대는 왜 이곳에 왔는가?"

"나도 당신들과 같은 생각을 갖고 왔소. 우리 조선이 왜놈들의 발에 짓밟혀 황제 폐하께서는 강제로 퇴위를 당하시고 나라의 주권을 잃어버려 암흑천지가 되었소. 그래서 잃어버린 조선의 주권을 다시 회복할 수 있는 길을 찾기 위해 이곳에 온 것이오."

"허허, 가소롭구나. 거짓말을 아주 능청스럽게 잘하는구나. 여기 잡혀온 놈들은 모두 너처럼 그렇게 말을 한다. 그러고는 우리 한인들을 속여 돈을 뜯어가지. 이범윤도 그런 놈이다. 그런데 우리가 어떻게 이범윤을 만난 너 같은 놈을 믿겠느냐?"

당시 연해주 일대에는 대한제국의 독립운동을 빙자하여 동포들을 수탈하고 다니는 조선의 낭인들이 적지 않아 동포 사회의 큰 골칫거리였다. 엄인섭 역시 안중근을 그같이 파렴치한 인물이 아닐까 의심하고 있었다.

그들에게는 일본에 협력하는 일진들도 적이었지만, 동포 사회에 기생하고 다니며 민폐를 끼치는 이 같은 존재도 암 덩어리로 생각해 척결의 대상으로 삼았다.

"당신들은 내가 이범윤과 아주 친밀한 사람으로 오해하고 있는 것 같은데, 그건 사실이 아니오. 나는 다만 이 연해주에 있는 한인들 사이에 큰 갈등이 있다는 소문이 있어 사정을 알아보고 기왕이면 우리 한인들을 단합시켜볼 요량으로 이범윤을 찾아간 것일 뿐이오."

"그래? 재미있군. 당신처럼 이렇게 말하는 사람은 처음 보았어. 그런데 어떻게 갈등을 봉합시킬 것인가? 이범윤이란 작자가 우리 동포 사회를 분열시킨 원흉인데 말이야!"

연해주의 토착 한인답게 엄인섭은 새로운 이주세력을 대표하는 이범윤에 대한 적의를 노골적으로 드러냈다. 안중근은 청년단 단장을 맡고 있다는 그의 신분을 감안할 때 그가 혹시 최재형을 알고 있지 않을까 어렴풋이 짐작했다.

"엄 단장께서 날 좀 도와주시오. 난 황해도 해주에서 온 안중근이라 하오. 혹시 최재형이란 분을 아시오? 내가 그 분을 꼭 만나고 싶어 그러오."

안중근의 말에 엄인섭의 눈이 갑자기 휘둥그레지더니 눈을 다시 부라렸다.

"네가 어떻게 최재형 도헌을 아는가? 아무래도 이놈이 이상하다. 기룡아, 이놈 몸 좀 수색해봐라."

엄인섭은 그렇지 않아도 일본군의 밀정이 최재형의 동정을 탐문하고 다닌다는 소문이 있어 안중근을 일본군의 밀정으로 의심했다. 블라디보스토크에 불쑥 나타난 낯선 한인이 이 지역의 두 거물인 최재형과 이범윤의 이름을 입에 올리자 그의 신분이 몹시 미심쩍었던 것이다. 일본군의 밀정임이 밝혀지면 그는 당장 안중근을 산 채로 바다에 던져 넣을 참이었다. 바닷가 오두막엔 연신 시끄럽게 부서지는 차가운 파도소리가 들려왔다.

키가 큰 기룡이란 사내가 몸을 수색하는 동안 안중근은 창피함을 무릅쓰고 도리 없이 그에게 몸을 내맡겼다. 그들은 안중근의 옷을 하나하나 다 벗겨 알몸으로 만들어놓고는 항문까지 일일이 검사했다. 안중근은 수치심에 구역질이 날 것만 같았다.

"단장님, 이것 좀 보시오!"

"무언가?"

그들이 찾아낸 것은 안창호가 이강에게 보낸 편지로, 그가 이강에게 안중근의 신변 보호를 당부한 내용을 담고 있었다.

최근 연해주 한인들은 한인 신문 창간을 추진하고 있었고, 이강은 한인들이 발간하려고 하는 가칭 해조신문(海朝新聞)의 실무 책임을 맡고 있었다. 이 때문에 엄인섭은 한인 모임에서 그와 수차례 조우한 적이 있었다. 편지를 한참 들여다보던 엄인섭이 안절부절 못하고 곤혹스런 표정을 지었다. 그가 얼굴을 붉히며 안중근에게 급히 고개를 숙였다.

"안 선생, 정말 미안하오. 우리 무례를 용서하시오."

4

안중근은 안창호의 편지 때문에 다행히 엄인섭의 오해를 풀었고, 그는 사과의 의미로 굳이 술을 사겠다며 안중근을 억지로 시내의 주점으로 잡아끌었다. 한인청년단 단장 엄인섭, 그리고 안중근을 미행하며 그를 붙잡았던 부단장 김기룡이 안중근과 술자리를 같이 했다.

3층 건물의 2층에 자리 잡은 술집은 상호가 '아리랑'이라 붙은 한인 술집이었으나, 실내 장식은 러시아풍이었다. 여주인이 이들 일행이 들어서는 걸 보고 몹시 반가워하며 그들을 바깥 설경이 내려다보이는 창가로 안내했다. 키가 훤칠하고 가슴이 풍만한 여주인은 몸에 찰싹 달라붙는 꽃무늬 원피스를 입어 육감적인 몸의 실루엣이 그대로 드러났다. 눈꼬리가 살짝 치켜 올라가 인상이 다소

강해 보였지만, 오히려 이것이 그녀의 오똑한 코와 조화를 이루어 훨씬 강한 매력을 풍겼다.

"엄 단장님, 오랜만이에요."

"허어, 오늘따라 오 마담이 더 눈이 부시는구먼. 반가운 손님이 오는 줄 알고 있었나 봐? 자, 인사 나누시게."

단골손님답게 엄인섭과 술집 여주인은 스스럼이 없었다. 그가 유쾌한 너털웃음을 터뜨리며 안중근에게 여주인을 소개했다.

"오숙정이라 합니다."

"난 황해도에서 온 안중근이라 하오."

정조관념이 없다고 생각하여 안중근은 본래 술집에서 일하는 여자를 좋아하지 않았다. 하지만 오숙정은 왠지 그의 눈에 낯설지 않았고 어딘지 모르게 끌리는 구석도 있었다. 그녀가 목례를 하고는 술을 가지러 자리에서 일어나자 안중근의 눈길이 슬그머니 그녀의 뒤를 좇았다. 엄인섭이 얼른 눈치를 채고 농을 걸었다.

"안 선생, 보아하니 오 마담에게 관심이 있나 보오? 내가 다리를 놔드릴까?"

"허허, 괜한 말씀을 하시오."

안중근이 낯을 슬쩍 붉히며 멋쩍게 웃자 다시 그가 너스레를 떨었다.

"영웅호색이라 하였소. 안 선생 같은 호걸이 여자를 좋아하는 건 허물이 아니오. 그런데 말이요, 오 마담은 콧대가 높아 아직은 아무도 오 마담의 마음을 얻지 못했소. 러시아 총독도 여기 몇 번

와서 수작을 걸었는데 망신만 당하고 돌아갔지. 참 대단하지 않소?"

"그렇군요."

엄인섭의 말을 듣고 나니 안중근은 그녀가 새삼 달리 보였다. 하지만 이내 그녀에 대한 관심을 머리에서 지우고는 진작부터 궁금했던 것을 엄인섭에게 물었다.

"그런데 아까 엄 단장께서 최재형 도헌을 말씀하시며 제게 크게 화를 내시던데, 무슨 연유가 있으시오?"

"허허, 그분은 나의 외숙이시오."

"아, 정말입니까?"

"내가 왜 안 선생에게 거짓말을 하겠소?"

그의 말에 안중근이 어리둥절 믿을 수 없다는 듯 놀라워하자, 샌님같이 앉아 있던 김기룡이 눈을 반짝이며 조용히 엄인섭을 거들었다.

"참말입니다."

엄인섭이 자신에게 눈웃음을 치는 걸 보고 안중근이 탄성을 질렀다.

"하아, 우리 인연이 보통이 아닌 것 같습니다."

"여부가 있겠소?"

엄인섭이 너털웃음을 터뜨리며 한마디를 덧붙여 여전히 미심쩍어하는 그를 안심시켰다.

"내가 안 선생을 외숙께 안내할 테니, 외숙 만나는 일은 염려하지 않아도 되오."

엄인섭은 연해주 한인 동포 사회의 정신적 지주인 최재형의 조카이자 그의 오른팔이었다. 안중근은 뜻하지 않은 엄인섭과의 만남으로 일이 술술 풀려, 이 모든 게 하늘의 뜻이라 생각하며 마음속으로 감사의 기도를 천주에게 올렸다.

잠시 후 여주인 오숙정이 보드카와 흑빵, 살라미(러시아 햄), 저린 버섯, 캐비아, 양 꼬치구이를 한상 가득 내어왔다. 엄인섭은 푸짐한 주안상을 보고 눈이 휘둥그레져서 또 호들갑을 떨었다.

"오 마담, 오늘은 상다리가 부러지겠소."

"조선에서 손님이 오셨는데, 이 정도는 당연하죠."

그녀가 안중근에게 눈길을 던지며 쌩긋 웃었다.

"실례가 안 된다면 제가 잠시 앉아도 될까요?"

"……."

안중근이 고개를 끄덕이자 그녀가 조심스럽게 그의 곁에 앉았다. 그러고는 이들 무리들의 이야기에 끼어들어 이런저런 이야기로 자연스럽게 대화를 이끌었다.

탱탱한 피부와 우윳빛의 흰 얼굴로 보아 암만 나이를 많이 먹었어도 이십대 중반은 넘지 않을 것 같았지만, 대화를 이끄는 솜씨가 매우 노련해서 안중근은 오숙정의 나이를 도무지 가늠하기 어려웠다. 그녀에게 블라디보스토크 사교계의 여왕이란 별명이 붙은 게 우연은 아닌 듯했다.

자신이 안중근에게 큰 결례를 했다고 생각해 처신을 조심스러워하며 말을 아끼던 껑다리 김기룡도 술잔이 서너 순배 돌자 배시시 웃으며 입을 열었다.

"안 선생님, 제가 나이가 어리니 안 선생님을 형님이라 불러도 되겠습니까?"

"당연하지요."

"그럼 내가 제일 큰형이 되는 것 아닌가?"

엄인섭의 기분 좋은 넉살에 안중근이 의형제를 맺자고 제안하여 곧바로 세 사람은 오숙정을 증인으로 삼아 형제의 예를 올렸다. 엄인섭이 흐뭇한 표정으로 술잔을 들었다.

"오늘 우리 세 사람은 이 술잔을 나누며 형제가 되었소. 이 술은 뜨거운 맹세를 담은 우리의 피와 마찬가지니, 한 방울도 남기지 말고 잔을 비웁시다. 우리는 하나요. 이날 이후로는 어떤 일이 있어도 우리는 생사고락을 같이할 것이며, 서로의 가족을 내 피붙이같이 돌볼 것이며, 만약 배신을 한다면 천벌을 받아도 좋소."

형제의 예를 올리고 나니 친밀감이 더 깊어져 오랜 세월을 함께한 실제 형제 같았다. 흉금을 털어놓고 얘기를 나누던 중에 오숙정이 안중근에게 한성 소식을 물어 자연스럽게 대한제국 정세가 화제에 올랐다.

백여 명에 가까운 대한제국 군인이 일본군에 의해 남대문 근처에서 피살되었다는 안중근의 얘기를 듣고는 모두 탄식을 쏟으며 울분을 토했다.

"이 죽일 놈들. 정말 그냥 있어서는 안 될 것 같구먼."

"형님, 그럼 앞으로 어찌하면 좋겠소?"

"말해 뭐하나? 총을 들고 싸워야지. 이에는 이 눈에는 눈으로 대적해야 하지 않겠나?"

"복수를 하잔 말입니까?"

"당연하지."

"어디서요?"

"어디긴? 총을 들고 두만강을 건너 쳐들어가야지."

엄인섭의 거침없는 언사에 김기룡이 깜짝 놀라 눈을 동그랗게 떴다. 그로서는 전혀 예상하지 못한 말이었고 안중근도 엄인섭의 말이 뜻밖이었다. 취중에 나온 얘기이긴 하나 엄인섭의 표정은 너무나 진지하고 비장해 보이기까지 했다. 그의 실눈이 예리하게 빛났다.

생각의 실행 여부를 떠나 안중근은 그의 마음이 더없이 고마웠다. 상해에서는 동포의 무관심을 보았고, 간도에서는 일본군의 삼엄한 감시 눈초리에 숨죽인 동포들의 무기력한 모습을 보았다.

그는 여러 동지들과 상의해 큰 뜻을 품고 블라디보스토크를 찾았지만, 이곳에선 동포들의 분열상을 두 눈으로 확인해 자신이 이곳에서 꿈을 제대로 피워낼 수 있을지 내심 큰 걱정을 하고 있던 차였다. 그래서 엄인섭을 바라보는 안중근의 눈길이 비할 데 없이 따뜻했다. 그가 환히 웃으며 엄인섭에게 고마움의 표시로 술을 한 잔 따르려 슬그머니 일어서자, 오숙정이 손짓하며 자리에 앉게 했다. 순찰을 돌던 러시아 경찰 두 명이 현관 앞에서 기웃거리고 있었다.

전쟁 패배로 러시아는 일본을 몹시 싫어했지만, 공산주의자들이 주도하는 민란과 파업으로 내정이 복잡해 일본과 불필요한 갈등에 휘말리는 것도 꺼려했다. 그래서 러시아 당국은 일본에 적대적인 조선 사람들을 단속해 달라는 일본의 요구를 거절하지 못하고, 간혹 의심스런 조선 사람이 보이면 무조건 잡아다가 일본영사관에 넘겼다. 러시아 경찰이 자정이 넘은 시각에 이곳을 찾은 것도 이와 무관치는 않았다.

오숙정이 얼른 자리에서 일어나 현관으로 가더니 그들과 몇 마디 얘기를 나누고는 그들에게 몇 푼의 술값을 쥐어주었다. 그들이 그녀에게 돈을 받고는 싱긋 웃으며 안중근 일행을 향해 손을 흔들었다.

"즈드라브스뜨브이!"

안중근이 궁금해서 엄인섭에게 물었다.

"형님, 저놈들이 대체 무어라 하는 겁니까?"

"자네 불알 크다고 하는 말일세."

경찰의 출현에 표정이 다소 굳어 있던 김기룡이 느닷없는 엄인섭의 농담에 깔깔 소리 내어 웃었고, 자리에 돌아온 오숙정이 난데없는 웃음소리에 호기심을 보였다. 그녀가 안중근을 보고 쌩긋 웃자 예쁜 보조개가 그녀의 매끄러운 볼에 살포시 드러났다.

"대체 무슨 일이에요? 같이 웃어요, 네?"

그녀의 채근에 엄인섭과 김기룡의 웃음보가 함께 터졌다. 그들이 한참을 웃다가 겨우 마음을 진정시키고는 눈가에 삐져나온 눈물을 훔쳤고, 안중근은 자신이 그에게 놀림을 당했다는 걸 알고는 당황해 얼굴을 붉혔다.

내용이 내용인지라 오숙정이 곁에 있어 안중근은 더 민망했다. 얼굴이 홍당무가 된 그를 보고 오숙정이 금방 눈치를 채고는 그를 대신해 엄인섭을 타박하듯 미운 눈초리를 보내 흘겼다.

"또 짓궂은 소리를 하셨군요."

"허허, 미안하이. 내가 잘못했어."

엄인섭은 그제야 안중근을 놀린 걸 사과하며 겸연쩍게 웃었다.

"저놈들이 한 말은 그냥 일상적인 러시아 인사라네. 조선말로 '안녕' 뭐 그런 뜻이지. 돈 잘 받았으니 우리보고 걱정 말고 술 편히 마시라는 얘기일세."

안중근이 허탈하게 웃으며 말을 받았다.

"그런데 여기서도 돈이 통하는가 보오?"

"부처님이나 예수님이라면 모를까, 사람 사는 세상에 돈이 통하지 않는 데가 어디 있나?"

엄인섭이 러시아 경찰의 부패한 모습이 아주 당연하다는 듯 대충 말을 하고 어물쩍 넘기자, 오숙정이 친절한 설명을 덧붙여 그의 이해를 도왔다.

"요즘 러시아 정부 재정이 아주 형편없어요. 월급도 제때 안 나와 경찰들이 도둑질까지 하는 상황이에요. 꼭 저 사람들이 돈을 요구하는 건 아니지만, 형편이 딱해 조금씩 쥐어주는 거니까 저 사람들 나쁘게만 보지 마세요."

그는 기분이 참 묘했다. 그녀는 비난을 전혀 모르는 사람처럼 어떤 경우에도 상대를 비난하지 않았다. 상대를 먼저 생각하는 배려의 태도가 체질화되어 있는 것 같았다. 이것이 선천적으로 타고난 성품 탓인지, 사업가의 몸에 밴 수사(修辭)인지, 아니면 겁이 많아 솔직하지 못한 때문인지는 알 수 없었으나, 안중근은 그녀를 보는 내내 가슴이 따뜻해지는 걸 느꼈다.

잠깐 동안의 흥겨운 소란이 가라앉은 후 엄인섭이 얼마간 술이 깬 것 같은 안중근에게 조심스럽게 다시 물었다.

"형님은 정말 두만강을 건너 조선으로 들어갈 생각이 있소?"

"여부가 있겠는가? 왜놈들이 우리 동포를 살육하고 있다는데, 그 원수를 어찌 두고만 볼 수가 있는가? 나는 여기서도 일진 같은 매국노를 잡고 있네."

"단순한 일이 아닙니다. 군사를 모아야 하고, 무기도 있어야 하고, 돈도 많이 필요합니다."

"뜻이 있으면 길이 있겠지. 같이 한번 노력해보세."

엄인섭은 이미 마음을 정한 듯 말에 거침이 없었다. 그의 뜻에 감격한 안중근이 엄인섭의 손을 턥석 잡았다.

"형님, 정말 고맙소."

잠시 후 감격의 눈물을 흘리는 안중근을 옆에서 바라보던 오숙정이 뜻밖의 사실을 밝혔다. 그녀의 사연은 사람들의 마음을 애잔하게 했다.

"정말 오랜만에 대장부들의 모습을 보니 참 감격스럽습니다. 원래 저는 집이 경성입니다. 아버지는 궁중 시위대의 무관으로 계셨어요. 10년 전 황후께서 왜놈들에게 시해되실 때, 시위 무관으로 있으면서 이를 막지 못한 게 한이 되어 나라를 떠나 이곳으로 왔지요. 얼마 전에 아버지가 돌아가셨는데, 조선의 독립을 위해 일하라는 유언을 제게 남겼어요. 비록 힘없는 아녀자의 몸이긴 하나 저도 기꺼이 동참하겠어요. 왜놈들은 우리 이천만 조선 민족 모두의 원수이기도 하지만 제게도 불구대천의 원수입니다."

그녀의 진정에 감복해 결국 이들은 4인의 혼성 비밀결사를 이루었다. 그리고 그녀가 블라디보스토크 일대에 발이 넓다는 점을 감안해 비밀결사의 연락책을 맡기로 했고, 네 사람은 밤을 하얗게 지새우며 애절하게 〈아리랑〉을 불렀다.

뜻을 모으다

1

"참 귀찮게 하시는구먼. 안 선생 고집도 여간 아니오……."

시내에 볼일이 있어 집을 나서던 최재형은 그의 집 앞을 지키고 있는 안중근을 보고는 난감한 표정을 지었다. 오늘도 어김없이 붙박이처럼 안중근이 그의 대문간을 지키고 있었다.

한 달째였다. 웬만한 사람이면 벌써 지쳐서 눈길도 주지 않는 자신에게 몰인정하다고 화를 내며 원망의 욕을 한바가지 퍼붓고는 훌쩍 떠났을 것이었다.

그런데 이젠 안중근이 지치는 게 아니라 숫제 최재형 자신이 지치는 것 같았다. 사실 지쳤다기보다는 그가 안중근의 지극한 정성에 감복해 마음이 움직이고 있다고 말하는 게 옳았다. 대문간을 살금살금 나서며 주변을 두리번거리던 그의 모습에서 이미 그가 안중근을 마음속으로 받아들이고 있음을 어렵지 않게 읽을 수 있었다.

그는 그동안 내색은 하지 않았지만 안중근의 동정을 쭉 살폈다. 조카 엄인섭이 이끄는 청년단에 합류해 블라디보스토크, 하바로프스크 등 각지를 다니며 한인들을 상대로 대한제국 독립을 위한 강연을 하고, 때로는 밥값을 대신해 농사일을 돕는 그의 성실한 자세를 보고 최재형은 그에 대해 얼마간의 믿음이 생겼다.

당시 연해주 일대에는 독립운동을 빙자해 동포들에게 돈을 뜯어가는 불량배들이 많았다. 민폐를 끼치는 이런 무리들 탓에 낯선 한인이 나타나 독립운동 운운하면 이 일대 한인들에게 환영을 받기보단 경계의 대상이 되기 일쑤였다.

최재형은 조카 엄인섭에게서 안중근을 소개받았지만, 그는 덤벙대는 조카와 달리 매우 신중했다. 돌다리도 두드리고 건너는 사람이라, 엄인섭이 번지르르한 말로 안중근을 '사나이 중의 사나이'라고 치켜세워도 그는 일절 믿지 않았다.

처음엔 어리석은 엄인섭이 또 속아서 한인들의 등을 치는 협잡꾼 하나를 데려왔나 싶어 조카의 한심한 태도에 혀를 찼다. 게다가 자신이 가장 싫어하는 이범윤이란 인물을 입에 올리며 화해를 권해 버럭 화까지 냈다. 그가 이범윤의 사주를 받고 자신을 찾아온 인물이라 생각했던 것이다. 그러나 그간의 행적으로 보아 안중근이 그와 특별한 관계가 아니란 건 최재형도 알게 되었다. 다만 안중근이 자꾸 자신에게 이범윤과의 화해를 권해 이것이 못마땅했을 뿐, 그에 대한 사감은 없었다.

안중근의 얼굴이 몹시 까칠했다. 눈자위도 창백했고 요 며칠 사이 너무 마른 것 같았다. 그렇지 않아도 안중근은 헐렁해진 바지가 흘러내리지 않도록 허리띠를 조여 남의 바지를 얻어 입고 있는 것 같았다. 그는 괜히 안중근에게 미안했다.

"식사는 하셨소?"

"한 끼 주시면 고맙지요."

"참 넉살도 좋소, 허참!"

최재형은 어이없어 하는 표정을 지으면서도 어느 순간엔가 안중근의 손을 잡고 그를 집 안으로 이끌었다.

안중근은 마파람에 게 눈 감추듯 한상 차려진 밥상을 남김없이 싹싹 비웠고, 최재형은 그의 먹성에 놀라 벌어진 입을 다물지 못했다.

"사흘은 굶은 사람 같소."

"아니, 하루만 더 쓰시지요."

"아니 그럼 나흘을 굶었단 말이오?"

"……."

안중근이 싱긋 웃으며 고개를 끄덕이자 그가 궁금해서 물었다.

"왜, 돈이 없어 그랬소?"

"돈이 없다 해도 밥 빌어먹을 재주야 왜 없겠습니까마는, 최 도헌께서 저를 하도 피하시니까 단식 투쟁에 나섰던 것이지요."

안중근의 말에 최재형은 달리 대꾸할 말이 없어 마뜩찮은 눈길만 던질 뿐 입을 꾹 다물었다. 안중근이 물을 마시고는 그에게 재차 물었다.

"정말 도헌께서는 이범윤과 화해할 생각이 없으신 겁니까?"

"입 아프게 내가 몇 번이나 말을 해야겠소?"

"알겠습니다. 그런데 대체 무엇 때문에 그이를 원수같이 미워하시는 겁니까? 같은 동포 아닙니까? 연유나 알았으면 좋겠습니다. 지난번에 있었다는 총격 사건 때문입니까?"

"아니라 말할 수는 없지만 꼭 그 때문만은 아니오."

"그럼 대체 이유가 무엇입니까?"

대충 얼버무리고 넘어가려는 최재형을 안중근은 진드기같이 물고 늘어져서 꼬치꼬치 캐물었다. 최재형은 안중근의 채근에 마지 못해 입을 열었다.

"그자가 독립운동을 한다고 하지만 언감생심 그건 순 거짓말이오. 그놈은 자기밖에 모르는 자요. 독립운동 하겠다며 나선 것도 따지고 보면 이를 빌미로 돈을 어찌 좀 손에 만져볼까 하는 수작일 뿐이지 다른 것은 없소. 돈만 생기면 여색이나 밝히고 사치를 부리며 허랑방탕하게 사는 사람이오. 돈이 되는 일이라면 눈이 시뻘게져서 덤벼드는 그런 썩은 놈을 내가 왜 도와야 하오?"

최재형은 이범윤을 처신이 구차하고 정신이 타락하고 부패한 인물로 보고 있었다. 안중근은 이범윤에 대한 최재형의 미움이 그에 대한 실망에서 비롯된 것임을 알고 내심 안도했고 그의 마음도 충분히 이해가 되어 그를 위로했다.

"도헌께서 하신 말씀은 그른 게 하나 없습니다. 저도 그분이 순수하다고 생각지는 않습니다. 저도 그이가 싫지만, 일을 위해서는 어쩔 수 없이 그이와 손을 꼭 잡아야 한다고 생각합니다."

"대체 그자가 왜 필요한 거요?"

최재형의 각진 얼굴엔 이범윤과의 합작을 권하는 안중근에 대한 불만이 그득했지만, 안중근을 바라보는 그의 눈길은 싸늘했던 예전과는 달리 한결 부드러웠다.

장인환과 전명운이 미국 샌프란시스코에서 대한제국의 외교고문을 맡고 있던 친일파 스티븐스를 저격한 일로 최근 동포 사회가 연일 술렁이고 있었고, 안중근 역시 조선 민족의 원수 이토 히로부미를 제거해야 한다고 연해주 일대에서 목소리를 높이고 있어, 이토 암살 실행 여부를 떠나 안중근의 예사롭지 않은 의기에 호감이 생긴 것도 사실이었다.

무심한 눈으로 자신을 바라보는 최재형을 향해 안중근이 정색을 하고 말했다.

"우리가 대일 무장 투쟁에 나서기 위해서는 당장 병사가 필요합니다. 그런데 지금 우리에게 병사가 있습니까?"

"……."

"이범윤 휘하에는 오백 명이나 되는 병사가 있습니다. 또 그이에게는 황제께서 하사하신 마패가 있습니다. 마음에 들진 않아도 그와 합작하면 황제의 명령에 따라 거병에 나섰다는 명분을 세울 수 있고 동포들의 지지도 훨씬 폭넓게 얻을 수 있다는 이점이 있습니다. 큰일을 도모하는 데 작은 일에 연연해서야 되겠습니까?"

"아니 뭐? 내가 작은 일에 연연하는 소인배란 말이오?"

최재형이 안중근의 말실수를 꼬투리잡아 발끈 성을 내며 버럭 고함을 쳤다. 안중근은 급히 사과해 그의 화를 누그러뜨렸다. 그러고는 오월동주(吳越同舟)에 얽힌 고사까지 예를 들어가며 대의를 위해 그에 대한 사감은 버리자고 간곡히 설득했다. 한참을 설득한 끝에 겨우 그의 승낙을 받았다.

안중근이 그동안 속을 앓던 동포 사회의 분열에 드디어 종지부를 찍게 되었다고 내심 좋아하고 있을 때, 최재형이 한마디를 덧붙여 그를 긴장시켰다.

"내가 그를 만나볼 것이나, 단 조건이 있소."

"말씀해보시지요."

"이전에 우리에게 탈취해간 총 구십 정을 먼저 반환하고, 부상자들을 찾아가 사과를 할 것이며, 강압적인 세금 징수를 즉각 중단할 것. 이 세 가지요."

"……."

안중근은 이범윤이 훔쳐간 총기의 반환이나 양자 간 충돌 과정에서 발생한 부상자에 대한 사과 문제는 어렵지 않다고 생각했으나, 세금 징수 건만큼은 자신이 없었다.

이범윤 측이 최재형을 공격한 것도 결국 세금 징수를 둘러싼 갈등 때문이었다. 이를 감안하면 이범윤이 최재형이 내건 조건을 순순히 받아들일 리 만무했다. 안중근이 몹시 난감한 표정을 짓자 최재형이 재미있다는 듯 웃었다.

"너무 염려하지 마시오. 나도 그리 인정머리 없는 사람은 아니니, 그쪽 사람들을 굶겨 죽이지는 않을 것이오."

"옛?"

그의 말에 안중근의 두 눈이 커졌다.

"세금 징수 문제로 더 이상 소란을 피우지 않으면 생활이 어렵지 않게 성금을 모아 전할 것이라 하시오."

최재형의 따뜻한 배려에 감격한 안중근은 뜨거운 눈물을 쏟으며 어깨를 들썩였다. 최재형이 원수보다 더 미워했던 이범윤을 전격적으로 돕겠다고 나선 데는 안중근에 대한 그의 믿음이 컸다.

두 사람의 화해를 주선함으로써 안중근은 분열된 동포 사회를 통합할 큰 기틀을 마련했으나, 이범윤을 싫어하는 동포들에겐 모리배 이범윤을 위해 일하는 얍삽한 모사꾼이란 거센 비난을 듣게 되었다. 이로써 그의 앞에는 또 다른 험로가 생겨나고 있었다.

2

안중근이 청년단 회합에 참석해 연설을 하고 최재형의 집으로 가던 도중, 일단의 무리들이 불쑥 나타나 안중근을 가로 막았다.

"안 선생, 좀 봅시다."

"아니, 한지용 동지 아니오?"

"동지는 무슨 얼어 죽을 놈의 동지, 그런 말장난 그만하시오!"

한지용은 청년단 임원으로 청년단 총무를 맡고 있었다. 그가 청년 다섯 명을 데리고 나타나 몹시 험상궂은 얼굴로 안중근을 쏘아보고 있는 것이다.

안중근은 그의 태도가 예사롭지 않아 꽤 신경이 쓰였다. 하지만 한지용을 잘 알고 있었고 청년들의 얼굴도 면면이 낯이 익어, 애써 불안한 마음을 진정시켰다.

"대체 무슨 일로 그리 화가 난 얼굴이오?"

"긴 소리 않겠소. 내일 중으로 이곳을 떠나시오."

"……."

안중근은 그의 말에 말문이 막혀 뜨악한 표정만 지었다.

"왜 말이 없소? 귀가 먹었소?"

"이유가 뭐요?"

"이유가 뭐냐고? 허!"

한지용은 정색을 하고 반문하는 안중근을 아니꼬운 듯이 째려보며 콧방귀를 뀌었다.

"당신이 무슨 작당을 하고 다니는지 우리는 다 알고 있소."

"작당이라니? 무슨 말을 그리 심하게 하시오!"

다짜고짜 몰아치는 그에게 은근히 화가 나 안중근의 말투도 자못 퉁명스러웠다. 한지용은 그런 그가 가소로운 듯 비웃음 섞인 목소리로 다시 말했다.

"안 떠날 거요?"

"못 떠나겠소! 아니, 안 떠날 거요!"

"뭐 이런 개 같은 놈이 있나!"

그가 갑자기 안중근의 뺨을 후려갈겼다. 한지용의 눈에서 불꽃이 튀었다.

"네놈이 장난을 치는 바람에 그 더러운 이범윤이한테 이곳 사람들이 꼼짝없이 돈을 뜯기게 생겼는데, 안 떠난다고?"

안중근은 그의 말에 정신이 번쩍 나서 소리 쳤다.

"그건 오해요!"

"오해고 저해고 다 필요 없다. 네놈이 여기 오기 전에는 이곳에 아무 일이 없었다. 최 도헌께서도 우리 한인들 편만 들었는데, 네놈이 오고난 후부터 모든 게 변했다. 대체 네가 무슨 요설로 최 도헌을 속인 것이냐? 그리고 너는 이범윤이한테 얼마나 받아 처먹었느냐? 그런 더러운 입으로 독립운동 운운하며 사람을 후리고 다니는 너를 그냥 둘 수 없다. 돈 삥땅쳐서 아리랑 사장 오숙정이한테 갖다 바치기 바쁘지 이놈아!"

"그 무슨 막말을 하시오?"

"네놈 말은 더 이상 듣고 싶지 않다."

그가 눈짓을 하자 다섯 명이 한꺼번에 우르르 달려들어 오뉴월 복날 개 패듯이 안중근이 정신을 잃고 쓰러질 때까지 때렸다. 그가 정신을 차렸을 땐 곁에 엄인섭과 오숙정이 있었다. 오숙정이 걱정스런 눈빛으로 그를 지켜보고 있었다.

"안 선생님, 이제 정신이 좀 드세요? 저 아시겠어요?"

"……."

온몸에 피멍이 든 안중근이 고통스런 표정을 지으며 말없이 고개만 끄덕였다. 통증 때문에 손가락하나 마음대로 움직일 수 없었다. 그녀의 목소리가 자꾸만 작아졌다 커졌다 했고, 무슨 말인지 메아리처럼 울렸다. 안중근이 당혹스런 표정으로 힘없이 말했다.

"형님 소리가 잘 안 들려요!"

"무슨 소리야? 이 육시랄 놈들 같으니라구!"

엄인섭은 그의 말에 너무 놀라 눈이 휘둥그레졌고 눈썹도 씰룩거렸다. 그는 어깨를 축 늘어뜨린 채 안중근에게 민망한 얼굴로 말했다.

"미안하네……."

엄인섭은 김기룡에게 한지용의 분위기가 심상치 않다는 보고를 받고 수하의 단원 몇몇을 거느리고 서둘러 안중근의 뒤를 쫓았지만, 그를 발견했을 때는 이미 파투성이가 된 채 길가에 내버려져 있었다. 더 늦었다면 목숨도 위태로울 뻔했다. 그를 구한 게 그나마 다행이었다.

안중근은 이 폭행 사건으로 왼쪽 청력이 약해져 큰 고생을 하면서도 조직의 단합을 위해 죄는 미워도 사람을 미워해서는 안 된다며 자신을 폭행한 한지용을 용서했다. 그의 관대한 태도는 그에 대한 편견에 젖어 있던 많은 사람들에게 감동주었다. 이 사건 이후로 연해주 일대에서 안중근에 대한 관심이 나날이 높아갔다.

3

"뭐 이런 개 같은 결과가 다 있어? 난 이 투표 결과를 인정할 수 없어!"

이범윤이 흥분해서 투표를 주관한 최재형을 향해 버럭 고함을 치고는 눈을 부라리며 자신의 조카 이위종을 노려보았다. 이위종은 민망함을 이기지 못해 얼굴을 붉히며 가만 고개를 숙였다. 이위종 역시 투표 결과가 뜻밖인 듯 당황하는 빛이 역력했다. 이범윤의 얼굴에 가는 경련이 일었다.

동포들이 뜻을 모아 블라디보스토크에서 《해조신문》을 발간한 지 한 달 만에 벌어진 일이었다. 국내외에서 벌어진 여러 항일 무장투쟁에 영향을 받아, 전 러시아공사 이범진, 그의 아우 이범윤, 노보키에프스키(연추)의 도헌 최재형을 주축으로 연해주의 동포들을 보호하고 항일 무장투쟁에 나서기 위해 동의회(同義會)란 단체를 출범시키면서 임원진을 최재형의 집에서 투표로 뽑기로 했다. 그런데 투표 결과 이범윤이 조카인 이위종에게 한 표 차로 져서 부총장 자리에서 떨어지자 이범윤이 최재형에게 그 책임을 물으며 소란을 피운 것이다. 그는 자신이 새파란 어린 조카에게 투표에서 진 것도 창피했지만, 최재형 측 인사들의 의도적인 음모에 자신이 희생당했다고 생각해 더더욱 흥분했다.

"난 최 도헌이 사람 뒤통수나 치는 그런 형편없는 사람인 줄은 몰랐소! 신사협정을 맺은 게 일 년이 되었소 이 년이 되었소? 어떻게 이런 결과가 나올 수 있단 말이오? 이건 나에 대한 모독이 아니라 황제 폐하에 대한 모독이오!"

탈 많은 세금 징수를 중단하고 최재형이 모금한 성금에만 의지해 병사들의 생활을 꾸리겠다고 약속한 것은 그로서는 파격적인 양보였다. 독립적인 재정 운영을 포기하는 건 조직의 자율성을 포기하는 것이나 진배가 없었다. 또 그는 자신을 황제의 대리인으로 인식했다. 이렇게 자존심은 물론이고 이권까지 포기했음에도 낙선이란 투표 결과가 나오자, 이범윤은 거의 미칠 지경이 되어 고성을 질렀다. 얼굴빛이 붉으락푸르락했고, 최재형을 쏘아보는 그의 눈에는 살기까지 서렸다.

난감하기는 최재형도 마찬가지였다. 그도 이범윤의 낙선을 예상하지 못했다. 이범윤에 대한 평판이 워낙 좋지 않아 혹시라도 이탈 표가 나올까 우려하여 그는 일부러 측근들을 일일이 찾아 신신당부까지 했었다. 그럼에도 자신의 뜻을 거스르고 반란표를 던진 사람들이 나와 의외의 결과를 낳고 말았던 것이다.

최재형은 정신이 아득했다. 네모진 그의 얼굴에 수심이 깊었다. 장내가 소란스럽고 어수선했지만 그의 귀엔 아무것도 들리지 않았다. 그의 정신은 온통 이 사태의 수습 방안을 찾는 데에만 쏠려 있었다.

이범윤과 그를 추종하는 무리들, 그리고 이범윤을 눈엣가시같이 여기는 엄인섭과 엄인섭을 추종하는 청년단 회원들이 서로 상대를 향해 삿대질을 하며 금방이라도 일전을 벌일 듯 마당에서 으르렁댔다.

"투표 결과를 인정하지 않으려면 왜 투표를 했는가?"

"네놈들이 우리 각하를 욕보이고도 무사할 것 같으냐?"

"입조심해라!"

"이놈들이 어디다 대고 함부로 주둥아리를 놀려?"

양쪽의 대결이 일촉즉발의 위기로 치달아 막 첫발을 뗀 조직이 한순간에 와해될 위기에 놓였다. 지금까지 혼자 책상에 앉아 해법을 모색하던 최재형이 사태 진화를 서두르며 급히 의사봉을 두드렸다.

"삼십 분간 정회하고 다시 회의를 속개하겠소!"

그는 분을 삭이지 못하고 콧김을 연신 불고 있는 이범윤을 내실로 안내해 안중근에게 그를 보살피게 하는 한편, 자신은 부총장으로 선출된 이위종을 서재로 데리고 가 의향을 물었다.

"조직의 단합이 무엇보다 중요하오. 자리를 양보할 생각은 없소?"

"제가 어찌 제 숙부와 자리를 다투겠습니까? 다만 양보를 한다고 해도 모양새가 좋지 않아 그게 걱정입니다."

"너무 염려 마오. 양보 않는 것보다는 양보하는 게 사태 수습에 더 도움이 될 것이오."

최재형은 이범윤의 성격을 잘 알았다. 그는 체면보다 젯밥에 관심이 더 많았다. 대체로 이런 사람들은 수치를 잘 모르고 자신이 원하는 걸 갖는 데에만 집착하는 경향이 있다. 다시 말해 이들은 목적을 위해 수단과 방법을 가리지 않고 자신이 원하는 걸 얻어야 직성이 풀리는 사람들이다. 최재형은 선뜻 자리를 양보하겠다는 이위종에게 감사를 표한 후 내실로 향했다.

"이 교활한 놈. 감히 네가 나를 속여?"

안중근을 몰아치는 이범윤의 목소리가 시끄럽게 울렸다. 최재형이 내실에 들어서자 이범윤이 콧방귀를 뀌며 싸늘한 표정으로 돌아앉았다.

"각하, 정말 예상하지 못한 일입니다. 죄송합니다. 제가 주변 사람들을 단속했는데도 이 같은 일이 벌어졌습니다."

"최 도헌의 지도력에도 문제는 있구먼!"

상종 않을 사람처럼 등을 돌린 이범윤은 최재형의 사과에 비아냥거리면서도 왠지 그의 목소리에는 조금 전과 달리 노기가 크게 가라앉아 있었다. 최재형이 자신을 '각하'란 호칭으로 부르는 것을 그는 오늘 처음 들었다.

'이 육시랄 놈이 엄청 급했구먼!'

그는 속으로 최재형을 비웃으면서도 내심 우쭐했다. 속 보이는 아부도 그에게는 효과가 있었다. 최재형은 자신에 대한 그의 원망이 이미 봄눈 녹듯 사라진 것을 간파하고도 모르는 척하며 주절주절 계속 사과를 했다.

"각하의 말씀처럼 우리가 화해를 한 지가 얼마나 되었습니까? 조직은 모름지기 첫째도 단합이고 둘째도 단합입니다. 제가 능력이 부족해 이런 결례를 저질렀으니 용서하십시오. 두 조직의 단합을 위해 총장과 부총장 같은 수뇌부는 선거보다 추대로 정하는 것이 옳은데, 제가 생각이 짧았습니다. 선거를 무효화하고 총장과 부총장을 추대 형식으로 뽑는 게 어떻겠습니까? 원하신다면 각하께 제가 총장 자리를 양보하겠습니다."

"아니오, 아니오. 무슨 말씀을……."

이범윤은 그의 말에 깜짝 놀라 펄쩍 뛰었다. 그도 그럴 것이 동의회를 출범시키는 데 필요한 자금을 최재형이 가장 많이 댔기 때문이다. 최재형이 1만 3천 루불, 이범윤의 형 이범진이 1만 루불, 각지에서 모은 성금 6천 루불을 기반으로 동의회가 조직된 것이라, 최재형이 총장을 맡는 게 지극히 당연했다. 더욱이 황제가 하사한 마패 하나로 온갖 위세를 부려 동포들에게 원성을 사는 이범윤과 달리 최재형은 인품이 고매해 모든 사람이 그를 좋아했다.

이범윤은 욕심은 많아도 그도 자신이 누울 자리 정도는 가릴 줄 알았다. 괜히 총장 자리를 턱석 받아들였다간 사단이 나도 엄청난 사단이 날 것이 불을 보듯 뻔했으니, 몸을 사려 그가 요란하게 손사래를 쳤던 것이다.

"그 자리는 내 자리가 아니오. 다시는 그런 말을 마시오."

우여곡절 끝에 최재형의 기지로 투표 사건이 마무리되어 동의회가 출범했지만, 이범윤의 가슴에는 여전히 앙금이 남았다. 그는 언젠가 자신이 받은 이 수모를 반드시 되갚아 주리라 단단히 벼르고 있었다.

4

이범윤 일행이 돌아간 후 할 말이 있는 듯 자신의 집을 나서는 안중근을 최재형이 대문간에서 다시 붙들었다.

"술이나 한잔 합시다."

그는 안중근을 자신의 서재로 이끌었다. 일이 비교적 잘 마무리되었음에도 이범윤의 몽니로 홍역을 치른 탓인지 최재형의 얼굴엔 피로의 기색이 역력했다.

"좀 쉬시지 그러십니까?"

"내가 피곤해보이오?"

안중근이 말없이 고개를 끄덕이자 그가 빙그레 웃었다.

"사실 십년감수했소."

"도헌께서 이범윤에게 아주 대차게 나가신 게 정말 주효했습니다. 정말 대단하십니다."

"원래 속 좁은 위인들은 세게 나가면 약해지는 법이오."

두 사람이 서로를 바라보며 방이 떠나가도록 소리 내어 껄껄 웃었다. 최재형이 이범윤에게 총장 자리를 권한 것은 용렬한 그의 마음을 다독이기 위한 수사적인 표현일 뿐 실제는 아니란 걸 안중근도 알았지만, 그가 눈치 없이 총장직을 텁석 받겠다고 나서면 어떡하나 하고 걱정했던 터라 뜻한 바대로 일이 이루어져 이처럼 두 사람이 통쾌한 웃음을 터뜨렸던 것이다.

곧이어 최재형의 딸 올가가 간단한 주안상을 봐주고 나갔다. 그녀는 자그마한 아버지와 달리 키가 훤칠하고 윤기 나는 긴 머리칼을 가진 아름다운 처녀였다.

"따님도 이젠 혼인을 해야 하는 것 아닙니까?"

"좋은 혼처가 있으면 얘기하시오."

그는 딸이 나간 방문을 사랑이 담뿍 담긴 눈으로 바라보며 싱긋 웃었다.

"따님을 출가시키고 싶지 않은가 봅니다."

"하하, 안 선생 눈엔 그리 보이오?"

"예."

"아무렴 그럴 리야 있겠소. 아직 나이가 어려 좀 더 곁에 두고 싶을 뿐이오."

속 보이는 최재형의 말에 안중근이 말없이 빙긋 웃고는 그에게 보드카를 한 잔 따랐고, 최재형은 술을 한입에 톡 털어 넣고는 소시지 한쪽을 베어 물었다.

"귀는 좀 어떻소?"

"덕분에 많이 좋아졌습니다."

"다 내 불찰이오."

"당치도 않은 말씀입니다. 도헌께서 그리 하지 않으셨으면 동의회 발족은 가당치도 않았습니다."

"그리 말해주니 내가 고맙소. 난 안 선생의 활약에 큰 기대를 하고 있소."

"별말씀을요, 제가 무슨 능력이 있어서……."

"너무 겸양을 떨진 마시오. 내 앞에서는 솔직해도 좋소."

그의 말에 안중근이 민망해하며 얼굴을 슬쩍 붉혔다.

"지난번 《해조신문》에 실은 안 선생 글 잘 읽었소. 정말 감동적이었소."

"과찬입니다."

"아니오. 안 선생 글은 우리 조선 민족이 가진 문제점을 그대로 찔렀소."

"……."

안중근은 《해조신문》에 '우리 민족의 교만이 불화를 부르고 불화가 분열을 불러 왜놈들에게 우리 강토를 빼앗겼으니, 분열을 극복하고 대동단결하여 우리 강토를 되찾자'는 글을 실어 연해주 일대 한인들에게 큰 관심을 불러일으켰다. 그가 이 글을 실은 이유는 대한제국 정부 위정자들의 분열된 모습은 물론이고, 상해와 블라디보스토크에 이르기까지 신분과 계층을 막론하고 조선 민족에게 이 같은 병폐가 만연해 있는 걸 목도했기 때문이다. 최재형은 조선 민족의 실상을 제대로 진단한 젊은 안중근의 혜안과 이를 해결하기 위한 그의 부단한 노력을 높이 평가했다.

일신의 안위에 일절 관심을 두지 않고 오로지 민족문제 해결을 위해 온몸을 불사르고 있는 젊은 안중근의 희생적인 자세를 보면서 그는 지금까지 살아온 자신의 인생에 대해 큰 부끄러움을 느꼈다. 그가 말끔히 면도한 자신의 매끄러운 턱을 매만지며 안중근에게 부드러운 눈길을 던졌다.

"내가 오늘 안 선생을 왜 보자고 했는지 아시오?"

"글쎄요……."

"돈은 내가 댈 테니 안 선생이 정기적으로 동포들을 대상으로 강연을 해주었으면 하오."

"옛?"

최재형의 제안이 뜻밖이라 안중근은 다소 놀랐다.

"일주일 전에 안 선생이 시내에서 사국강연을 할 때 나도 참석했었소."

"전혀 몰랐습니다."

"그 강연을 듣고 정말 생각한 바가 많았소."

"고맙습니다."

"아니, 고마워해야 할 사람은 바로 나요. 안 선생은 나에게 많은 걸 일깨워주었소."

최재형이 그를 물끄러미 바라보더니 심사가 복잡한지 착잡한 표정을 지었다.

"난 얼마 전까지만 해도 내 자신을 러시아 사람이라 생각했소. 하도 어려서 조선을 떠나 이곳에 와 나는 조선말이나 조선음식보다 러시아 말과 음식이 훨씬 친숙했소. 돈도 많이 벌었고, 니콜라이 2세 황제의 대관식에도 참석할 만큼 큰 영예를 누려 나는 내 인생이 성공했다고 생각했소. 당연히 러시아 국민으로서 러시아에 대한 자부심이 컸고 러시아를 아주 사랑했소. 그런데 얼마 전에 총독에게 연락을 받았소. 한인들이 폭력을 자주 행사해 사회적인 문제가 심각하니 날 보고 그걸 해결하라는 거였소. 해결 못하면 골치 아픈 조선 사람들을 연해주에서 내쫓을 수밖에 없다고 말했소."

"뭐라고요?"

총독의 협박이 황당하다는 듯 안중근이 어이없어 하는 표정을 지었다. 불모지나 다름없던 연해주를 사람이 살만한 제법 번듯한 땅으로 만든 것은 조선 사람들이었다. 러시아의 블라디보스토크 개발과 조선 사람들의 연해주 이주는 거의 동일한 시기에 이루어져, 연해주 일대의 땅은 사실상 조선 사람의 피와 땀으로 개발되었다고 해도 과언이 아니었다.

그런데 막상 블라디보스토크 일대가 번성하게 되자, 러시아 당국에서는 한때 쌍수를 들어 환영했던 이 황무지의 개척자 조선 사람들이 부담스러워졌다. 연해주에 이주한 조선인의 수가 러시아인에 육박했을 뿐 아니라, 이 일대 경제를 장악하고 있어 본토에서 이주한 러시아인들과 조선 사람들 간에 상권을 둘러싼 반목이 거듭되고 있었다. 더욱이 총독의 사위가 최재형이 독점하고 있는 육류 군납 사업권에 눈독을 들여 갈등이 심화되고 있었다.

결국 조선인들의 폭력을 빙자한 총독의 협박은 경제권을 빼앗으려는 러시아인들의 음모에 지나지 않았다. 그리고 조선 사람들 가운데 가장 성공한 최재형이 그 갈등의 중심에 서 있었던 것이다. 최재형이 회한에 젖은 눈길을 안중근에게 던지며 다시 말을 이었다.

"난 그때 내가 아무리 노력해도 나는 러시아 사람이 될 수 없다는 걸 알았소. 지금까지 난 착각하며 살았던 거요. 그들에게 내가 필요할 땐 나는 러시아 사람이었고, 부담스러울 땐 난 한인이었소. 지금까지 살아온 내 삶이 통째로 부정되는 것 같아 참으로 우울했소. 그때 내가 안 선생 강연을 들었소. 마치 번개에 맞은 듯 정신이 아찔했소."

최재형의 눈가가 촉촉이 젖어 있었다.

"뿌리 없는 나무가 어떻게 자랄 것이며, 나라 없는 백성이 어떻게 살 것이며, 제 배 부르고 살기 편안하다고 제 나라의 어려움을 모른 척하고 고향의 형제자매의 어려움까지 외면하는 게 어찌 사람이냐고 안 선생이 하던 말이 기억나오."

"……."

"지금까지 내 삶이 그러해 참으로 부끄러웠소. 난 정말 열심히 살았소. 돈도 많이 벌어 좋은 곳에도 많이 썼소. 그래서 난 내 인생에 대해 강한 자부심이 있었는데, 최근의 일 때문에 모든 게 무너졌소. 내가 몰랐던 것을 내가 잃어버린 것을 안 선생이 찾아주었소. 그래서 감사하오."

그의 말에 안중근도 숙연한 심정이 되어 가슴이 울컥했다.

"《해조신문》이 얼마 전에 발간되었지만, 글을 모르는 동포들이 많소, 조선의 국내 정세에도 우리는 어둡소. 안 선생이 나서서 우리 동포들을 좀 일깨워주시오. 나라가 없으면 민족도 사라질 수 있다는 사실을 말이오."

연해주 일대 최고의 실력자 최재형이 안중근을 강력하게 후원해 지금까지 갖은 고생을 다 했던 안중근이 비로소 연해주에서 비상할 수 있는 날개를 달게 되었다. 그의 강연장에는 인파가 몰렸고 동양평화를 위해 이토 히로부미를 처단해야 한다고 목소리를 높일 때는 청중들의 박수갈채도 이어졌다.

　하지만 호사다마라고 최재형의 총애가 안중근에게 꼭 이로운 것만은 아니었다. 최재형이 안중근을 끼고도는 바람에, 그의 오른팔을 자처했던 조카 엄인섭이 소외되어 그가 외숙인 최재형에게 섭섭한 마음을 가졌고, 안중근에 대해서도 은근한 시기를 느꼈다. 또 대일 항전을 외치는 이 위험한 인물을 통제하고 감시하기 위한 일본측의 공작도 잇달아, 일본영사관에서 파견된 비밀 요원이 항시 안중근의 뒤를 쫓았다.

만국공법

1

　안중근이 최재형의 지시로 연해주 의병들의 국내 진공 작전을 위한 사전 정지 작업의 일환으로 비밀리에 함경도 회령 땅을 방문해 의병장 홍범도를 만나고 돌아왔다.

　그로부터 한 달이 지난 7월 초, 무더위가 기승을 부릴 무렵 군사 조직으로 변모한 동의회가 드디어 국내 진공 작전에 나섰다. 동의회는 러시아 국적의 최재형을 보호할 목적으로 김두성이란 가공의 인물을 총사령관격인 총독으로 내세웠으나, 사실 그는 최재형이었다. 이범윤이 대장을 맡고, 함북관찰부 경무관 출신인 전제익이 도영장(都營長)을 맡았다. 이어 참모장은 오내범이, 우영장은 안중근이, 좌영장은 엄인섭이 맡았다. 이들이 구백여 명의 연해주 의병들을 이끌고 해로와 육로로 나뉘어 최종 집결지인 갑산을 향해 진격했다. 이들은 갑산에서 홍범도 부대와 연합해 무산을 먼저 공략하고, 이곳을 점령하면 회령까지 손에 넣어 두만강 상류 지역을 국내 진격의 교두보로 삼겠다는 복안을 갖고 있었다.

육백 명의 이범윤 부대는 해로를 타고 청진과 성진 사이의 해안에 상륙했고, 안중근이 속한 삼백 명의 최재형 부대원들은 도영장 전제익의 인솔 아래 육로를 따라 행군을 시작해 연추를 떠난 지 닷새 만에 두만강 인근에 집결했다.

새까만 밤하늘에 별들이 총총하게 빛나 대원들은 어둠속에서도 대오를 잘 유지했다. 함경도가 눈앞에 떡 버티고 서 있었다. 안중근은 휘영청 빛나는 밝은 달빛을 받아 모습을 드러낸 강 건너 언덕을 보고 있으니 감회가 새로웠다. 이태 만에 보는 조국 땅이었다. 누구의 구속도 받지 않고 자유롭게 누볐던 땅이 지금은 금단의 지역으로 변해 있었다.

안중근은 순간 울분이 치밀었다. 그는 이 모든 것이 조선통감 이토 히로부미 탓이라 여겼다. 어둠 탓에 잘 보이진 않았지만 그의 두 눈엔 이토에 대한 적의로 가득한 분노의 핏발이 성성했다. 그가 입술을 질끈 깨물고는 휘하 병사들을 향해 몸을 돌렸다.

"여러분, 우리 눈앞에 있는 이 강이 두만강이오. 강을 넘으면 싫든 좋든 우리는 이제 어쩔 수 없이 왜놈들과 싸워야 하오. 하지만 적은 수가 많고 우리는 적소. 그러니 결코 경거망동해서는 안 되오. 순간의 실수가 우리를 위기로 몰아갈 수 있소. 왜놈들이 도처에 널려 있다는 걸 명심하고 내가 지시를 하기 전에는 함부로 총을 쏘아서는 아니 되오, 아시겠소?"

죽어 한 줌 흙이 되는 한이 있어도, 살기 위해 비겁하게 도망치지는 않을 것이라 내심 작정한 안중근의 표정은 운명의 결전을 앞둔 장수처럼 비장하기 이를 데 없었다. 그런데 그와는 반대로 휘하 대원들의 반응은 이상하리만치 뜨뜻미지근해서 전의에 불타고 있는 안중근을 머쓱하게 했다.

그의 말에 대원들은 총을 허공에 쳐들고 흔들면서 그의 뜻에 동조를 표하는 듯했으나, 그에게 집중하지 않고 딴짓을 하며 무척 산만했다. 또 삐딱하게 서서 뒷짐 진 대원들의 자세는 눈을 씻고 찾아보아도 절도라곤 없어 숫제 마음이 콩밭에 가 있는 것 같았다. 대충 봐도 그들이 안중근을 노골적으로 무시하고 있음을 한눈에 알아볼 수 있었다.

사실 그들은 아무런 배경도 없는 인물이 어느 날 갑자기 나타나 연해주 최고의 실력자인 최재형의 마음을 사로잡고 연해주 일대를 종횡무진하는 모습을 그리 달갑게 보지 않았다. 당시 연해주 조선 사회에는 권력이 있거나 돈이 많거나 고관 출신이거나 나이가 많은 사람들을 좋아하는 풍조가 만연해 있었다.

연해주 한인들은 틀에 박힌 봉건적 계급질서를 부정하고 권력의 압제와 자산가들의 착취를 피해 자유를 찾아 몰래 연해주로 이주한 사람들이었다. 그런데 정작 그들은 어느 순간엔가 자신들이 가장 증오했던 봉건사회 지배자들의 습성을 그대로 닮아가고 있었다. 사고는 완고했고 이방인에겐 배타적이었으며 물신 숭배에도 흠뻑 젖었다.

안중근이 최재형의 각별한 신임을 받고 있다곤 해도, 무일푼인 안중근을 연해주 조선인들이 좋아할 리 없었다. 그들에게 안중근은 여전히 밖에서 굴러 온 별 볼일 없는 이방인에 불과했다.

이 탓에 의병들은 그가 우영장이 되었을 때 뜻밖이라는 듯 놀라워했고, 그에게 축하인사를 건네기보다 오히려 의혹의 눈초리를 보내며 시샘만 일삼았다.

'저놈이 어떻게 도헌 영감을 후린 거야? 허, 묘한 놈이구먼. 어디 한번 두고 보지!'

안중근에 대한 한인 의병들의 분위기가 이처럼 싸늘했다. 그도 자신에 대한 부대원들의 차가운 분위기를 익히 알고 있었고, 시간이 흐르면 자신에 대한 오해가 풀릴 것이라 생각해 이들의 무심한 태도에 크게 신경 쓰지 않았다.

하지만 중차대한 작전을 목전에 두고서도 똑같은 일이 벌어지자 은근히 부아가 치밀었다. 안중근의 표정이 잔뜩 굳어 있었다.

안중근은 자신이 이들을 매섭게 다그친다 한들 분란만일 뿐 별다른 효과가 없을 것이라는 걸 알아 화를 참고는 좌영(左營)을 지휘하고 있던 엄인섭에게 은근슬쩍 눈짓을 했다.

대원들은 성미가 불같은 엄인섭만은 몹시 무서워했다. 그가 도와준다면 흐트러진 군기를 잡는 건 어렵지 않았다. 하지만 그는 안중근의 눈길을 보고도 모른 척하고는 자기 부대원들과 시시덕거리며 농담만 일삼았다. 안중근은 순간 무안해서 얼굴이 화끈 달아올랐다. 엄인섭이 의도적으로 자신의 청을 외면하고 있다는 걸 알았다. 엄인섭은 눈치가 귀신같이 빨라 그의 눈짓이 무얼 말하는지 모를 리 없었다.

안중근은 큰 돌멩이 하나가 가슴에 얹혀 있는 듯 마음이 몹시 답답하고 무거웠다. 자신에 대한 엄인섭의 감정이 나날이 냉랭해지고 있었기 때문이다. 안중근은 그가 자신에게 토라진 이유를 대강 알고 있었다. 자신이 할 수만 있다면 얼어있는 엄인섭의 마음이 풀어질 수 있도록 모든 일을 다 하고 싶었다. 하지만 인력으로 사람의 감정을 어찌할 수는 없는 일이라 막막하기만 했다. 한숨을 내쉬고는 애써 담담한 표정을 지으며 대원들을 향해 외쳤다.

"또 하나 당부합시다. 우리는 군인입니다. 군인이란 사실을 잊지 말아야 합니다. 덧붙여 일본군과 우리는 달라야 한다는 점을 꼭 기억해주십시오. 이게 무슨 말인가 하면, 일본 군대와 달리 우리는 어떤 경우에도 야만적인 행동을 해서는 안 된다는 뜻입니다. 우리는 오로지 성스럽고 의롭게 싸워야 합니다. 이것이 제가 여러분에게 말하는 우리의 투쟁 방식입니다. 의를 지키며 싸우는 것이 당장에는 답답하고 큰 도움이 되지 않겠지만, 세상의 공론을 얻는 데는 이보다 좋은 방법이 없습니다. 우리가 만국공법(萬國公法, 국제법)을 준수하며 싸운다면 머지않아 열강의 인심을 얻게 되고, 결국 이것이 언젠가는 국권 회복의 길을 열어줄 것임을 명심해야만 합니다. 모두 아시겠소?"

안중근의 의도는 분명했다. 그는 이 의병부대를 단순한 무장단체가 아니라 국제사회로부터 대한제국을 대표하는 정규군으로 그

실체를 인정받고 싶었던 것이다. 하지만 그의 대원들은 안중근의 깊은 뜻을 이해하지 못했다. 뱁새가 황새의 뜻을 알 리 없었던 것이다. 안중근이 만국공법 운운하자 대원들은 그가 별스럽다며 고개를 갸웃거리고는 수군거리기만 했다.

"뚱딴지같은 사람이구먼."

"젠장, 귀신 씨 나락 까먹는 소리만 하고 자빠졌어."

그들은 안중근의 얘기를 귓등으로 흘려들었다. 이들이 오로지 바라는 것은 얼른 조선 땅으로 들어가 조선의 원수인 일본 병사를 한 명이라도 더 죽이고 빨리 가족의 품으로 돌아가는 것이었다. 대다수 의병들은 국제정세나 법에 대해 무지했고, 의병 활동의 목표도 아주 단순했다. 그들은 무조건 일본군을 많이 죽이는 것만이 나라의 독립을 앞당기는 지름길이라고 생각해 이처럼 안중근의 생각을 비웃었다.

엄인섭도 이들과 다를 바 없었다. 엄인섭 역시 안중근의 연설을 못 마땅히 여겨 한동안 불만스런 표정으로 이맛살만 잔뜩 찌푸리고 있다가 그의 당부가 끝나자 면박을 주듯 짜증스럽게 말했다.

"중근 아우, 복잡한 소리 그만하고 빨리 강이나 건너자고!"

엄인섭의 수신호를 받은 대원들이 벌써 도강을 하고 있어, 안중근도 엉겁결에 그의 뒤를 따라 나섰다. 안중근과 그들 사이에는 엄청난 세계관의 차이가 있어 안중근은 한동안 연해주 한인들에게 꿈만 꾸는 돈키호테 같은 존재로 남을 수밖에 없었다.

2

"무슨 소리가 나지 않았소?"

행군을 하던 안중근이 수상한 인기척을 느끼고는 엄인섭을 돌아보았다.

"그러고 보니 나도 듣긴 들은 것 같은데……."

"나도 들었소."

엄인섭 곁에 서 있던 꺽다리 김기룡도 귀를 쫑긋 세우며 거들었다. 간간히 산새 울음만 들려오는 산중의 적막감이 인간의 청각을 거의 동물적인 수준으로 만들었다.

이쪽에서 경계를 하자 후다닥 뛰어가던 발걸음 소리가 갑자기 멈추었다. 안중근이 얼른 부대원들에게 몸을 낮추게 했다. 그리고 조심스럽게 인기척이 난 전방 수풀을 향해 돌을 서너 개 연달아 누군가 날카로운 비명을 내질렀다.

"아얏!"

안중근의 수신호에 대원들이 비호같이 달려 나가 인기척이 난 수풀을 순식간에 포위하고 으르자 일본군 네 명이 슬그머니 일어나 손을 들었다. 일본군의 척후병이었다. 일본군 병사들은 겁에 질려 사시나무 떨 듯 몸을 바들바들 떨었다. 엄인섭의 눈빛이 야수처럼 이글댔다. 그가 일본군을 노려보며 총을 만지작거렸다.

"형님, 어쩌시려고요?"

"원수들인데 그냥 놔둘 수 없지 않나? 쏴 죽여버려야지!"

"형님, 안 되오. 잘못하면 총소리 때문에 우리 위치가 노출될 수 있소. 우린 갈 길이 머오!"

"그러면 칼로 목을 따면 되겠지."

"한두 사람 죽인다고 작전에 성공하는 게 아니니 이 사람들은 죽이지 말고 데려갑시다. 훗날 쓰임이 있을 것이오."

엄인섭이 안중근의 말에 어이없어 하는 표정을 지으며 코웃음을 쳤다.

"아우, 아까부터 자꾸 이상한 얘기를 하는데, 답답한 소리 좀 그만하시게. 이놈들은 그냥 죽여야 할 우리 원수일 뿐이야. 왜놈들은 씨를 말려야 하네. 쓸데없는 소리 그만하고 비켜서게."

일본군을 죽이기로 이미 작정한 엄인섭은 안중근의 생각과 우려는 안중에도 없이 자신을 막아선 안중근을 슬쩍 밀쳐내고는 살기등등한 눈을 번뜩이며 수하들에게 손짓을 했다. 안중근이 말릴 새도 없이 네 방의 총성이 곧장 울렸고 일본 병사들이 풀숲에 고꾸라졌다. 엄인섭은 쓰러진 일본 병사들을 보며 득의만면했다.

"기룡아, 우리가 왜놈을 네 명이나 잡아 죽였어. 이 얼마나 통쾌한 일이냐!"

안중근은 김기룡 앞에서 희희낙락대는 엄인섭을 보고 있으려니 기가 막혔다. 산골짝의 정적을 깬 총성이 수차례 메아리쳐 인적 드문 골짜기의 비상한 상황을 세상에 알렸다. 안중근의 속도 새까맣게 타들어갔다.

"형님, 어쩌자고 이렇게 하셨소? 이러면 왜놈들이 금방 벌떼같이 덤벼들 텐데!"

안중근이 낙담해 시름 가득한 얼굴로 한숨을 내쉬었지만, 엄인섭은 그에게 미안하기보다는 자신을 책망하는 안중근의 태도가 몹시 못마땅해 퉁명스럽게 이죽거렸다.

"아우는 간이 생기다 말았는가? 요즘 들어 왜 그리 겁이 많아졌는가? 사나이가 칼을 빼들었으면 끝을 봐야지!"

일의 형세가 이미 엎질러진 물이라 안중근은 그의 힐문에 아무 말을 못하고 속만 끓였다. 그는 엄인섭이 정이 많고 마음이 순수해 좋아했으나, 때때로 감정에 지나치게 치우쳐 경박하게 처신하는 그를 보고 있노라면 부뚜막에서 노는 아이처럼 마음이 놓이지 않았다. 그는 사안의 경중을 가리지 못하는 엄인섭 때문에 일을 망칠 것만 같아 걱정이 태산이었다.

아니나 다를까. 총성이 울린 지 이십여 분이 지나 소대 규모의 일본군이 나타나 교전을 벌였고, 대규모 일본군의 출몰을 우려해 의병들은 황급히 숲길로 도망쳤다. 그러다 한 시간쯤 지나 다시 일본군을 만나 교전을 벌였다.

의병들을 향해 밀려드는 일본군의 수는 점점 불어났다. 일본군 척후병 피살 사실이 알려지면서 일본군 동부지역 사령관이 회령·웅기·경원 지역의 수비대를 총동원시켜 의병 추격에 나섰던 것이다. 이렇게 일본군이 끈질기게 따라붙으면서 의병들은 일본군의 눈길이 덜 미치는 밀림 속으로 몸을 숨겼다.

땀을 비 오듯 쏟고 있는 엄인섭이 숨을 몰아쉬며 안중근에게 말했다. 자신의 경솔한 처사로 의병들의 위치가 노출된 것을 의식한 탓인지, 그의 얼굴엔 민망해하는 기색이 역력했다.

"이거 야단났군. 사방에 왜놈들이 깔렸어. 중근 아우, 그만 퇴각하세. 아무래도 무산까지 가기는 어려울 것 같네. 첫 출전에 왜놈들 네 명을 사살했으니 이 정도 전과면 큰 성과네. 왜놈들도 겁 좀 먹었을 것일세."

"안 되오. 어떤 일이 있어도 무산까지 가야 합니다."

"이러다 다 죽을 수도 있어!"

"형님, 우리가 안 가면 홍범도 부대가 위험해집니다."

"우리 병사들이 다 죽을 수도 있어."

"작전에는 항시 어려움이 따르기 마련입니다. 돌파하면 됩니다. 아직 일본군의 수가 그리 많지는 않습니다. 그리고 이쪽 지형은 우리가 더 잘 알고 있지 않소!"

"허허, 이런 답답한 사람을 봤나! 모든 게 때가 있는 법이야. 때를 놓치면 후퇴도 못하네. 다 죽일 셈인가?"

안중근을 질책하는 엄인섭의 목소리가 차차 격앙되었다. 그의 얼굴엔 안중근에 대한 불만이 가득했다. 그럼에도 안중근은 끝까지 고집을 꺾지 않았다.

"형님, 죽을 각오를 하고 싸워봅시다."

엄인섭은 끝내 안중근이 자신의 의견을 묵살하고 퇴각을 거부하자 기분이 몹시 언짢았다. 자신에게 순종적이던 안중근의 자기주장이 언제부터인가 차차 강해지고 있었다.

'중근 아우, 참 많이 컸구먼!'

미안한 마음에 잠시 안중근의 눈치를 살피던 그의 눈에 어느덧 노기가 서렸다. 최재형을 둘러싼 그에 대한 질투심도 한몫을 했다. 자신이 은근히 마음에 두고 있던 아리랑 사장 오숙정도 알게 모르게 안중근에게 마음을 쏟았다. 엄인섭은 그에게 자신의 것이라 생각했던 것들을 하나둘 빼앗기면서, 안중근을 대하는 엄인섭의 생각과 감정에 미묘한 변화가 생겼다. 언제부터인가 그는 안중근을 볼 때마다 얼마간 긴장을 했고 마음도 불편했다. 안중근의 황소고집이 모락모락 타고 있는 그의 시기심에 기름을 부었다.

그는 이번 참에 안중근이 정신이 번쩍 들도록 한번 크게 혼쭐을 내주고 싶었다.

"중근 아우, 정 그러면 어쩔 수 없구먼. 우리 여기서 헤어지세."

살아서 돌아온다면 형제의 예를 다해 큰 환영연을 베풀어줄 것이고, 안중근이 죽는다면 이 또한 그의 운명이라 여기면 된다. 그가 데면데면한 표정으로 담담히 말했다.

"난 대원들을 데리고 먼저 돌아가겠네. 자네는 일을 마치고 뒤따라오게."

김기룡이 그의 말에 화들짝 놀라 눈을 동그랗게 떴다.

"형님, 그 무슨 말씀이오? 죽어도 같이 죽고 살아도 같이 산다는 맹세를 하지 않았소?"

"살 사람은 살아야지. 대원들을 죽일 순 없다. 넌 나하고 같이 돌아간다."

"형님!"

그의 말에 김기룡이 비명을 내지르듯 소리쳤지만, 더 이상 말을 잇지 못했다. 자신이 끼어들어봐야 아무 소용이 없다는 걸 잘 알기 때문이었다.

그가 안절부절 못하고 안중근에게 슬며시 눈짓을 했다. 큰형 엄인섭에게 얼른 사과를 하라는 뜻이었다. 안중근도 심상치 않은 엄인섭의 마음을 읽고는 당황했다.

"형님, 마음이 상했다면 이 아우가 깊이 사과하겠소. 하지만 퇴각만은 재고해주시오! 부탁드립니다."

그러나 엄인섭의 마음은 이미 돌아서 있었다. 그는 안중근의 읍소에 콧방귀도 뀌지 않았고, 살아서 블라디보스토크에서 다시 만나자는 말을 던지고는 잔류하겠다는 김기룡을 억지로 잡아끌어 훌쩍 떠났다.

3

최재형 의병부대의 명목상 총책임자는 도영장 전제익이었으나, 이는 이범윤이 이끄는 의병부대와 균형을 맞추기 위해 과거 벼슬을 지낸 전제익을 도영장에 기용한 것일 뿐, 실세는 좌영장을 맡은 엄인섭이었다.

엄인섭이 홀로 떠나는 바람에 남아있는 의병들이 매우 불안해

했다. 하지만 도영장 전제익과 우영장 안중근이 의병들을 잘 도닥여 전열을 재정비하고는 밀림을 헤치고 무산으로 행군을 계속했고, 가던 길에 우연히 일본 군인과 상인을 발견하고 그들을 생포했다.

도영장 전제익은 이들의 신병 처리를 두고 먼저 안중근의 뜻을 물었다. 일본군 척후병 처리 문제로 안중근이 엄인섭과 불화를 일으킨 걸 의식한 탓이다.

"이들을 어떻게 처리하는 게 좋겠소?"

"먼저 신문을 해본 후에 결정하시지요."

"좋소."

전제익이 동의해 안중근이 일본군 포로와 상인을 불러다 심문을 시작했다. 일본군 포로와 상인은 겁에 잔뜩 질려 몸을 벌벌 떨었다.

"우리는 이유 없이 사람을 해치지 않으니 너무 무서워 마시오. 먼저 묻겠소. 그대들은 일본의 신민이오?"

"예."

"좋소. 그럼 러일전쟁 당시 일본이 선전서(宣戰書)에 전쟁의 목적을 '동양평화를 유지하고 대한제국의 독립을 굳건히 하기 위함이다' 이렇게 밝힌 것을 알고 있소?"

"예, 알고 있습니다."

"그런데 어찌하여 선전서에 밝힌 천황의 뜻을 받들지 않고 오히려 대한제국을 침략하고 강토를 유린한 것도 모자라 대한제국 백성 죽이기를 밥 먹듯이 하오? 이것은 평화주의자들이 하는 짓이요 아니면 역적들이 하는 짓이오?"

안중근의 호통에 풀이 죽어 고개들 떨어뜨리고 읍소했다.

"당연히 역적의 짓입니다. 저희들은 죄가 없으니 풀어주세요."

"그대들이 이 나라에 들어와 조선 팔도를 유린하고 다녔는데 죄가 없다니, 무슨 당치 않은 말을 하는가?"

안중근의 질책에 그들이 펄쩍 뛰었다.

"우리는 그저 위에서 시키는 일만 할 뿐입니다. 일은 위에서 시켰는데 그 죄를 어찌 우리에게 물을 수가 있습니까? 나라에서 시킨 일을 군인과 국민 된 자가 어찌 거역할 수 있단 말입니까?"

"좋소. 군인이 명령을 따르는 건 당연한 일이라 칩시다. 그렇다면 대체 누가 당신들에게 그런 무도한 일을 시킨 것이오?"

"조선 반도에서 우리가 행하고 있는 모든 일은 조선통감 이토의 지시에 따른 것입니다. 그러니 죄를 묻고자 한다면 우리에게 물을 게 아니라 사태를 이 지경으로 만든 이토 히로부미에게 물어야 옳습니다."

이토에게 책임을 전가하는 그들의 태도가 조금은 당돌하고 비겁해 보이기는 했으나, 이치까지 그른 건 아니었다. 안중근은 그들의 말에 일리가 있다고 보고 고개를 끄덕였다.

"그렇다면 당신들은 이토에게 무슨 죄상이 있는지 알고 있소?"

"대충은 압니다."

"내가 듣고 나서 당신들의 생각이 옳은지 그른지 밝혀주겠소!

일단 한번 말해 보시오."

일본 병사와 상인이 서로 눈치를 보다가 병사보다 나이가 여남은 살은 많아 보이는 상인이 잠시 머뭇거리더니 상기된 표정으로 입을 뗐다.

"지금 일본에서 힘이 제일 막강한 사람은 이토입니다. 조선에 발을 들인 것도 천황 폐하의 뜻이 아니라 순전히 이토의 생각에서 나온 것입니다. 저희들은 일본에서 농사를 짓고 장사를 하던 평범한 사람들입니다. 그런데 이토가 조선으로 이주하면 땅을 공짜로 주고 세금 없이 사업을 할 수 있게 해주겠다고 선전해 이 조선 땅에 온 것입니다. 그런데 조선에서 일어나는 많은 참상을 보고 저희들도 무언가 일이 잘못되었다고 생각했습니다."

"대체 무엇을 보았소?"

"우리 일본 군인들의 총칼에 많은 조선 사람들이 죽는 걸 보았습니다."

"왜 죽였다고 생각하오?"

"폭도라 하여 죽였습니다."

"당신들도 폭도로 생각하시오?"

"아닙니다. 나라의 독립을 위해 싸우는 사람을 어찌 폭도라 하겠습니까? 이토의 꼬임에 넘어가 저희들은 정말 조선과 일본이 화평한 사이인 줄 알았습니다. 남의 것을 빼앗아 내 배를 채우는 것은 강도의 짓이나 다를 바가 없는 것인데, 지금 조선에서 우리 일본이 하는 짓이 이러합니다. 이런 상황을 알았다면 아무리 큰 혜택을 준다고 해도 어찌 조선 땅에 오겠습니까? 저희들도 부모 형제가 있고 아무리 못 배워도 사람의 도리는 압니다. 이 모든 게 이토 때문입니다. 조선을 짓밟은 장본인이 이토이고, 청국이나 러시아와 전쟁을 일으켜 동양의 평화가 깨어진 것도 바로 조선에 대한 이토의 욕심 때문입니다. 그러니 이토를 벌해야만 동양평화가 올 수 있습니다. 이치가 이러하니 선생께서는 너그러운 마음으로 저희에게 은혜를 베풀어주십시오."

상인의 말이 구구절절 안중근의 가슴에 와 닿지 않는 게 없었다. 안중근이 빙긋 웃으며 무릎을 꿇고 있는 일본 병사와 상인의 손을 잡고 일으켜 세웠다.

"그대들의 생각이 나의 뜻과 똑같소. 일본 백성들의 마음이 우리와 다르지 않다면 어찌 우리가 평화를 이룰 수 없겠소? 내가 그대들을 풀어줄 테니 속히 돌아가 동양평화를 깬 원수들을 쓸어내는 데 앞장서 주시오. 그대들이 이토와 같은 난신적자를 없앤다면 잃어버린 동양평화를 되찾을 수 있을 것이오. 일어나 가시오."

그들이 얼떨떨한 표정으로 조심스럽게 안중근에게 되물었다.

"정말이오?"

안중근이 미소 짓고 고개를 끄덕이자, 그들이 울먹이며 머리 숙여 감사를 표했다. 하지만 도영장 전제익은 안중근이 포로들을 풀어주려 하는데 놀라서 버럭 고함을 쳤다.

"아니, 안 동지 대체 뭐하는 짓이오? 정신이 있소 없소?"

흥분한 전제익의 얼굴이 시뻘겋게 달아올랐다. 안중근은 그가 걱정하는 바를 알고 있었다. 그럼에도 그는 자신의 생각을 굽힐 마음이 없었다.

"이 문제는 도영장께서 이해를 해주셔야겠습니다. 저항할 수 없는 포로들을 풀어주는 일은 만국공법에 따라 인도주의 정신을 실천하는 것입니다. 우리가 포로를 석방시켜 의를 세우는 것이니 어찌 이들을 석방하는 게 우리에게 유익함이 없다고 하겠습니까? 야만적인 일본의 행태와 우리의 모습을 비교할 때 어느 것이 정의에 가까운 것입니까? 국제적인 공론을 얻기 위해서라도 우리는 작은 이익을 버리고 대의에 우리의 몸을 바쳐야 합니다."

전제익은 안중근의 말은 명분은 그럴 듯 하나 현실감이 너무 없다고 판단했다. 의병들의 처지는 제 코가 석자인 형편이었다. 일본군의 추격에 쫓기는 형국에 가당치도 않는 생각이라 여겼다.

"그냥 사살합시다. 이놈들은 우리 전력을 고스란히 보았소. 신고하면 큰일이오. 처치합시다."

"이미 우리 위치는 노출되어 있습니다. 이들을 죽여 입을 막는다 한들 무슨 이익이 있겠습니까? 사람 목숨은 귀한 겁니다. 우리가 이들을 죽여 봐야 득은 없고 오히려 우리가 잔인하다는 비난만 받을 게 뻔합니다. 그럴 바엔 차라리 이들을 풀어주어 대내외에 인심을 얻는 게 더 유익한 일이 아니겠소?"

안중근의 뜻은 분명했다. 전제익을 바라보는 그의 강한 눈빛에서는 자신의 신념을 절대 포기할 수 없다는 결연한 의지가 읽혔다. 전제익이 매부리코를 만지작거리며 고민스런 표정으로 무언가를 생각하더니 물었다.

"당신이 책임질 수 있소?"

"책임져야 할 일이 있으면 응당 져야 하지 않겠소!"

"당신, 참 답답한 사람이오. 허허!"

전제익은 안중근의 순수한 마음과 고매한 인격에 감동해 포로를 석방하도록 지시는 했지만, 앞으로 그와 같이 대일 항전을 도모하기는 어렵다는 판단을 했다. 동양평화와 만국공법을 외치는 안중근의 사상이 자신이 받아들이기에는 너무 이상적이었기 때문이다.

4

우려했던 일이 현실이 되었다. 풀려난 포로들이 곧장 일본군 부대에 신고를 했고, 이를 기화로 일본군의 추격은 더욱 맹렬해졌다. 사방에서 밀려드는 일본군의 추격에 의병들이 뿔뿔이 흩어졌고, 도주 중 만난 이범윤 부대와의 연합 시도는 지휘권 문제를 놓고 다투다 협상이 결렬되어 최재형 부대와 이범윤 부대는 다시 갈라섰다. 독불장군 이범윤의 자존심이 자꾸만 분란을 일으켰다. 작전에 나선 지 보름 만에 더 이상 작전 수행이 어렵다고 보고 안중근과 전제익은 후퇴를 결정했다.

일본군 척후병을 사살한 이후 의병들은 이렇다 할 전투도 못 해

보고 수세에 몰려 지난 열흘 동안 쫓겨만 다니느라 몸이 천근만근 지쳐 있었다.

"자, 모두 힘을 냅시다. 이 고개만 넘으면 창태평이오. 먹을 것도 충분히 숨겨놓았으니 조금만 더 힘을 냅시다."

물먹은 솜처럼 축 늘어져서 걷고 있는 대원들의 행군을 독려하느라 목이 쉬어 안중근의 목에서는 쇳소리가 났다. 하지만 대원들의 반응은 그리 신통치 않았고, 오히려 불만스런 눈으로 그를 바라보는 이들이 많았다. 이들은 안중근이 포로를 석방해 오늘의 화를 자초했다고 생각했다. 그렇지 않아도 굴러온 돌을 달갑지 않게 여기고 있던 터라, 포로 석방 사건으로 안중근에 대한 의병들의 심기가 더 꼬였다.

자신에 대한 의병들의 분노와 불신을 알고 있었지만, 안중근은 그들에 대한 서운함이나 원망은 없었다. 그는 모든 게 자기 책임이라고만 생각했고 책임을 피할 마음도 없었다. 다만 지금은 자신이 이끄는 대원들을 한 명의 낙오자도 없이 전원 러시아로 귀환시키는 것이 최우선 과제였다.

흔히 깔딱고개로 불리는 가파른 고갯길을 삼십 분 정도 올라가니 밀림 사이로 펑퍼짐한 넓은 땅이 눈에 들어왔다. 한쪽 계곡에서는 얼음같이 차가운 산물이 콸콸 청량한 소리를 내며 부지런히 흘러내리고 있었다. 안중근은 큰 짐을 던 듯 안도의 한숨을 내쉬며 대원들을 향해 소리쳤다.

"오늘 하루는 이곳 창태평에서 유숙할 것이오. 한가운데 묻어둔 감자가 많이 있소. 요기할 것은 충분하니 편히 쉬기 바라오."

그의 말이 떨어지기 무섭게 대원들이 옷도 벗지 않고 계곡물에 풍덩 뛰어 들었고, 그와 동시에 총성이 울렸다.

"왜놈들이다. 피해라!"

일본군이 의병들의 이동 경로를 파악하고 회령의 창태평 인근에 매복하고 있었던 것이다. 안중근 부대의 의병들은 갑작스런 일본군의 공격에 혼비백산 맨몸으로 다시 도망쳤다. 총기는 말할 것도 없고, 두 가마나 묻어둔 감자를 한 알도 챙기지 못한 채 빈손으로 그들은 도주했다.

굶주림과 불면 그리고 추격의 공포에 시달리면서 안중근에 대한 의병들의 적대감은 나날이 깊어갔다. 그들은 안중근의 말을 듣지 않는 것은 말할 것도 없고 숫제 얼굴까지 외면하려 들었다.

"굶어 죽느니 차라리 왜놈들에게 투항하겠소. 우영장께서는 원하시는 길로 가시오."

이렇듯 안중근에 대한 의병들의 반감은 몹시 컸다. 부대원들은 안중근의 생각에 대해서는 눈곱만치도 공감하지 않았다.

안중근이 얼어붙은 대원들의 마음을 돌리려 포로 석방 문제를 그들에게 사과하며 동양평화니 만국공법이니 하고 운운하면, 그들은 등을 돌려 싸늘한 표정을 짓고는 연신 비웃음을 흘렸다.

"병신 육갑하고 자빠졌구먼. 씹어 먹어도 모자랄 철천지원수 같은 왜놈들과 평화는 무슨 평화야? 저 양반, 사태가 이 지경이 되고도 정신을 못 차렸어."

급기야 안중근에게 실망한 대원들이 야음을 틈타 하나둘 각자 제 살길을 찾아 모습을 감췄고 종내는 김희춘과 김영선이란 두 사람만 달랑 남아 그를 지켰다. 엄인섭과 대원들에게 버림받은 안중근은 두 사람을 데리고 달빛에 의지해 밀림을 헤치며 행군을 계속했다.

"우영장님, 더 이상 못 걷겠소. 차라리 여기서 날 죽여주시오."

나흘 동안 아무것도 먹지 못해 눈이 쑥 들어간 김희춘이 기진맥진해서 그를 올려다보다 눈을 감고는 가늘게 숨을 몰아쉬었다. 출발할 때만 해도 건장했던 스무 살의 청년 김희춘의 몰골은 한겨울 헐벗은 나목같이 뼈만 남아 앙상했고 발바닥은 갈라지고 터져 피가 흘렀다.

"희춘 군, 사람의 운명은 하늘에 달려 있네. 포기하지 말고 끝까지 가보세. 자네는 포기하고 싶을지 몰라도 난 자네를 포기할 수 없어. 분명히 천주께서 우릴 지켜주실 것이네. 천주의 도움이 없었다면 우린 이미 왜놈들에게 붙잡혔거나 벌써 굶어서 죽었을 것이네. 이런 모진 고생을 하고도 살아 있으니 이것이 천주의 보살핌이 아니고 무엇이겠나? 또 모름지기 사람이란 남다른 고난을 겪은 다음에야 큰 사업을 이룰 수 있다네."

그의 위로에 마음이 동한 김희춘이 눈물을 주르르 흘리며 입술을 꼭 깨물었다.

"우영장님, 고맙습니다. 정말 고맙습니다."

사실 김희춘은 걷지 못해 일행에게 짐이 되고 있는 자신이 행여

버려질까봐 내심 두려워하고 있었다. 인적이 끊긴 밀림에 내버려질 바엔 죽는 게 낫다고 생각했던 것이다. 안중근의 말에 안심이 되었던지 아까와는 달리 그의 얼굴이 꽤 평온해 보였다. 그가 홍진에 물들지 않은 샘물같이 맑은 눈을 반짝이며 물었다.

"우영장님, 그런데 천주란 어떤 분입니까?"

김희춘은 포로까지 살려 보내는 안중근이 자꾸만 '천주'를 입에 올리자 대체 그가 누구인지 몹시 궁금했다. 안중근의 입에 붙은 존재라면 아마도 대단한 존재일 것이라 생각했다.

그의 질문을 받고 오랜만에 안중근 얼굴에 미소가 번졌다. 먼지와 땀으로 얼룩진 시꺼먼 얼굴 사이로 하얀 이빨이 드러났다. 그들에게 천주의 뜻을 전해야겠다는 생각을 하자 갑자기 힘이 불끈 솟았다.

"김 군, 정말 알고 싶은가?"

"예."

"집에 아버지가 있고 나라에 임금이 있듯이, 천지만물을 만드신 분이 곧 천주일세. 우리가 사는 세상은 기껏 잘 살아야 육십 년 내지는 칠십 년이지만, 그분은 우리에게 영생을 주셨네. 옛말에 '아침에 도를 들으면 저녁에 죽어도 좋다'고 하지 않았는가? 천주를 만나는 것도 이와 같은 이치일세. 그러니 과거의 잘못을 뉘우치고 천주를 받아들여 새사람이 된다면, 구원을 받아 천주께서 약속하신 영생을 얻을 수 있다네. 육신이 죽고 난 다음에 만날 천국은 고통이 없는 평화로운 곳이네. 어떤가, 천주를 받아들일 마음이 있는가?"

김희춘이 그의 말에 격한 감정을 토해내며 다시 눈물을 흘렸다. 고통 없는 세상이란 안중근의 말이 그의 가슴을 후볐다.

"그럴 수만 있다면, 그럴 수만 있다면, 천 번이든 만 번이든 천주를 받아들여 죽을 때까지 모시겠습니다."

김희춘이 세례를 받겠다고 하자, 그의 죽마고우인 김영선도 덩달아 세례를 받겠다고 나섰다. 그들의 뜻을 받아들여 안중근이 교회의 규칙에 따라 이들에게 대세(代洗)를 했다. 서로를 의지하며 한 달 동안 산길을 헤매다 천신만고 끝에 연해주로 귀환했다.

배신 그리고 단지동맹

1

"대체 이게 누군가?"

최재형은 두 눈으로 안중근을 보고도 믿어지지 않아 눈을 몇 번이나 비벼가며 안중근을 살폈다. 피골이 상접하다는 말이 안중근의 경우에 꼭 맞았다.

눈은 우묵하고 광대뼈는 도드라지고 눈자위는 창백하고 사지와 몸통은 말라비틀어진 명태와 같고, 얼굴은 숯검정을 뒤집어 쓴 사람마냥 두꺼운 땟국이 끼어 새까맸다.

출전할 때 입은 옷은 너덜너덜 해져 맨살이 드러났고. 헝클어진 머리카락이며 수북한 턱수염은 영락없는 귀신의 몰골이라 산짐승도 기겁을 하고 도망갈 판이었다.

최재형의 집 대문간을 들어서다 그와 마주친 안중근은 꼼짝도 않고 마당에 서 있다가 그 앞에 눈물을 왈칵 쏟고는 갑자기 썩은 나무토막 쓰러지듯 쿵 소리를 내며 땅바닥에 나동그라졌다.

꼬박 이틀 동안 죽은 듯이 잠만 자던 안중근은 닭 홰치는 소리에 정신이 깨어났다. 창가에 내려앉은 희뿌연 새벽이 부스스 뜬 그의 눈에 잡혔다. 그가 침대에서 일어나 앉아 방 안을 슬며시 살폈다.

누더기가 된 냄새 나는 옷은 흔적이 없고 누군가 까슬까슬한 하얀 명주옷을 자신에게 갈아입혀 놓았다. 자신이 가끔 머물렀던 최재형의 문간방이었다.

누군가의 손길을 기다리는 물 한 대접의과 미음 한 그릇 그리고 수저 한 벌이 가지런히 탁자 위에 놓여 있었다. 친절한 주인의 배려에 목이 메었다.

그는 목마른 하마처럼 물 한 대접을 단숨에 들이켰다. 물이 달았다. 천상의 샘물이 이보다 달 수 있을까 싶었다. 그는 자신이 살아있다는 게 꿈만 같았다. 정신이 들자 새벽 물안개에 갇혔다가 수줍은 새색시마냥 살며시 모습을 드러내는 강가의 풍경처럼 아슴아슴하기만 했던 기억들이 하나둘 떠올랐다.

식량을 구하러 나섰다가 민가로 오인해 일본군의 파출소를 잘못 찾아들어갔던 일, 자신들을 도와주다 이것이 일본군에게 발각되면 피해를 당할까 두렵다며 자신들을 벌레 보듯 문전박대하던 동포들의 냉대, 서로를 잡아먹을 것만 같은 참을 수 없는 허기에 세 사람이 함께 죽으려고 이를 악물고 산골짝에서 몸을 굴렸던 일까지 모든 것이 생생했다.

그가 미어지는 슬픔을 이기지 못하고 소리 죽여 흐느끼고 있을 때, 최재형이 방문을 열고 슬그머니 들어섰다.

"안 동지, 이제 정신이 좀 드시오?"

최재형의 눈이 안질 걸린 사람처럼 시뻘겠다. 안중근은 그가 간밤에 자지 않고 자신의 곁을 내내 지켰다는 걸 까칠한 얼굴을 보고 어렵지 않게 알 수 있었다.

자신을 안타까운 눈으로 바라보는 최재형을 마주하니 안중근은 이미 세상을 떠난 아버지 안태훈을 만난 것만 같아 마음이 울컥했다. 안중근은 끝내 울음을 참지 못하고 어린아이마냥 통곡했다. 최재형은 자신의 가슴에 안겨 우는 안중근을 안쓰럽게 도닥이며 조용히 눈시울을 붉혔다.

한참 만에 안중근이 얼굴을 들고는 민망한 기색을 감추지 못하고 나지막이 말했다.

"도헌 어르신, 정말 면목이 없습니다. 죽어야 할 놈이 살아서 돌아왔습니다. 작전 실패는 다 제 불찰 때문입니다. 어떤 처벌이든 달게 받겠습니다."

"안 동지, 그런 소리는 하지 마시오. 내가 대강의 사정은 다 아오. 얼른 몸을 추스르기나 하시오. 안 동지까지 돌아왔으니 이번 작전에 참여한 우리 대원들 가운데 돌아올 사람은 얼추 다 온 것 같소. 조만간 한인회관에서 환영연을 열 예정이오. 딴 생각일랑 말고 상한 몸을 추스르는 데만 전념하시오."

최재형은 이번 작전이 성공했다고는 보지 않았지만, 실패했다고도 생각하지 않았다. 이번 공격으로 일본 정부가 발칵 뒤집혀 러시아 정부에 항의단을 긴급 파견했다는 소식이 들어와 긴장이 되긴 했지만, 동포 사회에 대일본 무장 투쟁 열기를 확산시킬 수 있었기 때문이다. 화력의 열세에도 불구하고 예상보다 사상자가 많지 않았고, 십여 차례 교전 끝에 일본군 십여 명을 사살하는 전과를 올려 동포 사회가 매우 들떠 있었다.

다만 이번 작전에서 드러난 쌍방 간 불협화음 때문에 이범윤과의 불화가 깊어져 최재형의 마음을 무겁게 했다.

2

러시아 국무대신 표트르 스톨리핀이 니콜라이 2세와 오찬을 들고 막 사무실에 들어섰다. 그는 과식으로 불룩해진 배를 꽉 조이는 재킷이 불편해 자리에 앉자마자 단추와 허리 벨트부터 풀고는 여비서에게 진한 커피 한 잔을 주문했다.

그는 여비서가 가져온 커피 잔을 들고는 커다란 코를 벌름거리며 향을 즐기다 쏟아지는 오수를 이기지 못하고 늘어지게 하품을 했다.

그가 눈을 붙일 시간이 된 것이다. 스톨리핀은 업무 효율을 위해 삼십 분 정도의 낮잠을 항시 즐겼다. 여비서가 국무대신이 오침(午寢)을 즐기는 긴 가죽소파 위에 평소처럼 모포를 깔고 짧은 목례를 한 후 방을 나서던 참이었다. 스톨리핀의 비서관 알렉산드르가 초조한 기색으로 들어왔다.

"각하, 일본 대사관에서 보낸 긴급 전보입니다."

"뭐야?"

그가 불룩한 배를 내밀며 이맛살을 잔뜩 찌푸렸다. 그는 자신의 오침을 방해한 비서관이 못마땅했다. 비서관의 성격이 워낙 소심해 괜한 일로 수선을 피우는 것은 아닌가 하고 의심했던 것이다.

"알렉산드르, 또 무슨 일인데 이리 수선을 피우는 거냐?"

국무장관 스톨리핀은 비서관 알렉산드르를 불만스런 눈으로 흘기다 책상 위에 놓인 알 굵은 안경을 콧잔등에 걸치고는 전보를 손에 들었다.

최근 천여 명에 달하는 한인 무장 폭도들이 국경을 침범해 일본 국민을 상대로 재물을 약탈하는 강도짓을 하고 심지어 일본국 군인 십여 명을 살상하는 흉측한 짓을 저지르고 귀국으로 다시 도주했습니다. 이들에 대한 분명한 태도를 밝혀주시고, 이들의 범죄행위에 대한 적절한 조치를 취해 이런 일이 재발하지 않도록 각별한 단속을 촉구합니다. 우리 일본국의 지대한 관심에도 불구하고 실효성 있는 조치가 즉각 취해지지 않고 현 상황이 개선되지 않을 경우, 귀국이 우리 일본국을 적대시하는 것으로 간주할 것입니다. 또한 차후 이 같은 일이 다시 일어나 우리 일본국의 안전이 위협받을 경우, 우리의 주권과 국익을 지키기 위한 모든 조치를 취할 것임을 알립니다. 여기에는 우리 일본국 육군 병력의 연해주 출병도 포함되어 있음을 상기시켜 드리니, 어렵게 쌓아올린 양국 간 우호관계가 한인 폭도들 때문에 손상되는 일이 없길 바랍니다.

— 일본국 외상 고무라

스톨리핀의 파란 눈이 일본에 대한 분노로 이글댔고, 살이 포동포동하게 오른 볼이 시뻘겋게 달아올랐다.

"쑤까(개새끼)!"

그가 몸을 부들부들 떨며 일본을 때려눕히듯 오른손으로 탁자를 힘껏 내리치자, 네모난 유리 재떨이가 바닥에 떨어져 박살이 났다. 러일전쟁에서 승리한 일본이 러시아를 이빨 빠진 호랑이로 알고 이젠 노골적으로 위협했다. 그는 제국의 권위가 땅에 떨어진 이 현실이 분하고 자존심도 상했지만 달리 도리가 없었다.

소요 사태가 빈번해 러시아 국내 사정이 혼란스러웠다. 그는 상트페테르부르크에서 수천 킬로미터나 떨어진 연해주 지역 한인 문제로 일본과 갈등을 겪고 싶지는 않았다.

"알렉산드르, 지금 즉시 연해주 총독에게 상황을 알아보고 적절한 조치를 신속히 취하도록 지시하게."

3

작전은 승리는 아니었으나 완전한 패배도 아니었다. 첫 작전을 마치고 귀환한 의병들의 노고를 위로하기 위한 환영 행사장에 청중이 줄을 이었다. 실력자 최재형이 주최한 행사였으니 당연했다.

그야말로 콩나물시루같이 빼곡하게 청중이 강당에 들어찼다. 이들 가운데는 러시아 경찰과 일본영사관 요원, 일본의 밀정들도 끼어 있었다.

백구두에 흰색 양복 차림의 동의회 총장 최재형이 단상에 서서 손을 다부지게 흔들며 카랑카랑한 목소리로 인사말을 시작했다.

"동포 여러분, 드디어 우리는 이번 작전으로 조선 독립을 위한 첫발을 내딛게 되었습니다. 단상에 앉은 우리의 용사들을 위해 따뜻한 격려의 박수를 부탁드립니다."

그의 말이 끝나기 무섭게 우레와 같은 박수갈채가 만장에 울려 퍼졌다. 전투 중 일본군에게 붙잡혀 회령에서 총살당한 군의(軍醫)와 전사자들의 고귀한 희생을 기리는 묵념을 올린 후, 최재형이 단상에 착석한 간부들을 한 사람 한 사람 호명하며 청중들에게 인사를 시켰다.

직책 서열에 따라 도영장 전제익이 가장 먼저 단상에 올라 인사를 했다. 이어서 참모장 오내범, 참모 장봉환과 지운경, 병기부장 김대련, 좌영장 엄인섭이 차례로 일어나 인사할 때마다 장내는 떠나갈 듯 박수소리로 흔들렸다.

이윽고 안중근이 소개될 차례였다. 안중근은 패전의 장수로서 환영 행사장에 낯짝을 들이밀 염치가 없다고 한사코 참석을 거부했으나 최재형이 그를 억지로 끌어내어 단상에 앉혔다.

그는 이번 작전이 큰 성공을 거두지 못한 이유를 조카 엄인섭의 경솔한 처신과 이범윤 부대의 연합작전 거부에서 찾았을 뿐 다른 사람들과 달리 안중근에게 책을 잡진 않았다. 오히려 그는 안중근이 밝힌 만국공법(萬國公法)의 정신과 동양평화 사상에 대해 대단히 높은 평가를 했다.

최재형은 여느 사람과는 달랐다. 그는 지혜로웠고 통찰력도 뛰어났다. 막 출범한 연해주 한인 의병들을 정신적으로 무장시키는 데에는 안중근이 내세운 만국공법의 정신과 동양평화 사상만큼 유용한 것이 없다고 보았던 것이다. 올바른 철학으로 무장하지 않으면 아무리 큰 조직도 한순간에 무너지는 오합지졸을 면할 수 없고, 설사 큰 힘을 갖는다 해도 제 힘만 믿고 까부는 날강도나 단순한 폭도 수준으로 전락할 우려가 컸다.

최재형은 자신이 이끄는 동의회 조직에 강력한 생명력을 불어넣고 싶었고, 그는 이 묘방을 안중근의 사상에서 찾았다. 최재형이 마지막으로 안중근을 호명했다.

"자, 오늘 행사의 대미를 장식할 우영장 안중근 동지를 소개합니다."

최재형이 손짓을 하자 안중근이 마지못해 엉거주춤 일어나 단상에 올랐다. 그런데 앞서 와는 달리 갑자기 장내가 술렁거렸다.

안중근은 청중들이 흥분하는 이유를 알았다. 그는 민망함 때문에 얼굴이 몹시 상기되었다. 그가 아주 조심스럽게 입을 뗐다.

"패전지장 안중근입니다. 저 때문에 적지 않은 사상자가 발생했습니다. 그래서 이 자리에 제가 서는 것이 온당치 않다고 생각했으나, 죄를 청하고 용서를 구하기 위해 염치 불구하고 이 자리에 섰습니다."

안중근이 무릎을 꿇고 엎드려 사죄의 큰절을 올리자 사방에서 야유와 고함이 터져 나왔다.

"저 자식 끌어내!"

"야, 너 뭐하는 거야?"

청중들이 너무 흥분해 그냥 두었다간 이 집회가 난장판이 될 것만 같았다. 의자에 앉아 사태를 지켜보던 최재형이 장내 소란이 좀체 그치지 않자 자리에서 일어나 단상으로 나왔다. 그의 등장에 장내가 찬물을 끼얹은 듯 조용해졌다. 최재형의 막강한 위상이 여실히 드러났다.

"동포 여러분, 저는 동포 여러분이 우영장 안중근 동지에게 왜 화가 났는지 그 이유를 잘 압니다. 그럼에도 저는 안중근 동지를 이 자리에 세웠습니다. 제가 왜 이렇게 했겠습니까? 여러분의 마음을 몰라서요?"

최재형이 눈을 번뜩이며 좌중을 살폈다. 장내엔 무거운 정적이 감돌았다.

"……."

"아닙니다, 나는 여러분의 기분을 누구보다 잘 압니다. 그럼에 도 안 동지를 세운 이유는 여러분이 안중근 동지를 오해하고 있다 는 명백한 사실 때문입니다. 자세한 내막을 밝힐 순 없지만, 이번 작전에서 드러난 문제점들은 안 동지의 허물 때문만은 아니란 걸 알아주십시오. 그리고 정숙을 지켜 안 동지의 깊은 생각을 한번 들어봐 주셨으면 합니다."

최재형의 당부에 사람들은 입을 다물었다. 하지만 그도 사람들 의 불만까지 잠재우진 못했다. 청중들은 여전히 볼멘 표정을 짓고 있었다. 장내 소란이 웬만큼 진정된 걸 보고 최재형이 다시 안중 근을 불렀다.

단상에 선 안중근이 또랑또랑한 목소리로 만국공법의 정신과 동양평화론에 대해 입을 열자 재차 장내가 술렁거렸다. 최재형을 비롯한 몇몇 식자들은 안중근의 사상을 아주 높이 평가했지만 대 개의 사람들은 안중근의 생각을 쉽게 납득하지 못했다.

맨 앞줄에 앉아 있던 구레나룻이 무성한 한 남자가 연설을 방해 하듯 불쑥 손을 들고는 질문을 던졌다.

"안 동지께서 주장하는 동양평화라는 게 대체 어떻게 생긴 물건 이오?"

허름한 옷차림을 한 그는 눈가에 찢어진 상처가 있어 인상이 몹 시 험상궂었다. 그는 쌍칼이란 별명이 붙은 엄인섭의 추종자였다. 그의 말에는 가시가 있었다. 안중근에게 면박을 주려는 생각이 분 명했다. 비아냥대는 그의 말투 속에는 안중근에 대한 엄인섭의 불편한 감정이 다분히 실려 있었다.

안중근은 그의 의도를 알았다. 하지만 불쾌한 내색 없이 오히려 내심 반겼다. 쌍칼의 야유가 산만했던 사람들의 시선을 자신에게 집중시켰기 때문이다.

청중들의 이목이 안중근에게 쏠렸고, 러시아 경찰과 일본영사관 직원들도 그를 주목했다. 지금까지 안중근을 살뜰히 보살핀 오숙정도 가슴 졸이며 먼발치에서 그를 지켜보고 있었다. 사람들의 뜨거운 시선을 받자 안중근은 전의가 불타올랐다. 그의 목소리는 전에 없이 힘이 넘쳤다.

"동양평화란 현재 반목과 대립을 계속하고 있는 조선, 일본, 청국 이 삼국이 적대관계를 청산하고 함께 번영하는 평화의 길로 나가자는 것입니다. 그런데 일본의 욕심 때문에 이러한 희망이 좌절되었습니다. 구체적으로 말하면 이토를 비롯한 분수를 모르는 제국주의자들의 욕심 때문입니다. 동양 삼국이 적대관계에 놓인 것은 피해국인 조선이나 청국은 말할 것도 없고, 일본 국민들에게도 도움이 되지 않는 일입니다. 동양 삼국은 서로 어깨를 맞대고 있는 입장이라 상호 보완적입니다. 서로가 서로의 존재를 필요로 한다는 뜻입니다."

안중근은 호흡을 가다듬듯 잠시 말을 끊고는 청중의 반응을 살폈다. 장내가 쥐 죽은 듯이 고요했다. 자신을 향한 청중들의 눈빛이 뜨거웠다. 그는 안도감을 느꼈다. 그들이 자신의 얘기에 귀를 기울이고 있다고 생각했기 때문이다. 더불어 그의 눈도 빛났다.

세상에 불행과 악을 퍼뜨린 판도라의 상자와 달리 자신은 생명의 상자를 열어 세상에 희망의 씨앗을 뿌리고 싶었다.

"여러분 순망치한이란 말을 아시지요? 잇몸이 성치 않으면 이 빨도 무사할 수가 없다는 말입니다. 우리 동양 삼국의 형세가 바로 순망치한의 관계입니다. 이런 관계에서는 어느 한 쪽이 일방적으로 다른 한 쪽을 억누르고서는 절대 행복해질 수 없습니다. 한 쪽이 병이 들면 다른 쪽도 병이 들게 되어 있습니다. 그러니 서로 잘살기 위해서는 상호간의 적대관계를 청산하고 평화의 길로 나가는 수밖에 없습니다. 만약 삼국이 진정한 평화를 이루어낸다면, 제가 생각하는 이 같은 변화도 기대해볼 수 있을 것입니다. 삼국 간에 공통으로 유통될 수 있는 화폐를 만들고, 학생들에게 상대국가의 언어를 가르치며, 국경 없는 세상을 만들어 자유롭게 왕래하게 하고, 공동으로 군대를 운영해 외세에 대비하는 일도 가능할 것입니다. 그리 되면 삼국민이 차별받지 않고 어디서든 내국인과 똑같은 대우를 받고 살 수 있게 될 것이니, 이야말로 축복이 아니고 무엇이겠습니까? 제가 구상한 동양평화란 바로 사해만민(四海萬民)이 더불어 사는 세상을 만드는 것입니다. 다만 지금은 이토와 같은 난신적자들이 선량한 국민들의 눈과 귀를 틀어막는 바람에 국민들이 일의 형세를 알지 못하고 그릇된 판단을 하고 있으나, 우리가 지성을 다한다면 하늘이 감읍하여 반드시 길을 열어 줄 것입니다. 동포 여러분, 그러니 우리의 투쟁은 우리 자신만을 위한 투쟁이 아니라 세 나라 국민 모두를 위한 위대한 투쟁임을 명심하서야 합니다. 우리 모두 손을 잡고 사해만민이 다 함께 잘살 수 있는 동양평화를 위한 위대한 투쟁에 나야 합니다!"

"……."

안중근은 동포들에게 자신의 진정을 알리기 위해 피를 쏟듯 사자후를 토했다. 하지만 청중들의 반응은 냉담했다. 그의 생각이 너무나 뜬금없고 낯설어 남의 나라 말 같았기 때문이었다.

그의 얘기에 공감하며 고개를 끄덕이는 이도 간혹 있었으나, 이들은 가뭄에 콩 나듯 했다. 인간에 대한 사랑에 바탕을 둔 그의 평화 사상은 시대를 뛰어넘은 혁명적인 세계관임에 틀림없다. 그러나 20세기 초 약육강식의 논리가 세상을 지배하던 당시의 사람들에게 안중근의 사상은 단지 몽상가의 철없는 생각에 불과했다. 그들은 일본이란 가해자를 잊지 않고 있는 피해자일 뿐이었다.

사람들은 일본에 대한 증오에 눈이 멀었고 원한이 골수에 사무쳐 있었다. 화해와 평화를 주장하는 안중근의 말은 이들의 귀에 들리지 않았다. 그들은 보복을 원했고, 최소한 받은 만큼 되돌려주기를 바랐다. 눈에는 눈으로 대응하겠다는 것이 일본에 대한 그들의 기본적인 인식이었다.

그가 연설을 마치자 사람들이 동요했다. 쌍칼이 때를 놓치지 않고 다시 선동에 나섰다.

"아니, 대체 무슨 말을 하는 건지 모르겠소? 집 안에 든 도둑도 쫓아내지 못한 마당에 평화라니요? 동포 여러분, 그렇지 않습니까?"

쌍칼이 안중근의 연설에 노골적으로 시비를 걸자, 최재형의 눈치를 보며 숨죽이던 청중들도 기다렸다는 듯이 다시 분개하기 시작했다.

"개소리 집어 치우라우!"

"우우!"

최재형의 거듭된 자제 요청에도 불구하고 아까와는 달리 소란이 그칠 기미를 보이지 않았다. 사방에서 야유가 쏟아졌다. 안중근의 연설을 통해 무지몽매한 연해주 동포들을 교화시키려 했던 최재형의 의도는 완전히 빗나갔다.

청중들의 거센 반발과 저항에 안중근의 얼굴은 사색이 되었고, 최재형 역시 자신의 말이 씨알도 먹히자 않자 몹시 곤혹스러웠다. 오숙정도 안절부절 못하고 종종걸음만 쳤다.

안중근의 측근들은 모두 당혹감에 휩싸여 있었다. 하지만 엄인섭만은 표정이 달랐다. 그는 마치 이 사태를 즐기듯 야릇한 미소를 짓고 있었다. 그가 이날의 소동을 사주했기 때문이다. 그는 자신을 멀리하는 외숙 최재형에 대한 섭섭함과 안중근에 대한 미움 때문에 이번 행사를 빌어 이들에게 공개적인 망신을 주고 싶었다.

'대관절 이게 어찌 된 일인가? 내 말도 먹히지 않다니……'

최재형은 난데없는 이 사태가 믿기지 않는지 어리둥절한 표정으로 눈만 껌뻑거렸다. 그때였다. 고막이 찢어질 것 같은 호각 소리가 요란하게 울리며 무장한 러시아 경찰들이 행사장에 밀어닥쳤다.

"도헌 어르신은 어떻게 되었소?"

"아직 경찰서에 계세요."

"내가 나가봐야 하는 것 아니오?"

"지금은 안 돼요. 위험해요. 아예 추방을 당할 수도 있어요."

안중근은 오숙정의 말에 더 이상 대꾸하지 못하고 땅이 꺼질 듯 깊은 한숨을 내쉬며 보드카 잔을 비웠다.

청중들과 경찰이 몸싸움을 벌이는 사이에 오숙정의 도움으로 안중근은 간신히 몸을 피했다. 동양 사람의 얼굴에 익숙하지 않은 러시아 경찰이 오숙정의 연인으로 가장한 안중근을 알아보지 못했던 것이다. 하지만 최재형을 비롯해 얼굴이 잘 알려진 한인들은 최근 일어난 국내 진공 작전과 관련한 조사를 받기 위해 모두 경찰서로 연행되었다.

"이바노비치, 대체 이게 무슨 일이오?"

"표트로 최, 미안하오."

최재형의 매서운 추궁에 경찰서장 이바노비치가 몹시 난처한 표정을 지으며 그에게 담배를 권했다. 그는 평소 최재형을 형으로 부를 만큼 친분이 각별했고 한인들에게도 매우 우호적이었다. 러일전쟁의 여파로 그 역시 일본에 적대감이 깊어 대일 무장 투쟁에 나선 한인들의 행동에도 호의적이었다.

"사정이나 좀 압시다."

흥분해서 핏대를 올리던 처음과 달리 최재형의 목소리가 조용했다. 그는 이미 이바노비치에게 러시아 중앙정부의 분위기가 심상치 않다는 얘길 전해들은 바가 있어 대강의 상황은 눈치 채고 있었다. 또 일의 형세가 예상과 달리 너무 급박하게 돌아가 이바노비치도 어쩔 수 없는 처치란 걸 알았다.

"아직까지 정확한 처리 방향이 정해진 것은 없습니다만, 국경수비대 쪽에서 연해주 총독에게 의견을 낸 비밀전문은 있습니다."

최재형이 굳은 표정으로 고개를 끄덕이자, 이바노비치가 책상 서랍에서 자신이 입수한 비밀전문을 꺼내어 그 앞에 슬그머니 내밀었다.

한국인 이위종은 강도요 약탈자니 체포해 경흥시에 있는 일본 당국에 인도하고, 망명자 이범윤은 하바로프스크로 추방하여 경찰의 감시를 받게 하고, 최재형과 엄인섭은 블라고배시첸스크로 보내 의병과의 관계를 단절시킬 것.

최재형이 심각한 표정으로 담배를 입에 물고는 불을 붙였다.

"총독에게 낸 의견이라면 이미 처리 방향이 결정된 것 아니오?"

"사건의 인과관계에 대해 조사가 정확하게 이루어진 것이 아니니 사건 처리 방향이 결정된 것은 아닙니다. 총독께서 또 표트르 최를 좋아하지 않습니까?"

최재형이 총독의 든든한 재정적 후원자라는 사실은 공공연한 비밀이었다. 더욱이 총독의 사위가 눈독을 들이던 군납 이권까지 최재형은 흔쾌히 양보했다.

이 때문에 그에 대한 총독의 사랑은 남달랐다. 이바노비치가 최재형에게 전하는 속뜻은 '당신 신변 걱정은 하지 않아도 좋다'는 것이었다. 속물근성이 강한 총독과 달리 이바노비치는 마음이 순수했고 인간적으로 최재형을 좋아했다.

그는 집안이 가난해 고학으로 경찰학교를 졸업한 사람이었다. 이 때문에 최재형이 도헌으로 재직하면서 받은 자신의 연봉을 단한 푼도 쓰지 않고 은행에 예치해 가난한 한인 학생의 학자금으로 사용하는 걸 알고 큰 감명을 받았다. 최재형은 매년 한두 명의 한인 유학생을 뽑아 상트페테르부르크에서 공부를 시키고 있었다.

아무튼 최재형은 그의 말에서 자신의 안위를 진정으로 염려하는 따뜻한 우정을 느꼈다. 그에 대한 고마움과 함께 얼마간의 안도감도 찾아들었다. 하지만 향후 의병 활동이 큰 고민이었다.

"이바노비치, 솔직히 얘기합시다. 내가 어떻게 하면 좋겠소?"

최재형은 친구 이바노비치의 체면을 살려주고 러시아 정부의 권위도 훼손시키지 않으면서 동시에 의병 활동을 위축시키지 않는 일석삼조의 방안을 그에게 묻고 있었다. 이바노비치는 경찰 시험에 수석 합격한 사람답게 매우 영리했다. 그는 금방 행간에 숨은 최재형의 뜻을 간파했다. 그가 손짓을 하며 최재형에게 다가서게 했다.

"표트르 최, 이번만큼은 어쩔 수 없이 흉내는 내야 할 것 같소.

이범윤과의 관계를 일단 끊도록 하세요. 충분한 명분이 있지 않습니까?"

최재형이 이범윤 부대의 운영자금을 상당 부분 대고 있었으나, 이 자금으로는 충분하지 않았던지 이범윤 진영에서 약속을 어기고 한인들을 상대로 다시 세금 강제 징수에 나선 것을 두고 이르는 말이었다. 이 때문에 연해주 한인들에게 이범윤은 약탈자란 오명을 듣고 있었다.

러시아 정부는 다루기 까다로운 이범윤을 성가신 골칫거리라 생각했다. 러일전쟁 직후 러시아에 정치적 망명을 신청한 이범윤이 러시아 정부의 지시를 잘 따르지 않고, 자신이 아직도 대한제국의 간도관리사란 직책을 갖고 있는 것처럼 착각해 임의로 행동하는 통에 러시아 정부는 그를 아주 못마땅하게 여겼다. 연해주 의병 문제로 일본의 항의가 빗발치고 있던 터라, 러시아 정부는 그렇지 않아도 앓던 이나 진배없는 그를 희생양 삼아 이번 사태를 대강 마무리 짓고 싶어 했다.

최재형은 어차피 러시아 공민이었고 러시아 정부의 정책에도 협조적이었다. 또 연해주 한인들의 대표자로서 그는 한인 사회의 안정을 위해 꼭 꼭 필요한 존재였다. 러시아 정부는 챙길 알곡과 버릴 쭉정이에 대한 구분을 이미 정해놓고 최재형에게 선택을 종용하고 있었다.

최재형은 이범윤을 몹시 싫어했지만, 그를 버린다는 것은 그다지 내키지 않았다. 어렵사리 이뤄낸 동맹이었기 때문이다. 그를 포기하는 게 단순히 그와의 결별만을 뜻하는 것은 아니었다. 연해주 토착민과 이주민의 대립을 불러올 가능성이 컸다. 안중근과 마찬가지로 그 역시 우려하는 동포 사회의 분열이었다. 그렇다고 러시아의 옥석 가리기가 끝난 마당에 무턱대고 손을 놓고만 있을 수 없어 최재형의 고민은 점차 깊어갔다.

5

이범윤의 손이 부들부들 떨리고 있었다.

"이 쌍놈의 새끼, 이 노비 새끼가 감히 나를 욕보여⋯⋯. 죽여버리고 말 테야!"

그의 손에는 아침에 배달된 《대동공보》가 들려 있었다. 대동공보는 《해조신문》이 운영난으로 폐간된 후, 최재형이 자본을 대어 새로 창간한 연해주의 유일한 한인 신문이었다.

그는 무엇 때문인지 이른 아침부터 불같이 화를 내며 신문을 갈기갈기 찢어 시뻘건 불길을 내뿜는 벽난로에 집어던졌다. 그가 눈에 핏발을 세우고 재로 변하는 신문을 노려보았다.

그가 아침도 먹지 않고 길길이 화를 내고 있는 건 최재영이 《대동공보》에 실은 광고 때문이었다.

의병을 자처하는 무리들이 인민의 재산을 착복하고 있으니, 이들이 어떤 문서나 말로 회유하고 협박해도 일절 금품을 제공하지 말라.

—노보키예프스키 도헌 최재형

최재형의 광고는 이범윤을 직접 거명하지 않았지만, 이 광고가 이범윤을 지칭한 광고라는 건 삼척동자도 알았다.

이범윤은 최재형이 신문에 낸 광고를 보고 그가 자신에게 전면전을 선포한 것이라 생각했다. 국내 진공 작전 실패 이후, 러시아 정부의 한인 탄압으로 갈등이 불거져 이범윤 부대와 최재형 부대 사이에 크고 작은 무력 충돌이 이미 세 차례나 있었다.

선제공격을 한 쪽은 이범윤 부대였고, 최재형 부대도 이에 맞서 보복에 한번 나선 적이 있다.

일본의 강력한 항의로 러시아 정부는 연해주 한인 의병들의 활동을 막기 위해 한인들의 무기휴대 금지는 물론이고 의병부대를 해산시키고, 심지어 이들의 활동을 뒷받침하는 한인 재력가들의 사업 기반까지 흔들었다. 이에 위기감을 느낀 사업가들이 의병활동 지원에 소극적인 태도를 보이더니 서서히 발을 뺐다.

이범윤을 몹시 싫어했던 《해조신문》 창간자 최봉준과 한인회 회장 김학만과 같은 인물은 이번 기회에 아예 이범윤을 연해주에서 추방하려 이범윤의 의병활동을 반대하는 여론을 주도하고 나섰는데, 이범윤은 그 배후로 최재형을 지목했다.

이범윤의 추측은 틀리지 않았다. 러시아 당국의 의병 탄압 활동이 본격화되고 있는 마당이라, 최재형은 어떤 형태로든 현 상황을 정리할 필요를 느꼈다.

이범윤이 러시아 당국에 밉보여 그를 끌어안고 가는 것은 최재형에게도 여러 가지 위험이 따랐다. 이범윤이 한인 동포들에게 세금을 강제 징수해 동포들의 원성을 사는 것은 말할 것도 없고, 그의 세금 강제 징수 행위가 러시아 정부 당국에 의병 탄압의 빌미를 제공하고 있어, 그로서는 이범윤과 거리를 둘 수밖에 없었다. 그렇지 않으면 동력이 약화된 항일 무장투쟁의 명맥이 끊길 우려가 컸다.

그래서 그는 문제를 자꾸 일으켜 물의를 빚고 있는 이범윤 세력을 연해주에서 몰아내고 대신에 은근하면서도 지속적인 새로운 항일 투쟁 방안을 생각하고 있었다.

이범윤은 최재형이 낸 광고를 보고는 이제 그와 끝을 봐야겠다고 생각했다. 핏발이 성성한 그의 눈이 불을 뿜었다.

"김 비서!"

"예, 각하!"

그의 곁을 지키던 참모장 김 비서가 눈을 부릅뜨고 부동자세를 취했다.

"이 자식을 이젠 그냥 두면 안 되겠어. 쥐도 새도 모르게 처리해."

"목숨을 걸고 임무 완수하겠습니다."

이범윤은 참모장 김 비서의 단단한 각오가 만족스러웠던 듯 그를 보고 싱긋 웃으며 어깨를 툭 쳤다.

"우리의 운명이 걸린 일이야. 알겠는가?"

이범윤은 부하대원 다섯 명을 대동하고 서둘러 밖으로 나가는 참모장 김 비서의 등을 바라보며 중얼거렸다.

'이 노비 새끼, 이제 살아서는 널 마주할 일이 없을 것이다.'

6

그 시각에 최재형은 자신의 사무실에 찾아온 안중근을 맞아 뜨거운 포옹을 하고 있었다.

"고생 많았지?"

"아닙니다, 도헌 어르신 덕분에 잘 지냈습니다."

"다친 데는 어떤가?"

그가 안중근의 등을 한 손으로 쓸면서 부드럽게 어루만지자, 안중근은 아무렇지도 않다는 듯 가슴을 쭉 폈다.

"그만하기 다행이야!"

그의 말에 안중근이 멋쩍은 웃음을 지으며 머리를 긁적였다. 그가 최재형의 말을 듣지 않고 함부로 길거리를 나다니다 사고를 당한 탓이었다.

러시아 당국의 의병 탄압 정책으로 그간 숨을 죽이고 지내던 일진회 회원들이 득세를 해 연해주 일대에서 활개를 치고 다녔고,

이들이 러시아 당국의 묵인과 방조하에 조선 국적을 지닌 의병장들을 잡아다 폭행을 가하고 있었다.

안중근도 이 와중에 노상에서 그들에게 붙잡혀 갈비뼈가 두 개나 부러지는 중상을 입었고, 최재형이 그의 신변 안전을 우려해 하바로프스크의 친척 집으로 급히 피신시켰던 것이다. 두 사람의 만남은 딱 넉 달 만이었다.

"아침 식사는 했나?"

"기차에서 내려 바로 오는 길입니다."

"그럼 같이하세. 나도 아직 요기 전이네."

최재형은 자리에서 벌떡 일어나더니 책상 위에 놓인 도시락을 들고 와 그에게 권했다. 호밀로 만든 흑빵 한 덩이, 치즈 두 조각, 절인 오이와 홍차가 전부였다. 연해주 최고의 부자 도시락치고는 너무 단출했다.

"이 빵하고 절인 오이는 올가가 만든 거야."

그는 열여섯 살의 어린 딸이 아버지를 위해 도시락을 준비한 게 대견한 듯 은근히 미소 지으며 어깨를 으쓱했다. 무남독녀 올가에 대한 애틋한 사랑이 뚝뚝 묻어났다.

최재형은 연해주의 십만 한인을 쥐락펴락하는 카리스마 넘치는 사람이다. 이 때문에 딸에게 푹 빠진 팔불출 같은 그의 모습이 안중근에게는 무척 신기했다.

안중근이 빵을 한입 베어 물다 눈을 찡그리며 움찔했다. 빵은 푸석푸석하고 생밀가루처럼 무슨 맛인지 도통 맛을 알 수 없었고,

절인 오이는 그야말로 소금덩어리였다. 최재형은 딸이 장만한 음식에 대한 그의 반응이 궁금한지 얼굴을 바싹 들이밀며 물었다.

"어때, 맛있나?"

"절인 오이로 간을 하니 빵이 입에 짝짝 붙습니다."

"하하, 이 사람이 아부가 많이 늘었구먼!"

두 사람이 오랜만에 가슴을 활짝 펴고 크게 웃었다. 사무실을 지키던 여직원이 커피와 설탕을 사러 잠시 자리를 비우자, 최재형이 조심스럽게 좌우를 살피고는 안중근을 가까이 다가오게 했다.

"이쪽은 아직 위험한데, 어찌 이리 빨리 왔는가? 그쪽에 좀 더 있지 않고?"

"저도 문제지만 도헌 어르신이 걱정이 되어 더 있을 수가 없었습니다. 벌써 두 번이나 큰 싸움이 있었다고 들었습니다."

"그랬지. 아마 조만간 이범윤이 다시 도발을 해올 것이네."

"또 무슨 일이……?"

"내가 신문에 일부러 광고를 냈거든. 그 양반 성격에 가만있지는 않을 게야. 그 양반이 일을 내면 이번에 많은 한인들이 이곳에서 추방을 당할 걸세. 러시아 당국에서 이범윤을 주시하고 있네. 괜히 내 옆에 있다간 자네도 추방을 당할 수 있어. 그러니 자네는 빨리 하바로프스크로 다시 돌아가 있게, 이범윤을 정리하고 상황이 잠잠해지면 부를 테니."

최재형은 앞으로 일어날 심상치 않은 사태를 감안해 안중근에게 블라디보스토크를 떠나 있기를 종용했지만 안중근은 도리질을 쳤다.

"아닙니다. 그렇다면 더더욱 제가 도헌 어르신을 곁에서 지켜야겠습니다."

안중근은 최재형을 연해주 의병 운동의 구심점이라 생각했다. 그는 최재형이 없는 연해주에서의 의병 운동은 상상도 할 수 없었다. 안중근이 양복 안주머니에 꽂아 둔 권총을 빼어들고는 자신만만한 표정을 지으며 큰소리쳤다.

"도헌 어르신을 건드리는 놈들은 누구든 이 총이 가만두지 않을 겁니다."

"허, 이 사람이 참. 쓸데없는 소릴 하고 있어. 돌아가 있으래두……."

최재형은 자신의 충고를 귓등으로 흘려듣는 안중근의 경솔함을 질책하며 걱정스런 표정을 짓고 있었으나 내심 그의 말에 안심도 되었다. 러시아 당국의 요구를 무시할 수 없어 그 역시 동의회 조직과 인원을 축소해 경호에 상당한 어려움을 겪고 있었던 탓이다.

하지만 최재형은 자기 몸 하나 건사하자고 곧 피바람이 불 연해주에 앞날이 창창한 안중근을 묶어둘 수는 없었다. 두 사람이 서로 자기주장을 앞세우다 안중근이 배가 아프다며 자리에서 일어났다. 그가 용변을 보러 잠시 변소로 간 사이에 요란한 총성이 사무실에서 울렸고, 안중근이 일을 보다 말고 후다닥 사무실로 뛰어들었다.

"이 새끼들, 뭐하는 놈들이냐?"

안중근이 복면을 쓴 괴한들에게 총을 쏘며 응수하자, 예상 못한 반격에 괴한들이 놀라 말을 타고 황급히 달아났다. 최재형은 괴한들의 총을 맞고 바닥에 쓰러져 있었다. 그의 허벅지에서 붉은 피가 콸콸 솟구치고 있었다.

7

안중근의 발 빠른 대응으로 최재형은 간신히 목숨을 건졌고, 이범윤은 최재형에 대한 테러 행위가 빌미가 되어 결국 러시아 당국의 추방 명령을 받고 연해주를 떠나 하바로프스크로 갔다.

최재형의 술책에 이범윤이 말려들어 그가 의도한 대로 이범윤을 연해주에서 몰아내는 데는 성공했다. 하지만 모든 세상사가 인간의 의도대로 되는 것은 아니다. 이 사건의 불똥이 사방으로 튀어 만만치 않은 파장을 불러왔다.

우선 연해주 동포들 사이에서 의병들에 대한 인식이 급속도로 악화되었다. 동포들은 자신들의 위대한 지도자를 대낮에 저격한 의병들을 목적을 위해선 수단과 방법을 가리지 않는 악당이라 생각했다. 동포들은 의병들의 순수성을 의심했고, 그들을 벌레 보듯 혐오했다. 연해주에서 의병들이 설 자리 자체가 사라지고 있었다.

최재형 역시 적지 않은 타격을 입었다. 최재형이 피해자이긴 하나 러시아 당국이 이 사건에 대한 일단의 책임이 그에게도 있다고 보았기 때문이다.

그 여파로 그가 이끄는 동의회의 활동도 당국의 단속으로 이전보다 훨씬 큰 제약을 받았고, 안중근의 뒤를 밟는 밀정들과 일진회 회원들이 사방에 득실거려 안중근도 옴짝달싹 못하게 되었다. 의병 활동이 숨을 죽이면서, 안중근은 길을 잃고 실의에 빠져 한동안 끊었던 술을 벗 삼았다.

최재형의 집에서 숨어 지내던 안중근이 오랜만에 시내의 한인 성당을 찾아 부활절 예배를 보고 돌아오던 길이었다.

"선생님!"

"아니, 오 사장 아니오?"

아리랑 사장 오숙정이 반가움을 이기지 못하고 한 마리 사슴처럼 펄쩍펄쩍 뛰어왔다.

"그동안 어디 계셨어요?"

"최 도헌 댁에 숨어 지냈소."

"그것도 모르고 저는 속만 태웠어요."

그녀가 몹시 원망스런 눈으로 그를 흘겼다. 그녀는 행방이 묘연해진 그를 찾아 한동안 헤맸다. 엄인섭은 당국의 조치로 블라고배 시첸스크에 가 있어 그에게 물어볼 수도 없었다. 그녀는 엄인섭을 대신해 청년단을 꾸리고 있는 김기룡을 찾아가 안중근의 소식을 물었지만 그 역시 모른다고만 했다. 안중근이 그에게 아무에게도 자신의 행방을 알리지 말라고 당부를 해두었기 때문이었다. 그래서 그녀는 그가 연해주에 없다고 생각하여 그리움으로 속을 앓았고, 그제나 저제나 하고 눈알이 빠지도록 그를 기다린 것이 자그마치 넉 달이었다.

그녀는 그가 아직 하바로프스크에 있을 것이라 막연히 짐작하며 자신이 직접 하바로프스크로 가볼까 하는 생각도 했다. 그런데 별안간 하늘에서 떨어진 별똥별처럼 그가 자신 앞에 불쑥 나타났다. 그녀는 그를 보자 가슴이 울컥했다. 그가 밉기도 했다. 눈시울을 붉힌 그녀를 보고 있자니 안중근은 괜히 마음이 아팠다.

"미안하오. 연락을 못해서."

"알아요. 지금 상황이 어떻다는 걸. 많이 야위셨어요⋯⋯."

안중근의 바지가 헐렁했다. 그녀가 애처로운 눈으로 그를 보았다. 최재형이 그에게 충분한 음식을 제공했지만, 안중근은 마음고생이 심해 잠도 잘 이루지 못했다. 음식을 먹기만 하면 체했다. 그녀가 샛별 같은 눈을 반짝이며 그의 손을 슬며시 잡았다.

"오늘 다른 일 없죠?"

"⋯⋯."

안중근이 말없이 고개를 끄덕였다. 그녀는 최재형 못지않게 정성을 다해 안중근의 연해주 정착을 도왔다. 엄인섭의 부하들과 일진들에게 당했을 때도 그의 곁을 지킨 이는 그녀였다. 작전에 실패해 빈사 상태가 되어 돌아왔을 때도 그녀는 그를 위해 궂은일을 마다하지 않았고, 남들이 그를 비난하고 손가락질할 때에도 그녀는 시종여일 한결같은 마음으로 따뜻하게 그를 보살폈다.

그는 그녀의 헌신적인 도움과 배려에 감사했다. 그녀는 그에게 때로 엄마 같았고 때로는 나이 어린 사랑스런 누이 같았고 때로는 편안한 아내 같았다. 여기에다 아름답기까지 했다. 세상 모든 남자가 원하는 완벽한 여자였다.

그는 그녀를 만나면서 점점 더 그녀에게 빠져들어 헤어날 수 없었다. 그는 그녀를 보고 있으면 왠지 자꾸만 가슴이 두근거렸다. 두근대는 심장이 무얼 의미하는지 그는 알았다. 그는 그녀를 사랑했다. 그녀가 자신을 몹시 사랑하고 있다는 것도 알았다.

최재형의 집에 숨어 지내는 동안, 그녀가 보고 싶어 몰래 그녀의 집 근처를 배회하다 돌아간 것도 여러 차례였다. 그럼에도 그는 그녀에게 사랑을 고백하지 못했다. 자신은 엄연히 아내가 있는 남자였다. 설사 남자가 첩을 두는 게 큰 허물이 아닌 세상이라 해도, 그는 그녀의 인생에 자신이 도움이 될 자신이 없었다. 자신은 앞날이 불투명했다. 그는 자신이 그녀의 인생을 망칠 것이라 생각했고, 혁명가에게 사랑은 사치라 여겼다.

그녀가 가까이 다가오면 올수록, 그는 최대한 그녀를 마음에서 밀어내려고 노력했다. 자신의 어리석은 욕심이 겁나 서둘러 뒷걸음질 치는 바보 같은 자신의 모습을 보며 쓸쓸히 웃었고, 그녀는 도망치듯 달아나는 그의 매정함이 야속해 눈물을 흘렸다. 지독한 외로움과 슬픔 때문이었을까. 그는 왠지 오늘만은 그 욕심에 자신을 내맡기고 싶었다. 그녀가 행복한 미소로 쌩긋 눈웃음을 쳤다. 능금 빛이 나는 그녀의 매끄러운 볼에 예쁜 보조개가 쏙 패었다.

"그럼, 오늘 제 부탁 하나만 들어주실래요?"

"말해봐요."

"……."

그녀가 지긋한 눈길로 그를 바라보며 아주 조심스럽게 말했다.

"오늘 하루만 제가 하고 싶은 대로 하면 안 돼요?"

"……."

안중근이 말없이 싱긋 웃으며 고개를 끄덕이자, 그녀가 팔을 벌려 환호성을 질렀다.

"만세!"

외투 깃을 세우고 종종걸음을 치던 행인들이 그녀를 보고 재미있다는 듯이 웃었다. 안중근은 순간 무안해서 얼굴이 화끈 달아올랐다. 하지만 그녀는 당당했다. 그녀는 환한 얼굴로 거리낌 없이 그들에게 손을 흔들어 인사한 후 안중근에게 말했다.

"오늘 우리 장보러 가요!"

그녀는 소풍가는 어린아이처럼 신이 나서 시장으로 가는 길 내내 종달새처럼 조잘댔다. 진중하고 과묵한 그녀에게 이처럼 수다스러운 면이 있다는 게 안중근은 놀라웠다. 그녀 역시 한 남자 앞에서 이토록 많은 말을 내뱉은 적이 없어 자신의 모습에 놀라워하기는 그녀도 마찬가지였다.

그녀는 그와 함께 시장에 들러 돼지고기, 생선, 과일, 보드카를 한 아름 사들고 시내의 집으로 돌아왔다. 그녀는 그에게 따뜻한 홍차를 내주고는 연신 콧노래를 부르며 재료를 다듬었고, 그녀의 손길을 타자 마술같이 금방 푸짐한 음식이 한 상 차려졌다.

그녀는 오랜만에 만난 정인을 위해 아껴두었던 핑크색 보를 꺼내 식탁 위에 깔았고, 금빛을 휘황하게 뿌리는 촛대에 초를 꽂아 불을 붙였다. 그녀가 그에게 술을 따르고는 사랑이 담뿍 담긴 눈으로 바라보았다.

"안 선생님, 꿈만 같아요."

그녀는 몹시 들떠 있었다.

"안 선생님, 선생님을 만나고 이렇게 우리 두 사람 오붓하게 마주한 건 처음이잖아요?"

"그러고 보니, 그러네요."

안중근은 그녀와 단둘이 있다는 게 왠지 부끄러워 얼굴에 자못 민망한 기색이 역력했고 목소리도 기어들고 있었다.

"호호!"

"왜 그래요?"

"선생님 표정이 마지못해 도살장에 끌려온 소 같아서 그래요. 그런데, 무슨 남자가 그렇게 밋밋해요?"

토라진 냥 그녀가 일부러 눈을 샐쭉하게 해서 그를 흘겼다. 그는 그녀의 이런 유치한 투정도 사랑스러웠다. 그럼에도 그의 눈에는 주저의 빛이 역력했다. 그녀에 대한 자신의 마음이 애틋해질수록 그는 더욱 조심스러워했다.

그는 그녀와 단둘이 있기를 오래전부터 갈망했다. 하지만 막상 그녀와 단둘이 있게 되자 마음에 부담이 생겼다. 욕심과 욕망에 자신을 내맡기고자 했던 처음과 달리 그는 그녀를 끝까지 보호해야 한다고 생각을 다시 고쳐먹었다.

'잠시 내가 미쳤어. 숙정 씨, 미안해요. 당신은 사랑스런 내 누이일 뿐이오!'

그는 악마의 유혹에 넘어가 잠깐 자신의 마음이 흔들렸다고 생각했다. 이미 어둠이 깊었고 거리엔 눈이 내렸다. 자신이 처음 블라디보스토크에 발을 디뎠던 그날처럼 오늘도 폭풍을 동반한 눈보라가 휘몰아쳤다. 멀리서 성당의 종소리가 울렸고, 인적 끊긴거리에서 길 잃은 개가 외롭게 컹컹 짖었다.

두 사람은 여전히 식탁에서 자리를 뜨지 않고 얼굴을 마주했다. 초는 자신의 몸을 거의 다 태우고는 생명을 다한 노인네처럼 뭉그러지고 있었다. 언제 꺼질지 모를 희미한 불빛만이 가녀리게 그들을 비추었다.

촛불이 꺼지면 그들의 이 시간도 막을 내리고 아침이 오면 떠나야 한다. 그들은 촌각의 시간이 아까워 자리를 뜨지 못했다. 둘은턱을 괴고 말없이 서로를 바라보았다. 눈빛으로 그들은 얘기했다. 그들의 눈은 애틋함, 아쉬움, 슬픔 같은 감정을 담고 있었다. 둘은조용히 술을 따르고 서로의 몸을 탐하고 음미하듯 입술을 적셨다.

그녀가 한참 만에 입을 뗐다.

"무슨 생각, 하세요?"

"내가 무슨 생각을 했을 것 같소?"

그녀는 취기가 도는지 눈이 게슴츠레했다.

"내 생각?"

"……."

그가 멋쩍게 웃으며 고개를 가로저었다.

"피, 또 나라 생각이구나……."

그녀의 말투가 어느새 변해 있었다. 표정이 뽀로통했다. 얼마간 골이 난 듯했다. 그녀의 목소리가 자못 퉁명스러웠다.

"당신한테 대체 나라는 뭐예요?"

"알고 싶소?"

"그래요. 당신이 그토록 지독하게 매달리는 나라가 뭔지 알고 싶어요. 당신은 나한테 바늘 하나 꽂을 틈도 안 주면서 온통 마음이 대한제국에 가 있잖아요. 난 당신의 조국이 원망스럽고 또 당신의 그 고상한 애국심이 원망스러워요. 당신은 지금도 날 도둑 보듯 경계하고 있잖아요. 내가 당신 잡아먹을 것 같아요? 천만에요. 어림도 없어요. 난 당신한테 눈곱만치도 관심이 없어요. 알았어요, 안중근 씨? 잘난 안중근 씨! 대체 당신한테 나라가 뭐예요? 말해봐요!"

그녀의 술주정에 안중근이 실소를 머금었다. 그는 주정을 부리는 그녀의 모습도 사랑스러웠다. 그런데 왠지 마음이 아팠다. 그의 가슴 안에서는 욕망과 이성이 충돌하고 있었다. 그녀가 훌쩍이는 걸 보고 그가 나지막이 말했다.

"나라란 국민에게 뿌리와 같은 존재요. 뿌리가 썩으면 나무는 죽어요. 그러니 뿌리가 상하지 않게 해야지요. 못났다고 버릴 수 없는 게 부모이듯, 나라가 가난하고 무능하다고 나라를 버릴 수는 없지 않소? 자식이 병든 부모를 보살피듯, 나라가 어려우면 발 벗고 나서서 나라를 구하는 게 국민의 도리요. 내가 고상해서, 내가 잘나서 나랏일에 나선 게 아니오. 다만 천륜을 다하듯 국민의 도리를 다하는 것뿐이오.”

“호호, 당신의 말이 참 멋지네요. 훌륭해요. 비유가 아주 근사해요. 그런데 이제 앞으로 어떡하실 건가요? 이 연해주에서는 당신이 꿈꾸는 일을 할 수가 없을 것 같은데…….”

그녀가 담뱃불을 붙이고는 시험하듯 그에게 도전적인 눈빛을 던졌다.

“나도 그 점은 혼란스럽소. 담배 한 대 주겠소?”

그녀가 싱긋 웃으며 담뱃불을 붙여 그에게 건넸다. 그가 고개 돌려 창가를 바라보며 수심이 가득한 얼굴을 하고 깊은 한숨을 내쉬었다.

“고민입니다. 정말 이제 어떻게 해야 할지, 동포들은 등을 돌리고 동지들은 떠나고……. 늘 기도를 합니다. 길을 가르쳐 달라고, 천주께 기도를 합니다. 그런데 아무런 응답이 없네요. 어디서 답을 찾아야 할까요?”

자신도 모르게 안중근이 눈물을 글썽였다. 온갖 생각이 그의 뇌리를 스치며 닭똥 같은 눈물이 그의 볼을 타고 줄줄 흘렀다. 그는 깊은 절망과 무력감에 빠져 있었다. 그는 자신의 쓸쓸한 마음을 누군가에게 위로받고 싶었다.

그녀는 그가 절망하고 있음을 알았고, 처음 보는 그의 눈물이 그녀의 가슴을 아프게 후볐다. 그녀가 슬그머니 자리에서 일어나 그에게 다가갔다. 그녀가 그를 안타까운 시선으로 바라보며 그의 얼굴을 가슴에 꼭 품었다. 그는 기다렸다는 듯이 아무런 저항을 하지 않았다. 그는 그녀의 품에 안겨 소리 없이 하염없는 눈물을 쏟았고, 그녀는 흐느끼는 그의 홀쭉한 볼을 어루만지며 거죽밖에 남지 않은 그의 메마른 등을 조용히 쓸었다.

아기를 재우는 엄마의 자장가처럼 그녀가 그의 귓가에 대고 부드러운 목소리로 나지막이 읊조렸다.

"선생님, 선생님은 언젠가 뜻을 이루실 거예요. 이 나라가 선생님의 손을 필요로 할 때가 곧 올 거예요. 저는 믿어요. 지금은 단지 어둠이 온 것 뿐이에요. 시간이 지나면 아침이 올 거예요. 전 믿어요. 선생님이 이 조국을 위해 하실 무언가가 있다는 걸 믿어요. 울고 싶으면 우세요. 당신을 위해 할 수 있는 일이 있다면 무엇이든 다 하겠어요. 당신은 혼자가 아니에요. 외로워 말아요."

희미하게 타고 있던 촛불이 꺼졌고 밖에선 살벌한 눈보라가 여전히 맹위를 떨치고 있었다.

그가 다시 눈을 떴을 때, 그녀는 새우등을 하고 소파에 기대어 자고 있었다. 그는 그녀가 자신의 몸에 둘러준 모포를 벗어 그녀의 몸에 조용히 덮어주고는 그녀가 깨지 않게 까치발을 하고 조심스럽게 그녀의 방을 빠져 나왔다. 코끝이 얼얼한 아침 공기가 그는 마냥 신선하기만 했다. 안중근은 그녀의 격려에 왠지 힘이 불끈 솟았다.

8

그녀의 집을 나온 후 안중근은 곧장 김기룡을 찾아 나섰다. 꺽다리 김기룡은 안중근을 보자마자 자리에서 벌떡 일어나 달려와 그를 끌어안았다.

"형님, 정말 오랜만이오!"

"잘 지냈나?"

"저야 그저 그렇지만, 근데 형님은 얼굴은 많이 상했습니다."

"요즘 같은 때에 밥이 목구멍에 넘어가겠는가?"

혈색 좋은 김기룡이 제 발 저린 도둑처럼 그의 말에 민망해하며 멋쩍게 웃었다.

"암만 그래도 먹어야 살지 않겠소?"

"금강산도 식후경이니, 그건 그렇지? 하하!"

안중근은 연해주 한인 동포들의 분위기와 대한제국 내의 정세를 위주로 그와 잠시 이야기를 나누었다. 김기룡은 안중근의 안색이 파리한데 비해 목소리는 전에 없이 활기 차 무슨 일이 있는지 궁금했다.

"무슨 좋은 일이 있소? 혹시 진남포 형수가 오셨소?"

"아니야."

"그런데 형님 얼굴이 어찌 그리 싱글벙글하오? 꼭 사랑하는 정인을 만나고 온 사람 같소."

'하, 이놈. 귀신이 따로 없구먼.'

안중근은 내심 뜨끔했다. 하지만 눈곱만치도 티내지 않고 천연덕스럽게 능청을 떨며 외려 그를 야단쳤다.

"허어, 이 사람이 뭘 잘못 먹었나? 아침부터 시답잖은 헛소리를 하고 그래! 쓸데없는 농지거리는 그만하고 동지들이나 좀 알아봐주게."

"왜요, 또 좀이 쑤시오?"

"아니 이놈이, 또 신소리를? 허어!"

안중근이 눈을 부릅뜨자 그가 재미있다는 듯 껄껄 소리 내어 웃었다.

"농담이요 농담. 동지들이 모두 흩어져 어떨지는 모르지만 한번 알아보겠소."

"그래, 수고 좀 해주게. 우리가 손을 너무 오래 놓고 있었어. 이 상태로 있다간 투쟁의 불씨가 꺼지고 말 것이네. 더 늦기 전에 동지들을 모아 뜻을 한번 세워봐야겠어."

안중근이 각오를 단단히 다진 매서운 눈빛을 그에게 던지며 주먹을 불끈 쥐어 보였다.

"형님이 나선다면야, 여부가 있겠습니까? 당장 나가서 모아보겠습니다."

안중근의 뜻을 받들어 감기룡이 흩어진 동자들을 규합하는 데 발 벗고 나선 결과 나흘 만에 열두 명의 동지를 모아 연추 하리(河里) 마을에서 모임을 가졌다. 하리는 연해주 최초의 한인 정착 마을인 지신허(러시아명 크라스키노)에서 훈춘으로 가는 길목에 있는, 가옥이 수십 채밖에 되지 않는 한적한 시골마을이었다.

블라디보스토크에서 수백 킬로미터나 떨어진 이곳을 안중근이 굳이 회합 장소로 정한 것은 러시아 당국의 감시를 피하기 위함이었다. 블라디보스토크 시내에서는 러시아 당국이 눈을 시퍼렇게 뜨고 한인들을 단속하고 있어 숨쉬기조차 어려웠다.

안중근과 자리를 함께한 이들은 그와 의형제를 맺은 김기룡, 백규삼, 강기순, 정원계, 박봉석, 유치홍, 조응순, 황병길, 김백춘, 김천화, 강창두 등이었다.

모두가 안중근의 생각에 뜻을 같이 하는 사람들이라, 유비와 관우 그리고 장비 이렇게 세 명이 '도원의 결의'를 하던 그날처럼 회합의 분위기는 엄숙하고 비장했다.

일부는 안중근과 이전에 의병 활동을 같이 한 인물들이었지만 또 다른 새로운 인물들도 있어 서로 수인사를 먼저 나누었다. 곧 안중근이 상기된 표정으로 모임의 취지를 밝히는 일성을 토했다.

"동지들의 뜨거운 성원에 새삼 감사드립니다. 우리가 연해주에서 의병을 일으킨 이후 유감스럽게도 지금껏 이룬 성과가 없소. 러시아의 탄압이란 어려움에 직면해 우리 동포 사회가 분열된 것도 아쉬움이 크오. 적은 무리로 당장 궐기하기는 어려우나, 지금 단체를 결성하지 않으면 때가 와도 그 기회를 살릴 수 없을 것이오. 그래서 저는 이 자리에서 손가락 한 마디씩을 끊어 우리의 결의를 맹세하고, 이것을 흔적삼아 단체를 이루어 나라 위해 한 몸 바치고자 하오. 동지들의 생각은 어떻소?"

"우리 모두 한 마음 한 뜻으로 모인 사람들이니 이론이 있을 수 없소. 아니 그렇소, 동지들?"

그와 의병 운동을 같이 하며 각별한 친분을 쌓은 백규삼이 먼저 지지를 표명하며 동지들의 의사를 묻자, 한 치의 머뭇거림도 없이 모두 이구동성으로 답했다.

"여부가 있겠소. 조국을 위해 바치는 이 몸 무엇이 아깝겠소!"

"모두 고맙소. 우리는 비록 수가 열둘에 불과하나 나라를 위한 우리 열두 결사의 단심이 변치 않는다면 이 적은 무리로도 언젠가 태산을 무너뜨릴 길이 있을 것이오!"

안중근의 말에 백규삼이 궁금한 눈초리로 물었다.

"생각해둔 바가 있소?"

"당연히 있소. 모두들 지사(志士)를 자처하는 분들이시니 형가*를 아시리라 믿소."

안중근이 느닷없이 형가(荊軻)의 얘기를 꺼내자 사람들이 바짝 긴장했다.

"형가는 중국 백성들의 원한을 사고 있던 시황제를 죽이기 위해 혈혈단신 그를 찾아갔소. 비록 운이 닿지 않아 그 뜻을 이루지 못하고 죽임을 당했으나, 우리는 열둘이나 되오. 하늘이 무심하지 않다면 우리의 국적(國賊)을 만날 날이 어찌 없겠소? 그리만 된다면 우리의 뜻을 단숨에 이룰 수 있을 것이오."

---

* 진(秦)의 시황제를 암살하려 했던 전국시대의 자객

안중근이 단체 결성에 나선 이유를 무리들에게 은근슬쩍 밝혔고, 그의 구상에 놀라 사람들은 하나같이 벌어진 입을 다물지 못했다. 잠시 어리둥절해 있던 무리들은 결기에 찬 김기룡의 일성에 간신히 정신을 수습했다.

"형님 말마따나 이토를 죽일 수만 있다면 이보다 더 기쁜 일이 어디 있겠소? 목숨 바쳐 이 일에 기꺼이 동참하겠소."

"좋소. 이토를 죽일 수 있다면 무슨 짓인들 못하겠소!"

"당연히 동참하리다."

무리들은 안중근의 이토 암살 계획을 만장일치 박수로 추인했다. 안중근은 그들의 찬동에 재차 고마움을 전하고는 하얀 무명천에 싸인 소반 위의 물건을 조용히 집어 들었다.

그가 천을 벗겨내자 날이 잘 벼려진 칼이 모습을 드러냈다. 안중근이 백규삼에게 칼을 조심스럽게 건네고는 하얀 천이 깔린 소반 위에 왼손을 올렸다. 모두 숨을 죽이고 안중근의 무명지를 주시했다.

칼을 받아 든 백규삼이 눈을 감은 채로 기도를 하며 잠시 숨을 골랐다. 안중근은 그가 행여 마음의 동요로 실수를 하지 않을까 우려해 시선을 허공에 둔 채 담담한 표정을 지었다.

백규삼이 한 손은 칼자루를 또 한 손은 칼등을 움켜쥐었다. 자못 긴장이 되었던지 무리들은 연신 마른침을 삼켰다. 그가 이를 악물고 체중을 실어 안중근의 무명지 첫마디를 지그시 눌렀다.

뚝 소리를 내며 안중근의 무명지 첫마디가 떨어져 나갔다. 참석자들은 눈시울을 붉힌 채 입술을 꼭 깨물었고, 곁에서 대기하고 있던 김기룡이 안중근의 끊어진 손마디를 정중하게 받아 하얀 천으로 감쌌다.

참석자들은 차분하게 서로의 무명지 한 마디씩을 잘라주었다. 그리고 그 핏물을 받아 태극기 앞면에 '대한독립(大韓獨立)'이란 네 글자를 새겼다.

이로써 안중근이 연해주에 발을 디딘 후 자신이 처음으로 주도해 만든 동의단지회(同義斷指會)가 세상에 태어났다. 이를 계기로 무력화된 연해주의 의병 활동이 새로운 국면을 맞게 되었다. 안중근이 명실상부한 연해주 의병들의 구심점으로 우뚝 서게 된 것은 물론이다.

안중근은 동의단지회를 출범시키는 한편 안창호가 미국 샌프란시스코에 설립한 공립협회의 블라디보스토크 지부가 발족되자, 국내 진공 작전에 함께 참여한 우덕순과 같이 가입해 동포들을 상대로 연설에 다시 나섰고, 최재형 집 뒷마당에서 사격 연습에 매진했다. 연일 불을 뿜고 있는 그의 총구는 조선통감 이토, 육군대신 야마가타, 일본 총리 가쓰라 이 셋을 향했다.

이토는 조선을 침략한 장본인이고, 야마가타와 가쓰라는 군 출신 인사로 일본의 아시아 팽창주의 정책을 이끌어 인물이다. 안중근은 이들 3인을 동양평화의 파괴자라 규정하고, 잃어버린 동양평화를 되찾기 위해서는 이들을 반드시 제거해야만 한다고 굳게 믿고 있었다.

음모

1

의장 공관을 찾은 총리 가쓰라의 전언에 일본 추밀원 의장 야마가타 아리토모는 몹시 어이없어 하는 표정을 지어보였다.

"송병준이 정말 이억 원에 대한제국을 팔겠다고 자네에게 제안했단 말이지?"

"예, 각하."

"정말 얼빠진 놈이로군. 아무리 돈에 미쳤다고 해도 돈에 자기 조국을 팔겠다니, 허허. 그래서 뭐라고 했나?"

"너무 비싸니 일억 원만 깎자고 얘기했습니다."

"그랬더니?"

"일억 원은 너무 많고 오천만 원은 깎아주겠다고 합니다."

"그놈이 돌아도 단단히 돌았군, 하하!"

야마가타가 대한제국 농상공대신 송병준의 얍삽한 행동을 비웃으며 혀를 끌끌 차자, 가쓰라도 껄껄 소리 내어 웃었다.

"각하, 자기 조국을 돈을 받고 팔겠다는 놈이 한심하긴 하지만, 그래도 나쁜 소식은 아니지 않습니까? 게다가 그놈은 자기가 이끄는 일진회를 통해 병합을 해야 한다고 조선에서 수선을 피우고 있습니다."

"아무튼 좋아. 통감은 언제 온다고 했지?"

"설을 전후에 온다고 합니다."

야마가타는 이번만은 어떤 일이 있어도 이토에게 조선 병합에 대한 자신의 뜻을 관철시키고야 말겠다고 단단히 별렀다. 통감 이토는 조선인의 반발을 우려해 급진적인 병합을 반대했고, 이 때문에 오십 년 지기인 두 사람의 사이가 벌어져 있었다.

두 사람은 조슈(長州) 번의 하급무사로 인생을 시작해 요시다 쇼인* 밑에서 동문수학했는데, 이후에는 서로의 길이 엇갈렸다. 이토가 일본의 대정치가로 성장하는 동안 야마가타는 군인의 길을 걸어 청일전쟁 때는 야전사령관으로 조선에 나와 직접 전쟁을 진두지휘했고, 육군대신을 거쳐 현재는 추밀원 의장을 맡고 있었다.

동기동창생인 두 사람은 일본을 대표하는 국가 원로가 되었지만, 두 사람의 서로 다른 인생 역정처럼 각자의 생각이 너무 달라 사사건건 부딪쳤다. 모든 현안에 대해 세련된 대화와 적절한 타협을 통해 가장 현실적인 답을 찾으려 하는 사람이 이토인 반면, 야

---

* 일본 에도시대의 지사이자 교육자로 '정한론'의 원조

마가타는 군인정신이 뼛속 깊이 박혀 있어 모든 일을 힘으로 해결하려 했다. 이토는 음흉하고 교활했지만 현실에 만족할 줄 아는 순응주의자의 색채가 강했고, 야마가타는 야전사령관 출신답게 모험을 즐기는 저돌적인 인간형이라 현실에 만족할 줄을 몰랐다.

군인정신으로 철저히 무장된 야마가타가 일본 정부의 당면 현안으로 대두된 조선 병합 문제를 이토와 담판 짓기 위해 1909년 정월 이토의 오이소 별장을 혼자 방문했다.

조선통감 업무에 지친 이토는 설날을 맞아 휴가를 얻어 일본에 잠시 와 있었다. 야마가타의 끈질긴 설득에도 이토는 여전히 도리질만 쳤다. 벌써 두 시간째였다.

"아직은 안 되네."

"대체 언제까지 기다릴 건가?"

"아직은 때가 아니라 하지 않는가!"

야마가타의 성가신 채근에 이토도 짜증이 났던지 얼굴을 붉히며 버럭 고함을 쳤다. 오랜 친구라 서로를 허물없이 여기는 면이 없지 않았으나, 야마가타는 명색이 일본의 국가 원로인 추밀원 의장이었다. 이토가 그에게 화를 벌컥 내는 데는 그를 만만히 여기는 이토의 오만함도 얼마간 작용했다.

메이지 천황은 자신의 신하들 가운데 예의바르고 무리를 하지 않는 이토를 가장 사랑하고 신뢰한 반면, 거칠고 직선적인 야마가타는 몹시 껄끄러워했다.

야마가타는 은근히 자신을 얕잡아보는 이토의 거만한 태도에 불쾌한 기색을 감추지 못했다. 그의 속이 부글부글 끓고 있었다. 그는 이토가 천황의 신임을 등에 업고 자신을 함부로 대한다고 생각했다.

'이놈 어디 두고 보자. 언젠가 내가 너를 요절 낼 날이 반드시 있을 것이다!'

그의 얼굴이 싸늘하게 굳어 있는 걸 보고 이토는 자신이 그에게 실수했다는 걸 눈치 채고는 얼른 사과했다.

이토는 일정한 직업 없이 경작 일꾼, 벌목공, 탈곡 잡부 등 여러 직업을 전전한 아버지 이토 주조의 아들로 태어나 총리대신을 네 번이나 역임하고 조선의 초대 통감 자리에까지 올랐다. 토요토미 히데요시 이래 가난한 벌목공의 아들이 최고 권력자가 된 경우는 일본 역사상 이토가 처음이다. 이 때문에 이토는 자부심이 대단했다. 반면에 그는 무척 소탈하기도 했다. 역경을 딛고 일어선 사람답게 눈치도 빨랐고 자신의 잘못을 알면 사과도 주저하지 않았다. 이 소탈한 인간적인 면이 오늘날의 이토를 만드는 데 적지 않은 기여를 했다. 사람들은 이토를 처음 만나면 그의 격의 없는 태도에 놀라 그에게 큰 호감을 갖곤 했다. 그의 스승인 요시다 쇼인도 그가 총명하다고 칭찬한 적은 없으나 사람 관계를 조정하는 주선 능력은 자신의 제자 가운데 가장 뛰어나다고 말할 정도였다. 아무튼 사람을 다루는 이토의 기술은 촌놈같이 투박한 야마가타와는 비교가 되지 않았다.

"미안하네. 내가 요즘 조선 문제로 예민해져 있어 그러네. 이해해 주시게. 하지만 정말 아직은 안 되네."

"대체 이유가 무언가? 송병준이 제 발로 가쓰라를 찾아와 조선을 팔겠다고 난리를 피우고 있는데, 왜 자네는 안 된다고만 하는가?"

그의 말에 이토가 쿠바산 최고급 궐련에 불을 붙이고는 말했다.

"이보게, 아리토모. 자네는 송병준같이 야비한 인물이 조선에 얼마나 있다고 생각하나?"

"난 머리가 나쁘네. 돌려서 말하지 말고 까놓고 얘기하게."

"송병준의 생각이 조선 사람들의 감정을 대변하진 않는다는 말일세."

"그럼 어쩌자는 말인가? 모든 조선 사람들의 생각이 송병준의 생각과 같아질 때까지 기다리며 손을 놓고 있어야 한단 말인가?"

"자네가 그렇게 말을 하면 난 서운하네. 난 지금까지 병합 문제에 손을 놓고 방관한 적은 없네. 난 천천히 차근차근 내 방식으로 병합을 준비하고 있어. 그러니 조금만 더 기다려 달라는 말일세."

야마가타가 그의 말에 은근히 냉소를 지었다.

"히로부미, 자네는 자네 방식을 고수하겠다고 하지만 자네가 통감으로 나간 지난 3년간 조선이 조금이라도 안정이 되었는가? 고종을 끌어내리고 나서 사태가 급박해 자네가 군대를 보내달라고 하지 않았나? 그래서 난 사단 규모의 병력까지 추가 파병했네. 그런데도 조선 정세는 어떤가? 무장폭동이 기하급수적으로 늘고 있네. 자네가 통감으로 있으니 나보다 사정은 더 잘 알지 않나?"

야마가타가 싸늘한 눈길을 이토에게 던지면서 식어빠진 커피 잔을 집어 들었다. 고종 황제 퇴위 이후 1907년 한 해 동안 삼백 건에 머물렀던 조선인의 무장투쟁이 한 해 사이에 폭증해 1908년 에는 무려 천오백 건에 달했다. 야마가타는 이토의 아킬레스건을 건드리며 동양 최고의 정치인으로 알려진 이토의 능력이 이 정도 밖에 되지 않느냐고 비꼬고 있었다.

엄청난 병력과 물자를 투입하고도 조선의 정세가 개선될 기미 가 없자, 야마카타는 조속한 조선 병합만이 조선의 불안정한 치안 상황을 회복시키는 유일한 길이라 생각했다. 그러나 이토는 그와 생각이 달랐다. 이토도 한때는 야마가타와 같이 조선인을 매우 우 매한 민족이라 판단했다. 그래서 한때는 모든 것을 힘으로 밀어붙 였다.

을사년 보호조약 체결 때는 돈으로 대신들을 매수하고 조선 주 둔군 사령관 하세가와를 대동하고 직접 고종을 찾아 압박했고, 고 종을 퇴위시킬 때도 그는 일본의 정예 병력을 동원했다. 하지만 자신이 어리석다고 비웃었던 조선인들의 저항은 상상을 초월했 다. 그들의 저항은 신분, 계층, 세대, 지역을 가리지 않고 일어났 고, 격렬한 저항으로 이미 수십만 명의 조선인이 희생되었다. 유 혈사태를 싫어했던 이토에겐 끔찍한 기억이었고, 자기 인생에서 씻을 수 없는 오명을 남겼다.

그럼에도 저항의 불꽃은 지칠 줄 모르고 더더욱 거세게 타올랐다. 조선인들의 저항 의식은 일본에 대한 분노와 증오를 먹고 자랐다. 조선인들의 민족적 자존심은 매우 강했다.

이토는 조선인들의 거친 저항에 놀랐고, 어떤 경우에도 무력으로는 조선을 일본에 굴복시킬 수 없다는 걸 값비싼 대가를 치르고야 겨우 깨달았다.

그래서 그는 채찍 대신 이제는 당근을 쓰고자 했다. 조선 황실을 일본의 황실과 동등하게 대접했고, 온갖 선물 공세와 미소로 그들의 환심을 사기 위한 노력도 게을리하지 않았다. 엄비의 아들 이은이 이복형 의친왕을 제치고 황태자가 된 것도, 또 자신이 황태자의 사부를 자처한 것도 모두 고종과 엄비를 비롯한 숨은 왕실 실력자들의 환심을 사기 위한 그의 계략에 따른 것이었다.

또한 그는 조선 정세의 불안에도 불구하고 일본 황태자의 방한을 추진해 조선에 대한 일본 황실의 친밀감과 진정성을 과시하는 한편, 메이지 유신 초기에 일본 천황이 전국을 시찰했듯이 이토는 대한제국의 황제 순종에게 전국 순행을 권했다.

이토는 이 같은 유화전략을 통해 대한제국의 통치 주체는 대한제국 황제이며, 그들의 보호조치는 어디까지나 대한제국을 위한 순수한 의도에서 비롯된 것임을 애써 알리려 했다.

물론 이토의 이 같은 처신은 눈 가리고 아웅 하는 혹세무민의 성격이 강했지만, 음흉한 이토의 술수가 적어도 대한제국 황실 가족들에게는 먹혀들었다. 실권을 잃고 간신히 명맥만 유지하던 황실은 이토가 황실의 존재를 인정하는 것 자체만으로도 그에게 큰 고마움을 느꼈다.

냄새를 풍기지 않고 자연스럽게 조선을 장악하고 싶어 하는 이토의 노련한 책략이 어느 정도 성과를 거두고 있는 마당에 야마가타가 그를 몰아세우고 있었다. 그도 그럴 것이 조선 황실의 기류와 달리 조선의 정세는 하루가 다르게 나빠지고 있었다.

"이보게, 히로부미. 우리가 엄청난 전비를 쏟아가며 청국과 러시아를 상대로 전쟁을 벌인 이유가 무언가? 다 조선 문제를 해결하기 위한 것이 아니었나? 그런데 지금 꼴이 무언가? 우리가 조선을 전혀 통제하지 못하고 있어. 이렇게 되면 만주에서 러시아를 막을 수 없네. 러시아 놈들이 분명 보복을 해올 것이야. 조선을 지금 이 형세대로 내버려두면 십중팔구 전쟁을 피할 수 없어. 그리되면 만주까지 우리가 토해내야 할지도 몰라. 조속히 결심해주게."

흥분한 탓인지 야마가타는 평소와 달리 말이 많았다. 이 때문에 이토는 야마가타의 본심이 어디에 있는지 어렵지 않게 읽을 수 있었다. 결국 만주 때문이었다.

이토는 고민스런 표정으로 등을 구부린 채 잠자코 그의 말을 들었다. 그는 야마가타의 생각이 심히 걱정스러웠다. 야마가타, 고다마, 가쓰라, 데라우치 같은 군 출신 인사들은 하나같이 만주에 눈독을 들였다. 그는 군 출신 인사들의 야심 때문에 일본이 언젠가는 큰 곤경에 처할 것이라 생각했다. 한동안 입을 꾹 다물고 있던 이토가 조용히 입을 열었다.

"아리토모, 일본의 미래를 걱정하는 마음에서 자네에게 간절히 부탁하네."

"무언가?"

"만주에 대한 집착을 버리게!"

"그게 무슨 소린가?"

"만주는 청국 땅이지 일본 땅이 아니네. 포츠머스 조약에 따라 조차 기한이 끝나면 돌려주어야 하네."

"히로부미, 자네 제 정신인가?"

"난 멀쩡하네."

"우리가 만주를 얻기 위해 얼마나 많은 희생을 치렀는가? 만주를 포기하라고? 자네 미친 것 아닌가?"

"흥분하지 말게. 자네 말마따나 청국이나 러시아와 전쟁을 치른 것은 조선 문제를 확실히 해두기 위함이었네. 조선 문제야 열강들에게 추인을 받을 수 있었지만, 만주는 성격이 다르네. 청국이 아무리 종이호랑이 신세가 되었다고 해도 우리가 먹어치울 수 있는 상대가 아니야. 미국·영국·러시아·독일·프랑스 등등 열강들치고 중국에 이익이 연관되지 않는 나라가 어디 있는가? 욕심이 지나치면 화를 면할 수 없네. 이전에도 내가 경고하지 않았는가? 지금이라도 만주를 지배하겠다는 생각은 버리게! 외국과 맺은 조약은 지켜야 하네. 그래야 우리가 위험에 처해도 동맹국들의 지원을 받을 수 있어. 제발 만주의 주인이 되겠다는 망상은 버리게."

그의 말에 야마가타가 고리눈을 하고 이토를 노려보더니 자리에서 벌떡 일어났다.

"히로부미, 예전에도 자네가 겁쟁이인 줄은 알았지만 참 겁이
많군. 알았네."

그가 찬바람을 일으키며 휭하니 돌아갔고, 이토는 답답한 표정
으로 소파에 앉아 담배를 물었다.

2

조선 병합 건은 고사하고 만주에 대한 고까운 충고까지 듣고 온
야마가타는 아직도 화가 풀리지 않는지 혼자 중얼거리며 연신 콧
김을 불었다.

"뭐가 어쩌고 어째? 만주를 포기하라고? 이 겁쟁이 새끼!"

그는 냉수 마시듯 차를 한 잔 급하게 마시고는 곧장 자신의 측
근인 총리 가쓰라 다로와 육군대신 데라우치 마사타케를 공관으
로 불렀다. 밤 열한 시가 넘은 시각이었다.

야마가타의 긴급 호출에 두 사람이 놀라서 거의 동시에 바람같
이 날아서 왔다. 데라우치가 도착한지 채 오 분도 지나지 않아 가
쓰라도 허겁지겁 그의 방문을 열고 들어섰다. 두 사람은 몹시 긴
장하고 있었다. 야마가타의 성질이 급하긴 하나, 이런 늦은 시각
에 별안간 호출을 한 것은 처음이었다.

야마가타는 비서관을 내보낸 후 방문을 걸어 잠그고는 외부인

의 발길이 닿지 않는 공관의 내실로 그들을 안내했다. 내실 벽면 가운데 고집스런 표정의 메이지 천황 사진이 욱일승천기와 함께 나란히 걸려 있었다.

야마가타가 천황의 사진을 향해 공손히 인사를 올리자 그들도 함께 엄숙한 표정으로 천황에게 예를 갖추었다. 그리고 야마가타 는 손수 물을 끓여 그들에게 차를 내주었다.

"각하, 대체 무슨 일입니까?"

대머리 데라우치는 야마가타 못지않게 성질이 급했다. 저돌적 이고 야심이 많은 것도 야마가타를 닮아 그는 데라우치를 자신의 분신인 양 아꼈다.

"오늘 통감을 만나고 오는 길이네. 자네들은 통감을 어찌 생각 하나?"

"……."

두 사람은 뜻밖의 질문에 잔을 든 채 눈만 껌뻑거리며 조용히 야마가타를 바라보았다. 그들은 야마가타의 의중을 몰라 약간 당 황하고 있었다. 그들의 상기된 표정이 이를 말해주었다. 야마가타 는 조심스런 두 사람의 안색을 살피고는 말했다.

"난 이토가 우리 일본의 암적인 존재라 생각하네만……."

그의 말에 두 사람의 눈이 휘둥그레졌다. 그들은 자신들의 귀를 의심했다. 총리 가쓰라 다로가 조용히 되물었다.

"통감과 무슨 일이 있었습니까?"

야마가타가 고개를 끄덕이며 이토를 떠올리고는 입가에 냉소를 담았다. 그의 눈이 차갑게 빛났다.

"통감이 만주를 포기하라네……."

"옛?"

두 사람 모두 외마디 비명을 지르며 얼굴이 뜨악하게 굳었다.

"우리가 조선에 진출한 것은 러시아를 막기 위한 목적과 더불어 대륙 진출의 꿈을 이루기 위한 것이었어. 두 번의 큰 전쟁에 엄청난 대가를 치르고 얻은 땅인데, 조차 기한이 만료되면 돌려주어야 한다는구먼. 정말 멋진 놈이지 않는가?"

야마가타가 호탕한 웃음을 터뜨리며 그를 한껏 비웃었다.

"그놈은 정말 신사야. 국제법도 잘 지키려 하고. 그런데 그런 신사가 조선에서는 왜 그토록 많은 사람을 죽였지? 고종을 협박해서 강제로 조약을 체결하고……. 그 멋진 신사 놈이 조선에서는 왜 그리 개판을 친 걸까? 멍청이처럼……. 힘이 센 놈들에게는 신의와 약속 운운하고 힘없는 놈들은 깔아뭉개도 된다 이거 아닌가? 이런 이율배반이 어디 있나? 참 약빠르고 교활한 놈이네."

야마가타는 이토에 대한 분을 참지 못하고 주절주절 혼자 떠들며 장광설을 늘어놓다가 그들에게 물었다.

"가쓰라 총리, 자네는 통감 말대로 우리가 만주를 토해내면 어떤 일이 벌어질 것이라 생각하나?"

가쓰라는 좌고우면하지 않고 앞만 보고 내달리는 불도저 같은 데라우치와 달리 사고의 폭이 넓고 통찰력도 예리했다. 그는 야마가타가 우려하는 바를 금방 꿰뚫었다. 그가 굳은 표정으로 무겁게 입을 뗐다.

"그리 되면 명분이 없어 조선과 대만을 모두 포기해야 할 상황이 올 수도 있겠지요."

"……."

야마가타가 그의 말에 엄지를 치켜세웠다. 데라우치도 그제야 말귀를 알아들었는지 눈을 부릅뜨고는 주먹을 불끈 쥐었다. 데라우치 역시 이토의 생각을 용인할 수 없었다.

세 사람이 서로를 바라보며 무거운 눈빛을 교환했다. 이들은 아시아에서 일본의 영향력을 극대화하려는 일본의 대표적인 패권 삼인방이었다. 이들은 이토의 구상에 경악했다.

일본은 러일전쟁의 승전 대가로 청국의 승인을 얻어 요동지방을 조차했고, 만주에 대한 실효적 지배 강화를 위해 국책회사인 남만주철도를 설립했다. 또 철도 보호 명목으로 만주에 은근슬쩍 관동군까지 파견해 주둔시켰다. 일본의 양민들을 만주로 대거 이주시켜 만주 지배를 위한 확실한 기반도 다졌다. 만약 청국이 일본에게 만주에서 물러날 것을 요구할 경우, 청국이 감당할 수 없는 보상금 때문에 어쩔 수 없이 철수 요구를 포기하도록 만들 생각이었다.

나아가서 야마가타는 부산에서 봉천까지 철도를 깔아 조선과 만주를 하나의 벨트로 묶어 일본의 방어망을 확실히 구축하려 했다. 유사시에는 이 철도를 군용으로 사용할 수 있으리라 판단했다.

이토는 누가 뭐래도 일본 최고의 실력자다. 의회도 그가 창설한

의정동우회가 징악했다. 군을 제외한 입법, 사법, 행정이 그의 손아귀에 있었다. 천황도 이토 편이었다. 이 때문에 야마가타는 자신의 꿈을 실현시키기 위해서 이토를 설득해야 했다. 하지만 이미 이것은 이토의 반대로 실패했다.

야마가타에게 남은 카드는 이제 그를 뛰어넘거나 꺾는 것뿐이었다. 그렇지 않으면 일본 군부 인사들이 꾸고 있는 원대한 꿈은 물거품이 될 수밖에 없었다. 이미 작고한 관동군 대장 고다마의 만주경영론에 큰 영향을 받아 데라우치는 만주에 대한 야심이 그 누구보다 컸다. 그가 다시 흥분해 목청을 높였다.

"각하, 그럼 이렇게 가만 앉아 있을 수 없지 않습니까?"

"그렇겠지?"

"어떻게 하면 좋겠습니까? 하명만 하십시오."

그가 자신의 두 측근을 쳐다보며 손짓했다.

"수단과 방법을 가리지 말고……, 가급적 빠른 시일 내에……, 조선 병합 문제를 매듭짓도록 하게."

"그다음에는요?"

야마가타의 충복답게 데라우치는 그에게 모든 것을 물었다.

"통감을 그대로 두면 안 되겠지?"

"어떻게 하시려고……?"

두 측근의 물음에 야마가타가 음흉한 웃음을 흘리며 엄지손가락을 아래로 꺾었다. 데라우치와 가쓰라는 대경실색하여 그 자리에 얼어붙었다.

3

그로부터 일주일 후, 만철 총재 고토 산페이가 이토의 오이소 별장을 찾았다. 그는 원래 의사였는데 육군 대장이자 관동군 참모 장을 지낸 고다마 겐타로의 눈에 뜨여 발탁된 인물로 구변이 청산 유수라 독설가와 변설가로 일본에서 유명했다.

그는 '돈을 남기면 하수, 업적을 남기면 중수, 사람을 남기면 고수'라는 자신의 인생철학에 따라 일본의 유명인사 사귀기를 즐겨 했고 이들을 통해 세상을 바꾸는 일에 마음을 두고 있었다.

그가 이토를 방문한 날은 하늘이 유난히 맑고 바람까지 잔잔해 바다가 고요하기 그지없었다. 날까지 따뜻해 감기가 자주 걸리는 늙은 이토에게는 더 없이 좋은 날이었다.

이토는 단검 수집을 취미삼고 있었는데, 이날도 대한제국 총리 대신 이완용에게 선물을 받은 단검을 기름 묻힌 천으로 정성스럽게 손질하고 있다가 고토를 맞았다. 단검 손질로 그의 서재가 다소 너저분했다.

이토는 사방에 널린 단검을 치우지도 않고 그가 들어서자 자리에서 벌떡 일어나 그의 손을 반갑게 잡았다.

"자네 이름은 많이 들었어. 그렇게 말을 잘한다지?"

"각하, 과찬이십니다. 원래 빈 수레가 요란하다고 하지 않습니까?"

"아니, 그럼 안 되지. 천하의 이 이토가 고작 빈 수레를 만나서야 쓰겠는가?"

이토는 천성이 낙천적이라 그런지 사람을 편안하게 해주는 구석이 있었다. 이토의 농 짓거리에 고토가 멋쩍은 웃음을 지었다. 이토는 하녀가 차와 양과자를 내어오자 온화한 미소를 지으며 초콜릿이 발린 양과자를 그에게 집어주었다.

"커피와 같이 먹으면 맛이 그만이야. 내가 제일 좋아하는 거지."

"각하, 영광입니다."

그가 감격해하는 표정으로 과자를 한입 베어 물고는 '천국의 맛'이라며 너스레를 떨자, 이토는 그의 인사치레가 좀 과하다는 생각을 하면서도 기분은 좋았다. 그에 대한 호감 때문이었다.

이토는 자기 앞에서도 주눅 들지 않고 자신감이 넘치는 그의 모습을 보고 있으니 온 세상이 자기 것인 양 혈기방장하게 뛰어다니던 자신의 젊은 시절이 떠올랐다. 물론 고토 산페이보다 한참 어렸을 때의 일이다.

아무튼 이토는 그를 보고 있자니 자신이 왠지 젊어지는 기분이 들었다. 고토는 과자 한 조각을 입에 넣고는 그냥 삼키기 아까운지 신기한 표정으로 요리조리 오물거리며 맛을 보았고 커피를 한 모금 마신 다음에 이토에게 부드러운 시선을 던지며 물었다. 진작 묻고 싶었던 것이었다.

"근데 각하, 웬 칼이 이렇게 많습니까?"

"왜 이상한가?"

"아닙니다. 그냥 궁금해서……."

"알고 싶은가?"

"가르쳐주시면 영광입니다."

"허허, 자넨 그 영광이란 말이 입에 발렸군. 하지만 듣기 싫지는 않아!"

이토가 담뱃진에 찌든 누런 이를 드러내며 싱긋 웃고는 그에게 묘한 눈빛을 던졌다. 고토는 그의 눈이 왠지 슬퍼보였다.

"칼을 만지고 있으면 옛날 생각이 나. 서구 열강의 침략에 무능하게 대처한 도쿠가와 막부를 무너뜨리고 천황 폐하를 모시고 새 세상을 열었을 때의 기분이란……. 허허!"

탄력 잃은 이토의 쭈글쭈글한 얼굴이 오늘따라 아이같이 해맑았다.

"그땐 정말 열정이 있었어. 조국을 위해 일할 땐 모든 게 희열이었어. 하루하루가 꿈만 같았지. 잠자는 시간이 아까워 토막잠을 잤고, 그러면서도 늘 해가 밝길 기다렸어. 무언가 새로운 일거리가 늘 나를 기다리고 있는 것 같았거든. 내가 죽을 때가 됐나봐. 그러니 철없던 그때가 자꾸 그리운 게지."

고토는 감상에 젖은 노정객의 쓸쓸한 모습을 바라보며 그의 마음속에 감춰진 알 수 없는 회한을 느꼈다. 그가 호기심에 찬 눈을 반짝이며 나지막이 물었다.

"각하, 만약 다시 그때로 돌아갈 수 있다면 무얼 가장 하고 싶으세요?"

"사랑! 불같은 사랑을 한번 해보고 싶네."

이토의 반응은 전혀 뜻밖이었다. 고토가 조금 의아스런 표정을 지었다. 자기 눈에 드는 여자는 결코 그냥 넘어가지 않는 사람이 이토였고, 세상이 다 인정하는 소문난 바람둥이였다.

"각하께서는 지금도 원하시면 얼마든지 아름다운 여인들과 사랑을 할 수 있지 않습니까?"

이토가 그의 말에 쓸쓸한 미소를 지었다.

"물론 아름다운 여자와 얼마든지 잠을 잘 순 있겠지. 하지만 그건 사랑은 아니야. 단지 거래일 뿐이지. 날 사랑한다고 말하는 여자들은 많네. 물론 그녀들이 좋아하는 것은 내가 아니라 내 돈과 지위지. 나는 그녀들에게 돈을 주거나 뒤를 좀 봐주네. 그럼 군소리를 하지 않지. 아주 편리해. 하지만 이건 사랑이 아니지 않는가? 허허."

맞는 말이었다. 고토는 그가 몹시 외로워하고 있다는 걸 알 수 있었다.

"저는 각하께서 우메코 사모님과 열정적인 사랑을 나눈 것으로 알고 있는데요."

"자네, 제법이군. 그런 것도 다 알고 있었어?"

"각하에 대한 제 관심입니다."

이토가 하얀 수염을 손으로 쓸면서 유쾌한 표정으로 껄껄 소리 내어 웃었다. 그는 처음 보는 고토에게 이상하게 깊은 친밀감을 느꼈다. 마치 오래전부터 알고 지내던 후배를 보는 것 같았다. 그는 고토의 매력에 점점 빠져들어 자신의 속내를 겁 없이 드러내며 주절주절 떠들었다.

"자네 말이 틀린 건 아니지만, 아내와 나 사이에는 사랑은 좀 다르네. 같은 목표를 향해 달린 동지적 사랑이라고 할까? 아무튼 아내와 나 사이에는 깊은 우정 같은 것이 있네. 서로에 대한 신뢰도. 하지만 내가 원하는 건 그게 아니야. 불같이 미친 남녀 간의 사랑이지. 매일 보고 싶고, 곁에 있으면 안고 싶고, 그 쾌락 속에 영원히 잠들고 싶은, 그런 사랑 말이야! 아무튼 난 구미 열강의 침략으로부터 조국을 지켜야 한다는 사명감 때문에 그 일에 내 청춘을 불살라 내가 원하는 사랑을 제대로 못해 봤어. 그렇다고 후회하는 건 아니지만 많이 아쉬워. 다 나이가 든 탓 아니겠나? 하하!"

고토는 인생의 진한 아쉬움과 애틋함이 담긴 이토의 진솔한 얘기에 귀를 쫑긋 세우고 있다가 불쑥 난데없는 제안을 했다.

"각하, 아직도 불같은 사랑을 꿈꾸시다니 정말 낭만적이십니다. 저는 각하와 같은 그만한 열정이 없어 젊은 제가 다 부끄럽습니다. 그런데 각하, 그 열정을 다시 태워 보실 생각은 없으신지요?"

고토 산페이의 까만 눈이 반짝거렸다. 그의 표정이 비할 데 없이 진지해 보였다. 이토는 사람의 눈빛을 믿었다. 눈 안에는 선과 악, 진실과 거짓, 사랑과 증오, 슬픔과 기쁨, 질투와 분노, 무례, 감사 등등 온갖 인간의 감정이 다 담겨 있다고 믿었다.

그는 고토의 눈이 나이답지 않게 참 맑다고 생각했다. 이토는 왠지 고토 산페이의 제안에 귀가 솔깃했다.

그가 반쯤 피우다 만 궐련을 집어 다시 불을 붙이고는 내뱉듯이 말했다.

"무슨 말인가? 내게 여자를 소개시켜주겠다는 뜻은 아닐 테고……"

"여부가 있겠습니까?"

"그래 무언가?"

"각하, 만주에 한번 가보지 않으시겠습니까?"

"……"

이토의 얼굴에 얼핏 실망의 빛이 스쳐지나갔다. 그가 슬쩍 눈살을 찌푸렸고 대답 없이 귓불을 만지작거리며 담배만 빨았다. 그는 만주 문제에 관심이 없는 건 아니지만, 만주 일은 군인들의 소관이라 생각했고, 대한제국 문제만으로도 자신은 골치가 아팠다. 이 탓에 그는 자신의 힘이 미치지 못하는 만주에 대해서는 일부러 큰 관심을 두지 않으려 애썼다.

만주는 뜨거운 감자였다. 노년의 그는 많이 지쳐 있었다. 통감으로 재직하면서 지난 삼 년 동안 그는 열세 차례나 대한제국과 일본을 왕복했고, 체력의 한계를 느껴 가끔 쉬고 싶다는 생각을 했다. 이런 그였기에 이토는 만주가 그다지 내키지 않았다. 고토가 이를 얼른 간파하고는 교묘한 밀로 이토의 구미를 자극했다. 그는 아주 영리했다.

"각하, 저는 각하의 희생과 노력으로 대한제국 문제는 성공적으로 마무리되어 간다고 생각합니다. 그런데 만주가 정말 문제입니다. 만주를 지금처럼 방치하면 우리 일본이 매우 위험해질 수 있습니다."

이토가 그의 말에 눈을 가늘게 뜨고는 비스듬히 누였던 몸을 일으켜 세웠다.

"왜 그리 생각하나?"

"모든 것이 우리 관동군 때문입니다. 군인들이 제멋대로 설치고 다녀 청국과 마찰이 너무 잦습니다. 청국 국민들의 원성이 높은 것은 물론이고 관동군이 만주를 너무 배타적으로 이끌어 미국과 영국 정부의 불만도 큽니다. 이런 찰나에 청국과 분쟁이 벌어지고, 러시아가 청국을 지원한다는 핑계로 군대를 만주로 파견한다면 어찌 되겠습니까? 만주의 이익을 미국, 영국, 러시아와 더불어 같이 나눈다면 모르지만, 지금처럼 만주의 이익을 우리 일본국혼자 독점하게 되면 모두가 등을 돌리고 청국이나 러시아 편에 서게 될 것입니다. 관동군은 만주가 갖는 일본의 전략적인 이익에만 관심이 있지 국제적 역학 관계에 대해서는 까막눈입니다. 각하가 아니고서는 절대 이 문제를 해결할 수 없습니다. 각하만이 유일한 분입니다. 각하, 저의 뜻을 깊이 헤아려 주십시오."

따스한 볕이 숨죽인 꽃망울을 터뜨리듯 고토의 열변이 잠자고 있던 이토의 격정에 불을 붙였다. 그의 얼굴에 환한 미소가 번지고 있었다. 그가 고토의 손을 턱석 잡았다.

"자네, 다시 봤어!"

고토를 바라보는 이토의 눈빛이 전에 없이 따뜻했다. 고토의 말은 조국에 대한 마지막 봉사를 두고 고민하던 이토의 마음을 그대로 찔렀다.

사실 이토는 의화단* 사건과 같은 외세 배격 운동이 일본을 상대로 만주에서 일어날까 몹시 걱정했다. 이 같은 불상사가 날 경우 고토의 지적처럼 일본은 고립을 피할 수 없다. 종국에는 한 세대에 걸쳐 이룩한 일본의 문명이 위기를 맞게 된다. 이것은 이토가 가장 우려하는 것이었다. 일본의 몰락은 자기 인생의 몰락을 의미했기 때문에 자연 이토의 마음이 바빠졌다.

4

고토 산페이를 만난 후 이토는 골치 아픈 통감직을 미련 없이 내던졌고, 야마가타와 가쓰라가 갈망하던 조선 병합 문제까지 통크게 양보했다. 조선 병합은 시기의 문제일 뿐 어차피 피할 수 없는 일이라고 이토는 생각했다.

야마가타는 이토의 행보에 쾌재를 부르며 회심의 미소를 지었고, 자신이 꿰차고 있던 추밀원 의장 자리까지 그에게 선뜻 내주었다. 그러고는 고토를 불러 두둑한 은사금까지 내려 그의 노고를 치하했다.

---

* 청나라 말기인 1900년 중국 산둥성에서 일어난 반기독교 폭동을 계기로 화북(華北) 일대에 퍼진 반제국주의 농민 투쟁. 북청사변(北淸事變)·단비(團匪)의 난이라고도 한다.

"공이 아주 큰 일을 했어. 이토 공작만이 그 일을 할 수 있네. 그런데 그 친구가 내 말을 들어야 말이지……. 고토 산페이, 아무튼 수고했네. 우리 일본을 위해 아주 훌륭한 일을 했어!"

고토는 나라를 위해 큰일을 했다는 자부심과 더불어 뜻하지 않게 야마가타에게 공작의 일 년 치 연봉에 해당하는 오만 엔이란 큰돈까지 받아 하늘을 날 것 같았다.

그는 난마같이 얽힌 만주 문제 해결을 위해 이토와 러시아 재무상(財務相) 코코프체프와의 회담을 주선했고, 이토가 국제적인 분쟁지가 된 만주 문제를 성공적으로 해결할 것이라 믿었다. 사실 일본 정치인 가운데 이토만큼 조정자 역할을 잘하는 사람이 없었다. 코코프체프는 러시아 니콜라이 2세에게 '동양사무주관'이란 직책을 부여받아 러시아 정부를 대표해 만주 지역의 일을 전담하던 인물이다.

고토는 이제 일본의 앞날에 큰 서광이 비칠 것이라 생각했다. 야마가타를 만나고 돌아가는 고토의 발걸음은 가볍기만 했다.

하지만 그가 모르는 게 있었다. 이것은 야마가타의 또 다른 꿍꿍이였다. 야마가타가 고토에게 맡긴 임무는 이토를 만주로 불러내는 것이었다.

고토는 아주 번듯한 명분을 이토에게 들이대어 조국에 대한 이토의 열정과 자긍심을 자극했고, 결국 야마가타가 원했던 대로 이토는 일본의 장래를 위한 만주 여행을 결심했다.

이제 야마가타의 머릿속에 든 계획이 꿈틀거리며 가동에 들어갔다. 야마가타의 '늙은 호랑이' 사냥이 시작된 것이다.

내각총리직에 처음 올라 이토가 자신의 정치적 야심을 위해 제물로 삼았던 명성황후처럼, 야마가타가 중심이 된 일본 육군성은 대륙 정복이라는 자신들의 꿈을 위해 이토를 희생양으로 삼고 나섰다.

대일본제국 건설을 눈앞에 두고 있는 야마가타에게 이토는 일본의 대제국 건설을 방해하는 암초였고 반드시 척결해야 할 구악(舊惡)이었다.

어느덧 시월이었다. 통감직을 내려놓은 이토는 마음고생이 덜한 탓인지 혈색이 아주 좋아 얼굴이 능금같이 붉었다.

이제 이틀 후면 그는 하얼빈을 향해 떠난다. 러시아 재무상 코코프체프와 회담을 앞둔 데다 하나밖에 없는 친아들 이토 분기치마저 해외유학을 앞두고 있어 그의 마음은 어느 때보다 싱숭생숭했다.

이토 분기치의 나이가 스물넷이었다. 자신이 영국 유학 중에 위기에 빠진 조국을 구하기 위해 한달음에 달려왔던 바로 그 나이였다. 유학을 떠나는 아들을 보자 그는 새삼 지난날이 떠올랐다.

1864년 8월 영국, 프랑스, 미국, 네덜란드의 연합 함대가 양이운동을 벌이던 조슈 번의 시모노세키에 함포 사격을 가했다. 영국의 쿠퍼 제독은 힘의 우위를 앞세워 강화 조건으로 히코시마*를 달라고 했고, 선배 다카스키가 기지를 발휘해 간신히 그들의 요구를 물리쳤다. 그들의 요구를 수용했다면 일본은 오늘의 조선과 같은 치욕을 당하고 있을 게 분명했다.

그는 선배들과 힘을 합쳐 외세를 물리친 자신의 과거가 굉장히 자랑스러웠다. 하지만 외세의 침략에 온몸으로 저항했던 그가 서구 제국주의의 전철을 밟아 조선의 침략자로 변신한 것은 역사의 모순이자 그 자신의 모순이었다. 어쩌면 이것은 국수주의자 이토의 태생적 한계였을지도 모른다.

아무튼 그는 깊은 감회에 젖어 유학을 떠나는 아들 분기치를 마주하고는 온화한 미소를 아들에게 건네며 아버지로서 당부했다.

"난 네 나이 때 조국을 위해 목숨을 걸고 싸웠지만, 넌 좋은 부모와 좋은 시절을 만나 편안하게 유학을 떠난다. 이 애비가 유학 갈 때와는 비교도 안 될 만큼 네 조건은 좋다. 그렇다고 부담은 갖지 마라. 인간에겐 자신의 그릇이라는 게 있다. 하늘이 내린 능력을 말하는 거다. 난 네가 무엇이 되어도 좋다. 하늘이 내린 재능을 살릴 수 있을 만큼만 열심히 하면 된다. 그러니 네가 잘못 된다고 하더라도 이 아비는 슬퍼하지 않을 거다. 네가 무엇을 하든, 넌 내 아들이고 난 네 아버지다. 그러니 부담 갖지 말고 지성을 다해 노력해라. 지성만 다한다면 난 네가 거렁뱅이로 살아도 상관없다."

---

* 야마구치현 시모노세키 남쪽 끝에 있는 섬

솜털이 보송보송한 홍안의 분기치는 아버지 이토의 말에 눈물을 글썽였다.

"왜 우냐?"

"그냥 눈물이 납니다."

"사내자식이……, 바보 같은 놈. 그동안 날 많이 원망했지?"

"아닙니다. 존경했습니다."

"거짓말 마라. 널 볼 때마다 네 얼굴에 늘 그렇게 적혀 있었다. 엄마한테 네가 평범한 집안의 자식이 되었으면 더 좋았을 것이라 했다면서?"

분기치의 뽀얀 얼굴이 홍당무같이 변했다.

"미안하구나. 내가 너하고 많은 시간을 보내지 못해서……."

그 순간 분기치의 눈에 가득 고였던 눈물이 빨간 볼을 타고 구슬같이 떼굴떼굴 굴러 떨어졌다. 이토는 늘 국사에 바빴고, 여분의 시간에는 격무에 지친 심신을 달래려 여자를 찾았다.

그래서 그의 아들 분기치는 태어난 이래 여태껏 아버지 이토의 얼굴을 제대로 볼 기회가 별로 없었다. 일상에서 아버지의 손길을 느낄 때라곤 술에 잔뜩 취한 이토가 늦은 시각에 귀가해 거친 수염으로 따갑게 볼을 비비며 귀찮게 잠을 깨울 때가 고작이었다.

그는 당연히 아버지와 얘기를 나눌 시간도, 아버지에게 재롱을 부릴 기회도 갖지 못했다. 그래도 설날이면 온종일 아버지와 시간을 함께 할 수 있어 어린 분기치는 눈이 빠져라 하고 설날을 기다렸다. 때로 그는 일 년 삼백육십오 일 모두 설날이었으면 좋겠다는 상상을 하곤 했다. 하지만 천황이 이토를 급히 호출을 하거나 나라에 큰일이 있으면 이마저도 분기치에겐 허용되지 않았다.

어린 분기치는 아버지 이토를 때론 무서워하기도 했다. 하녀는 물론이고 엄마를 포함해 세상 모든 사람들이 아버지 이토 앞에 굽실거려 그는 어떤 괴물보다 강력하고 날카로운 이빨이 아버지 이토에게 열 개는 더 있을지 모른다고 생각한 적도 있다.

아무튼 아버지 이토에 대한 아들 분기치의 감정은 매우 다양했고, 분기치의 감정이 워낙에 섬세하고 여려서 상처를 많이 받았다. 그에게 아버지는 먼 사람이자 위대한 분이고 무서운 존재일 뿐 다정다감한 혈육은 아니었다. 부정에 목말라 아버지에 대한 그의 원망은 몹시 깊었다.

그런데 분기치의 가슴에 차곡차곡 쌓아두었던 아버지 이토에 대한 원망이 그의 따뜻한 말 한마디에 눈 녹듯 사라지고 있었다. 분기치는 아버지의 따뜻함을 오늘에서야 처음 느꼈다.

그는 아버지 이토의 눈이 왠지 쓸쓸해 보여 자꾸 불쌍한 생각이 들었다. 아버지 이토는 어느덧 일흔을 바라보고 있었다. 고왔던 때깔은 온데간데없고 아버지의 얼굴에는 저승꽃이 무리지어 활짝 피었다. 분기치는 자신이 미워했던 아버지가 자신도 모르는 사이에 자신의 돌봄이 필요한 노인이 되어버렸다는 사실에 깜짝 놀랐다. 그는 자신이 한때 아버지를 미워했다는 게 미안했다.

"아버지, 죄송합니다. 제가 철이 없어서……."

"아니야, 아니야. 네 말이 맞아. 인생이 뭐 별거냐? 식구들끼리 싸우지 않고 얼굴 마주보고 오순도순 사는 게 행복이지. 이 아비도 이번에 만주에서 돌아오면 아버지 노릇 정말 열심히 해볼 참이다."

그의 곁에서 조용히 사과를 깎고 있던 아내 우메코가 그의 말에 흘러내린 머리칼을 쓸어 올리며 은근히 미소를 지었다. 부자의 다정한 모습을 보고 있으니 그녀는 더 없이 행복했다. 하지만 왠지 불길한 생각도 들었다. 욕을 들어야 오래 산다고 했던가. 그녀가 일부러 눈을 흘기며 이토를 타박했다.

"철들자 망령든다던데, 쓸데없는 소리 그만하고 몸이나 잘 간수해요. 난 당신이 누워 있으면 봐주지 않고 구박할 거예요, 알았어요?"

이토는 아내의 은근한 협박에 은근슬쩍 낯을 붉혔다. 온갖 외도로 그녀에게 죄 지은 일이 많았기 때문이다. 말썽은 이토가 일으켰고, 시끄러운 뒷감당은 늘 아내 우메코의 몫이었다. 그에게 그녀는 아내라기보다 엄마와 같았다.

일본의 심장을 쏘다

1

열강들의 각축 속에 세계적인 분쟁지역으로 떠오른 만주 문제 해결을 위해 추밀원 의장 이토가 노구를 이끌고 드디어 대장정에 올랐다.

그는 자신의 생일인 10월 14일 오이소의 별장을 출발해 기차로 시모노세키에 도착했다. 그가 출발 날짜를 굳이 자기 생일로 정한 데는 만주를 상대로 자신의 새로운 꿈을 펼쳐 보이겠다는 각오가 있었기 때문이다.

그는 자신이 서구 열강의 침략에 맞서 싸웠던 시모노세키에서 젊은 날의 추억을 되살리며 하룻밤을 묵고 다음 날 배를 타고 만주로 떠났다.

그의 손에는 칼이 든 지팡이가, 양복저고리 안쪽에는 두 자루의 단도가 들어 있었다. 평생 동안 여러 차례 암살의 위기를 맞았던 터라 그가 칼을 준비하는 건 특별한 일도 아니었다. 암살의 위협이 도처에 널려 있는 그로서는 어쩌면 당연했다.

이토는 자신의 만주 방문을 단순한 유람이라며 방문 목적에 대해 함구하고 연막을 쳤으나, 이를 액면 그대로 믿는 사람은 없었다. 만주지역의 이익에 큰 관심을 보이고 있던 영국, 독일, 프랑스, 미국의 신문기자들은 특종을 잡으려 만주로 달려갔고, 특히 일본의 만주 정책에 불만이 가장 높았던 영국 정부는 영국 총영사를 하얼빈으로 급파해 이토의 동정을 살피게 했다.

이토를 쫓는 무리들이 많아 그의 일정이 비교적 상세히 일반에 공개되었다. 요인의 동정과 일정이 일반에 공개된다는 것은 요인의 신상에 매우 위협적인 일이다. 그럼에도 일본 정부는 어찌된 영문인지 보안에 별다른 신경을 쓰지 않았다. 이토를 둘러싸고 벌어지는 모든 일이 이례적이었다.

노보키에프스키에도 가을이 왔다. 들판에는 가을걷이로 사람들의 손길이 바빴고 마당엔 주렁주렁 매달린 감이 나무 위에서 노랗게 익고 있었다.

안중근도 부족한 일손을 도와 최재형의 집 뒷마당에서 콩 타작을 하느라 구슬땀을 쏟았다. 멍석을 깔아놓고 한참 도리깨질을 하고 있는데 최재형의 딸 올가가 환한 미소를 지으며 쪼르르 달려왔다. 언제 보아도 청순미 넘치는 발랄하고 아름다운 처녀였다.

"아저씨!"

"올가, 왜?"

"전보예요."

"어디서 온 건데?"

"이강 선생님이요!"

그녀의 말에 안중근은 슬며시 긴장이 되었다. 목덜미가 뻐근했다. 대동공보사의 이강이 전보를 치는 일은 극히 드물었다. 자신과 상의할 일이 있으면 인편을 통하거나 아리랑의 오숙정에게 메모를 남겨 연락을 취하곤 했기 때문이다.

그가 손에 든 도리깨를 내려놓고 목에 두른 수건으로 땀을 훔치고는 전보를 살폈다.

전보를 받는 즉시 사무실로 내방해주기 바람. 자세한 사항은 추후 알림.

이강이 보낸 전보는 무슨 피치 못할 곡절이 있는지 전후 사정에 대한 설명은 한마디도 없었다.

'공립협회에 사고가 난 걸까? 아니면 내 신상에 무슨 일이 생긴 걸까?'

단지동의회를 결성한 뒤 안중근의 강연 활동이 더욱 활발해지자 러시아 경찰이 그를 예의주시하며 강연을 방해했고, 일본 밀정도 성가시게 따라붙어 안중근에게 린치를 가할 기회를 엿보았다. 사정이 여의치 않자 안중근은 감시의 눈길을 피하려 한동안 강연

활동을 멈추고 최재형의 집에 은거하며 가끔 오숙정의 아리랑을 찾아 술주정꾼을 가장해 일부러 소동을 벌이곤 했다. 이 때문에 한인 동포 사회에서 안중근에 대한 좋지 않은 소문이 나돌았다.

"그놈 요즘 여자에게 눈이 멀어 정신을 못 차린다지?"

"술주정도 그런 술주정은 난생 처음 봤네. 완전히 인간 말종이 따로 없어."

"독립운동 한답시고 재는 놈 중에 제 정신 박힌 놈이 어디 있던 가? 그놈도 조선에서 먹고살기 힘들어 처자식 버리고 도망 나온 놈이 분명해!"

이 소문이 돌고 돌아 지인들 귀에 들어갔고, 사정을 알지 못하는 엄인섭 같은 이는 화를 벌컥 내며 인중근을 강하게 질책하기도 했다.

"자네 대체 무슨 짓을 하고 다니 길래 이런 추잡한 소문이 나도 나? 도헌 어르신 얼굴에 먹칠 그만하고 이곳을 떠나게!"

아무튼 안중근의 위장이 비교적 성공을 거두어 그에 대한 감시가 느슨해지고 있을 때였다. 그는 최재형에게 대강의 사정을 말한 후 서둘러 이강을 찾았다.

2

그가 블라디보스토크 시내의 대동공보사 본사를 찾았을 때는 들판에 황혼이 짙게 물든 해거름 녘이었다. 안중근이 들어서자 원고 편집에 매달려 있던 이강과 유진율이 벌떡 일어나 그를 맞았다. 이강은 취재 기자를, 유진율은 대동공보의 편집인 겸 발행인을 맡고 있었다.

꺽다리 김기룡 못잖게 키가 커서 전봇대란 별명이 붙은 유진율이 다가와 안중근의 손을 턱석 잡았다.

"안 동지!"

그의 표정이 너무 비장해 보여 안중근은 예사롭지 않은 일이 생겼음을 직감했다.

"대체 무슨 일이오?"

"그놈이 왔소."

"그게 무슨 말이오?"

안중근은 앞도 없고 뒤도 없이 다짜고짜 선문답하듯 '그놈이 왔다'는 말만 앵무새같이 되뇌는 유진율의 말에 영문을 몰라 어리둥절 눈만 멀뚱거렸다. 그가 눈길을 돌려 이강을 보았다. 그 역시 무엇 때문인지 몹시 들떠 있었다. 이강이 안중근을 지그시 쳐다보며 입을 열었다. 그의 목소리가 떨렸다.

"이토가 온다고 하오!"

"어디로?"

"하얼빈으로……."

하얼빈은 블라디보스토크에서 칠백팔십 킬로미터쯤 떨어져 있어 기차로 하루 반나절이면 충분히 당도할 수 있는 거리였다. 러시아 조차지인 하얼빈에서 이토가 러시아 고관과 회담을 가진다는 것이었다.

그의 말에 안중근은 벼락이라도 맞은 듯 얼이 빠져서 한동안 멍하니 서 있었다. 그의 귀에는 이강의 목소리가 까마득히 먼 곳에서 들려오는 것만 같았다.

'꿈인가 생시인가?'

그는 자신의 볼을 꼬집어보고도 미심쩍어 이강에게 다시 확인차 물었다.

"누가 온다고 했소?"

"이토가 하얼빈으로 온다고 하오."

이강이 이토의 방문 사실을 재차 확인해주자, 흥분한 탓에 안중근의 안면에 가는 경련이 일었다. 그가 감격에 겨워 눈물을 흘리며 덩실덩실 춤을 추고는 바닥에 무릎을 꿇어 두 손을 모았다.

"주여, 감사하나이다. 주께서 저를 이곳에 보낸 뜻을 이제야 알았나이다."

그가 성호를 그으며 조용히 일어나 까만 눈을 밝혔다. 그의 눈이 몹시 그윽해 성스러워 보이기까지 했다.

"이 동지, 유 동지! 드디어 우리가 그토록 기다리던 때가 왔소. 두 분께서는 서둘러 준비를 해주시오."

"너무 급한 것 아니오?"

"무슨 소리오. 난 이미 만반의 준비가 되어 있소. 하늘이 준 이 기회를 우리가 살리지 못한다면 다시는 때가 오지 않을 것이오."

"혼자서 가능하겠소?"

"여러 변수가 있을 수 있으니 한 사람이 더 필요할 것이오."

"마음에 둔 이는 있소?"

"우덕순이가 좋겠소."

안중근이 파트너로 추천한 우덕순은 담배 가게를 운영하며 대동공보의 신문대금 수금원으로 일했다. 안중근보다 한 살 아래인 우덕순은 안중근과 함께 국내 진공 작전에 참가해 생사를 같이 한 동지였고 공립협회에 함께 가입한 뒤로는 친형제처럼 지냈다. 우덕순과 안중근은 죽이 잘 맞아 안중근이 거사를 함께 도모할 인물로는 안성맞춤이었다. 또 우덕순이 단지동의회 회원이 아니었기 때문에, 유사시에 안중근이 결성한 조직을 보호할 수 있다는 이점도 고려되었다.

안중근의 뜻이 확고해 하얼빈의 거사는 대동공보사 사무실에서 전격적으로 결정되었고 이제 준비와 결행만 남은 셈이었다. 그는 여비와 총기를 그들에게 부탁하고는 이번 거사의 의미와 자신의 심정을 토로했다.

"이토를 죽이는 것은 대한제국의 원수에 대해 합당한 처벌을 하는 것이오. 그러니 조금도 양심의 가책을 받을 일이 아니오. 또 조선 정세의 실상과 진실을 만천하에 알리는 길이기도 하오. 온 세상이 이토의 거짓말에 속고 있지 않소? 대단한 일을 벌이지 않고서는 이 가난하고 작은 대한제국의 고통에 대해 누가 눈곱만한 관심인들 가지겠소? 이토가 내 손에 죽는다면 세상의 이목이 대한제국에 집중될 것이고, 그리 되면 대한제국의 억울한 처지를 밝힐 수 있을 것이오. 나아가서 분열된 동포들이 단합할 수 있는 계기도 될 것이라 생각하오. 또 그놈은 동양평화의 걸림돌이오. 동양평화를 위해서라도 나는 반드시 그를 처결할 것이오. 만약 내가 거사에 성공하면 이 같은 내용을 신문에 반드시 실어 동포들과 세계 인민들에게 널리 알려주었으면 좋겠소."

이토 처단에 대해 안중근이 내건 명분과 철학은 분명했다. 이강과 유진율도 그와 생각이 같았다.

그들은 이토를 처단하는 것은 단순히 한 개인의 목숨을 빼앗는 원한에 사무친 복수극이 아니라, 힘으로 약자를 누르는 약육강식의 암울한 세상에 준엄한 경종을 울리고 땅에 떨어진 정의를 바로 세우는 고귀한 일이라 생각했다.

그들은 안중근의 의사를 확인한 후 곧바로 거사 준비에 들어갔다. 대동공보의 실질적 사장인 최재형에게도 이 사실을 보고했다. 하지만 그는 러시아 국적을 가졌기 때문에 안중근의 거사에 연루된 사실이 알려지면 러시아와 일본의 외교 분쟁으로 비화될 수 있었다. 따라서 그는 전면에 나서지 않고 뒤에서 은밀히 거사를 지원하는 쪽으로 입장을 정리했다.

각자에게 역할이 주어졌다. 자금 조달은 최재형이, 총기 구입은 유진율이, 안중근에 대한 법률자문은 대동공보의 간판 사장인 러시아인 변호사 미하일로프가 맡고, 이토의 동정과 일정을 파악하는 일은 이강이 맡았다.

어느 날 갑자기 최재형의 집에서 안중근이 홀연히 사라졌고, 최
재형은 짐짓 놀란 척하며 허겁지겁 사람까지 풀어 그를 찾는다고
마을에서 일부러 수선을 피웠다. 알리바이를 조작하기 위한 치밀
한 연극이었다.

3

안중근은 이강이 마련한 은신처에 수일간 머물다 1909년 10월
20일 저녁 하얼빈 행 기차를 타기 위해 역으로 나갔다. 하지만 기
차를 놓치는 바람에 그다음 날 아침 표를 예매하고는 다시 역을
빠져나왔다. 10월 말이라 바람이 몹시 차가웠다. 외투 깃을 세운
안중근이 우덕순을 보고 조심스럽게 말했다.

"우 동지, 오늘은 내가 잠깐 들를 곳이 있소. 내일 아침에 다시
봅시다."

"좋소. 몸조심하시오."

우덕순과 헤어진 안중근의 발걸음이 오숙정의 집을 향하고 있
었다. 거사를 앞두고 있어 많이 고민을 했지만, 그는 그녀에게 한
마디 말도 없이 훌쩍 떠나는 것은 그녀에게 너무 가혹한 일이라
생각했다.

그는 시장 근처 가게에 들러 보드카 한 병과 육포, 사과 몇 알,
그리고 그녀에게 선물할 분갑과 연둣빛이 나는 소국도 한 다발 샀

다. 그가 여자를 위해 분갑과 꽃을 산 건 평생 처음이었다. 당연히 그의 아내 김아려는 그에게 이 같은 선물을 받아본 적이 없었다. 아내의 얼굴이 눈앞에 어른거려 잠시 망설였지만, 그는 이 선물을 그녀가 자신에게 보여준 따뜻한 우정에 대한 최소한의 답례라 생각했다.

자석에 끌리듯 저벅저벅 걷는 사이에 어느덧 그녀의 집 앞이었다. 창가에서 불빛이 새어나왔다. 아마도 그녀의 아늑한 거실에 작은 촛불이 타오르고 있을 것이라 생각했다. 계단을 올라 현관 앞에 서자, 안중근은 괜히 가슴이 두근댔다. 그는 행여 있을지 모를 감시의 눈길을 의식해 잠시 주변을 살피다 가슴을 진정시킨 후 조용히 문을 두드렸다.

"누구세요?"

"안중근이오."

"어머, 선생님!"

난데없는 안중근의 방문에 그녀가 깜짝 놀라 문을 열었다.

"예고도 없이 이 시각에 웬 일이세요?"

"그냥 보고 싶어 왔소."

그가 싱긋 웃자 그녀가 반색을 하며 좋아했다.

"안 선생님이 그런 말도 할 줄 아세요? 호호!"

그녀는 그가 건네준 분갑과 소국을 받아들고는 눈웃음을 쳤다.

"이 꽃으로 지금 저한테 프러포즈하시는 거예요?"

"허허, 내가 그럴 수 있는 위인이나 되면 좋겠소만…… . 지나다

보이기에 그냥 한번 사본 거요."

안중근은 너스레를 떨며 손사래를 쳤으나, 속내를 들킨 사람처럼 낯을 붉혔다. 그녀는 눈치가 백 단이었다. 그녀가 얼른 이를 간파하고는 그를 놀렸다.

"어머머, 얼굴이 빨개지시는 걸 보니, 진짠가 봐요? 호호."

"신소리 그만하고 술이나 한잔 합시다."

"술? 좋죠. 선생님과 마시는 술이라면 얼마든지요!"

그녀는 불 꺼진 벽난로에 불을 붙이고는 엉덩이를 흔들며 주방으로 쪼르르 달려가 콧노래를 부르며 술상을 봐왔다.

"오늘 정말 행복하네요. 선생님에게 이런 선물을 다 받다니. 뜻밖이네요. 근데 정말 웬일이세요? 무슨 일이 있어요?"

그녀가 술을 한 모금 마시고는 그의 진정이 궁금한 듯 까만 눈동자를 반짝이며 짓궂은 표정으로 그를 빤히 쳐다보았다. 안중근은 그녀의 해맑은 얼굴을 대하자 생각보다 마음이 많이 복잡하고 무거웠다. 이 자리가 그녀를 보는 마지막 시간이 될 것임을 알기 때문이었다.

그가 그녀에게 술을 한 잔 따르고는 자신의 잔에도 술을 따랐고 미련을 떨쳐내듯 한입에 술을 툭 털어 넣었다. 안중근의 태도가 심상치 않아 조금 전과는 달리 그녀가 사뭇 긴장했다. 그가 그녀를 물끄러미 바라보며 어렵게 입을 뗐다.

"그동안 정말 고마웠소."

환희에 차 있던 그녀의 행복한 얼굴이 순간 굳었다. 그녀가 술잔을 만지작거리며 고개를 숙이고는 입술을 살짝 깨물었다.

"내일 아침 난 하얼빈으로 가오."

그의 말에 그녀의 안색이 창백해졌다. 블라디보스토크 일대에는 이토의 하얼빈 방문 소식이 파다하게 퍼져 있었다. 굳이 그가 말하지 않아도 그녀는 그것이 어떤 일인지 짐작이 되었다.

하지만 그녀는 자신의 뇌리를 스친 어렴풋한 예감을 부정하고 싶었다. 그녀는 그를 잃고 싶지 않았다. 그가 가는 길이 아무리 숭고한 길이라 해도 그녀는 그의 생각을 받아들이고 싶지 않았다.

하고 많은 사람 중에 왜 하필 당신인가? 이것이 그녀가 그에게 솔직하게 따져 묻고 싶은 말이었다. 그녀는 그가 원망스러웠다. 그녀가 허공에 허망한 눈빛을 던지며 내뱉듯이 물었다.

"이토를 만나러 가시는 건가요?"

그녀의 목서리가 몹시 건조했다. 건조하고 투박한 그녀의 목소리에는 그에 대한 서운함이 짙게 깔려 있었다.

그녀의 물음에 그는 말없이 연거푸 술잔만 비웠다. 그녀의 얼굴이 커져가는 고통에 점점 일그러졌고 목소리도 날카로워졌다.

"이토를 죽이러 가느냐고 물었잖아요?"

그녀의 반복되는 채근에도 그는 여전히 입을 꾹 다문 채 돌부처같이 앉아 술잔만 비웠다. 그의 눈자위는 붉게 물들어 있었다. 술병이 다 비었을 무렵 그가 슬그머니 일어나자, 비탄에 잠겨 있던 그녀가 성난 눈빛으로 그를 노려보며 그의 손을 사납게 낚아챘다.

"왜요? 가시려고요?"

"그래요, 이젠 가야겠소. 너무 늦었소. 내일 아침 일찍 출발해야 해요."

"가지 말아요!"

"미안하오, 가야 하오."

"날 이렇게 흔들어놓고, 당신 정말……. 제발 가지 말아요."

"숙정 씨, 정말 가야 해요. 이 일은 내 개인의 일이 아니오."

"……."

그에 대한 원망을 가득 품고 초점 없는 시선으로 한동안 그를 바라보던 그녀가 바닥에 털썩 주저앉아 그의 발목을 붙잡았다.

"선생님, 부탁이에요. 오늘 밤만, 오늘 밤만 제 곁에 있어 주세요. 제 마지막 부탁이에요."

뜻밖에 찾아온 이별의 슬픔에 그녀는 오열하듯 흐느꼈다. 산처럼 보였던 한 여자가 그의 눈앞에서 산산이 부서져 무너져 내리고 있었다. 그 역시 몹시 고통스러웠다.

그가 눈을 지그시 감았고, 그녀가 거친 숨을 몰아쉬며 그의 입술을 덮쳐왔다.

4

그녀는 간밤이 남긴 긴 여운을 가슴에 안고 곤히 잠들어 있었다. 안중근은 살며시 침대에서 빠져나와 잠든 그녀의 고운 손을 쓰다듬어주고는 그녀의 마음에 감사하는 편지를 남긴 후 조심스럽게 방문을 나섰고, 현관문이 열리는 소리를 들으며 그녀는 손가락을 깨문 채 숨을 죽여 오열했다. 그녀는 뜬눈으로 하얗게 밤을 지새우며, 행여 그가 깰세라 잠을 자는 시늉만 하고 있었던 것이다.

역에는 이강과 유진율이 일찌감치 나와 그를 기다리고 있었다. 그가 도착한지 십 분쯤 지나서 우덕순이 역에 당도했고, 기차는 이십 분 후에 출발이 예정되어 있었다.

이강과 유진율은 추운 날씨에 그들이 고생할까 걱정해 준비한 외투 두 벌을 그들에게 건넸고, 안중근이 결기에 차서 이강과 유진율에게 늠름하게 얘기했다.

"이번에 꼭 총성을 울릴 것이니, 뒷일은 그대들이 맡아주시오."

안중근은 이토 처단의 합당한 이유와 명분을 세상에 알려줄 것을 그들에게 재차 부탁했다.

"여부가 있겠소? 아무튼 두 분이 우리 조선의 운명을 걸머지고 가고 있소. 행운을 비오."

유진율의 말에 안중근이 싱긋 웃으며 두 사람의 손을 잡았다.

"걱정 마시오. 대한제국이 독립하고 동양평화가 오는 그날 나는 하늘에서 춤을 출 것이오. 내세에서 만납시다."

장도에 오르는 두 사람의 모습이 너무 대범하고 담담해, 이강과 유진율이 결국 눈시울을 붉혔다. 그들은 막중한 책임을 맡긴 두 사람에게 미안했고 두 사람의 불타는 애국심에 가슴 뭉클한 감동을 받았다.

아침 8시 50분, 그들을 태운 기차가 드디어 힘찬 기적을 울리며 플랫폼을 떠났고, 뒤늦게 역에 당도한 오숙정이 멀어지는 기차를 바라보며 다시 오열했다.

기차는 열두 시간을 달려 국경을 통과해 헤이룽장성의 쑤이펀 허에 도착했다. 기차가 한 시간 정차하는 동안 안중근은 평소 알고 지내던 함경도 출신 한의사 유경집의 집에 잠시 들러 그의 허락을 받아 그의 아들 유경하를 통역으로 대동하고 하얼빈으로의 긴 여정을 계속했다.

그들은 꼬박 하루 반나절을 달려 22일 밤늦은 시각에 하얼빈에 도착해 유경집이 소개한 김성백의 집에서 하루를 묵고, 이튿날 세 사람이 함께 이발을 하고 사진관을 찾아 사진도 찍었다.

열여섯 살 난 어린 유동하는 사진의 의미를 몰랐지만, 안중근과 우덕순 두 사람에겐 사진 촬영이 특별한 의미가 있었다. 자신들의 마지막 모습을 남겨 자신들이 주도한 거사의 의미를 조선 사람들에게 환기시키는 징표와 상징으로 삼고자 했던 것이다.

이들은 사진을 촬영한 후 곧 하얼빈 역을 찾았다. 러시아 헌병대가 이중삼중으로 역 주변을 둘러싸고 경계를 펴고 있었다.

"이곳은 어려울 것 같소. 다른 곳을 좀 알아봅시다."

우덕순도 안중근의 생각과 다르지 않아 거사 장소로 하얼빈이 아닌 다른 장소를 물색했다. 경비가 부족해 안중근은 유동하에게 돈 오십 원을 김성백으로부터 차용해 오라고 심부름을 보낸 후,

새로운 통역을 알아보았다. 삼엄한 경계 태세 때문에 거사 장소를 바꿔야 했고, 나이 어린 유동하가 왠지 믿음이 가지 않았기 때문이다. 그는 새로운 통역으로 하얼빈에서 세탁소를 운영하는 조도선이란 사람을 구하고는, 그날 저녁 이강에게 편지를 썼다.

'여비가 부족해 돈 오십 원을 김성백에게 추가로 차용하니 그에게 돈을 좀 갚아주시오. 하얼빈 역에서는 거사가 곤란해 차이자거우역이나 이토가 출발하는 창춘의 쿠안청쯔 역에서 일을 벌일 계획이오. 대략 25~26일쯤 될 것이오.'

그다음 날 아침 안중근은 유동하를 불러 일본 고관의 이동 소식을 후일 알려달라고 당부하고는 우덕순, 조도선과 함께 차이자거우 역에서 하차했다.

여비도 부족했고, 이토의 열차가 이곳에 잠시 정차한다는 소식을 들었던 탓이다. 그들은 열차에서 내리자마자 근처에 숙소를 잡고 역으로 나가 동정을 살폈다.

차이자거우 역은 경유지라 그런지 하얼빈만큼 경계가 삼엄하지 않았다. 안중근 일행은 역무원에게 다가가 물었다.

"우린 조선 사람인데 가족이 기차로 온다고 하는데 시간을 알 수가 없소. 열차 운행 일정을 좀 알고 싶소."

면도와 이발을 하고 양복까지 차려 입어 이들의 모습이 말쑥했던 탓인지 아니면 이역만리에 떨어져 있던 가족과의 재회에 애태우는 이들의 모습이 안쓰러웠던지, 러시아 헌병 중좌(중령)인 역장은 별다른 의심 없이 묻지도 않은 이토의 얘기까지 하며 열차 운행 일정을 친절하게 알려주었다.

"여긴 매일 세 번 열차가 왕래합니다. 오늘 밤에는 하얼빈에서 창춘으로 특별열차가 갑니다. 그 열차는 일본의 추밀원 의장 이토 공을 태우고 모레 아침 여섯 시에 이곳에 당도합니다."

그의 말에 안중근과 우덕순은 하늘이 노래졌다. 그 시각이면 날이 어두워 이토 저격이 쉽지 않을 것이었다. 안중근은 전전긍긍하다가 이토의 알정을 알아보라고 유동하에게 급히 전보를 쳤는데, 25일 그가 하얼빈에 도착한다는 답신을 보내왔다.

"대체 뭐가 뭔지 모르겠소. 역장은 모레라 하고 동하 이놈은 내일이라 하니, 도무지 안 되겠소. 지금 당장 내가 하얼빈으로 다시 돌아가야겠소."

그들에게 들어오는 정보가 뒤죽박죽이라 혼란스러웠다. 안중근은 유동하를 믿을 수 없었다. 하지만 만일의 사태에 대비해야만 했다.

안중근은 우덕순과 상의한 다음 차이자거우 역의 거사는 우덕순이, 하얼빈 거사는 자신이 맡기로 정리하고 서둘러 하얼빈으로 되돌아왔다.

다행히 그날은 이토의 열차가 오지 않았고, 신문기사도 다음 날 이토와 러시아 재무상 코코프체프의 역사적인 회담이 하얼빈 역에서 열릴 것이라 전했다. 안중근은 김성백의 집에서 하루를 묵고는 동이 트기 무섭게 하얼빈 역을 찾았다.

10월 26일 아침, 영하 5도의 추운 날씨에도 이토를 환영하는 인파와 취재를 위해 달려온 각국의 기자, 일본과 러시아의 정·재계 인사, 러시아 군인들이 뒤섞여 하얼빈 역 주변은 북새통이었다.

일본의 욱일승천기와 러시아 국기인 삼색기가 하늘을 가득 메운 채 바람에 나부꼈다. 러시아 군악대는 일본 국가, 러시아 국가, 카츄사의 노래, 요한 스트라우스의 〈다뉴브강의 왈츠〉를 잇달아 연주하며 이토 환영 열기를 뜨겁게 달구었다.

안중근은 이토의 영향력을 새삼 실감했다. 하지만 한 국가를 짓밟고 수십만 명의 인명을 살상한 대한제국의 원수 이토가 러시아에서 국빈으로 환영받는다는 사실이 그로서는 몹시 우울했다.

강자에게는 쌍방 간의 대화와 평화를 말하고 약자에게는 일방적인 힘의 논리로 압박하는 두 얼굴을 가진 이토의 모습이 안중근은 가증스럽기만 했다.

'내 기어코 당신을 이 자리에서 응징할 것이오. 조금만 기다리시오!'

안중근은 역 정문 출입구에서 오십 미터 쯤 떨어진 길가에 서서 러시아 군인들의 동향을 살폈다. 저마다 손에 욱일승천기를 든 일본인들과 중국인, 러시아인들이 어찌된 영문인지 별다른 검색을 받지 않고 역으로 들어가는 걸 보고 안중근도 행상에 나선 중국인 장사꾼에게 욱일승천기를 하나 사들고 구불구불 늘어선 출영객

사이에 슬그머니 끼어들었다.

러시아 헌병이 안중근 앞에 선 중절모를 쓴 중년의 남자를 멈춰 세우더니 모자를 벗게 해 안중근은 사뭇 긴장했다.

"귀빈을 맞는데 모자를 쓰는 건 예의가 아니오!"

헌병이 싱긋 웃으며 그를 들여보내는 걸 보고, 안중근도 헌병을 향해 짐짓 웃는 낯으로 가볍게 목례를 했다. 파란 눈의 러시아 헌병은 빨리 들어가라고 안중근에게 손짓했다. 안중근은 출입구를 무사히 통과해 역내로 들어와 안도의 한숨을 내쉬며 허리춤에 찬 회중시계를 꺼냈다. 시계 바늘이 8시 30분을 가리켰다. 이토의 도착까지는 삼십 분 정도가 남아 있었다. 그는 숨을 고르고 틈을 보기 위해 잠시 플랫폼의 찻집으로 발길을 돌렸다.

하얼빈 역 주변의 엄중한 경계에도 불구하고, 안중근이 쉽게 역 구내에 진입할 수 있었던 것은 오로지 일본 외무성이 하얼빈 총영사 가와카미 도시쓰네에게 내려보낸 훈령 때문이었다.

이토 의장 각하의 하얼빈 방문은 역사적인 일로 만주에 대한 우리의 주권을 대내외에 선포하는 계기가 될 것이다. 이 경사스러운 날에 걸맞게 우리 일본 국민과 더불어 중국인, 러시아인이 모두 함께 이토 각하를 환영할 수 있도록, 러시아 당국으로 하여금 최대한 검문검색을 자제케 해 명실상부한 축제의 장으로 만들도록 할 것.

일본 외무성이 요인에 대한 경호보다 환영 분위기 조성에만 치중한 것은 전례가 없는 일이었다. 모든 것이 야마가타, 가쓰라, 데라우치를 비롯한 일본 군부의 치밀한 공작의 결과였다.

그가 찻집으로 들어서려고 할 때 누군가의 어깨에 부딪혀 안중근이 중심을 잃고 쓰러졌고, 상대도 벌러덩 뒤로 넘어졌다. 바짝 마른 보통 키의 러시아 헌병이었다.

그가 짜증스런 눈으로 안중근을 힐긋 노려보더니 당황한 표정으로 바닥에 떨어진 가죽 가방을 황급히 주워 감싸 안았다. 벌어진 가방 틈새로 총구가 삐쭉 얼굴을 내밀고 있었다. 안중근 역시 놀라서 모른 척하고는 서둘러 눈길을 돌렸다.

안중근은 그가 이층으로 올라가는 것을 보고 일층 찻집의 창가에 앉아 차를 주문했다. 러시아 헌병의 인상이 험상궂어 안중근은 괜히 조바심이 났다.

그가 행여 자신의 뒤를 쫓는 러시아의 비밀정보원이 아닐까 의심이 들었던 것이다. 안중근은 신문을 보는 척하며 눈을 내리깔고 주변을 두리번거리다 조용히 화장실로 가서 유진율에게 건네받은 독일제 브라우닝 자동권총에 일곱 발의 탄환을 장전했다. 탄환은 살상력이 높아 사용이 금지된, 흔히 덤덤탄으로 불리는 것이었다. 이 덤덤탄은 탄환에 십(十) 자를 새긴 것으로 당국에서는 사용을 금지하고 있어도 테러와 집단 간 무력 충돌이 빈번한 블라디보스토크 일대에서는 가장 구하기 쉬운 탄환이 덤덤탄이었다.

그는 화장실 구석에서 담뱃불을 붙이고는 까치발을 하고 창문을 통해 바깥 동정을 살폈다. 하늘은 파랗고 바람도 심하지 않아 안중근은 영하의 날씨에 비해 그다지 춥다는 생각이 들지 않았다. 이토가 나타날 경우 그를 저격하기에 최적의 날씨였다.

그는 이 모든 게 천주의 뜻이라 생각하며 감사의 기도를 올린 후 사람을 죽이게 된 자신의 죄를 엄히 물어달라고 다시 간청했다. 또한 이토의 불쌍한 영혼 역시 따뜻하게 거두어달라고 천주께 빌었다.

이토의 도착 시간이 가까워졌는지 러시아 군악대가 더욱 우렁차게 행진곡을 연주했고 플랫폼에 입추의 여지없이 들어찬 환영객들도 벅찬 흥분에 술렁대며 이토가 탄 열차가 들어오는 방향을 주시했다.

드디어 일본 국가가 울려 퍼지는 가운데 욱일승천기와 러시아의 삼색기를 단 이토의 특별 열차가 굉음을 내며 제 시간에 역으로 미끄러져 들어왔고, 출영객들은 일본 국기를 흔들며 일제히 함성을 질렀다.

"천황 폐하 만세!"

"이토 각하 만세!"

그들은 이토를 천황의 대리인으로 보고 열광했다. 일본인들은 이토의 하얼빈 방문으로 러시아가 조차하고 있는 북만주 땅도 머지않아 일본의 지배를 받게 될 것이라 생각했다.

이토의 열차가 도착하자 러시아 재무상 코코프체프가 열차에 올랐고, 안중근도 늘어선 사람들을 비집고 앞으로 나가 일본 국기를 흔들며 환영객들 사이에서 함성을 질렀다. 그는 사람들이 아무도 자신을 의심하지 않는 것에 마음을 놓고 일본인 행세를 하며 목이 터져라 더 열심히 소리를 질렀다.

십오 분쯤 지났을까. 러시아 헌병들이 사뭇 긴장된 표정으로 맨 앞줄에 선 출영객들에게 한 발 뒤로 물러서라며 질서유지에 나서 그도 한 발자국 뒷걸음질을 쳤다.

그때 이마와 뺨에 커다란 점이 박힌 자그마한 노인이 러시아 관리들의 안내를 받아 의장대 사열을 위해 기차에서 조심스럽게 내리고 있었다.

이토는 비공식 방문이라 의장대 사열을 전혀 예상치 못했다. 그래서 준비가 되지 않았다는 이유로 처음에는 의장대 사열 의전을 완곡하게 거절했으나, 코코프체프의 거듭되는 간청에 못이기는 척 하고 따라 나선 것이다.

"비록 이번 회담이 비공식적이긴 해도 각하는 일본 최고의 실력자입니다. 어찌 각하를 소홀히 대할 수 있겠습니까?"

이토는 내색은 하지 않지만 코코프체프의 말에 몹시 흡족해했다. 또 일본의 달라진 국제적 위상을 보는 것 같아 일본을 위해 자신의 청춘을 바친 노정객으로서 감개가 무량했다. 사십 년 전이었다면 상상도 할 수 없는 일이었다.

러시아가 이토를 국빈 수준의 의전행사로 영접한 것은 흔히 비둘기파로 불리는 이토의 환심을 사기 위한 러시아 나름의 계산도 깔려 있었다. 하지만 보다 직접적인 배경은 일본 총리 가쓰라가 이토에 대한 국빈 대접을 강력히 요구했기 때문이다.

군악대가 다시금 일본 국가를 연주했고 사람들은 이토를 연호했다. 그가 흐뭇한 미소를 머금고는 환영 인파를 향해 손을 흔들었다. 그의 얼굴엔 승자의 여유가 넘쳤다.

안중근은 그가 이토란 사실을 직감적으로 알아챘다. 숨이 멎을 것만 같았다. 등에서는 식은땀이 흘렀고 눈에서는 거센 적의의 불꽃이 튀었다.

'이놈, 내 조국의 원수, 너를 드디어 여기서 만났구나! 조금만 기다려라. 곧 황천으로 보내주마!'

그가 숨을 죽이고 허리춤에 찔러두었던 권총을 슬그머니 잡았다. 그의 손바닥에서 차가운 금속의 예리함이 느껴졌다. 그가 젖먹던 힘까지 내어 행여 놓치기라도 할세라 권총 손잡이를 단단히 움켜쥐었다.

저만치서 의장대 사열을 위해 이토가 코코프체프와 함께 나란히 걸어오고 있었다. 이토와 안중근 사이의 거리가 점차 좁혀졌다. 스무 걸음, 열다섯 걸음, 열 걸음……. 거리가 가까워지면서 안중근의 심장이 사정없이 방망이질을 해댔다. 손은 땀으로 흥건했다. 그는 숨을 가다듬으며 자신의 흥분을 진정시켰다.

환영 인파의 함성과 군악대의 연주가 어우러져 환영 열기가 한껏 고조되었고, 어떤 이들은 이토를 보고 실성한 듯이 울부짖는 격한 반응을 보였다. 열기는 점점 더 뜨겁게 달라 올랐다. 일본 군국주의자들의 대륙 정복 최면에 걸린 집단의 광기가 하얼빈 역을 지배했다.

이토가 막 그의 눈앞을 지나쳤다. 그는 정신이 아찔했다. 다리도 후들거렸다. 실수를 하면 안 된다고 그는 자신의 마음을 다지고 또 다졌다.

그의 시야에서 이토가 점점 멀어졌다. 한 걸음, 두 걸음 멀어지면서 안중근의 온몸에 이토에 대한 격한 분노가 휘몰아쳤다. 이토가 그 앞을 지나쳐 열 걸음을 뗐을 무렵, 안중근은 권총을 불쑥 꺼내며 다시 한 번 기도했다.

'주여, 저의 죄를 용서 하소서. 그리고 이토의 영혼을 거두소서!'

순간 그의 독일제 브라우닝 권총이 불을 뿜었다.

탕! 탕! 탕!

하얼빈 하늘에 세 발의 총성이 울렸다. 하늘은 여전히 맑았고 바람은 잔잔했다.

안중근이 쏜 총알은 이토의 몸을 향해 정확하게 날아갔다. 군악대의 연주와 사람들의 환호에 파묻혀 사람들은 첫 총성을 듣지 못했다. 이토가 첫 총알을 맞고 비틀거렸지만, 사람들은 여전히 이토를 연호하며 환호성만 질러댔다.

이토의 가슴에서 선혈이 분수같이 솟구쳤다. 이토의 얼굴이 일순간 죽음의 공포에 질려 크게 일그러졌다. 그는 자신에게 묻고 또 물었다.

'내가 총에 맞았나?'

'그래 총에 맞았어.'

'내가 죽는 건가?'

'아니야, 난 죽지 않아. 난 불사조야.'

'그런데 가슴에서 솟구치는 이건 뭐지? 왜 숨을 쉴 수 없지?'

그가 숨을 헐떡이며 쓰러지고 있었고, 그의 등을 코코프체프가 황급히 감싸 안았다. 코코프체프의 커다란 품에 안긴 이토는 더욱 거칠게 숨을 몰아쉬었다. 안색이 점점 창백해졌다. 흐릿한 의식 너머로 사람들의 소란스런 목소리가 아득하게 들렸다. 점점 모든 의식이 가물거렸다. 그럼에도 떠오른 얼굴이 하나 있었다.

'집에 가야 하는데, 우메코에게 미안해서 어떻게 하지……. 아, 분기치…….'

희미한 의식 너머에서 누군가 자신을 부르는 것 같았다.

'여보!'

아내 우메코의 목소리가 그의 귓전을 때렸고, 그는 눈물을 흘리며 숨을 거두었다. 어느새 사람들의 들뜬 함성이 기함으로 바뀌었다. 출영객들은 느닷없는 변고에 놀라 허둥거리며 뒷걸음질 쳤고, 욱일승천기를 버리고 혼비백산 달아났다.

안중근은 눈을 부릅뜨고 조선의 국적(國賊) 이토가 쓰러지는 걸 노려보다 갑자기 등을 돌려 뒤따라오는 인사들을 향해 세 발을 더 발사했다. 그의 얼굴은 비장함으로 가득했다.

그가 날린 총탄에 총영사 가와카미, 비서관 모리, 만철 이사 다나카가 연달아 쓰러졌다. 축제의 열기로 넘쳐나던 환영식장이 한

순간에 아수라장으로 변했다. 사방에서 비명을 질렀다.

"저놈 잡아라!"

창졸간에 벌어진 비상사태에 기겁한 러시아 헌병들이 우르르 달려와 곧장 안중근을 체포했고, 안중근은 그들에게 저항하지 않고 순순히 밧줄을 받았다. 그리고 감격의 눈물을 흘리며 소리높이 외쳤다.

"코레아 우라(대한제국 만세)!"

수행원들이 정신을 잃고 쓰러진 이토를 들쳐 업고 황급히 열차에 오르고 있을 때 놀라서 도망치는 러시아 헌병이 있었다. 그는 바로 안중근과 부딪혀 쓰러진 러시아 헌병이었다.

그는 이토가 안중근의 총에 맞아 쓰러지는 걸 보고는 가방을 챙겨 부리나케 찻집을 빠져나온 후 담을 넘어 어딘가로 쏜살같이 달아났다.

명성황후 시해, 보호조약 체결, 황제 강제 퇴위. 군대 해산, 수십만 명의 인명을 살상한 조선의 국적 이토는 안중근의 총에 맞은 후 숨을 몰아쉬다 삼십 분 만에 절명했다.

노년의 부활을 꿈꾸며 자신의 생일에 장도에 올랐던 이토의 여정이 죽음으로의 여행이 되었다는 것은 하나의 서글픈 역설이나, 한 치 앞을 모르고 살아가는 인간의 어리석음에 대한 신의 준엄한 경고이기도 하다.

이토는 수차례 암살의 고비를 넘긴 탓에, 말년의 자기 인생을 '덤의 인생'이라 생각한다며 "언제 죽어도 이상하지 않고, 조금도 죽음이 두렵지 않다"고 늘 주변에 강조했다. 하지만 '앗' 하는 외마디 비명만 내지른 채 유언 한마디 남기지 못하고 세상을 떠났다. 한 시대를 풍미했던 풍운아의 죽음치고는 너무 초라했다.

그날 이후

1

도쿄 교외의 어느 산사에 야마가타, 가쓰라, 데라우치, 고무라 네 사람이 긴급히 모여 숙의에 숙의를 거듭하고 있었다. 사안이 사안인지라 여느 때와 비교할 수 없는 숨 막히는 긴장감이 감돌았다. 허탈한 표정으로 턱을 괴고 있던 야마가타가 한숨을 내쉬며 이맛살을 찌푸리고는 데라우치에게 물었다.

"자객은?"

"처치했습니다."

"빈틈은 없겠지?"

"뼈 한 줌 나오지 않게 소각했다고 하니, 걱정은 안 하셔도 될 것 같습니다."

데라우치의 보고에 야마가타는 한편으로는 안도하면서도 느닷없이 불쑥 나타나 자신의 계획을 어그러뜨린 안중근에게 화가 나

연신 콧김을 뿜었다.

"이 조센진, 빠가야로!"

그는 자신들이 고용한 러시아 헌병이 이토 저격에 성공할 경우, 이를 구실로 러시아가 차지하고 있는 북만주 지역에서 러시아를 상대로 국지전을 벌일 생각이었다. 그는 이토를 제물삼아 러시아가 갖고 있는 북만주 조차권을 빼앗아 만주 전체를 일본의 지배 아래 두고 싶어 했다. 원로라 하여 대접을 해주곤 있었으나, 이토가 하도 평화를 떠들어 일본 군부의 눈에 그는 눈엣가시였다.

아무튼 야마가타를 비롯한 군부 핵심 인사 세 명과 고무라 외상은 자신들이 이런 음모를 꾸몄다는 사실이 안중근의 거사로 외부에 유출될 것에 대비해 사후 처리에 골몰했다. 만약 이 사실이 외부에 알려지면 국내외의 거센 비난에 직면해 궁지에 몰리는 것은 말할 것도 없고, 정치 생명이 끝나는 것뿐 아니라 살인교사의 사법 심판도 피할 수 없게 된다. 일본 군부가 그리고 있는 만주 지배의 원대한 구상도 물거품이 될 수밖에 없었다. 러시아 헌병을 완벽하게 제거해 다행히 최악의 상황은 피했다지만, 조선인 안중근의 신병 처리도 골칫거리였다.

그들은 자신들이 야심차게 준비한 조선 병합을 목전에 두고 있었다. 안중근 사건 처리가 매끄럽지 않을 경우, 일본에 대한 조선 민중들의 적의에 기름을 부어 조선 병합에 차질을 빚을 우려가 있었다.

그들은 병합을 원만하게 진행시키기 위해 언제든 일본의 화약

고로 변할 수 있는 조선 문제를 최대한 안전하게 다루고 싶어 했다. 이 때문에 안중근 사건 처리 방향을 놓고 벌어진 토론은 아침에 시작된 후 해거름이 되도록 끝나지 않았다. 이토 암살 모의를 주도한 야마가타는 애가 타서 초조한 기색을 감추지 못하고 연거푸 담배를 피우며 외상 고무라에게 물었다.

"재판은 어디서 하면 좋겠는가?"

외상 고무라는 일본 사법부의 흐름과 법 지식에 정통한 인물이었다.

"재판은 관동도독부 지방법원에서 하는 게 가장 좋습니다. 조선에 그의 신병을 넘기면 조선 정국이 소용돌이 칠 겁니다. 그러니 그의 신병을 조선에 인도해서는 절대 안 됩니다. 본국에서 재판하는 것도 문제가 있습니다. 본국에서 재판을 하게 되면 전 세계의 이목이 본토에 쏠려 우리 뜻대로 재판을 진행하기가 어렵습니다. 더욱이 요즘 젊은 법관들은 사법권의 독립을 주장하고 있지 않습니까? 그자들이 정부 방침을 따르지 않고 소신껏 재판을 하게 되면 아주 큰 낭패를 당할 수 있습니다."

"무슨 뜻인가?"

"각하, 예전에 있었던 오쓰 사건과 스티븐슨 저격 사건의 전례를 고려해야 한다는 뜻입니다."

러시아 황제 니콜라이 2세가 18년 전인 황태자 시절 일본을 방문했다가 쓰다 산조라는 일본 경찰에게 오쓰에서 피습을 당한 일이 있었다. 정부에서는 외교문제를 고려해 그에 대한 사형을 사법부에 요구했지만, 판사는 그가 정치적 확신범이라는 이유로 사형 판결을 내리지 않고 무기징역에 처해 일본 정부의 입장을 매우 난처하게 만들었다. 또 작년 초에 조선인 전명운과 장인환이 통감부 외교고문 스티븐슨을 샌프란시스고에서 저격했는데, 이들에 대해서도 중형을 내리지 않고 무죄와 징역 25년형을 선고한 판례가 있었다.

일본 국내 뿐 아니라 사법부의 세계적인 판결 흐름 자체가 정치적 확신범 혹은 양심범에 대해서는 사형 선고를 내리지 않는 경향이 강해, 고무라가 이를 경계해 건넨 말이었다. 고무라는 고개를 끄덕이고 있는 야마가타에게 한마디를 덧붙여 그의 답답한 가슴을 뻥 뚫어주었다.

"더군다나 만주는 고등법원이 최고법원이라 2심까지 가면 되지만, 국내에서는 대법원까지 갈 수 있어 시간이 오래 걸립니다. 또 단독판사가 아니라 합의제로 운영되기 때문에 이견이 있으면 판결이 아주 엉뚱하게 나올 수도 있습니다. 주변의 비난이 있긴 하겠지만, 일절 신경 쓰지 말고 이 문제는 속전속결로 처리해야 합니다."

외상 고무라의 해법이 실로 명쾌해 야마가타는 만족스러웠다.

"가쓰라, 데라우치!"

"하이!"

"우리 군인들도 이젠 글도 배우고 공부도 해야 하네. 고무라 좀 보게. 총칼만 갖고는 안 되네. 고무라 같은 이런 밝은 눈이 있어야 우리가 실수하지 않고 대일본을 건설할 수 있어. 아무튼 훌륭해 고무라. 하하하!"

야마가타는 이토가 제거된 것도 만족스러웠고, 안중근에 대한 처리 방향까지 말끔히 정리해 속이 후련했다. 야마가카는 호탕한 웃음을 터뜨린 후 의기양양한 표정으로 고무라에게 다시 물었다.

"만주 법원의 책임자는 누구인가?"

"히라이시 우치히토 고등법원장입니다."

"좋아, 그자를 불러 정부의 방침을 설명하고 두둑한 은사금을 내리도록 하게. 필요하다면 내가 충분한 돈을 대겠네. 그리고 사형을 구형하는 검사나 선고하는 판사의 장래도 우리가 보장한다고 꼭 알려주게!"

이날의 회합에서 몇 가지 처리 방안을 결정했다. 첫째는 안중근을 반드시 사형시킨다는 것이고, 둘째는 그의 시신을 가족에게 인도하지 않고 몰래 매장한다는 것이다. 안중근의 무덤이 대일본 투쟁의 성지가 되는 걸 우려한 것이다. 셋째는 안중근의 이토 저격을 개인적인 원한에 사무친 단순 흉악범의 계획적 살인으로 몰고가, 이 사건의 불똥이 조선 민중들의 가슴에 튀는 걸 차단하는 것이다. 넷째는 만약 이로 말미암아 조선 정세가 불안해지면, 이를 조선 병합의 명분으로 삼는다는 것이었다. 물론 조선 병합은 이미 석 달 전에 결정된 바라, 안중근의 이토 저격을 빌미삼아 병합을 운운하는 것은 눈 가리고 아웅 하는 격이었다.

2

안중근이 이토를 하얼빈에서 저격해 그가 절명했다는 소식은 곧 바로 대한제국에도 알려졌다. 《대한매일신보》는 호외를 발행하고 긴급히 특파원을 하얼빈으로 보내 연일 지면에 안중근의 이토 저격에 대한 소식을 상세히 전했다.

이토가 유언 한마디 남기지 못하고 황망히 저승길로 갔다는 소식에는 독자들은 통쾌한 탄성을 질렀고, 모든 중국인들이 안중근의 거사에 감복해 안중근을 불세출의 영웅으로 칭송해마지 않는다는 기사에는 어깨가 절로 우쭐해져 덩실덩실 춤을 추었다. 안중근이 여순 감옥에 갇혀 검사의 독한 심문을 받고 있다는 기사에는 일본군의 만행에 치를 떨었다.

항일 투쟁에도 큰 변화가 생겼다. 인중근의 거사에 고무되어 잠시 주춤했던 국내외 항일 투쟁에 다시 불이 붙었던 것이다. 조선 팔도에서 일어난 의병들이 일본군을 공격해 그들의 얼을 빼놓는 것과는 별도로, 조선의 자객들은 매국노와 일본 정계 거물들을 암살하려 은밀한 활동에 들어갔다.

이완용·송병준·이용구와 같은 매국노와 조선 주둔군 사령관 하세가와, 일본 육군대신 야마가타, 총리 가쓰라, 외상 고무라, 육군대장 데라우치 등 일본 정계와 군부의 거물급 인사들이 이들의 주요 암살 대상이었다.

조선의 정세가 불안해지자 암살 대상으로 지목된 인물들은 두

문불출 전전긍긍했고, 일본 본토에서는 조선인에 대한 혐오감이 극에 달해 조선에 대한 보복을 다짐하며 '장례가 끝난 후 일본에 거주하는 조선 사람들을 닥치는 대로 죽일 수 있는 사흘간의 시간을 달라'고 일본 정부에 요구할 정도로 일본인도 흥분했다.

아무튼 안중근의 이토 저격으로 조선 정세는 한 치 앞을 내다볼 수 없는 격랑에 휘말려 들어갔고, 대한제국 황실은 백성들의 들뜬 분위기와는 달리 이토의 피살 소식을 접하고 안절부절 못했다. 퇴위한 고종은 점심 수라상을 들다가 이토의 피살 소식을 듣고는 얼굴이 싸늘하게 굳어 숟가락을 내려놓았다. 곁에서 시중을 들던 내관 강석호가 걱정스런 얼굴로 고종의 불편한 심기를 살폈다.

"폐하, 어찌 수라를 더 들지 않는 것이옵니까?"

"이 상황에 밥이 목구멍에 넘어가겠는가? 곡주나 한 사발 주시게."

강제로 황제 자리에서 물러난 후 고종은 울화가 심해 늘 술을 입에 달고 살아 근래 몸이 좋지 않았다. 내관 강석호는 잠시 주저하다 자신을 노려보는 고종의 성난 눈빛을 보고는 겁에 질려 종종걸음을 치며 술을 가져와 따랐다.

"왜 절반 밖에 따르지 않느냐? 또 엄비가 시킨 것이더냐?"

"……."

내관 강석호는 어찌할 바를 몰라 얼굴만 붉혔다. 고종이 지나치게 술을 많이 마시고 요즘 들어 실수가 잦아 엄비가 강석호에게 고종에게 술을 많이 주지 말라고 신신당부를 해둔 탓이었다.

"고얀 놈!"

고종은 그를 노려보며 한마디 호통을 치고는 그가 들고 있는 술병을 빼앗아 잔에 술을 가득 따라 붓고는 젓가락으로 한 번 휘 저은 후 숨도 쉬지 않고 단숨에 들이켰다.

"하아, 이토 그놈이 죽었다고? 천벌을 받을 놈이 죽었다고? 그런데 난 왜 웃을 수도 없고 울 수도 없나? 강 내관, 내가 왜 이리 한심한 위인이 되었나?"

고종이 눈시울을 붉히며 허탈한 표정으로 주안상을 주먹으로 내려쳤다.

"엄비는 지금 뭘 하고 있던가?"

"태사를 잃은 슬픔이 큰 탓에 통곡을 하고 있다고 하옵니다."

그의 말에 고종이 어이없어 하는 표정으로 비웃음을 흘렸다.

"통곡을 해? 갈아먹어도 시원치 않을 놈이 죽었는데, 통곡을 해? 허어, 말세로다, 말세! 우리 백성들이 이 황실을 보고 무어라 할꼬?"

고종은 혼자 한탄조의 넋두리를 한 보따리 풀어놓으며 눈물을 주르르 흘렸다. 고종의 자책에는 아무것도 할 수 없는 몰락한 황실의 비애가 담겨 있었다.

이토의 죽음으로 일본에 인질로 잡혀 있는 황태자 이은의 신변을 걱정하는 엄비의 마음을 이해 못 하는 바는 아니나, 고종은 우울했다. 마음 같아서는 내탕금을 박박 긁어서라도 큰일을 해낸 안중근의 노고를 치하하고 싶었지만, 까딱 잘못하다간 겨우 명맥을 유지하고 있는 황실의 명줄이 끊어질까 두려워 이러지도 저러지도 못하고 있었다.

고종은 함녕전에서 밤새 술을 마시다 새벽녘이 되어서야 눈물범벅이 되어 술상에 엎어져 그대로 잠이 들었다.

사법 투쟁

1

안중근의 거사로 백성들은 과거 일본의 강압에 의해 맺은 조약 안을 모두 폐기하고 고종의 복위를 촉구하는 무장 투쟁을 강화했다. 상층부에서는 일본의 눈치를 보며 울며 겨자 먹기 식으로 사태 수습에 안간힘을 쏟았다. 조선 황실은 이토의 죽음으로 격앙된 조선에 대한 일본의 분노를 누그러뜨리려 순종이 이토의 죽음을 애도하는 칙어를 서둘러 발표하고, 애도 기간을 선포해 사흘간 학교에 휴교령을 내리고 상점 등은 영업을 금지시켰다. 그리고 서둘러 조문단을 구성해 도쿄로 파견했다.

일본 정계와 군부는 외견상 이토의 죽음을 몹시 슬퍼하는 척하면서도 조선 정부의 신속한 애도 분위기 조성에 고무되어 이토의 죽음을 내심 즐겼다. 조선의 애도 분위기는 전 세계에 조선에 대한 일본 정책의 정당성을 입증할 훌륭한 홍보거리가 될 수 있기 때문이다.

안중근은 거사 당일 러시아 헌병에게 체포되어 곧바로 일본영사관으로 신병이 인도되었다. 그리고 나흘째 되던 날, 일본인 담당 검사가 그를 찾아왔다. 그는 도쿄법대 출산의 미조부치 다카오라는 인물로 안중근보다 다섯 살이 많았는데, 젊은 나이답게 정의감도 있었고 공명심도 강했다.

미조부치는 이토 저격 사건이 터지자 히라이시 우치히토 고등법원장에게 이 사건을 맡겠다고 자청했다. 히라이시 법원장은 일본 정부는 말할 것도 없고 세계의 이목이 집중된 이 사건을 젊은 검사에게 맡기는 것이 옳은지 잠시 고민했지만, 평소 빈틈없이 사건을 처리하는 미조부치에게 후한 점수를 주고 있었던 데다가 이 사건에 대한 그의 열정에 감복해 안중근 사건을 그에게 선뜻 배당했다.

미조부치는 일 욕심에 안중근 사건을 자청하긴 했어도 이처럼 중대한 세계적 사건은 처음이었다. 그래서 그는 히라이시 법원장의 재가로 사건을 배당받은 후 지난 사흘 동안 퇴근도 않고 사무실에서 숙식을 하며 영사관에서 넘겨 받은 자료를 꼼꼼히 검토했다. 일단은 사건의 성격을 파악하는 것이 중요하다고 보고 몇 가지 질문지를 만들어 일본영사관으로 안중근을 찾아갔다.

그는 자리에 앉으면서 미리 대기하고 있던 초췌한 안중근의 모습을 보고는 잠시 놀랐다. 안중근의 첫인상은 자신이 상상했던 것과는 많이 달랐다. 사진으로 본 인상과 달리 앞에 앉아 있는 안중근은 눈빛이 몹시 선해 다른 사람처럼 보였다. 범죄자들에 대한 선입견 탓에 그는 영화나 동화에 나오는 악당들처럼 인상이 아주 고약하리라고 생각했던 것이다.

안중근 역시 그가 자신을 담당한 검사라는 게 믿기지 많아 의아스럽기는 마찬가지였다. 미조부치는 머리에 기름을 발라 뒤로 넘기고 고급스런 검정 실크 양복을 입어 한껏 멋을 내고 있었으나, 덩치가 왜소하고 주먹만 한 얼굴이 뽀얀 게 여간 어려보이지 않았다. 외양에서 풍기는 인상이 어딘지 모르게 어릿광대처럼 부자연스럽고 우스꽝스러워 벼락부자가 된 촌뜨기 같기도 했다. 그가 안중근을 보고 싱긋 웃으며 담배를 꺼냈다.

"한 대 하겠소?"

안중근이 고개를 끄덕이자 그가 담배를 건네며 친절하게 불을 붙여 주었다.

"고맙소."

안중근이 담배 한 모금을 가슴 깊숙이 빨아들였다가 음미하듯 연기를 천천히 내뿜었다. 무표정이던 안중근의 얼굴이 한결 부드러워졌다. 그가 담배를 아주 맛나게 피우는 걸 보고 미조부치가 저고리 호주머니에 집어넣었던 담배를 다시 꺼내어내놓았다.

"담배를 태우고 싶으면 언제든 태우시오."

안중근이 그의 호의에 감사의 마음을 전하며 물었다.

"검사께서는 늘 이렇게 친절하시오?"

"경우에 따라 다르지요."

"그럼 오늘은 어떤 경우요?"

"오늘은 당신과 좀 친해지고 싶소."

그의 말에 안중근이 멋쩍게 웃었다. 안중근은 왠지 미조부치가 싫지 않았다. 사람을 편안하게 해주는 그의 마음도 있었지만, 무엇보다 그가 솔직해 보였기 때문이다. 그가 사건일지를 뒤지며 차근차근 질문을 던졌다.

"난 미조부치 다카오라 하오. 당신 이름은?"

"안중근이오."

"국적은?"

"대한제국."

"이토 공작을 저격한 사실이 있소?"

"하얼빈 역에서 내가 쏘았소."

미조부치의 질문은 계속 이어졌고, 안중근은 그의 질문에 조금도 꺼리거나 주저하는 기색 없이 순순히 답했다. 안중근의 당당한 태도가 젊은 검사 미조부치의 구미를 은근히 자극했다.

그는 안중근이 비록 살인 피의자이긴 해도 아주 재미있는 사람이라 생각했다. 범죄자들은 대개 자신의 혐의를 부인하거나 아니면 형량을 낮추려 혐의의 일부만 인정하기 일쑤였다. 때론 비굴하고 때론 불안에 떨거나 혹은 과장된 언행과 신분 과시로 자신을 협박하려 들었다. 그도 아니면 잇속 계산을 하며 협조를 가장해 자신과 타협을 보려는 약빠른 자들이 대부분이었다.

그런데 안중근은 자신의 이토 살해 혐의를 순순히 인정하며 시종 차분하게 답했다. 여느 범죄자들에게서는 흔히 볼 수 없는 모습이었다. 이 특이함에 이끌려 미조부치는 호기심에 가득 찬 눈빛으로 안중근에게 나지막이 물었다.

"그런데 당신은 왜 이토 공을 살해했소?"

사실 이 질문은 미조부치가 제일 먼저 안중근에게 던지고 싶은 것이었으나 그의 사람 됨됨이를 알아보려 이런 저런 질문을 던지는 바람에 뒤로 미루어졌던 것이다.

안중근 역시 검사가 반드시 이 질문을 던질 것이라 일찌감치 생각하고 있었다. 그가 지금까지의 부드러운 눈빛과는 달리 손깍지를 꼭 끼고는 날카롭게 미조부치를 노려보았다.

"좀 긴데, 얘기를 다 해도 좋소?"

"좋소. 말해보시오."

"이토에게는 열다섯 가지의 죄목이 있소."

"그게 무엇이오?"

"첫째는 한국의 황후를 살해한 죄요. 둘째는 한국의 황제를 폐위시킨 죄요. 셋째는 을사 5조약과 정미 7조약을 체결한 죄요. 넷째는 무고한 양민을 학살한 죄요. 다섯째는 정권을 찬탈한 죄요. 여섯째는 철도, 광산, 삼림, 천택을 강제로 빼앗은 죄요. 일곱째는 제일은행권을 강제로 유통시킨 죄요. 여덟째는 군대를 강제로 해산한 죄요. 아홉째는 교육을 방해한 죄요. 열 번째는 한국인의 유학을 금지시킨 죄요. 열한 번째는 교과서를 압수하여 불태운 죄요. 열두 번째는 조선인이 일본의 보호를 받고자 한다고 세계를 속인 죄요. 열세 번째는 현재 대한제국과 일본 사이에 싸움이 끊이지 않고 있는데, 대한제국이 태평무사한 것처럼 천황을 속인 죄요. 열네 번째는 그로 인해 동양평화가 파괴되었다는 것이오. 열다섯 번째는 일본 천황의 아버지인 태황제를 사해한 죄요."

안중근은 머릿속에 녹아 든 오래 묵은 생각을 물레질하듯 그 앞에 막힘없이 풀어놓았다. 미조부치는 안중근의 강단 있는 태도에 흥미는 느꼈지만, 속을 알고 보면 그 역시 여느 범죄인과 다를 바 없을 것이라 생각해 가슴 한구석에는 내심 그를 얕잡아 보았던 마음이 없지 않았다. 그런데 안중근의 말을 듣고 나자 왠지 심장이 떨리고 가슴이 서늘했다. 안중근의 주장을 액면 그대로 수긍하기는 어렵지만, 만약 이게 사실이라면 안중근이 내건 이토의 살해 동기와 명분은 충분했다.

미조부치는 뜻밖에 뒤통수를 맞은 듯 정신이 아찔했다. 안중근이 내건 이토 살해 이유는 조선 사람이 아니라 해도 인간이라면 누구나 공감할 수 있는 것들이었다. 그는 자신이 존경하는 이토가 설마 그런 악행을 저지르지는 않았을 것이라 생각했다.

'이토 공은 인격자야. 그럴 리 없어.'

그는 도리질을 치며 안중근의 주장을 부정했다. 그럼에도 자신의 가슴 한 구석에서 일고 있는 이토에 대한 일말의 의혹까지 말끔히 지울 수는 없었다. 안중근의 말처럼 어쩌면 그런 잔악한 일이 조선에서 실제로 일어났을지 모른다는 생각도 들었다. 세상일이란 처한 입장에 따라 보는 시각도 다른 법이 아니던가.

아무튼 그는 마음이 불편했고 자신을 쏘아보는 안중근의 뜨거운 눈빛에 얼굴이 화끈거렸다. 검사로서 피의자를 심문하다 이같이 부끄러움을 느낀 건 그로서는 처음이었다.

그는 얼마간 당황해서 안중근의 시선을 피해 쓸데없이 서류철을 넘기다가 자신의 동요를 감추려 담배 한 대를 꺼나물었다.

"당신의 말을 듣자면 이토 공작은 백 번 죽어도 마땅한 조선의 원수 같소. 정말 그렇소?"

"당연하오."

"내가 알기론 이토 공이 조선의 근대화에 기여한 공이 많은 걸로 알고 있소. 기차를 개통시키고, 학교를 건립하고, 수도를 놓고, 대한병원도 설립하고, 광공업도 장려해 물산이 풍부해진 것으로 알고 있는데, 내가 알고 있는 게 틀렸소?"

"완전히 틀린 것은 아니오."

"그렇다면 무엇 때문에 이토 공을 그토록 증오하오? 난 이해가 되지 않소!"

꼬투리를 잡아 안중근의 주장을 무력화시키려는 미조부치의 강변에 안중근이 정색을 하며 되받았다.

"말은 분명히 합시다. 이토 공이 조선에서 일으킨 사업들은 모두 일본인들을 위한 것이었지, 우리 조선 사람을 위한 것이 아니었소. 만약 이토가 진정으로 조선을 위해 그런 일들을 했다면, 오늘날 이천만 조선 국민들이 어찌 이토를 원수 같이 미워할 수 있겠소? 이토가 조선을 위해 진정을 다하고도 미움을 받았다면 오히려 조선 사람들이 모두 정신병자라고 비난받아도 마땅하오. 십만 명도 아니고 백만 명도 아니고 이천만 조선 백성 모두가 이토를 미워하오. 대체 이걸 어떻게 설명하시겠소? 입장을 바꿀 필요도 없이, 당신들의 역사를 한번 봅시다. 구미 열강들이 시모노세키 앞바다에 집결해 대포를 쏘며 위협할 때 당신들을 어떻게 했소? 양이(洋夷)들로부터 주권을 지키기 위해 죽기 살기로 싸운 걸로 알고 있소. 이토가 그 일에 일정한 역할을 한 것도 잘 알고 있소. 이처럼 자기의 것은 소중한 걸 알아 지키려 하면서 어찌 남의 땅에 그토록 무분별한 욕심을 낸단 말이오? 만약 당신 집에 칼을 든 도둑이 들어 가족을 해치려 한다면 당신은 어찌하겠소?"

"좋소. 그렇다면 내가 추가로 하나만 더 묻겠소. 만약 우리 일본국이 조선에 대한 보호 조치에 나서지 않았다면 지금 조선은 어찌 되었겠소? 나라의 명맥을 유지할 수 있었겠소? 러시아의 속국이 되었을 수도 있지 않소? 난 조선이 힘이 없어 자력으로는 나라를 보전할 수 없다고 보는데, 당신 생각은 어떻소?"

미조부치의 질문은 예리했다. 당시는 서세동점(西勢東漸)의 약육강식 시대라 외세의 도움을 얻지 않고서는 홀로 설 수 없다는 것이 국력이 미미한 대한제국의 현실이었다. 안중근은 담담하게 그의 물음에 답했다.

"그렇소. 당신의 지적이 틀린 건 아니오. 분명 우리는 개혁의 시기를 놓쳐 문명의 시대에 개화의 흐름을 타지 못했소. 어떤 형태로든 보호는 필요했을 것이오. 그래서 우리는 한때 일본의 의도를 아주 순수하게 보고 일본을 성원했소. 러시아와 전쟁을 벌일 때 일본의 승리를 위해 우리는 물심양면으로 많은 편의를 귀국에 제공했소. 일본의 러시아 전쟁을 모두 우리의 일이라 생각했기 때문이오. 그런데 그 이후에 일본이 우리에게 어떻게 했소? 보호의 필요성을 떠나 일본이 먼저 신의를 버리고 우리 조선을 능멸한 것이 문제요."

안중근의 얘기를 잠자코 듣고 있던 미조부치의 얼굴이 점점 굳었다. 그는 가는 신음을 토하며 고개를 끄덕였다.

그는 법을 전공한 검사로 사실과 논리를 매우 중시했다. 안중근의 비유는 적절했고 논리는 완벽했으며 나라를 사랑하는 그의 마음도 훌륭했다. 또한 일본 역사에 대한 안중근의 해박한 지식과 깊이 있는 이해도 놀라울 정도였다. 그는 무어라 대꾸할 말이 없었다. 만약 자신이 안중근의 말에 트집을 잡고 억지로 물고 늘어진다면, 이것이야말로 야비하고 비겁한 비신사적 행동이라 생각했다. 이것은 자신이 원하는 바람직한 검사의 모습이 아니었다.

그는 초임 검사 시절 세상의 정의를 바로 세우는 올곧은 검사가 되리라 다짐했다. 작년에 작고한 사랑하는 어머니 역시 그에게 그같은 유언을 남겼다. 그는 일 욕심은 많았지만 열 명의 범죄자를 잡는 일보다 한 사람의 억울함을 덜어주고 풀어주는 일에 검사로서 더 큰 보람을 느꼈다. 그는 또 일본을 동양 최고의 문명국이라 믿었다. 그는 문명국의 검사답게 명예롭게 처신하고 싶었다. 그가 하얀 이를 드러내며 환히 웃었다.

"당신과 같은 사람은 처음 봅니다. 당신 말에 감동을 받았소. 경위를 떠나 당신을 만난 건 내 인생에 행운이 될 것 같소. 난 당신을 죽이고 싶지 않소. 이게 지금의 솔직한 심정이오."

그의 말에 안중근은 뜨악한 표정이 되어 그를 물끄러미 쳐다보았다.

'대관절 이 양반이 왜 이러나? 나를 놀리는 것인가? 아니면 진심인가?'

2

그로부터 사흘 후, 우덕순을 비롯한 거사 동지들과 함께 안중근은 일본 본토에서 특수 제작한 마차에 실려 여순 감옥으로 신병이 옮겨졌다. 그는 국사범으로 분류되어 다른 동료들과 격리되었고, 자해나 주변의 테러 가능성을 우려해 간수 당직실과 맞붙은 독방을 배정받았다.

안중근에 대한 관심은 바깥세상에서뿐 아니라 감옥 안에서도 뜨거웠다. 여순 감옥 소장 구리하라의 당부도 있었지만, 간수들도 일본 최고의 정객 이토를 사살한 안중근이 대체 어떤 인물인지 궁금하게 여겨 수시로 안중근의 감방 앞을 서성댔다.

그에게 친절한 간수들도 있었지만 행패를 부리는 간수들도 적지 않았다. 그들은 재미난 볼거리라도 만난 듯 좁다랗게 난 철창 사이로 얼굴을 들이밀고 침을 뱉어가며 안중근을 조롱하고 틈만 나면 모욕을 주려 했다. 하지만 안중근은 흥분하거나 싫은 기색 없이 빙긋 웃기만 했다. 오히려 이들의 삐뚤어진 영혼을 불쌍히 여겨 이들을 위해 기도하는 모습으로 그들을 머쓱하게 만들었다.

이토를 살해했다고 하여 많은 일본인들이 안중근을 원수같이 여겼으나, 그를 한두 번이라도 만나 본 사람들은 달랐다. 안중근이 아주 특별한 존재로 다가왔다. 대개는 그의 고매한 인격에 감복해 고개를 숙였다. 그를 좋아하는 간수들이 점점 많아졌다.

한번은 안중근이 한쪽 귀퉁이에 놓인 탁자에 앉아 이강이 보낸 편지를 읽고 있을 때였다. 간수 지바 도시치가 구운 닭 한 마리를 들고 들어왔다. 하루라도 책을 읽지 않으면 입안에 가시가 돋는다던 독서광답게, 탁자와 바닥에는 그가 이미 읽었거나 앞으로 읽을 책들이 산더미같이 쌓여 있었다.

"이게 웬 거요?"

"미조부치 검사가 보냈소."

"……"

그의 말에 안중근은 말없이 웃기만 했다.

"그 양반은 자존심이 세고 공사 구분이 엄격해요. 너무 엄격해서 좀 냉정하다는 소리도 듣는데, 안 선생한테 하는 걸 보면 안 선생이 참 대단하다는 생각이 들어요."

"허허, 무슨 말씀을……. 대단한 건 내가 아니라 미조부치 검사 아니겠소? 일본 원로대신 이토를 죽인 내게 이런 온정을 베푸는 걸 보면 그가 마음이 참 따뜻한 사람이란 생각이 드오."

안중근이 흐뭇한 표정으로 미조부치에 대한 찬사를 아끼지 않자, 지바 도시치는 자신의 생각이 짧았다는 듯 부끄러워하며 멋쩍은 웃음을 지었다.

미조부치는 안중근이 여순 감옥에 수감되자마자 여순 감옥 당국에 부탁해 안중근에게 담배며 과자, 고기 등을 넉넉하게 제공하게 했다. 또 일주일에 두 번 정도 더운물에 목욕도 할 수 있게 해주었다. 죄인을 대하는 것이 아니라 숫제 흠모하는 사람을 대하듯했다.

안중근에 대한 미조부치의 호의와 배려가 꾸준히 이어지면서, 얼마간 그를 경계했던 안중근도 그의 진정성을 느끼며 감사하는 마음을 가졌다. 이 탓에 일본에 대한 안중근의 생각이 상당히 혼란스러워졌다.

'내가 알고 있던 일본은 아주 야만적인데, 미조부치는 전혀 그렇지 않아. 정말 문명인다운 처신을 하고 있어.'

그는 미조부치의 호의에 큰 영향을 받아 자신이 정말 대한제국에 대한 일본의 의도를 오해한 것은 아닐까 하는 착각을 일시적으로 했다. 그럼에도 자신의 이토 저격에 대한 명분에 대해서만은 확신에 차 있었다.

안중근은 닭다리 하나를 뜯어 지바에게 권했고, 그러자 지바는 바지 호주머니에 찔러둔 작은 술병 하나를 슬며시 꺼내 내밀었다.

"안주가 있는데 술이 없으면 되겠소?"

"감방 안에서 웬 술이오? 알려지면 사단이 날 텐데……."

"괜찮소. 염려 말고 드시오. 근데 맞은 자리는 괜찮소?"

"원래 내가 몸이 튼튼하오. 맷집이 좋아 문제없소."

안중근이 그를 보고 싱긋 웃으며 두 팔을 벌려 아무렇지도 않다는 듯 휘휘 휘두르자, 지바가 어이없어 하는 표정으로 혀를 찼다.

"억지 짓은 그만 하오. 아프면 아프다고 해야지. 어젯밤 안 선생이 하도 앓아 난 무슨 큰일이 나는 줄 알았소. 오늘 의원을 부를까 하는데……."

"괜한 짓 하지 마오. 내가 무슨 좋은 일을 했다고 의원에게 치료까지 받겠소."

안중근이 극구 손사래를 쳤다. 지바는 안중근의 고집을 알아 더이상 권하지는 않았지만 염려스러웠다. 안중근은 영사관에서 여순 감옥으로 이송되던 도중에 호송을 위해 나온 헌병들에게 무차별 폭행을 당해 늑골이 세 개나 부러졌다. 부상을 당한 지 보름이나 지났음에도 아직 제대로 숨을 쉬지 못했다. 그나마 지바가 급히 몸을 날려 그를 보호한 덕에 목숨을 겨우 부지할 수 있었다.

아무튼 이 같은 인연이 계기가 되어 둘은 거리낌 없이 흉금을 털어놓는 사이가 되었다. 지바는 남방계의 피를 이어받아서인지 키도 작고 안면은 동글납작하고 콧잔등도 펑퍼짐해 볼품은 없었지만 마음만은 비단결 같았다. 그는 틈만 나면 안중근의 독방을 찾아와 대화를 나누었고, 그가 궁금해하는 바깥세상 이야기도 들려주었다.

안중근은 이완용이 종현(명동)성당을 나서다 이재명이란 청년에 게 칼을 맞았다는 소식도 그에게 들었다. 그는 일본군 헌병이었지 만 이토 저격에 대한 안중근의 생각을 이해했고, 그의 고상한 인 격에 매료되어 그의 벗이 되길 자청했다.

그런데 오늘따라 지바의 인상이 좋지 않았다. 그의 얼굴이 수심 으로 가득해 보였다. 안중근이 잔을 비우고는 그에게 술을 따르며 물었다.

"지바, 무슨 일이 있소? 왜 그리 안색이 어둡소?"

"아무 일 없소."

지바 도시치는 애써 아니라고 부인했지만 얼굴은 여전히 굳어 있었다. 그가 손가락을 깨물며 안중근을 애처로운 눈으로 바라보 고 있었다. 그는 무언가 말을 하려고 입을 달싹이다 고개를 가만 흔들며 다시 입을 다물었다. 주저하는 빛이 역력해 안중근이 심상 치 않은 일이 있음을 직감했다.

"지바, 나와 관계되는 일이라면 무엇이든 말해주시오. 놀라지 않을 테니 괜찮소."

안중근의 채근을 받고서야 지바가 무겁게 입을 열었다.

"안 선생, 제가 드려도 좋은 말인지 모르겠으나, 그렇게 얘기하 시니 말씀 드리지요."

"괜찮소. 무슨 일이오?"

"좀 안 좋은 소식이오."

"말해보오."

"안 선생이 아무래도 변호인의 도움을 못 받을 것 같소."

"왜요?"

안중근은 그의 말이 뜬금이 없어 의아한 표정을 지었다. 그가 하얼빈에서 거사를 벌인 후 체포되자, 그를 구명하기 위한 동포들의 지원과 성원이 빗발쳤고, 이들의 도움으로 대한제국·러시아·영국·스페인 출신의 변호사로 구성된 대형 변호인단이 활동을 시작했기 때문이다.

"마나베 재판장이 안 선생을 위해 구성된 변호인단을 승인하지 않을 것이란 소문이 있소."

"그게 무슨 말이오?"

그의 말에 안중근이 깜짝 놀라 소리쳤고, 지바는 자신이 일본인이란 사실이 괜히 그에게 미안해 얼굴을 슬쩍 붉혔다. 안중근은 대충 짐작할 수 있었다.

'날 살려두지 않겠다는 뜻이로군.'

안중근은 이미 죽음을 각오했던 터라 목숨이 아깝지는 않았으나 마음에 크게 걸리는 게 하나 있었다.

재판장이 재판을 비공개로 진행하거나 변호인이 없어 법정에서 제대로 된 논쟁과 법리 다툼을 벌일 수 없다면 문제는 심각했다. 이토의 만행과 일본의 그릇된 욕망을 온 세계에 고발하고 대한제국의 억울한 처지를 호소할 길이 막막했던 것이다. 안중근이 이 거사에 나선 가장 큰 목적은 세상의 이목을 대한제국 문제에 집중시키는 것이었다. 안중근의 고민이 점점 깊어갔다.

3

검사 미조부치가 들어서자, 히라이시 고등법원장이 환한 미소를 지으며 평소 그답지 않게 요란하게 를 맞았다.

"바쁜데 불러서 미안하네. 차는 무얼 할 텐가?"

"아무거나 주십시오. 그런데 무슨 일로 부르셨습니까?"

"허허, 이 사람 성미 급하긴. 숨이나 돌리고 얘기하세."

반백의 신사 히라이시는 자식 얘기며 지난 출장 때 다녀온 상해 풍경 얘기며 이런 저런 신변잡기를 주절주절 늘어놓다가 슬그머니 안중근 얘기를 꺼냈다.

"자네가 보기에 안중근이란 친구는 좀 어떤가?"

미조부치는 법원장이 난데없는 수선을 피울 때부터 대강 눈치는 챘지만, 설마 안중근을 입에 올리지는 않을 것이라 생각했다. 미조부치는 판사가 검사를 불러놓고 조사 중인 피의자에 대해 묻는 것이 몹시 언짢았다. 그가 은근히 히라이시를 비꼬며 들으란 듯이 말했다,

"영혼이 아주 맑은 사람입니다. 피의자 신분만 아니라면 평생 친구로 사귀고 싶은 사람이지요."

"하하, 자네도 나와 생각이 비슷하군. 나도 그이를 한번 만나 봤

는데, 아주 진솔하더군. 자네에게 양해를 구하지 못하고 만나서 미안하네."

그의 말에 미조부치의 얼굴이 싸늘히 굳었다. 검사와 판사는 업무 영역이 엄연히 구분되어 있다. 검사와 판사가 상대방의 업무에 관여하는 일은 절대 있어서는 안 되는 법조계의 금기사항 가운데 하나다. 법의 안정성을 해칠 수 있기 때문이다. 그는 몹시 불쾌해 히라이시의 사과에도 불구하고 얼굴을 펴지 않았다. 히라이시가 눈치를 채고는 재차 사과를 하며 그의 화를 풀려 애썼다.

그에게 히라이시는 하늘같은 대학 선배이기도 했고 그에게 여러 가지 편의를 봐준 일이 있어 그도 더 이상 고집을 피울 수만은 없어 히라이시의 사과를 받아들이고 화를 풀었다. 그러자 히라이시가 찻잔을 내려놓고는 슬그머니 물었다.

"자넨 안중근을 어떻게 처리할 건가?"

"정치적 확신범이니 법에 따라 구형을 할 생각입니다."

"그래 맞아. 정치적 확신범이니 사형은 힘들겠지?"

"당연합니다."

"그런데 말이야, 문제가 좀 있어."

"……."

"그리 되면 조선 문제가 아주 복잡해질 거야."

히라이시가 싸늘한 표정으로 그를 바라보며 의미심장한 눈빛을 던졌다. 미조부치는 자신을 은근히 압박하는 그의 눈길을 외면하고는 사무적인 어투로 말했다.

"저는 검사입니다. 조선 문제는 정치인들이 알아서 할 일이고, 저는 법의 원칙에 따라 안중근에게 구형을 하면 됩니다. 구형에 정치적인 문제까지 결부시킬 순 없습니다."

"자네 말이 옳아, 당연하지. 나도 그렇게 생각하네. 하지만 말이야, 법의 정신이나 법의 정의를 세우는 일도 중요하지만 검사에게는 국가관이란 것도 필요하네. 검사에게는 국가의 안보를 지킬 책임도 있지. 자네는 그 책임을 회피할 생각인가?"

구슬리고 달래던 아까와 달리 히라이시가 다소 고압적으로 변했다. 더 이상 그와 대화를 하는 게 곤란하다 싶어 미조부치가 자리에서 벌떡 일어나자, 히라이시가 정색을 하며 호통까지 쳤다.

"자네, 왜 이리 급한가? 내 말은 아직 안 끝났네."

"……."

"앉게!"

"괜찮습니다."

"좋아, 그럼 서서 듣게."

"……."

미조부치의 시선은 히라이시의 등 뒤에 걸린 그림을 향하고 있었다. 미조부치의 태도는 히라이시의 말에 더 이상 개의치 않겠다는 뜻이 분명했다. 하지만 히라이시 역시 고집을 꺾지 않고 자기 생각을 끈질기게 전했다.

"제국정부의 방침은 이미 정해졌네. 자네가 사형을 구형하지 않아도 제국정부는 그를 죽일 것이야. 하지만 내 말을 들으면 그를 살릴 방법이 전혀 없지는 않을 것이네."

미조부치가 그의 말에 벌컥 화를 냈다.

"지금 저와 흥정을 하자는 겁니까?"

"아무려면 어떤가? 자네가 그를 정말 살리고 싶다고 하지 않았는가? 그렇다면 절대 그 자를 정치적 확신범으로 몰아서는 안 되네. 그렇지 않으면 죽음을 피할 수 없네. 자네가 그의 범행을 개인적 영웅심에 따른 단순 살인으로 몰아간다면, 제국정부도 그에게 온정을 베풀 것이네. 이토 공 같은 분을 죽인 흉악범도 우리 일본국은 인도주의 정신에 입각해 용서할 수 있어. 우리는 그 정도의 인정은 있네."

고양이 쥐 생각하듯 말하는 히라이시의 행동에 미조부치가 쓴웃음을 지었다. 안중근이 정치적 확신범으로 판결이 날 경우, 일본 제국정부의 조선 정책에 문제가 있다는 걸 세상에 인정하는 꼴이 되기 때문에 일본 정부는 안중근의 재판에 전전긍긍하고 있던 것이다.

"선배님, 하찮은 적장의 목을 벨 때도 예의를 갖추는 법입니다. 하물며 안중근 같은 사람에게야 제가 어찌해야겠습니까? 제가 그에게 단순 흉악범으로 사형을 구형한다면, 이는 그를 두 번 죽이는 것입니다. 만약 제가 그를 죽여야 한다면 영웅답게 깔끔하게 보낼 겁니다."

"하하, 역시 미조부치야. 난 자네의 그 시퍼런 정의감이 아주 좋아. 자네를 보면 날카로운 칼을 휘두르는 냉정한 사무라이 같거

든. 내가 자네를 귀하게 여기는 건 그 때문 아닌가? 그런데 말이야, 자네 아버지가 요즘 사회주의 운동을 하고 있더군."

히라이시의 말에 미조부치가 놀라서 순간 움찔했다.

"무슨 말입니까?"

"본토에서 요즘 불온사상을 가진 사람들을 잡아들이는 건 자네도 알고 있지?"

"……."

"아마 자네 아버지가 투옥이 되면 살아 나오기는 힘들 것이네. 게다가 아버지 회사도 문을 닫겠지? 삼백 명이나 되는 직원들은 하루아침에 실업자가 될 테고……. 어찌해도 죽을 안중근 한 사람 때문에 아버지를 죽게 하고 죄 없는 노동자들을 실업자로 만드는 것이 온당한가? 나라의 안위가 걸린 문제네. 어느 쪽이든 명분은 있지만, 나 같으면 비굴함을 무릅쓰고라도 일단은 가난한 노동자들을 구하겠네. 잘 선택하게."

4

만취해서 귀가한 미조부치는 아내 하나꼬를 보자마자 그녀의 품에 털썩 안겨 울음부터 터뜨렸다.

"하아–나–아–꼬–오오!"

"술도 못 드시면서 웬 술을 이렇게 많이 드셨어요?"

"미칠 것 같아서⋯⋯. 아, 나 이 좆같은 검사 생활 그만둘 거야!"

미조부치는 실성한 사람마냥 울다가 웃다가 노래를 부르고는 다시 다다미 바닥에 납작 엎드려 흐느꼈다. 생전 처음 보는 남편의 술주정에 하나꼬는 어찌할 바를 모르고 걱정스런 마음에 수건을 든 채로 그의 곁에서 종종걸음만 쳤다.

"동네 사람 창피하게 정말 당신 왜 이래요?"

"뭐가 창피해? 나 미조부치는 이러면 안 되는 거야? 내가 검사라서?"

미조부치의 손바닥만 한 얼굴이 고통으로 일그러져 있었다. 그녀는 영문을 몰라 애가 탔다.

"당신, 무슨 일 있어요?"

그가 초점 없는 눈으로 그녀를 물끄러미 바라보았다.

"하나꼬! 당신, 나 존경한다고 그랬지?"

"그래요. 난 세상의 어느 누구보다 당신을 존경해요. 심지어 제 친정아버지보다도요."

"그래? 그렇다면 난 정말 멋진 놈이구만. 마누라한테 이런 극찬을 받다니⋯⋯. 하하."

그가 허탈한 웃음을 흘리며 아내에게 물었다.

"그런데 하나꼬, 왜 날 존경하는 거지? 왜?"

"당신은 정직하잖아요. 그리고 정의로운 사람이잖아요!"

"정의롭다고? 허, 정직하다고? 내가? 정직, 정의가 다 얼어 죽었나 보다. 난 비겁한 놈이야. 난 비열한 놈이야. 난 살 가치도 없는 놈이야. 여보, 하나꼬. 술 좀 더 가져와, 응…….."

하나꼬는 잠깐 망설이다 미조부치가 계속 자책하는 걸 보고는 그가 가엾어서 작은 술상을 봐왔다. 그녀가 한쪽 무릎을 세우고 다소곳이 앉아 그에게 술을 따랐다.

"당신, 무엇 때문에 그렇게 고통스러워하세요?"

"내가 주책을 좀 부렸지?"

"아니에요."

"미안해."

미조부치는 아내가 따라준 따뜻한 사케를 한 모금 마시고는 쓸 쓸히 미소를 지었다.

"당신은 기독교인이니까, 가룟 유다를 잘 알지?"

"그래요."

"그 사람은 왜 예수를 총독 빌라도에게 팔았지?"

"믿음이 부족한 탓이지요."

"다른 이유는 없어?"

"자기 딴에는 이스라엘 민족을 위해 예수를 팔았다고 생각하겠 지요."

하나꼬는 교회라면 질색을 하는 남편이 뜬금없이 가룟 유다를 물어 별일이다 싶어 고개를 갸웃거렸다.

"그래, 맞아. 인간은 누구나 자기 행동에 대한 제 나름의 사정과 이유를 다 갖고 있지. 그래도 그자는 자신을 위해 예수를 팔진 않 았잖아……. 그런데 난 말이야, 내 아버지의 안전과 삼백 명 노동자의 일자리를 지킨다는 알량한 이유로 세상을 위해 일어선 한 영웅을 팔아먹기로 했어. 어쩌면 내 영혼을 판 것인지도 몰라! 예수에게 가시 면류관을 씌워주며 그에게 야유를 퍼붓고 조롱했던 로마 병정들처럼……. 내가 이제 그 영웅을 모욕하기로 했어. 핍박을 받는다고 예수의 존재와 가치가 퇴색되는 건 아니잖아? 오히려 더 빛이 났지. 영광도 더해졌고……. 박해와 탄압은 언제나 그 사람을 더 아름답게 만들지, 그렇지 않아?"

왕방울만 한 미조부치의 눈에도 호수같이 그으한 하나꼬의 눈에도 눈물이 그렁그렁했다.

"그래서 나도 그렇게 마음먹었어. 더 지독하고 더 악랄하게, 그에게 모욕을 주고 조롱할 것이라고. 그러면 그가 정말 하늘의 별처럼 더욱 빛날 수 있을까?"

미조부치가 낙심한 표정으로 어깨를 들썩이며 울먹이자 하나꼬가 눈물을 훔치고는 그를 살며시 감싸 안았다.

5

지바의 말대로 안중근의 변호인단이 제출한 변호사 선임계는 법원에 의해 끝내 받아들여지지 않았고, 대신 미즈노라는 국선 변호인이 선임되었다. 재판을 요식행위로 끝내겠다는 일본 정부의 의도가 분명해지고 있었다.

그사이 진남포에 있던 가족도 연해주로 옮겨와 정근·공근 두 동생을 면회해 가족과 고향 소식을 전해 들었다.

빌렘 신부가 그를 위해 칠 일간 단식기도를 했다는 말을 동생들에게 듣고는 고마움의 눈물을 흘렸고, 최재형이 그의 가족을 보살펴주고 있다는 전언에는 그에게 진심어린 감사의 인사를 전한다는 말을 동생들에게 남겼다.

그동안 그는 미조부치에게 일곱 차례에 걸쳐 심문을 받았고, 조선통감부에서 파견된 사카이 경시에게도 열한 차례 조사를 받았다.

미조부치의 심문이 주로 이토 저격 과정에 대한 것이었던 반면 사카이 경시의 조사는 국내 연루자들에 대한 질문이 대부분이었다. 사카이 경시는 조선말에 능했고 처벌과 상관없는 조사를 한 탓에 그에게 무척 친절하고 따뜻하게 대했다. 이 탓에 안중근은 이념적·정치적 견해 차이만 없다면 그를 벗으로 사귈 만한 인물이라 생각했다.

하지만 안중근은 돌변한 미조부치 때문에 무척 당황했다. 친구같이 살갑게 굴던 사람이 어찌된 영문인지 하루아침에 안색을 바꾸었다.

"진남포에서 삼합의란 회사를 차린 적이 있지요?"

"그렇소."

"손해를 많이 보았다지요?"

"그건 왜 묻소? 이 사건과 관련이 없는데……."

"직접적인 관련이 없다는 건 나도 아오. 하지만 사건을 이해하는데 보충자료가 필요해 묻는 것이니 오해는 마시오. 삼합의를 파는 과정에서 동생과 많이 다투었다고 들었소."

"형제간에 흔히 있을 수 있는 일이오."

"동생이 평소에는 당신 말이라면 껌뻑 죽었다던데, 동생이 당신에게 화를 크게 낸 걸 보면 문제가 아주 심각했던 모양이지요?"

"관련이 없는 일이라 하지 않소!"

미조부치가 개인사를 집요하게 캐묻는데 화가 난 안중근이 버럭 고함을 질렀다. 그럼에도 미조부치는 눈도 깜짝하지 않고 질문만 계속 던졌다. 안중근은 자신을 모욕하는 그의 물음에 넌더리가 날 지경이었다.

"지난 두 해 동안 연해주에서도 당신은 직업도 없이 지냈소. 대체 그 생활비는 어디서 난 것이오? 내가 알아보니 진남포 가족들도 형편이 넉넉하지 않아 돈을 보내지 않은 것으로 아는데……."

"동포들을 찾아 강연을 다녔고, 동포들이 십시일반 거둬준 강연료로 생활했소. 때로는 동포들의 농사일을 도우며 얼마간의 노임을 받아 생계를 꾸렸소."

"허허, 난 당신이 솔직한 사람인 줄 알았는데 참 실망했소. 당신한테 돈을 뜯겼다고 증언한 한인이 대여섯이나 있소. 게다가 무전취식으로 경찰에 당신을 고소한 사람도 있던데, 그건 대체 어찌된 일이오? 아리랑이란 술집에서도 여러 번 다툼이 있었던 것으로 알고 있소."

미조부치의 어조가 이젠 배꼽 아랫동네 일까지 들먹일 것 같은 기세였다. 그의 말이 가관이라 안중근은 어이가 없었다. 그가 심드렁한 표정으로 반박했다.

"대체 그 돼먹지 않은 허튼 얘기는 어디서 주워들었소? 당신은 나를 아주 형편없는 모리배로 둔갑시키고 싶은 모양인데, 당신이 그리 끌고 가고 싶으면 가시오. 그렇다고 진실이 바뀌는 것은 아니오."

"너무 흥분 마오. 당신의 주장이 옳은지 내 조사 내용이 옳은지 그 진실 여부는 곧 밝혀질 테니."

안중근은 자신을 일반 잡범 취급하는 미조부치의 심문 태도에 화가 나 속이 부글부글 끓었다. 그의 얼굴을 계속 보고 있다간 아침에 먹은 밥을 숫제 토할 것 같아 눈을 감았다. 그는 더 이상 미조부치의 질문에 답변하고 싶지 않았다. 하지만 미조부치의 물음은 검사답게 집요했다.

"이토 공을 저격하기 전에 당신에 대한 한인들의 평판이 좋지 않았던 걸로 알고 있소. 여자에게 눈이 멀어 정신을 못 차린다는 말도 있고, 술주정꾼에 인간 말종이라는 평도 있고, 조선에서 먹고 살기 힘들어 처자식 버리고 도망 나왔다는 소문도 있소. 소문이란 게 원래 다 맞는 말은 아니지만, 그래도 아니 땐 굴뚝에 연기가 나겠소? 난 당신이 궁지에 몰리다 보니 여기서 빠져나오려고 사람들의 관심을 한번 끌어볼 얄팍한 마음에 이토 공을 저격한 건 아닌가 생각하오. 어떻소? 내 추리가 틀렸소?"

안중근은 기가 막혔다.

'대체 이 친구가 왜 이러는 것인가? 뭘 잘못 먹었나?'

그는 불현듯 미조부치가 보이지 않는 거대한 힘에 의해 조종당하고 있는 게 아닌가 하는 생각이 번쩍 들었다. 평소의 미조부치는 억측과 궤변을 몰랐고 상식이 통했다. 그는 미조부치의 억지에 속이 상하기는 했지만, 이 같은 생각을 지울 수 없어 그가 측은해 보이기도 했다.

"이보시오, 미조부치 검사. 소설을 쓰려거든 재대로 쓰시오. 그렇게 형편없게 써서 글이 팔리겠소? 당신한테 피치 못할 사정이 있나 본데 그건 당신이 알아서 하고, 내 생각과 내 신념엔 변함이 없소. 이젠 그만합시다."

안중근의 말속에는 그에 대한 조롱과 비하의 느낌이 가득했지만 자존감 높은 미조부치의 안색에 일절 동요의 빛이 없었다.

"좋소. 대신 다른 것 두어 가지만 더 물어봅시다. 당신은 왜 이토 공 외에 다른 사람들을 쏘아 세 명이나 부상을 입혔소?"

"사진으로 이토를 보았던 터라 쏘고 나니 정말 내가 이토를 제대로 쏜 것인지 확신이 들지 않았소. 그래서 이토로 의심되는 일본인들을 향해 총을 쏜 것이오. 그 사람들에겐 정말 미안하게 생각하오."

"알겠소. 그런데 당신은 독실한 천주교도로 알고 있소. 맞소?"

"그렇소."

"이토 공이 숨진 걸 알고 기도했다고 하던데 대체 어떤 기도를 했소?"

"이토의 영혼을 불쌍히 여겨 천주께 거두어 달라고 부탁드렸고, 살인을 한 저의 죄를 용서치 마시고 엄히 벌해달라고 간구했고, 이토의 죽음이 헛되지 않게 암울했던 아시아 지역에 평화의 기운이 싹틀 수 있게 해달라고 간구했소."

"그렇다면 당신은 당신의 죄를 인정하는 것이오?"

"난 내 죄를 신앙적으로 인정하는 것일 뿐, 세속적인 기준은 아니오."

"무슨 차이가 있소?"

"종교적으론 분명 사람을 해친 것이니 죄가 맞소. 그러나 나는 군인의 신분이오. 그리고 우리 대한제국과 일본은 지금 전쟁 중이오. 난 대한제국 참모중장 자격으로 적의 수괴를 사살한 것이오. 그러니 군인으로서는 마땅한 일을 했소. 내 집에 든 도둑을 보고 어찌 군인이 가만히 있을 수 있겠소? 지금 당신이 나를 일반 형법의 기준에 따라 심문하는 건 이치에 맞지 않으니, 나를 기소하려거든 만국공법(국제법)에 따라 내 문제를 처리해주시오. 난 형사범이 아니라 전쟁포로요!"

안중근의 주장에 미조부치가 고리눈을 하고 그를 노려보며 책상을 내리쳤다.

"이봐요, 안 선생. 나하고 장난하자는 거요? 당신네 군대는 해산되고 없소. 당신이 군인이니 전쟁포로니 그런 말을 함부로 지껄이는데, 말조심하시오. 당신이 감상에 젖어 법정에서까지 군인이니 전쟁포로니 하는 쓸데없는 말을 계속하면 대한제국 황제의 신변이 아주 위태로워질 수 있소. 당신 신념이 어떠하든 상관없소. 하지만 제발 말은 가려서 하시오. 내 마지막 충고요."

안중근은 그가 하도 불같이 화를 내 그의 지적에 잠깐 어리둥절한 표정을 지었다.

"그게 무슨 뜻이오?"

"자세히 알 것까진 없소. 당신은 조심만 하면 되오."

일본인 통역과 서기가 곁에서 지켜보고 있었다. 이 때문에 미조부치는 더 이상 구체적으로 얘기할 수 없어 말을 아꼈고, 무언의 눈빛으로 자신의 생각을 그에게 조심스럽게 전했다.

안중근은 심상치 않은 그의 눈빛에서 그의 진심을 읽었고, 감정에 너무 치우쳐 자신이 실수를 했다는 생각이 들자 민망한 나머지 잠시 머쓱해졌다. 일본 정부에서는 안중근의 이토 저격 사건이 벌어지자 배후에 태황제인 고종의 입김이 있지 않았나 의심했다.

고종이 여전히 통감부의 눈을 피해 의병들에게 군자금을 몰래 보내고 있다는 이야기가 꾸준히 나돌았고, 최근 항일 투쟁에 나선 의병들이 고종의 복위를 유난히 주장하고 있었다. 일본이 뒷방 영감 취급했던 고종을 다시 예의주시하는 건 당연했다. 만에 하나 안중근 사건을 기화로 고종에 대한 일본의 의혹이 사실로 확인된다면, 일본은 이를 일본에 대한 대한제국의 선전포고로 간주할 생각으로 고종을 살피고 있었다.

외무성에 몸담고 있는 대학 동기에게 이 같은 소식을 전해 들었던 터라 미조부치는 안중근이 자신을 대한제국의 군인으로 주장하는 것을 보고 화들짝 놀란 것이다.

지금 시국은 무엇이든 코에 걸면 코걸이요 귀에 걸면 귀걸이가 되는 세상이었다. 한마디 말 실수가 큰 화를 부를 수 있었다. 그는 일촉즉발의 이 상황에 대해 안중근에게 경각심을 일깨워주고 싶었다.

미조부치는 한동안 바늘로 찔러도 피 한 방울 흘리지 않을 사람마냥 안중근에게 냉정하게 대하더니, 막상 일이 닥치자 꼭 감추고 있던 안중근에 대한 그의 애정이 슬그머니 고개를 내밀었다.

"당신의 말을 들어보면 꿈이 거대하고 할 일도 많은데, 이토 공을 쏘고 왜 도망가지 않았소? 사람이 많고 혼란스러워 충분히 도망갈 수 있었을 텐데, 당신 권총에는 총알도 남아 있지 않았소?"

안중근을 바라보는 미조부치의 눈에는 그에 대한 안타까움이 가득 서려 있었다. 차라리 안중근이 현장에서 도주를 했으면 자신이 이런 고민을 하지는 않았을 것이란 책망의 눈길 같기도 했다. 아무튼 미조부치의 심사는 아주 복잡했다.

"내가 이토 한 사람을 죽이는 것만을 목표로 했다면, 나도 당연히 달아났을 것이오. 하지만 내 목적은 그게 아니오. 온 세상에 대한제국의 처지를 호소하고 동양평화를 이루기 위해 거사를 결행한 것이니, 어찌 도망갈 생각을 하겠소? 다행히 이 사건에 대한 세상의 관심이 뜨겁다고 하니 나로서는 이보다 다행한 일이 없소. 앞으로 나는 이 사건에 관심을 갖는 사람들을 대상으로 내 의견과 주장을 계속 펴나갈 생각이오."

안중근의 얘기에 미조부치가 고개를 끄덕이며 들고 있던 두꺼운 심문조서를 조용히 덮었다. 그는 안중근을 참으로 희한한 사람이라 생각했다. 그를 처음 만난 이래로 안중근은 한결 같았다. 그는 시종 비굴함이 없이 당당했다.

미조부치의 눈에 일반적인 자객들과 안중근 사이엔 확연한 차이가 있었다.

첫째는 테러 대상의 성격 차이다. 대개의 자객들이 테러 대상으로 삼는 이들은 그 혐의가 구체적이지 않고 모호하다. 또 이들의 테러는 종교나 이념의 갈등에 따른 것들이다. 이 때문에 보는 시각과 입장에 따라 테러 대상의 성격은 극명하게 엇갈린다. 그런데 안중근이 테러 대상으로 삼은 이토의 혐의는 매우 구체적이다. 조선 사람들의 의사에 반해 한 국가를 강제로 전복시켰고, 황제를 강압에 의해 퇴위시켜 정권을 찬탈했고, 무력으로 조선 민중을 학살한 혐의가 있었다. 이 외에도 용서받기 힘든 혐의가 존재한다. 이토의 범죄 혐의는 누가 보아도 법리적으로 변명의 여지가 없다. 미조부치는 검사로서 이토의 혐의를 인정했다.

둘째는 명분의 차이다. 통상적인 자객들은 자기 조국의 정치적 목적을 위해 일하거나 아니면 원한과 증오에 눈이 멀어 복수에 나서는 게 대부분이다. 이 탓에 이들의 테러 명분은 아주 미약하고 심지어 구태의연하기까지 하다. 명분은 아주 개인적이거나 기껏 한 집단이나 한 사회 혹은 한 국가의 이익만을 대변할 뿐이다. 그래서 이들의 테러에는 인간의 더러운 이기심이 내포되어 있다. 반면에 안중근의 이토 저격은 공익적인 성격이 아주 강하다. 그는 이토 저격 명분으로 동양평화, 나아가 세계평화를 내걸었다. 그는 이토 저격을 통해 발호하는 제국주의자들의 무분별한 야욕에 경종을 울리고자 했다. 그래서 미조부치는 안중근의 이토 저격을 세상과 인간에 대한 그의 순수한 사랑이 발로한 사건이라 보았다.

셋째는 테러 방식의 차이다. 여느 자객들은 테러 대상을 테러 목적으로 삼는다. 테러 방식도 잔혹하고 때로 불특정 다수를 노려 억울한 희생자를 양산한다. 이들은 복수를 하고 상대의 가슴에 두려움과 공포를 심어주는 것에 주력한다. 이토가 젊은 시절 존왕양이(尊王洋夷) 정신에 젖어 영국공사관에 방화했던 게 이런 테러의 한 유형이다. 하지만 안중근은 권총을 사용했고 혐의가 분명한 이토만을 노렸다. 그리고 목적을 달성한 후에 몸을 감추는 다른 자객들과 달리 스스로 체포되길 원해 현장에서 떠나지 않았다. 그는 이토를 죽이는 것만이 목적이 아니었다. 세상에 자신의 뜻을 알리고자 했던 더 큰 목적이 있었다.

미조부치는 안중근의 사상과 세계관에 엄청난 충격을 받았다. 그는 안중근의 매력에 푹 빠져 있었다. 그의 눈에 비친 안중근은 양심의 소리를 따라 자신의 인생을 꾸려온 올곧은 신념의 사나이였다. 그는 안중근을 보고 있자니 마음이 착잡했다.

일주일 후면 첫 공판이 있는 날이다. 간수의 부축을 받고 자리에서 일어서는 안중근을 보고 가는 한숨을 내쉬며 미조부치가 그에게 손을 내밀었다.

"이젠 여기서 더 볼 일이 없을 것이오. 법정에서 봅시다. 신의 가호를 비오."

"오늘이 마지막 신문이었소?"

"그렇소."

"여러 가지로 고마웠소. 그리고 너무 부담 갖지 마시오. 어떤 경우에도 난 당신을 원망하지 않을 것이오."

감정에 복받쳐 미조부치가 눈시울을 붉혔다. 일단은 안중근에게 너무 미안했다. 그의 가슴에는 안중근에 대한 죄스러움, 자책감, 부조리한 사회에 대한 분노, 인간의 이기심에 대한 환멸 등 다양한 감정이 뒤섞여 꿈틀댔다.

"당신은 정말 멋진 사람이오. 내 평생에 가장 멋진 사람으로 당신이 기억될 것이오."

"고맙소. 당신도 멋진 사람이오. 부디 일본과 조선 사이를 잇는 좋은 가교가 되어주시오. 아무튼 일주일 후에 봅시다."

안중근은 세 평 크기의 취조실을 나와 회벽 칠이 된 기다란 복도를 따라 걸어 나갔다. 미조부치는 문 앞에 서서 줄곧 그를 바라보다 그가 시야에서 사라지자 주먹으로 벽을 치고는 중얼거렸다.

"제기랄, 이 빌어먹을 세상!"

6

"피고인, 마지막으로 더 할 말은 없는가?"

"이미 내 말문을 다 막아놓고 무슨 말을 하라는 것이오? 방청객이라도 있다면 모를까, 이렇게 비공개로 재판을 진행하는데 난 할 말이 없소."

인중근은 재판장의 재촉에도 불구하고 불만스런 표정을 거두지 않고 입을 다문 채 마나베 재판장을 노려보고 있었다. 3차 공판이 이토에 대한 안중근의 비판으로 파행이 되면서, 재판장 마나베는 소란을 우려해 이후 재판은 방청객 없이 비공개로 진행했다.

재판장이 방청객의 참관을 막아 안중근으로서는 이토 저격의 목적을 세상에 밝힐 길이 막혔다. 이 때문에 그는 마나베 재판장의 일방적인 처사에 분노해 3차 공판 이후 입을 굳게 다물었다.

최후 진술에 나선 5차 공판에서도 안중근은 여전히 진술을 거부했다. 재판장 마나베는 세계의 이목이 집중된 이 사건을 일주일도 안 되는 짧은 시간에 집중 심리하느라 몹시 지쳐 몸이 천근만근 무거웠다.

윤기가 잘잘 흐르던 얼굴이 일주일 사이에 까칠해진 것만 보아도 그의 피로감이 대략 어느 정도인지 짐작할 수 있었다. 그래서 그는 이미 결론이 나 있는 이 사건을 빨리 끝내고 휴가를 얻어 고향 도야마의 온천에나 한번 다녀올까 생각하고 있었다.

안중근은 묵비권을 행사하며 눈을 부릅뜨고 마나베를 노려보았다. 그는 안중근의 태도에 비위가 상했다.

'참 건방진 놈이군!'

마나베는 눈살을 잔뜩 찌푸린 채 그를 쨰려보더니 무슨 생각이 들었는지 갑자기 짐짓 근엄한 표정을 지었다.

"피고인이 이 기회를 놓치면 더 이상 진술할 기회가 없다. 잘 생각해라. 오 분의 시간 여유를 줄 테니 하고 싶은 말이 있으면 해보라."

마나베는 이토를 죽인 안중근을 야만인이라 여겼고, 자신은 안중근과 같은 야만인과는 전혀 차원이 다른 문화인이라 생각했다. 그래서 그는 재판을 참관하는 사람들에게 선전할 목적으로 안중근에게 오 분의 추가 진술 기회를 주었다. 안중근의 무례에도 불구하고 그를 배려하는 진정한 문화인다운 자신의 너그러움을 한껏 과시하고 싶었던 것이다.

안중근이 그의 말에 비웃기라도 하듯 냉소를 지으며 굳게 닫아걸었던 입을 열었다.

"좋소. 재판장께서 넓은 아량으로 오 분이란 긴 시간을 주어 감사하오만 달리 할 말은 없소. 다만 시간을 주시니 하나만 얘기하겠소."

"말해보라."

입에 자물쇠를 채운 듯 진술을 한사코 거부하던 안중근이 말을 하겠다고 나서자 재판장 마나베가 몸을 앞으로 구부리고는 호기심 어린 눈을 반짝이며 귀를 쫑긋 세웠다.

"모레는 선고가 있는 날이오. 그날의 선고 결과는 사천만 일본인들의 인격의 무게가 어떠한지 그 근수를 온 세계에 보여줄 것이오. 재판장님, 부디 일본의 양심이 살아 있기를 바랄 뿐입니다. 이상이오."

그가 내던진 뜻밖의 말에 마나베 재판장은 얼굴이 붉으락푸르락 변했다.

"지금 피고는 이 법정을 모독하고 있는 것인가? 아니면 우리 일본인들을 비난하고 있는 것인가?"

살기등등한 재판장의 노기에도 안중근은 동요 없이 태연한 얼굴을 하고 천천히 그의 말을 받았다.

"난 신성한 법정을 모독할 생각도 없고 일본인들을 미워할 마음은 더더욱 없소. 난 이미 이토의 불쌍한 영혼도 용서한 사람이오. 난 일본 국민과 우리 대한제국 국민이 함께 잘 살기를 바라고 있소. 앞서 말했듯이 난 다만 정의와 양심이 일본인의 가슴에 살아 있길 바랄 뿐이오."

마나베 재판장의 입 꼬리가 씰룩거렸다. 그는 안중근이 자신은 물론이고 일본 전체를 노골적으로 욕보이고 있다고 생각했다. 그는 안중근의 오만방자한 태도를 자신이 당장 고쳐놓을 수는 없다고 해도 재판장으로서 그의 무례를 보고도 지나치는 것은 도리가 아니라는 생각이 들었다. 안중근에게 따끔한 한마디 충고는 해야겠다고 다짐하며 목청을 높였다.

"피고는 살인이라는 악행을 저지르고도 끝내 반성의 기미를 보이지 않고 오로지 이 법정을 야유하고 조롱하는 데만 혈안이 되어 있다. 정상을 참작해줄 개전의 정이 없다는 점이 나로서는 안타깝지만, 나로서도 더 이상 어찌할 도리가 없다. 이틀 후 최종 공판이 있다. 그때까지 몸과 마음을 잘 다스리길 바란다."

마나베가 싸늘한 표정으로 5차 공판 종료를 알리는 방망이를 두드리자, 간수들이 득달같이 달려와 안중근의 양쪽 팔을 붙잡아 서둘러 그를 끌고 나갔다.

법정 밖에는 이전보다 세 배나 넘는 일 개 중대 규모의 호송 병력이 중무장한 채 대기하고 있어 안중근의 눈을 휘둥그렇게 했다.

'무슨 일이 있나?'

방청을 위해 법원을 찾았다가 재판을 비공개로 진행하는 바람에 입장하지 못한 일본인들은 영하 20도가 넘는 칼바람에도 아랑곳하지 않고 법원 마당에서 반한(反韓) 집회를 벌이고 있다가 그가 모습을 드러내자 소란을 피웠다.

법원 마당에 모인 일본인은 거의 오백여 명에 달했는데, 어용 단체에서 일하는 일본인들이 대부분이었다.

"저놈을 죽여라!"

"이토 공의 원수를 갚아야 한다."

"저런 살인마에게 어찌 은혜를 베푼단 말인가? 먹이지도 말고 재우지도 말고 굶겨서 죽여라!"

안중근은 만만치 않은 수형생활에도 불구하고 오히려 체중이 이전보다 늘었다. 그가 조바심을 내지 않고 자신의 마음을 잘 다

스린 데다 여순 당국이 그에게 충분한 음식을 제공한 덕이다. 일본인들은 안중근에게 특별대우를 하고 있는 여순 감옥 당국을 못마땅하게 생각했지만, 안중근에 대한 당국의 호의는 외국의 시선을 의식한 면이 강했다. 그들은 살인자에 대해서도 일본은 온정을 베풀줄 아는 문명국이란 사실을 대내외에 선전하고 싶었던 것이다. 속으로는 온갖 음흉한 생각을 다 품으면서도 겉으로는 문명인을 자처하는 일본의 이중성이 그대로 드러나고 있었다.

양쪽으로 길게 늘어선 일본인 군중 사이를 지나쳐 안중근이 마차에 오르는 순간 간수들이 수건으로 갑자기 그의 눈을 가렸다.

"왜 이러는 건가?"

"별일 아니오."

안중근이 탄 호송 마차는 무언가에 쫓기듯 법원 마당을 쏜살같이 빠져나갔다. 안중근은 심상치 않은 일이 벌어진 게 틀림없다고 판단했다.

마차는 평소와 달리 여순 시내를 관통했다. 일본군의 통행금지 조치로 도로가 텅 비어 있어 마차는 거침없이 시내를 질주했다.

시내를 빠져나간 마차가 산모퉁이를 도는 순간 다이너마이트의 요란한 폭발음과 동시에 사방에서 총성이 울렸다. 안중근이 조직한 동의단지회 회원들이 안중근 구출을 위해 호송 마차를 급습한 것이다.

총알이 빗발치는 이 와중에도 안중근을 태운 마차는 순식간에 언덕을 넘어 여순 감옥으로 재빠르게 사라졌다. 호송 마차를 놓친

꺽다리 김기룡이 백규삼과 함께 언덕 위에 서서 멀어지는 마차를 넋 놓고 바라보며 눈물을 흘렸다.

내부에 밀고자가 있었던 것일까. 어찌된 영문인지 동의단지회의 안중근 구출 작전은 사전에 정보가 샜다.

영원히 사는 길

1

이틀 후 벌어진 6차 공판에서 재판장 마나베는 안중근의 이토 저격을 치밀한 계획 아래 저지른 범행이란 이유로 미조부치의 구형량에 따라 안중근에게 사형을 선고했다.

판사의 사형 선고가 내려지자 사람들의 반응은 각양각색이었다. 방청에 나선 일본인들은 이토의 원수를 이제야 갚게 되었다며 두 손을 번쩍 들고 환호성을 질렀고, 안중근의 두 아우는 비통한 한숨을 내쉬며 말없이 눈물을 훔쳤다. 취재에 나선 각국 기자들은 일본의 판결 결과를 납득할 수 없다는 듯 실망스런 표정으로 고개를 갸웃거렸다.

미조부치는 안중근에 대한 죄책감에 납빛이 되어 고개를 숙이고 있었다. 다만 그가 빠른 시일 내에 항소해 주기를 바랐다. 그래야 그를 살릴 수 있는 실낱같은 희망이라도 가질 수 있기 때문이었다.

항소를 하기 위해서는 닷새 이내에 재심을 요청해야 했다. 1심 결과에 대한 재심 요청이 없으면 안중근의 사형은 확정이 된다.

사형 선고에도 불구하고 인중근의 안색에는 눈곱만 한 동요의 빛도 없었고, 이미 사형을 예감했다는 듯이 태연한 기색이었다. 오히려 재판장 마나베가 제 발 저린 도둑처럼 당황해 얼굴을 붉혔다. 그 역시 이 재판의 부당함을 잘 알고 있었다.

하루이틀 시간이 흐르면서 안중근 주변의 인물들은 속이 바짝바짝 타들어갔다. 안중근이 무슨 생각을 하는지 항소의 뜻을 전혀 밝히지 않고 있었기 때문이다. 안중근은 한때 항소를 통해 다시 한 번 조선 문제에 대한 주변국의 관심을 불러일으키고 싶었지만, 어머니 조마리아 여사의 편지를 받고는 마음을 바꿨다.

사랑하는 아들아, 넌 이미 큰일을 했다. 온 조선 백성들이 네가 한 일을 기뻐하고 있다. 나 역시 네가 내 아들인 게 자랑스럽다. 사람을 죽인 것은 좋은 일은 아니나, 하느님께서도 너의 뜻을 알고 용서해 주실 것이다. 그러니 염려 말고 모든 걸 하느님께 맡겨라.

넌 항소에 대해 어떤 생각을 하고 있는지 모르나, 이 어미가 보기에 항소를 해도 왜놈들의 재판 결과는 바뀌지 않을 것 같다.

너에겐 매정하게 들리겠지만 이 어미는 네가 항소는 포기했으면 한다. 항소에 매달리면 목숨에 연연하는 인상을 사람들에게 줄 수 있다. 이건 네가 원하는 바가 아닐 것이다. 난 네 어미고 세상 누구보다 내 아들은 잘 안단다. 사내가 세상에 태어나 큰 뜻을 한번 세웠으면 언제 죽어도 나쁠 것은 없다.

한 번 죽어 영원히 사는 길을 갈 수 있다면 자랑스럽게 긍지를 갖고 그 길을 묵묵히 가라! 죽음으로써 뜻을 이룰 수 있다면 그 죽음은 귀한 것이다. 참으로 찬란한 보석 같은 죽음이 될 것이니 잠시 잠깐 살다가는 헛된 인생을 버리는 게 무엇이 아깝겠느냐? 우리 가족의 가슴에 우리 조선 민족의 가슴에 네가 새긴 큰 뜻이 살아 있으니, 네 이름 석 자는 영원히 우리에게 남을 것이다. 그러니 어찌 네 죽음이 가벼울 수 있겠느냐?

네가 밝힌 뜻은 언젠가 온 세상을 울리는 큰 울림이 되어 되돌아올 것이다. 하느님께 모든 걸 맡겨라!

사랑한다, 아들아. 마지막으로 내 아들 이름 한번 크게 불러보마. 응칠아! 중근아! 큰아이야! 분도 아비야! 정말 사랑한다. 이제 하늘에서 이 어미와 만나자꾸나. 천주께서 부르실 때 나도 너를 뒤따라가마! 잘 가거라!

　

동생들이 전한 어머니의 편지에 안중근은 가슴이 뭉클해져 하염없이 눈물을 흘렸다. 그는 아내 김아려에게 몹시 미안했지만 어머니의 뜻을 받아들여 항소를 포기했다. 어머니의 뜻이 자신의 생각과 다르지 않았기 때문이다. 그는 이제 정말 자신이 편안하게 눈을 감을 수 있을 것이라 생각했다.

2

항소 마감 세 시간을 남겨두고 검사 미조부치가 사색이 되어 여순 감옥으로 황급히 안중근을 찾아왔다.

"안 선생, 왜 항소를 하지 않소? 이제 세 시간밖에 남지 않았소. 내가 재심 요구서를 가져왔으니 지장만 찍으시오. 지금 여유 부릴 시간이 없소."

미조부치는 안중근이 재심을 요청하길 기다렸지만 당일이 되고도 도통 기미가 없자 직접 재심 요구서를 작성해 달려왔다.

시간에 쫓긴 미조부치의 얼굴엔 초조한 빛이 역력했다. 커다란 눈을 두리번거리며 그가 허둥지둥 가방을 뒤적였고, 미조부치가 그 앞에 두 장짜리 서류와 인주를 내밀었는데 그의 손이 파르르 떨리고 있었다.

"안 선생, 내가 동그라미를 쳐놓은 데만 지장을 찍으면 되오. 어서 찍으시오!"

미조부치가 애걸하듯 간절한 목소리로 안중근을 채근했지만 안중근은 팔짱을 낀 채 강 건너 불구경하듯 서류만 물끄러미 바라보았다.

"안 선생, 시간이 없다지 않소? 어서요. 빨리 지장을 찍으시오. 항소를 하면 살 길이 있소!"

속을 끓이며 조바심치는 미조부치를 바라보며 시종 여유 있는 모습으로 웃던 안중근이 대답했다.

"검사님, 고맙소. 그 마음은 깊이 간직하겠소. 하지만 난 이미 죽기를 각오했소. 사람은 언젠가 한번은 죽기 마련이오. 일찍 죽으나 늦게 죽으나 찰나의 차이에 불과하오. 난 생에 대한 미련은 버렸고 죽음으로써 내 뜻을 세우기로 했소. 날 정말 도와주고 싶다면 날 이대로 내버려두시오. 목숨을 구걸하다 구차하게 죽는 것만큼 비참한 죽음은 없을 것이오."

"안 선생!"

미조부치는 안중근의 완곡한 거절에 안절부절 못하고 낙담한 나머지 땅이 꺼져라 깊은 한숨을 내쉬었다.

"모든 게 다 내 잘못이오. 다 내 탓이오. 당신에겐 정말 무어라 할 말이 없소."

미조부치가 회한에 젖어 흐느꼈고 안중근이 미조부치의 작은 손을 살포시 잡았다.

"다음 생에서는 우리가 좋은 친구가 될 수 있겠지요?"

"물론이오. 지금도 우리는 친구요. 말해보오. 나에게 부탁할 일이 있으면 무엇이든 말해보시오."

안중근이 눈물을 글썽이는 미조부치를 안쓰러운 눈으로 바라보며 나지막이 말했다.

"그럼, 하나만 부탁합시다."

"무엇이오?"

"부디 인종과 민족을 구분하지 말고 법 정신을 올바르게 지키는 곧은 검사가 되어주시오. 모든 사람이 이렇게만 산다면 언젠가 내가 간절히 원하는 동양평화가 올 것이오."

"알겠소. 꼭 약속을 지키리다."

안중근은 그에게 '사법정의 안민제세(司法正義 安民濟世)'란 휘호
를 지어 이별의 선물로 주었고, 마조부치는 그의 휘호를 가슴에
품고는 끝내 오열했다.

3

안중근은 자신이 마음을 정한 대로 항고를 하지 않았고, 항고
기간이 끝난 그다음 날 히라이시 고등법원장 면담을 요청해 그와
만났다.

"무엇 때문에 날 만나자고 했소?"

"부탁이 하나 있소."

"말해보오."

"내가 짓는 글이 하나 있소. 동양평화에 대한 글인데, 시간이 좀
걸리오. 그때까지만 사형 집행을 연기해줄 수 있겠소?"

"항고도 포기한 사람의 청인데 내가 무엇인들 못하겠소? 한 달
이든 두 달이든 충분한 시간을 줄 테니 마음껏 써보시오."

히라이시는 마음씨 좋은 이웃 아저씨처럼 선뜻 안중근의 요구
를 수락했다. 일본 정부의 각본을 충실히 수행한 어용판사였지만,
그 역시 일말의 양심은 있어 안중근에 대한 무리한 법 적용이 내

내 마음에 걸렸던 것이다.

이후 안중근은 일상으로 돌아와 평소보다 더 바삐 시간을 보냈다. 자신의 어릴 적 이름을 딴《안응칠 역사》를 지어 자신의 인생을 차분히 정리했고, 자신의 지론인 동양평화를 위해《동양평화론》이란 글을 짓는 데도 착수했다. 또 그의 의로움에 감복한 많은 사람들이 그의 친필 휘호를 갖고 싶어 해 여러 사람들에게 붓글씨를 써서 나누어주기도 했다.

진남포에 있던 빌렘 신부가 찾아와 그에게 고해성사 의식을 치러주어 생을 정리하는 안중근의 마음을 한결 가볍게 해주었다.

시간은 유수같이 흘러 사형 선고를 받은 지 어느덧 한 달 반이 지났다. 쇠창살과 육중한 콘크리트 벽으로 둘러싸인 여순 감옥에도 삼월 하순의 봄은 어김없이 찾아왔다.

안중근은 조반을 들고 난 후 볕이 드는 창가에 앉아 막 작업을 시작한《동양평화론》의 원고를 살피고 있었다.

"안 선생님, 산책 좀 하시지요?"

지바 도시치가 문 앞에서 생글거리며 안중근을 불렀다.

"좀 있다 합시다."

"어제도 안 했잖아요? 날이 아주 좋아요. 나오세요."

지바의 성화에 못 이겨 안중근이 뻐근해진 허리를 두드리며 슬그머니 그를 따라나섰다. 작업장 채마밭엔 풀이 무성했고 쑥이며 달래며 냉이가 지천으로 널려 있어 작업을 나온 죄수들의 손길을 잡아끌었다. 안중근은 채마밭을 보니 해주 신천동에서 살던 때의 기억이 났다. 어릴 땐 엄마 손을 잡고 논두렁 밭두렁을 다니며 진 종일 나물을 캔 적도 있었다.

"지바, 나도 호미 한 자루 얻을 수 있겠소?"

"잠깐만 기다려보세요."

지바는 그의 부탁을 받고는 조금도 주저함이 없이 팔을 휘저으 며 쪼르르 사무실로 내달렸다. 자그마한 지바의 달음박질치는 뒷 모습을 바라보고 있노라니 바람난 처녀를 보는 것 마냥 안중근은 괜스레 웃음이 나왔다.

천성인지 모르나 지바의 품성은 구김이 없고 티가 없이 맑아 그 를 보고 있으면 영혼이 정화되는 느낌이 들었다. 안중근은 그 때 문에 수형 생활의 고단함을 잊고 지냈다.

그는 채마밭에 아지랑이가 피어오르는 걸 보면서 밭둑에 걸터 앉아 담배에 불을 붙였다. 여순 당국이 자신에게 특별히 지급한 이 일제 담배는 구수한 맛이 일품이었다. 그는 조선도 빨리 공업 을 발전시켜 이런 담배를 만들었으면 했다.

그의 머릿속에 여러 가지 생각이 스쳐 지났다. 《동양평화론》을 끝내려면 최소한 한 달의 시간은 더 필요했다.

'히라이시가 정말 약속을 지켜줄까?'

'한 번도 보지 못한 막내 준생이는 어떻게 생겼을까? 날 닮았을 까 제 엄마를 닮았을까?'

행여 만나면 티끌만 한 생에 대한 미련이라도 남을까봐 면회 온 아이들과 아내를 그냥 돌려보낸 게 조금 마음에 걸렸다. 그러다 그는 이내 고개를 저었다.

'아니야, 잘했어. 하늘에서 만나면 돼. 내 모습을 보는 것도 아이들에겐 아픔이야. 잘했어!'

안중근이 자문자답 하는 사이에 담배가 다 타버렸고 살타는 냄새에 소스라치게 놀라 그가 메뚜기처럼 펄쩍 뛰어 자리에서 일어났다.

"앗, 뜨거!"

멀리서 지바가 오고 있었다. 그런데 왠지 좀 전과는 달리 힘이 없어 보였다. 패잔병처럼 어깨를 늘어뜨리고 걸어오는 지바의 표정이 시무룩했다.

'오늘이 그날인가?'

안중근 불현듯 이런 생각이 들었다. 하지만 그는 아무 내색도 하지 않았다.

"지바, 호미는?"

지바의 눈이 빨갰다. 그의 맑은 눈에 물빛이 비쳤다.

4

안중근은 늘 해왔던 것처럼 예전과 다름없이 기도를 올리고는 촛불을 끄고 조용히 자리에 누웠다. 그는 아쉬움 탓인지 미쳐 다 끝내지 못한 《동양평화론》을 적던 노트를 잡고 자꾸만 쓸고 만지작거렸다.

'내일이면 난 이 세상 사람이 아니다. 이 밤을 그냥 보낼 수 있을까?'

그는 답답해 자리에서 다시 일어나 앉았다. 촛불을 켜고 탁자 위에 접었던 노트를 펼쳤다. 그런데 집중은 되지 않고 온갖 생각만 꼬리를 물었다.

아내의 면회를 거절한 것, 삼합의를 부실하게 운영해 동업자 한재호의 애를 태우게 한 것, 나라 일로 빌렘 신부와 다투었던 것, 자신을 질투한 엄인섭의 마음을 제대로 살피지 못한 것, 자신에게 모든 것을 바친 오숙정의 마음을 다 받아주지 못했던 것 등등 모든 것이 마음에 걸렸고, 자신이 죽인 이토의 마지막 모습도 떠올라 그를 괴롭혔다.

이토는 자신이 생각한 악한의 모습은 아니었다. 그의 부드러운 미소에는 노인의 인자함이 묻어났고, 세월의 무게에 짓눌려 쪼그라든 자그마한 체구에서는 자신의 모든 것을 주변에 내어주고 살아온 노인의 아름다운 희생을 느끼게 했다.

옅은 미소를 짓는 자그마한 노인은 친근감이 있었다. 이웃의 여느 인정 많은 노인의 모습과 다르지 않았다. 그냥 길에서 스치는 인연으로 만났다면 노인의 미소에 인사하고 그의 안녕을 빌었을 것이다.

그 부드러운 이토의 얼굴 속에 악마의 모습이 들어 있으리라곤 그는 상상조차 못했다. 그는 이토를 죽인 것을 후회하진 않았지만, 그에게 왠지 미안했고 그가 불쌍했다. 사랑하는 가족 곁에서 눈을 감지 못하고 비참하게 객사를 한 그의 처지가 안중근은 몹시 안타까웠다. 그가 조용히 무릎을 꿇고 눈을 감았다.

"주님, 불쌍한 이토의 영혼을 거두어주소서. 저는 그를 미워하지 않습니다. 증오하지도 않습니다. 더 좋은 방법이 있었다면 그를 죽이지 않아도 되었을 것입니다. 하지만 아둔한 제 눈엔 그 길 밖에 답이 보이지 않았습니다. 저의 허물을 꾸짖어주시고 그의 영혼을 구하소서."

그때 문밖에서 누군가 문을 두들겼다.

"누구요?"

"안 선생, 나 도시치요."

"이 시각에 웬일이오?"

밤 9시였다.

"잠깐 나와 보오."

안중근은 성호를 긋고는 무슨 일인가 의아해 하면서도 묻지 않고 무심코 그를 따라 나섰다. 지바 도시치의 발걸음이 간수 당직실 앞에 멈추었다. 그가 안중근의 손을 슬며시 잡고 방문을 열자 캄캄했던 방이 갑자기 환히 밝아졌다.

검사 미조부치, 구리하라 여순 감옥소 소장, 우덕순, 조도선이 그를 맞았다. 하얀 보를 깐 탁자 위엔 음식과 술이 한상 잘 차려져 있었다. 안중근은 깜짝 놀라 휘둥그레진 눈으로 물었다.

"대체 무슨 일이오?"

"안 선생을 그냥 보내기 섭섭해 마련한 자립니다."

지바의 말에 안중근이 눈시울을 붉혔고, 그에게 사형을 구형한 미조부치는 슬픈 표정으로 용서를 구했다.

"안 선생, 정말 미안하오. 미안하오. 내가 죄인이오……."

"아니오. 그런 말 하지 마시오. 당신은 아주 선한 분이오. 마음 속에 티끌만 한 미움도 없는 분이 어찌 그런 말을 하오? 여러분, 그렇지 않소?"

참석자들이 숙연한 표정으로 고개를 끄덕였고 안중근이 그들을 보며 말을 덧붙였다.

"여기 계신 분들은 다 제게 호의를 베푸신 분들입니다. 저에게 절대 미안한 마음 갖지 마세요."

안중근이 미조부치를 보고 싱긋 웃자, 그가 민망한 기색을 감추지 못하고 얼굴을 붉혔다.

"혈색이 좋소."

"마음이 편해 그러오."

"다행이오. 그리고 안 선생, 부탁을 하나 드려도 되겠소?"

"말해보오."

"안 선생, 죄 많은 우리를 위해 한번만 기도를 해줄 수 없겠소?"

미조부치는 안중근에게 사형 선고가 내려진 다음 날부터 심경 변화를 일으켜 아내 하나꼬와 함께 교회를 찾고 있었다. 안중근은 망설이다가 그의 간청에 못 이겨 기도를 올렸다.

"사랑하는 주여, 사람이 미혹에 빠지는 것은 다 욕심 때문입니다. 부디 욕심으로 인해 고통 받지 않게 하시고 증오로 인해 우리의 몸과 마음이 상하지 않게 굽어 살펴주소서. 증오보다 용서가 진정 용기 있는 행동임을 알게 하시고, 끝나지 않은 고통도 세상에는 없다는 것을 알게 하시고, 끝나지 않는 부귀영화도 존재하지 않는다는 걸 알게 하소서. 오늘의 음지가 내일의 양지가 될 수 있고, 오늘의 양지가 내일의 음지가 될 수 있음을 알게 해 교만을 경계하게 하고 겸손을 배우게 하소서. 또한 절망을 태워 희망으로 거듭나게 하시고, 분열을 태워 하나가 되게 하시고, 욕망을 태워 평화를 알게 하소서. 더불어 이 자리를 함께 하고 있는 이 형제들을 위해 기도드립니다. 미조부치님을 위해서는 불타는 정의감을 주시고, 몸이 허약한 지바님에겐 건강을 허락해주시고, 이 감옥을 책임진 구리하라님에겐 더 많은 인정을 베풀 수 있게 도와주시고, 저와 함께 거사에 참여한 동지들에겐 마음의 평안을 갖게 해주소서. 아울러 다시 한 번 더 애끓는 마음으로 기도드립니다. 제가 죽인 이토의 불쌍한 영혼을 따뜻하게 거두어주시고, 조선과 일본 양국 간의 반목이 해소되어 진정한 이웃으로 거듭나게 살펴주소서."

안중근의 기도가 계속 이어지는 가운데 사람들의 흐느낌이 잦아들었고, 슬픔에 차 있던 그들의 가슴에 평화가 찾아오고 있었다.

안중근은 이튿날 아침 서른한 살의 짧은 생을 마감하고 한 줄기 빛이 되어 하늘로 올라갔다. 1910년 3월 26일이었다. 당국의 강요로 그의 시신은 아무도 찾을 수 없는 공동묘지에 조용히 묻혔다.

그 후 그와 불꽃같은 사랑을 나눈 오숙정은 그의 유지를 받들어

가게를 정리하고 항일 투쟁에 투신했고, 그의 가족들 역시 온몸을 불살라 항일 투쟁의 주역이 되었다.

미조부치는 자신에게 주어진 일본 당국의 은사금을 거부하고 사표를 낸 후 인권변호사의 길을 걸었고, 지바 도시치는 안중근에게 받은 '위국헌신 군인본분(爲國獻身 軍人本分)'이란 글귀를 가슴에 품고 평생 그를 추모했다.

안중근의 이토 저격이 일본의 침략 야욕을 꺾는 데는 실패했지만, 그로 인해 분열된 조선의 독립운동이 하나로 통합되기 시작했고, 중국 역시 안중근의 거사에 자극받아 억눌린 인민들의 주권의식이 폭발했다. 당시 중국은 아편전쟁 이후 오십 년간 외세의 압박과 거친 공세에 시달리고 있었다. 그럼에도 청국 정부는 실정만 일삼아 국정이 파탄에 빠졌고 이것이 결국 중국 인민들의 엄청난 분노를 샀다. 이 와중에 안중근의 거사가 있었다. 이토가 죽었다는 소식에 중국인들은 흥분에 휩싸여 통쾌해하는 한편 자성과 자책도 잇따랐다. 뤄난산(羅南山) 같은 지식인은 '그 작은 한국에도 일대 호걸이 나타났는데, 유독 중국에 그런 인물이 없으니 안타깝기 그지없다!'고 한탄했다. 안중근에 대한 이런 찬사는 중국 혁명의 아버지 쑨원을 비롯한 기라성 같은 인사들로부터 그치지 않고 쏟아져 나왔다.

그로부터 이 년 후인 1911년 10월 10일 중국 무창의 홍루(紅樓), 붉은 벽돌의 장방형 건물 안에서 쑨원의 삼민주의를 지지하는 한 사내가 이십여 명의 장교들을 앞에 두고 소리치고 있었다. 홍루

밖 길거리에서는 진압군이 삼엄한 경계를 펼치며 혁명군을 잡느라 혈안이 되어 있었다. 이 때문에 사내의 표정은 어디에도 비할 데 없이 비장했다. 그는 혁명군 임시사령관 장이우(蔣翊武)였다.

"더 이상 머뭇거릴 시간이 없소. 피할 수도 없소. 위험하긴 하나 병력이 빈 지금이 그래도 혁명을 완수하기 위한 절호의 기회요. 봉기는 오늘 밤 12시요. 죽음을 각오하고 혁명을 완수합시다. 조선의 안중근 선생은 홀몸으로 이토를 제거했소. 우리 혁명군은 오천 명이나 되오. 일당백의 정신으로 싸운다면 무능하고 부패한 청조(淸朝)를 무너뜨리지 못할 이유가 없소. 청조를 무너뜨리고 외세를 몰아낸 후 인민이 주인이 되는 새로운 세상을 만듭시다!"

눈이 부리부리한 장이우의 일성에 그의 혁명 동지들이 일제히 손을 번쩍 들었다. 철도를 외국에 넘기려는 청국 정부의 조치에 반대해 쓰촨성에서 폭동이 일어났고, 이를 진압하려 무창에 주둔 중인 군 병력의 상당수가 쓰촨성 폭동 진압에 차출되어 현재 무창 땅에는 병력이 많이 비어 있었다.

정세를 관망하며 숨을 죽이고 있던 혁명군이 치안 공백의 틈을 타고 무창에서 총성을 울린 지 사십 일, 중국 전체가 혁명의 불길에 휩싸여 열네 개 성이 청국 정부로부터 독립을 선언했다. 이로써 봉건왕조 청국이 무너졌고, 새로운 민주 국가가 세상에 태어났다. 민중이 세상의 주인이 되는 안중근의 푸른 꿈이 이역만리 중국에서 먼저 결실을 맺고 있었다.

〈끝〉

초판 1쇄 인쇄 2014년 10월 8일
초판 1쇄 발행 2014년 10월 14일

지은이   신용구

펴낸이   김환기
펴낸곳   이른아침

주소   서울시 마포구 마포대로4다길 8 경인빌딩 3층
전화   02-3143-7995
팩스   02-3143-7996
등록   제 395-2009-000037호
이메일   booksorie@naver.com

ISBN   978-89-6745-035-9 03810